NELE JACOBSEN
Der Rosengarten am Meer

aufbau taschenbuch

NELE JACOBSEN, geboren 1976 in West-Berlin, ist Diplom-Politologin und Journalistin und arbeitete jahrelang für Print und Fernsehen. Mit ihrer Familie lebt sie in der Nähe von Dresden. In ihrem Garten am Elbhang blüht ihre Lieblingsrose, eine »Eliza«, jedes Jahr ab Juni in silbrig schimmerndem Rosa.

Bei atb sind ihre Romane »Unser Haus am Meer« sowie »Ein Sommer im Rosenhaus« lieferbar.

Mehr zur Autorin unter www.nele-jacobsen.com.

Nach der Trennung von Marco muss sich Isabel auch beruflich neu finden. Sie stößt auf eine Zeitungsannonce: Ein Künstler will an der Ostseeküste einen Garten nach historischem Vorbild wiederaufbauen. Isabel wagt den Schritt und lässt Wien hinter sich. Als sie aber auf Gut Lundwitz ankommt, ist sie entsetzt: Der Garten befindet sich in einem schrecklichen Zustand, von der provisorischen Unterkunft ganz zu schweigen. Außerdem ist der Künstler Alex ein verschlossener Mann. Worauf hat Isabel sich eingelassen? Doch dann kommt sie einem alten Geheimnis des Gartens auf die Spur. Und als plötzlich Marco wieder vor ihr steht, weiß sie nicht mehr, wohin sie gehört.

»*Ostsee-Feeling, Rosenleidenschaft und eine moderne Liebesgeschichte.*«
MITTELDEUTSCHE ZEITUNG

NELE JACOBSEN

Der Rosengarten am Meer

ROMAN

 aufbau taschenbuch

ISBN 978-3-7466-3432-6

Aufbau Taschenbuch ist eine Marke
der Aufbau Verlag GmbH & Co. KG

2. Auflage 2019
© Aufbau Verlag GmbH & Co. KG, Berlin 2019
Umschlaggestaltung www.buerosued.de, München
unter Verwendung eines Bildes von Heinz Wohner / LOOK-foto
Gesetzt aus der Whitman durch die LVD GmbH, Berlin
Druck und Binden CPI books GmbH, Leck, Germany
Printed in Germany

www.aufbau-verlag.de

Gott schenkt uns Erinnerungen,
damit wir im Winter Rosen haben.

BALTISCHES SPRICHWORT

Zur Erinnerung an die
»Rosengräfin« Marie Henriette Chotek
(1863–1946)

Prolog

Ostseestrand bei Dierhagen
Ende August 2017

Isabel parkte den Range Rover vor der Hundsrosenhecke. Der Wackel-Elvis tat seinen letzten Hüftschwung. Als sie auf den Parkplatz hinaussprang, fuhr ihr der Wind ins Haar. Sie raffte die Wollstrickjacke enger um sich, roch das Salz, den Sand, das Dünengras, und sobald sie an dem umgedrehten Boot mit den zusammengelegten Netzen vorbeiging, auch den Fisch. Ihre Füße sanken tiefer in den Sand, sie streifte die matschverkrusteten Camelboots ab und ließ sie am Dünenaufgang liegen. Sie hatten ihr gute Dienste erwiesen, aber am Ende war alles umsonst gewesen. Alles.

Der Sand fühlte sich kalt und feucht unter ihren nackten Fußsohlen an. Es gab kein Zurück mehr. Sie hatte es ruiniert. Sie hob einen von den Wellen glattgescheuerten Stein auf und schleuderte ihn mit aller Kraft ins Wasser. Weit hinten plumpste er in die Gischt, die Schaumkämme verdeckten die Stelle sofort. Der Stein hinterließ keine Spuren.

So wie sie hier oben im Norden?

Sie zog das Smartphone aus der Tasche. Als sie das Display antippte, leuchtete ein Foto des Gutshauses auf – mit dem efeubewachsenen Tudortürmchen, der Backsteinfassade mit ihren Erkern, den auf den Simsen hockenden Gnomen und mit den neugotischen Fenstern. Von der Terrasse darunter winkten Enno, Sina und er. Davor erstreckte sich der Rosengarten, der zum Zeitpunkt der Fotografie diesen Namen noch nicht verdient hatte. Auch jetzt, bei Isabels überstürzter Abreise, war er bei weitem nicht fertig. Er war angelegt und gerade dabei, in historischer Pracht wiederzuentstehen. Noch sah man jedoch nicht viel davon. Wie gerne würde sie ihn vollenden, ihn in einem der nächsten Sommer in voller Blüte erleben. Den Rosengarten. Ihren Rosengarten.

Nein, das stimmte nicht. Er gehörte nicht ihr: Es war der Rosengarten der mutigen und bemerkenswerten Frau, für den sie ihn rekonstruiert hatte. Die sich in einer Männerwelt behauptet und ihren Traum gelebt hatte zu einer Zeit, als Frauen noch keine Träume zugestanden wurden. Sie hatte ihren Traum gelebt und sich nicht durch ein dummes Gefühl wie die Liebe durcheinanderbringen lassen. Nicht wahr?

Der Wind wehte Sandkörner in ihre Augen. Sie blinzelte.

Immerhin, dachte Isabel, eines habe ich geschafft: Ich habe es auf den Weg gebracht, dieser Frau zu der ihr gebührenden Ehre zu verhelfen.

Das Display wurde wieder dunkel. Vor noch nicht einmal zwölf Wochen war das Foto entstanden. In diesen drei Monaten hatte sie es also fertig gebracht, sich ein neues Leben aufzubauen, ihren eigenen Traum zu finden – und alles gleich wieder zu zerstören.

Sie ließ sich in den Sand fallen, hörte die Wellen immer heftiger an den Strand schlagen. Der Wind blies die Sandkörner nun über sie hinweg. Wenn sie hier liegen bliebe, würde er sie bei lebendigem Leibe begraben. Wäre das eine Option?

Sie krallte die Hand in den feuchten Boden. Die Wolken hingen tief und grau über ihr. Schon spürte sie den ersten Regentropfen im Gesicht.

Sie würde einfach liegen bleiben. Es vermisste sie sowieso niemand.

Außer Mama und Cora natürlich, aber die waren in Wien.

Sie schaute den gehetzten Wolken nach. Grau, zerrissen, zerfetzt änderten sie ständig ihre Form. Das Leben war nun mal permanente Veränderung. Nicht ein Tag glich dem vorherigen, jeder Tag hinterließ eine eigene Lebenskerbe. Nichts konnte man konservieren. Das wusste sie.

Aber wie gerne hätte sie die Tage in Lundwitz konserviert, sie festgehalten. Sich dort festgeklammert.

Würde sie je wieder ein Zuhause finden nach diesem verrückten Jahr, in dem zuerst ihre vermeintlich glückliche Ehe mit Marco zerbrochen war und nun auch noch jenes, das sie als ihr neues Zuhause erhofft hatte?

Wieder schaute sie auf ihr Smartphone. Aber es vibrierte nicht, es klingelte nicht. Niemand holte sie zurück.

Sie warf das Telefon in weitem Bogen von sich.

Sie hatte es verbockt. Sie hatte es dermaßen verbockt. Die kalten Regentropfen, die nun auf ihre Stirn und die Augenlider prasselten, vermischten sich mit ihren warmen Tränen. Sie wollte sich dem Elend hingeben, doch dann durchfuhr es sie: Was hätte Marie gemacht?

Isabel ging in die Hocke und suchte tastend nach dem Smartphone, wischte über das Display, schüttelte, pustete den Sand ab, so gut es ging.

Es funktionierte noch.

Die Regentropfen klatschten jetzt auf den Sand und hinterließen runde Einschlaglöcher. Isabels Haare klebten an ihrem Gesicht, die Strickjacke, das T-Shirt und die Jeans waren bis auf die Haut durchweicht.

Sie kehrte mit schweren Schritten zum Parkplatz zurück, öffnete den Range Rover, warf das Telefon auf den Beifahrersitz und lehnte den Kopf gegen das Lenkrad.

Es war Zeit loszufahren.

Nur wohin?

Sie hob den Kopf. Der Wackel-Elvis schaute sie auffordernd an. Sie würde es nicht ertragen, ihn die ganze Fahrt über wackelnd vor sich zu sehen. Marco hatte ihn ihr einst geschenkt, sie hätte ihn schon längst loswerden sollen. Sie riss ihn vom

Armaturenbrett, öffnete die Tür einen Spalt und warf ihn in die Hundsrosenhecke.

Es war Zeit loszufahren.

Aber wohin nur?

1

Wien, Josefstadt, Mai 2017
(drei Monate zuvor)

Pünktlich, als die Glocken des Stephansdoms dreimal schlugen, empfing Marco sie vor der Haustür auf der Florianigasse. Aus Gewohnheit hätte Isabel sich beinahe auf die Zehenspitzen gestellt, um ihm einen Kuss zu geben.

»Ich nehme nur rasch die Post mit«, sagte er und leerte im Hausflur den Briefkasten, wie er es schon so oft gemacht hatte. Er stieg vor ihr die Treppe hinauf vorbei an der Bürotür im zweiten Stock, hinter der ein Telefon klingelte und Lachen zu hören war. Die Terrazzo-Stufen glitzerten an einigen Stellen, und Isabel bemühte sich, nicht auf Marcos Po zu schauen, sondern auf seine Budapester. Im vierten Stock schloss er die Wohnungstür auf, wie er es unzählige Male gemacht hatte, wenn sie zusammen nach Hause gekommen waren. Aber Isabel war bewusst, dass sie zum letzten Mal durch diese Tür trat.

»Es wäre gut, wenn du in einer Viertelstunde fertig bist. Ich habe gleich ein Meeting«, sagte Marco, blickte auf den Stapel Briefe in seiner Hand und ließ sich auf der Lehne der Ledercouch nieder, die sie zusammen in Milano gekauft hatten. Isabel erinnerte sich daran, wie viel Spaß sie damals hatten, als sie die Couch in Marcos Fiat mit offenem Rolldach über die Alpen nach Hause bringen mussten. Die Ledercouch würde hierbleiben, wie so vieles andere. Wo sollte Isabel auch hin damit? Die paar Dinge, die sie mit in die Ehe gebracht hatte – ihren Chippendale-Schreibtisch, die zwei Adirondack-Stühle und die Art-Deco-Kommode –, standen längst im Storage. Und das Einzige, was ihr in dieser Wohnung wirklich etwas bedeutet hatte, war sowieso immer … Damit er ihr Gesicht nicht sah, zog sie sehr langsam den Reißverschluss ihres Koffers auf und fummelte an den Haltegurten herum.

Aber Marco blätterte nur die Post durch. »Hier, deine *Architectural Digest*.« Er warf sie ihr zu. »Du solltest die Adresse endlich ändern.«

Sie verstaute die Zeitschrift im Koffer, packte ein paar Romane aus dem Regal dazu, ging am Ehebett vorbei ins Ankleidezimmer und zog die letzten Kleider von den Bügeln, lange Roben zumeist, die sie an vergangene Theaterbesuche und Charity-Galas erinnerten. Ihr Blick fiel auf seine Schrankhälfte, auf die hellblauen und weißen Oberhemden und maßgeschneiderten Anzüge in Dunkelblau, Anthrazit und Schwarz. Darunter in Reih und Glied die braunen und schwarzen Budapester. Auf einmal wurde sie stinkwütend, weil seine Schuhe hier standen und stehen bleiben würden. Und ihre leere Schrankhälfte würde bald wieder gefüllt sein mit den Kleidern einer neuen Frau. Sie holte aus und versetzte den Budapestern einen Kick. Die Schuhe krachten gegen die Wand, ein dunkler Fleck blieb zurück.

»Alles in Ordnung?«, rief Marco aus dem Wohnzimmer.

»Natürlich!«, beeilte sich Isabel zu antworten, zog einen anthrazitfarbenen Anzug vor den Fleck und stellte die Schuhe wieder an ihren Platz zurück. Sie fuhr sich durch die Locken und trat mit den Roben über dem Arm aus dem Ankleidezimmer und legte sie in den Koffer. Fehlte noch etwas? Das Ölgemälde von dem Rosengarten samt Schlösschen, das sie mit Cora auf dem Flohmarkt im fünften Bezirk entdeckt hatte. Sie nahm es von der Wand, und ein helles Rechteck war dort zu sehen, wo es gehangen hatte. Marco hatte es sowieso gehasst. Ihre Rosenliebe hatte er nie verstanden. Hoffentlich kümmerte er, oder besser Frau Dagic, sich wenigstens gut um ihre Pflanzen auf der Dachterrasse. Sie wollte sich noch von ihnen verabschieden.

Sie stieß die Glastür auf, trat auf die Marmorplatten und

atmete durch. Hinter den Schornsteinen, Antennen und Satellitenschüsseln glänzte in der Ferne das golden-grüne Dach des Stephansdoms, gerade schlug das Primglöcklein zur Viertelstunde. Isabel ließ ihren Blick über die Rosen schweifen. Sie beugte sich zur *Dame Judi Dench* hinunter, bewunderte ihre satt apricotfarbenen Blüten und gleich daneben die cremeweißen der *Imogen. Geoff Hamilton* duftete intensiv nach Apfel und *The Poet's Wife* nach Zitrone – wie üppig sie alle wuchsen und schon jetzt in der warmen Maisonne erste Blüten zeigten! Isabel hatte es geliebt, früh am Morgen mit einem frisch gebrühten Kaffee hier herauszutreten und dem Sonnenaufgang über den Dächern Wiens zuzuschauen, zu lauschen, wie die Stadt erwachte, wie die ersten Tauben gurrten.

Sie hörte, wie Marco hinter ihr auf die Terrasse trat. Schnell beugte sie sich zur *York and Lancaster* und zupfte ein gelbes Blatt ab.

»Das war auch noch in der Post für dich«, sagte er und reichte ihr einen Brief, als sie sich zu ihm umdrehte. Post vom Gericht! Nun war es also offiziell. Sie ließ den Brief sinken.

»Meiner war heute auch in der Post«, sagte er leise und fuhr sich durch die Haare. »Bist du dann fertig?« Er hielt ihr die Glastür auf, und sie trat wieder in ihre ehemalige Küche, ging zu dem Eichentisch mit den Kerben, an dem sie so viele Abende zu zweit bei Rotwein und Spaghetti und bei Dinnerpartys mit Freunden gesessen hatten.

Ja, sie war fertig. Ganz und gar.

Er trug ihr den Koffer aus der Wohnung und durchs Treppenhaus am Büro vorbei. Zwölf Jahre hatten sie dieses Büro gemeinsam geführt, dachte sie, hatten Parks in ganz Europa angelegt und unzählige Preise gewonnen. Marco würde gleich wieder dort hineingehen und weitermachen.

Und sie?

Hätte sie dem Vergleich doch nicht zustimmen sollen? Aber

wie hätte es denn sonst funktionieren sollen? Schließlich gehörte dieses Stadtpalais in der Florianigasse seit Generationen seiner Familie. Kein Anwalt hätte ihn hier herausklagen können.

Marco stellte den Koffer auf dem Bürgersteig ab und lehnte das Gemälde dagegen. Als er ihr »Alles Gute!« gewünscht hatte und die Haustür zugefallen war, als sich seine Schritte auf dem Terrazzo-Boden entfernten, da spürte Isabel, wie ihre Knie nachgaben.

2

Wien, Meidling
vier Stunden später

Es war schon kurz nach neunzehn Uhr, als sie den Koffer und das Bild in den nach Bratkartoffeln riechenden Fahrstuhl bugsierte. Im Spiegel sah sie eine Frau mit Augenringen, strähnigen Locken und hängenden Mundwinkeln. In der siebten Etage stieg sie aus und drehte den Schlüssel in der Wohnungstür. Gedreht hatten sich auch ihre Gedanken, als sie auf der Bank im Schönbornpark gesessen hatte, zu der sie sich von Marcos Tür aus geschleppt hatte, nachdem sie ihre Sachen im Range Rover verstaut hatte. Immer wieder waren ihre Gedanken um die Frage nach dem Warum gekreist. Sie hatte all die langen Gespräche rekapituliert, die sie geführt hatten, sich an seine Worte über das Auseinanderleben erinnert, von Träumen, die nicht seine eigenen waren. Damit hatte er das Baby gemeint, das sich Isabel nun mit Ende dreißig gewünscht hatte. War denn das zu viel verlangt? Eine Familie zu gründen, wenn zwei Menschen sich liebten?

Vielleicht hatte Marco sich gefangen gefühlt im Alltag zwischen ihrer Wohnung und dem Büro nur zwei Etagen tiefer. Zwischen Frühstück am Küchentisch mit Blick auf den Stephansdom und Mittag am Küchentisch – immer zusammen mit Isabel. Zusammen im Büro, zusammen im Ehebett, zusammen im Bad. Zwölf Jahre lang. Sie hatte dieses Leben geliebt.

Alles Gute, hörte sie noch einmal seine Stimme.

»Kind, da bist du ja endlich! Ich hab mir Sorgen gemacht.« Ihre Mutter umarmte sie mit Tränen in den Augen.

»Lass gut sein, Mama.« Isabel befreite sich, trat in die Wohnung und schnupperte. »Hast du gekocht?«

Sie zog ihren Sommerblazer aus und stellte die Loafers auf dem Schuhregal ordentlich nebeneinander, bevor sie sich wieder aufrichtete in der Hoffnung, dass ihre Mutter den feuchten Schein in ihren Augen im Halbdunkel des Flurs nicht bemerkte. Sie musste etwas essen, sonst würde Mama keine Ruhe geben. Aber danach wollte sie sich in ihr altes Kinderzimmer zurückziehen.

»Ich dachte, du kannst heute etwas Kraftspendendes gebrauchen. Es gibt Szegediner Gulasch mit Semmelknödeln.«

Isabel roch das Sauerkraut, die dicke Sauce, das Brataroma.

»Komm, ist schon gedeckt.« Ihre Mutter zog sie mit in die Küche, auf die Eckbank, auf der Isabel gelernt hatte, mit einer Schere zu schneiden, und auf der sie später ihre Schulaufgaben erledigt hatte. Hier hatte sie ihren ersten Freund bekocht, und am Anfang ihrer Beziehung auch Marco.

»Setz dich.« Ihre Mutter streichelte ihr über die Wange und schob sie auf das Bauernpolster. Am Herd häufte sie Knödel mit Gulasch auf die Teller und kam mit dem dampfenden Essen zurück. Sie aßen schweigend. Isabel war dankbar, dass ihre Mutter nichts fragte, keinen Kommentar abgab. Nur ihr Blick blieb an dem Tiffany-Ring mit dem in Herzform eingefassten Diamanten hängen, den Isabel noch nicht geschafft hatte abzulegen. Schnell ließ sie die Hand unter dem Tisch verschwinden. Mama hatte Marco auch sehr gemocht, das wusste sie. Sie hätte sich für ihre Tochter eine ebenso lange Ehe gewünscht wie für sich selber.

Bis dass der Tod euch scheidet. Und nicht zwei Unterschriften auf einem Dokument und ein Amtsstempel.

»Danke fürs Essen.« Isabel gab ihrer Mutter einen Kuss aufs Haar. »Ich geh in mein Zimmer.«

Alles sah aus wie früher. Der Glücksbärchis-Aufkleber klebte noch immer auf der Schreibtischplatte, Prinzessinnen zierten die Vorhänge, und das Bett war inzwischen zu schmal, bezogen mit ausgeblichener Monchichi-Bettwäsche. Nur das Bügelbrett stand jetzt auch noch dort vor dem Bücherregal mit den Hanni-und-Nanni-Bänden.

Isabel ließ sich auf das Bett fallen und vergrub das Gesicht in der Armbeuge ihres Kaschmirpullis. Tränen flossen über ihre Schläfen ins Haar. Sie merkte, wie müde sie war, rollte sich auf die Seite und zog die Beine an.

Schlafen. Das war alles, was sie wollte, nur schlafen. Hier bei ihrer Mutter – und nie mehr in der Dachwohnung bei Marco und ihren Rosen.

3

Am nächsten Morgen weckte sie der Duft von Kaffee. Semmeln lagen im Brotkorb bereit, als sie in die Küche kam, dazu gab es Marillenmarmelade, die ungarische Salami, die sie so gerne mochte, und ein Zettel lag auf dem Tisch: *Genieße Dein Frühstück, mein Schatz. Bin gegen 16 Uhr wieder zu Hause, Mama.*

Isabel trank eine Tasse Kaffee und schaute auf ihr Handy. Keine Nachricht. Alle machten weiter, als ob nichts sei.

Sie trat mit ihrer Tasse zum Fenster. Im Hinterhof streckte sich der Kastanienbaum zwischen den vier Miethäusern dem Himmel und dem Licht entgegen. Im Sandkasten daneben vergammelten Plastikschaufeln und -förmchen. Oft hatte sie sich vorgestellt, dort einmal mit ihrem Kind zu buddeln. So wie sie selbst damals. Ihre Mutter hätte ihnen vom Fenster aus zugerufen, dass das Mittagessen fertig sei. Im Herbst hätten sie Kastanien in die Jackentaschen gestopft und stolz Oma gezeigt.

Als sie merkte, dass sie an den Fingernägeln knabberte, wandte sie sich vom Fenster ab und stellte die Tasse in die Spüle.

Sie zwang sich dazu, ihren Koffer auszupacken, der immer noch im Flur stand. Sie zog die Romane, die Klamotten, auch die Zeitschrift hervor und bewunderte wie immer den glänzenden Druck der *Architectural Digest*. Alles Schöne dieser Welt in einer Zeitschrift. Gut, ein paar mehr Rosen hätten vorkommen können, fand sie, nahm das Magazin mit zur Küchenbank und las sich bei einer frischen Tasse Kaffee fest.

Ein Bericht über die neuesten Baufortschritte der Hafencity in Hamburg, mittendrin die Elbphilharmonie in ihrer bemerkenswerten Schönheit. Eine Homestory in Jennifer Anistons Haus in Beverly Hills, eine Reportage über die schwierige Sanierung der Oper in Sydney. Und plötzlich fiel ihr Blick auf eine Anzeige. Nicht sehr groß, als hätte derjenige, der sie aufgeben hatte, sparen wollen. Sie überflog sie kurz, schaute hoch zur Keramikküchenuhr, die leise vor sich hin tickte, und las die Stellenanzeige noch einmal. Dann schüttelte sie den Kopf und klappte die Zeitschrift zu. Konnte sie sich das vorstellen? Sie kam aus einem etablierten Wiener Landschaftsarchitekturbüro, hatte Projekte auf der ganzen Welt betreut, in einem Monat Singapur, in der Woche darauf in San Francisco, dann in Paris. Da war das doch wirklich nichts.

Andererseits hatte sie sich seit der Trennung noch nirgends beworben, war nach dem Ende des gemeinsamen Arbeitslebens in eine Starre geraten, in der sie zu keinem Schritt fähig gewesen war. Isabel schaute auf das Cover der zugeklappten Zeitschrift.

Sie blätterte noch mal zur Anzeige: *Künstlerkommune in Gutshaus nahe der Ostsee sucht erfahrene/n Landschaftsarchitekten/in zur Rekonstruktion einer historischen Parkanlage nach Denkmalschutzvorgaben. Kost und Logis frei.*

Isabel lehnte sich gegen das Bauernpolster. Was für eine spannende Aufgabe! Hatte sie nicht irgendwo gelesen, dass immer mehr Familien die verfallenen Gutshäuser in Ostdeutschland samt Parks aufkauften und wiederbelebten? Zumindest in Mecklenburg-Vorpommern war das so, wusste sie. Einen dieser Parks zu rekonstruieren, das wäre eine wunderbare Herausforderung. Es wäre aufregend, zu recherchieren, wie es dort einmal ausgesehen hatte. Vielleicht hatte eine berühmte Persönlichkeit dort gelebt? Hatten sich dramatische Ereignisse abgespielt, große Liebesgeschichten, politische Verwicklungen? Würde sie vielleicht alte Pflanzensorten entdecken, die es wiederzubeschaffen und zu rekultivieren galt? Oder hatte vielleicht einst gar ein berühmter Kollege den Park angelegt? Der Gartenkünstler Lenné?

Die Hand, in der sie ihre Kaffeetasse hielt, zitterte, als sie sie zum Mund führte.

Kompetent genug für diese Aufgabe war sie allemal, dachte sie und konzentrierte sich wieder auf die Anzeige: *Kost und Logis frei.* Das klang natürlich gut. Bedeutete aber im Umkehrschluss, dass eine Bezahlung nicht vorgesehen war. Mit Marco war vereinbart, dass ihr Gehalt noch bis Jahresende weiterlaufen würde, an finanziellen Mitteln sollte es also nicht scheitern.

Entlang der Ostsee zog sich eine ziemlich lange Küste, soviel sie wusste. Sie war erst einmal dort gewesen, als Marco sie mit einem Wochenende in einem mondänen Hotel direkt am Strand überrascht hatte. Isabel sah wieder die weiße Fassade, den hellen Strand und die blau-weiß gestreiften Strandkörbe vor sich. Später hatten Marco die Adria und die Côte d'Azur stets mehr gelockt, und sie waren dorthin gereist.

Nahe der Ostsee. Vor ihrem geistigen Auge sah sie einen Baumstamm, umweht von Treibsand, und Eiszapfen, die sich bei einem Wintersturm an der Seebrücke festklammerten.

Das Wort *Künstlerkommune* klang allerdings erschreckend. Sie sah einen Haufen Typen mit langen Haaren und Klamotten aus Cord vor sich, die Selbstgedrehten gingen niemals aus, das Rotweinglas war stets in Reichweite. Oder stammte ihre Vorstellung aus den siebziger Jahren? Waren junge Künstler heutzutage nicht very veggie, trugen Dutt und Vollbart, rührten im Smoothie und machten den ganzen Tag Yoga?

Sie trank ihren Kaffee aus und goss sofort nach.

Sollte sie das wirklich machen und mit ihren fast vierzig Jahren einen Neuanfang wagen? Sie zog ihre Hand zurück, als sie merkte, dass sie wieder an den Fingernägeln geknabbert hatte. Sie stellte sich vor, dass sie die einzig Vernünftige dort oben sein würde, umgeben von Idealisten, Hals über Kopf in einem Projekt, das wahrscheinlich völlig undurchführbar war. Alles verwildert, überwuchert, ein Dornröschengarten.

Das Klingeln ihres Smartphones riss sie aus ihren Gedanken. *Cora ruft an*, stand auf dem Display. Na, wenigstens ihre älteste Freundin vergaß sie also nicht.

»Schatz, komm gleich mal in meinen Laden. Ich hab etwas für dich«, hörte sie, sobald sie abnahm.

»Muss das sein? Ich bin gerade sehr beschäf …«

»Bist du nicht! Du sitzt bei deiner Mutter auf der Küchenbank und weinst in eine ihrer Kaffeetassen.«

Cora kannte sie einfach zu gut.

»Komm schon«, sagte sie. »Ich hab hier Marzipan-Pralinen, die dich alles vergessen lassen. Und eine Überraschung.«

4

Coras Dutt wippte, als sie die Kundin mit dem in Zellophan eingepackten Bouquet aus Pagageienblumen, Kornblumen und Rosen verabschiedete und zur Tür brachte, wo Isabel schon auf sie wartete. Cora nahm sie in den Arm und führte sie durch den kühlen, herrlich duftenden Laden, der eher einer Galerie glich, so elegant präsentierte Cora ihre floralen Schätze. Der Laden existierte schon seit zwanzig Jahren, und sie hatte sich inzwischen einen Namen in der Stadt gemacht. Stammkunden kamen sogar aus anderen Bezirken, um sich von Cora den perfekten Strauß, das ideale Gesteck und den passenden Tischschmuck für jede Gelegenheit binden zu lassen.

Am Bindetresen, der aus einem antiken Refektoriumstisch bestand, zauberte sie hinter einer Vase mit orangefarbenen Gladiolen eine Schachtel Pralinen hervor und reichte sie Isabel. »Pro Praline ein Kilo mehr, aber eine Sorge weniger«, sagte sie und nahm sich selbst auch eine.

»Was hast du denn für Sorgen?«, fragte Isabel kauend und schob mit ihrem Schuh – dem Manolo Blahnik, den sie zur Aufmunterung angezogen hatte – ein paar Schnittreste unter den Bindetresen. Marzipan und Nougat zergingen auf ihrer Zunge. Sie nahm noch eine Praline.

Cora winkte ab, wählte drei Gladiolen und fünf Gardenien aus und ordnete Grünzeug drum herum an. »Reden wir lieber über deine Sorgen, meine Liebe. Heute ist Tag eins deines neuen Lebens voller Freiheit. Wie fühlst du dich?«

Isabel schnaubte nur und nahm die dritte Süßbombe. Die Schokoladenkaffeebohne, die zur Deko auf der Praline geklebt hatte, fiel beim Hineinbeißen herunter und hinterließ eine Schokospur auf ihrem Samtblazer.

»Sieh es mal so: Endlich kannst du frei entscheiden, was du machen willst.« Cora band den Strauß mit einem Band zusammen und schnitt mit einem Messer die Stiele an. »Kein Klotz, ich meine, kein Marco am Bein, der dich dauernd bevormundet.«

Isabel hörte auf zu kauen. »War das dein Eindruck?«

Cora hielt ihr den Strauß vor die Nase. »Was meinst du, dreißig oder fünfunddreißig Euro?«

Isabel schob ihn zur Seite. »Ich habe immer nur das getan, wozu ich Lust hatte und was richtig für mich war.«

Cora zog die Augenbrauen hoch und ließ Wasser in eine Vase laufen.

»Hab ich wirklich! Ich habe mich während unserer Ehe wohl gefühlt und weiterentwickelt.«

»Entwickelt?« Ihre Freundin stellte die Vase mit dem Gladiolenstrauß ins Schaufenster. »Zum Stubenhocker?«

»Meine Liebe, falls ich dich erinnern darf: Den zwanzigsten Geburtstag haben wir beide vor knapp zwanzig Jahren gefeiert. In unserem Alter darf man auch mal einen gemütlichen Abend zu Hause genießen.«

»Dreihundertfünfundsechzig gemütliche Abende pro Jahr, meinst du wohl.«

»Tu doch nicht so, als wärst du die Gesellschaftskönigin.«

Die Türglocke läutete. Mit ausgebreiteten Armen lief Cora einer Kundin entgegen, die trotz der moderaten Temperaturen im Fuchsmantel unterwegs war.

»Frau Haller! Was für eine Freude! An Sie habe ich gerade heute Morgen gedacht. Ein Gladiolenstrauß wäre doch etwas für die Kirschholzkonsole in Ihrem Vestibül.« Sie zeigte auf den

Strauß im Schaufenster. »Schauen Sie, ist der nicht entzückend?«

Frau Haller schob ihre Gucci-Sonnenbrille ins blond getönte Haar und nickte wohlwollend. »Den nehme ich gerne. Und wenn Sie mir bis heute Abend noch ein Tischbouquet mit Rosen und Margeriten machen könnten? Ich bekomme überraschend Gäste. Der Bürgermeister und seine Frau, spontane Menschen.« Ihr Handy klingelte in der gesteppten Handtasche. »Bringen Sie es mir vorbei, seien Sie so gut, ja?« Sie zog das Telefon heraus. »Hallo, Liebling! Wartest du bitte kurz? Ich bin nur schnell bei Cora, die Blumen bestellen. Was? Nein, den Tafelspitz habe ich noch nicht abgeholt.«

Cora tat, als ob sie sich die Bestellung notieren müsste. »Selbstverständlich, Frau Haller. Um achtzehn Uhr ist das Bouquet bei Ihnen.«

Die Kundin verabschiedete sich mit zwei Wangenküsschen und verließ mit den Gladiolen den Laden.

»Fünfundvierzig Euro, geht doch«, sagte Cora und begann die Rosen und Margeriten für das Tischbouquet zusammenzusuchen. Sie legte den Kopf schief und betrachtete die Blumen. »Womit gedenkst du denn ab jetzt dein Geld zu verdienen, wo dein holder Exgatte dich aus dem Büro geworfen hat?«

Isabel verschluckte sich an der Schokolade und hustete. »Er hat mich nicht rausgeworfen! Es war einfach das Vernünftigste so.«

»Für wen?« Cora suchte ein längliches Moosgrün aus.

»Für uns alle. Und jetzt lass mich damit in Frieden.« Isabel nahm gleich zwei Pralinen und stopfte sie sich in den Mund.

»Mit der Einstellung kannst du bald in Frieden zum Arbeitsamt stiefeln.« Sie wässerte das Grün ein wenig und begann die Rosenstiele zurechtzuschneiden und hineinzustecken. »Gemütliche Schalensitze haben die da, sagt man.«

Isabel kaute und zeigte Cora den Stinkefinger. Die lachte.

»Und die Nummernanzeige piepst so schön, wenn man endlich dran ist.«

Isabel ging zur Tür. »Tschüss Cora, Waidmannsheil, du Blumenfee.«

Cora lief hinter ihr her. »Entschuldige bitte. Ich will dich doch nur anstacheln, nicht hinter deinem Potential zurückzubleiben. Du bist eine exzellente Landschaftsarchitektin. Lass dir nicht von Marco einen Knick in deine Karriere machen, indem du lange untätig bleibst. Hast du dich schon beworben?«

»Ich bin seit gestern geschieden und raus aus dem Büro. Mein Gehalt läuft noch bis Jahresende. Ich möchte jetzt einfach mal ein bisschen traurig sein, meine Wunden lecken und mich von meiner besten Freundin trösten lassen.«

Cora schüttelte den Kopf. »Kommt nicht in Frage!« Sie zog etwas aus der Hosentasche. »Hier!«

Isabel nahm den Gegenstand und drehte ihn in der Hand hin und her. »Ein Schrittzähler?«

Cora nickte. »Damit du nicht auf die Idee kommst, jetzt stehen zu bleiben.«

Isabel umarmte die Freundin. Irgendwie war sie auf ihre Art ja rührend. Nach kurzem Zögern sagte sie: »Es gibt da tatsächlich etwas, das mir sofort Beine machen könnte. Ich habe eine Anzeige in einer Zeitschrift entdeckt.«

»Erzähl!« Cora legte Rosen und Messer aus der Hand und hörte ihr aufmerksam zu.

Dann meinte sie: »Die Chance musst du nutzen! Wenn du nicht auf der Stelle dort anrufst, dann zwinge ich dich, meine Assistentin zu werden und täglich Kundinnen wie Frau Haller zu beliefern.«

»Aber bin ich nicht raus aus dem Alter für *Work and Travel*?«

»Papperlapapp. Das wird kein *Work and Travel*, sondern eine hervorragende Referenz für dein späteres Arbeitsleben. Du erntest doch da keine Kiwis! Vergiss diese Bedenken. Genieß einfach deine Freiheit und nutze die Möglichkeit.« Sie wedelte Isabel gen Ausgang. »Ruf jetzt an. Sofort! Und komm nicht wieder, bevor du nicht den Auftrag hast!«

Isabel lachte, schnappte sich noch eine letzte Praline und verließ den Laden.

Auf dem Weg zur Wohnung ihrer Mutter spazierte sie über den Meidlinger Markt vorbei an den bunten Verkaufshäuschen mit Cafés, Gemüseläden und Dönerbuden. Cora hatte recht, es ging jetzt darum, selbständig auf die Beine zu kommen. Zwölf Jahre hatten Marco und sie zusammengearbeitet, hatten ihr Büro gemeinsam aufgebaut, sich einen Namen gemacht. Marco behielt diesen Firmennamen nun. Und sie? Sie musste neu anfangen, eine Grundlage schaffen für ihr weiteres Berufsleben. Einen fundierten Erfahrungsschatz hatte sie, das wusste sie. Ihr war nicht bange, dass sie der neuen Aufgabe nicht gewachsen sein würde. Sie musste nun eine eigene Firma aufbauen, die ihren Lebensunterhalt langfristig sichern konnte. Denn den Beruf aufzugeben, sich irgendwo unter ihren Fähigkeiten anstellen zu lassen oder gar in ein anderes Berufsfeld zu wechseln, das kam gar nicht in Frage. Sie liebte ihre Arbeit in den Gärten und Parks. Für eine eigene Firma brauchte sie schnell gute Referenzprojekte, und die Gestaltung eines historischen Parks wäre perfekt. Wenn alles klappte, hätte sie sogar die Möglichkeit, sich mit dem neuen Büro auf ein äußerst interessantes Segment zu spezialisieren: auf die Rekonstruktion alter Landschaftsgärten. *Isabel Manzetti – Historische Landschaftsgärten in Perfektion.* Oder besser: *Manzettis Historische Landschaftsgärten?*

Ihr Herz tat einen harten Schlag. Sie hieß seit gestern offiziell gar nicht mehr Manzetti. Sie biss die Zähne aufeinander. Sie war jetzt wieder Isabel Huber. Sie musste tief durchatmen und sich zwingen weiterzudenken. *Historische Landschaftsgärten neu belebt.* Sie wusste, dass es im Norden Deutschlands zuhauf verlassene Gutshäuser samt Parks gab, die zu neuem Leben erweckt werden wollten. Warum nicht diese Marktmöglichkeit nutzen, um sich gleich ordentlich zu positionieren?, dachte sie, als sie die Wohnung betrat und den Blazer an den Kleiderhaken hing. Warum ni ...

»Gut, dass du kommst«, begrüßte ihre Mutter sie.

Isabel fuhr zusammen. »Ich dachte, du bist erst um vier Uhr zurück.«

»Ich werde wohl in meiner eigenen Wohnung auftauchen dürfen, wann ich will.« Sie stemmte die Hände in die Hüften. »Wir müssen reden.« Sie machte kehrt und ging voraus in die Küche. Dort bedeutete sie Isabel, sich auf die Bauernbank zu setzen. »Ich habe mit Harald gesprochen.«

Isabel stöhnte. Bitte nicht ... »Aber du weißt, dass ich den Harald partout nicht ...«

»Hör mir erst mal zu.« Ihre Mutter setzte sich zu ihr. »Ich will nicht, dass meine Tochter sich zu einer depressiven Frau mit schlechten Haaren und strenger Falte um den Mund entwickelt.«

»Wie bitte?« Isabel fuhr sich durch die Locken. Sah sie schon so schlimm aus?

»Und das Nägelkauen muss ein Ende haben. Ich finde es ja toll, dass du in dieser Situation nicht wieder mit dem Rauchen anfängst, aber nun mach endlich Klarlack drauf und kauf dir Kaugummis.«

»Mama!« Isabel legte die Hände flach auf den Tisch. Der Herzdiamant an ihrem Ring funkelte. Sie zog die Hände wieder zurück.

Ihre Mutter winkte ab. »Ich habe mit Harald geredet, und er hat angeboten, dich ab dem ersten Juli einzustellen.«

Isabel setzte sich gerade hin. »Auf gar keinen Fall! Ich werde unter keinen Umständen bei Harald ...«

»Aber Mäuschen, es ist eines der renommiertesten Architekturbüros in der Stadt. Sie können sich vor Aufträgen nicht retten. Und Harald war ganz angetan von meiner Idee, mit dir eine Landschaftsarchitektin ins Team zu holen. In letzter Zeit bekommen sie immer mehr solcher Aufträge und müssen sie an befreundete Büros abgeben.«

Isabel sprang auf. »Es ist mir egal, was die …«

Ihre Mutter zog sie zurück auf die Bank. »Jetzt hör mir doch zu! Harald schafft dir eigens eine Stelle mit einem sehr guten Gehalt, das hat er mir versichert. Mensch, er und Papa waren doch seit der Schulzeit wie Brüder. Da ist es doch kein Wunder …«

Warum konnte Mama das nicht verstehen? »Ich glaube, Harald bietet das nur aus schlechtem Gewissen und Mitleid an.«

»Schlechtes Gewissen, wieso denn das?« Ihre Mutter sah sie ehrlich erstaunt an.

Hatte sie noch nie darüber nachgedacht? Isabel zögerte kurz aus Angst, sie könnte ihre Mutter kränken. »Weil er Karriere gemacht hat, und Papa nicht. Ja, sie sind befreundet geblieben, obwohl Papa zeitlebens in der Fabrik geackert und nur Harald den Studienplatz bekommen hat.«

»Aber Kind, das ist doch fünfzig Jahre her. Sei doch vernünftig.«

»Ich mag Harald aber nicht, und ich will keine Hilfe von Vitamin B.« Isabel riss sich los.

»Du immer mit deinen Prinzipien …« Ihre Mutter sank an die Rückenlehne.

»Schluss, Mama, ich mache das nicht! Und im Übrigen habe ich bereits eine andere sehr gute Stelle bekommen.«

»Ach ja?«

»Allerdings!«, rief Isabel und lief mit ihrem Smartphone in ihr altes Zimmer. Jetzt musste sie nur beten, dass die Stelle noch nicht vergeben war.

5

Die zwei Alukoffer lagen aufgeklappt auf den grünen und rosafarbenen Fransen des Teppichs. Isabel warf hinein, was ihr in die Finger kam. Erst mal Kleidung für den Sommer und den Herbst, dachte sie. Vielleicht auch noch was für den Winter? Wie lange würde es wohl dauern, den Park wieder zum Leben zu erwecken?

Der Mann am Telefon hatte jedenfalls ganz nett geklungen, dachte sie. Er hatte sich als Alex vorgestellt und war offenbar der Chef der »Künstler«. Sie schmunzelte. Er hatte sehr langsam und bedacht gesprochen mit einer tiefen, samtigen, ein wenig verschlafen klingenden Stimme, mit der er jede Versicherung hätte verkaufen können. Isabel hatte sich einen jungen Alain Delon vorgestellt, mindestens. Er hatte sich als zeitgenössischer Maler bezeichnet, der ursprünglich aus Hannover stamme, später aber in New York gelebt habe, und seit nunmehr einem Jahr sei das Gutshaus Lundwitz nahe der Ostsee sein Zuhause. Es erwarte sie eine spannende Aufgabe, hatte er gesagt. Sie müsse allerdings ein wenig flexibel sein, was den Wohnstandard angehe, man sei noch mitten im Umbau und mit der Sanierung des Hauses beschäftigt.

Ein wenig flexibel. Fließend Wasser werde es ja wohl geben, hatte Isabel scherzend gefragt. Meistens, hatte er geantwortet und ein rauchiges Lachen hinterhergeschickt.

Sie nahm das Cocktailkleid mit den Pailletten wieder aus dem Koffer, ebenso zwei Paar High Heels. Auch wenn sie sie liebte, die würde sie dort oben garantiert nicht brauchen. Stattdessen packte sie drei Paar Sneakers und ihre Camelboots ein, die sie immer bei Baustellenbegehungen und einmal in der Woche im *Garten Kunterbunt* trug, wenn sie mit den Stadtteil-kindern Gemüse säte und Beete umgrub. Sie musste lächeln, als sie an diese Mittwochnachmittage dachte, die sie nie aus-fallen ließ, egal welche Sitzung oder welcher Bauherr sich in ihren Terminplan drängen wollte. Der *Garten Kunterbunt* war ihre kleine Großstadtoase auf dem Dach eines Achtgeschossers gleich bei ihrer Mutter um die Ecke. Was hatte sie kämpfen müssen, um das Projekt von der Stadt genehmigt zu bekommen, als ihr diese zugegebenermaßen leicht verrückte Idee nicht mehr aus dem Kopf gegangen war. Marco hatte stets nur die Augen verdreht und gemeint, sie verschwende ihre kostbare Zeit, warum wolle sie denn für diese verlorenen Gören überhaupt etwas tun? Sie hatte sich nicht beirren lassen, hatte das Theater wegen Sicherheitsmaßnahmen und Vorschriften durchgestanden und schließlich eine Lösung errungen. Das Ergebnis war, dass nun schon seit fast fünf Jahren jede Woche rund vierzig Kinder pflanzten, gruben und ernteten und so ein paar glückliche Stun-den an der frischen Luft im *Garten Kunterbunt* jenseits ihres meist wenig bunten Alltags zwischen Schule und Spielkonsole verbrachten. Sie sah die geröteten Gesichter vor sich, hörte die hin und her fliegenden Kommentare, wenn sie Karotten aus der Erde zogen, Johannisbeeren direkt vom Strauch naschten oder in der knallbunt angestrichenen Laube von Isabel oder einer ihrer Mitstreiterinnen Palatschinken direkt aus der Pfanne bekamen, auf die sie selbst gekochte Erdbeermarmelade strichen.

Isabels Augen begannen zu brennen, schnell konzentrierte sie sich wieder aufs Packen. Hatte sie denn wirklich nur zwei Paar Jeans? Im Büro hatte sie zu Kundengesprächen stets einen ihrer schwarzen oder dunkelblauen Hosenanzüge oder Kostüme mit Bluse und High Heels getragen. Wie hatte sie diese Meetings gehasst, in denen man lächelnd die zum Teil grotesken Vorstellungen der Kunden gutheißen musste. Viele Leute hatten wirklich nicht ein Fünkchen Stil. Mancherorts hatten sie die kitschigsten Botschaften in die Buchsbäume schnitzen lassen müssen: Herzen, Statuen, einmal sogar ein Bild des Yorkshire Terriers der Hausherrin.

Bei dem neuen Projekt gab es vermutlich keinen Kitsch, sondern eine feste historische Vorlage. Bilder vom Park und Pläne. Viel hatte dieser Alex am Telefon jedoch noch nicht verraten. Nur, dass das Projekt von der EU gefördert werde und dass die Denkmalschutzbehörde sehr konkret und vor allem korrekt in die Planung und Umsetzung eingebunden werden müsse, nicht nur was das Gutshaus anging, sondern eben auch den Park. Er hatte einige Fragen zu ihrem Lebenslauf gestellt, den Isabel ihm umgehend gemailt hatte, und war beeindruckt gewesen von den Projekten, die sie betreut hatte. Nach einer kurzen Pause, in der Isabel schon dachte, die Leitung sei zusammengebrochen, hatte er sie eindringlich gefragt, ob sie auch wirklich wisse, worauf sie sich einlasse? Es sei die Chance, ein historisches Ensemble wiederherzustellen und zu prägen mit den vielen kleinen Details, die es zu entscheiden gelte, weil sie möglicherweise in den historischen Vorlagen nicht ganz ersichtlich waren. Es sei aber auch ein Abenteuer, das mehr mit Improvisation zu tun habe, denn mit Komfort und Planmäßigkeit.

Kurz hatte sie überlegt, einen Rückzieher zu machen, aber schließlich hatte die Neugier gesiegt. Und die Angst vor der Leere, die ihr Leben zurzeit bestimmte. Der Leere hier zu Hause in Wien. Ohne Marco, ohne Job.

Natürlich gab es auch manches, was sie an Wien sehr vermissen würde. Die Arbeit im *Garten Kunterbunt* natürlich. Aber das würde auch ohne sie laufen, schließlich hatte sie inzwischen einen Mitarbeiterstab von acht Frauen aus der Nachbarschaft aufgebaut. Jetzt musste sie für eine Weile loslassen und sich um ihre eigene Zukunft kümmern.

»Meinst du denn, es gibt dort in der Nähe ein Spa-Hotel, damit ich dich mal besuchen kann?«, hatte Cora am Telefon gefragt. »Denn auf einer Baustelle werde ich mit Sicherheit nicht übernachten.«

»Um deinen Urlaub kümmern wir uns später, meine Liebe«, hatte Isabel geantwortet. »Jetzt muss ich erst mal dort oben ankommen.«

»In der von Dornen überwucherten Trümmerwüste von Alain Delon.« Cora kicherte.

»Sehr witzig.« Isabel hatte sie weggedrückt.

Und dann war der Tag ihrer Abreise gekommen. Isabel gab ihrer Mutter einen Kuss auf die Wange und umarmte sie fest. Die Koffer waren schon unten im Range Rover verstaut.

»Gib auf dich acht, mein Schatz«, sagte ihre Mutter nun und umarmte sie fest.

»Und du auf dich!« Isabel musste sich zusammenreißen, dass ihre Augen nicht feucht wurden.

»Grüß deine Mitbewohner von mir.« Ihre Mutter schaute sie ernst an. »Und sollte es dort zu wild zugehen, in dieser Guts-haus-WG: Dein Zimmer hier steht immer für dich bereit.«

Isabel gab ihr einen Kuss und stieg in den Fahrstuhl. Als die Tür zuglitt und sie sich zum Spiegel umdrehte, sah sie dort eine Frau im mittleren Alter, die sie fragend anblickte. Immerhin waren ihre Haare nun gewaschen, die Locken hatten wieder Kraft und glänzten, als sie mit der Hand hindurchfuhr. Auf den Nägeln hatte sie Klarlack aufgetragen. Die Augenringe schienen ein wenig kleiner – und sie entdeckte sogar einen Hauch frischer Röte auf den Wangen.

6

Die Fahrt auf der Autobahn zog und zog sich. Der Wackel-Elvis musste inzwischen eine lahme Hüfte haben. Nach vier Stunden taten auch Isabel der Hintern und der Rücken weh. Ihr Magen, den sie nur mit ein paar Gummitieren versorgt hatte, beschwerte sich und verlangte ein warmes Mittagessen. Isabel nahm die nächste Abfahrt irgendwo bei Dresden. Tschechien hatte sie bereits hinter sich gelassen. Sie folgte einem Schild, das einen *Mittagstisch* versprach und eine dampfende Kaffeetasse zeigte, und bog auf einen Parkplatz, zwischen dessen Steinplatten Gras sprießte. Sie hielt an, und der Motor verstummte.

Stille.

Isabel stieg aus und streckte sich. Die Luft roch nach Abgas, Bratensauce und Rotkohl. Die Glasmosaiktür zur Gaststätte knarrte, und Isabel setzte sich an einen von vier Tischen mit Plastiktischdecken. Unechte Nelken steckten in einer schmalen Vase. Zwei weitere Tische waren besetzt von einem Mann, wohl einem Lastwagenfahrer, der Kohlroulade mit Rotkohl und Knödeln aß, und von zwei Frauen mit schwarz-bunt gefärbten Kurzhaarfrisuren, die jede ein Schnitzel mit Pommes vor sich hatten. Isabels Auftritt wurde genau beobachtet, auch von dem dicken Wirt, der auf den Tisch zugeschaukelt kam, ein Geschirrtuch im Hosenbund.

Isabel legte ihren Schlüsselbund mit dem Anhänger vom Botanischen Garten Berlin neben die Nelkenvase und bestellte ein Bauernfrühstück. Dabei konnte man nun wirklich nichts verkehrt machen, dachte sie und trank ihre Club Cola, die der

Mann ihr sofort gebracht hatte. Im Radio wurde das Wetter verlesen. Man erwarte für die Region sonniges Frühsommerwetter, von Norden ziehe allerdings Tief »Hermann« heran und sorge ab dem späten Nachmittag für starken Regen und Wind mit Böen bis zu Windstärke acht.

»Romantik ist was anderes«, sagte eine der beiden Frauen gerade zur anderen und kaute ihr Schnitzel.

»Er lässt sich nie etwas einfallen«, sagte die andere. »Könnte ja wenigstens einmal im Jahr an unseren Hochzeitstag denken.«

»Ist nicht zu viel verlangt.«

»Ist es nicht. Muss ja nicht gleich ein ganzer Strauß sein. Eine einzelne Rose reicht mir auch, kostet doch nur einen Euro. Aber ist ihm zu kitschig.«

Ein Chart-Hit tönte aus dem Radio.

»Ist doch nicht kitschig!«

Schweigen. Der Verkehrsfunk meldete Stau auf der A13 zwischen Radeburg und Schwarzheide. Hoffentlich war er vorbei, bis sie aufgegessen hatte, dachte Isabel.

»Früher waren die Menschen eben noch richtig romantisch«, sagte die eine Frau nun. »Ellenlange Liebesbriefe haben die sich geschrieben, und ich krieg noch nicht mal 'ne SMS, geschweige denn eine lumpige Rose zum Hochzeitstag.«

Isabels Bauernfrühstück kam. Das warme Ei und die leicht angebrannten Bratkartoffeln taten gut. Laut Navi waren von hier aus noch knapp viereinhalb Stunden zu fahren. Vorausgesetzt, rund um Berlin gab es keinen Stau.

Sie war vor acht Jahren zum letzten Mal in Berlin gewesen, mit Marco am Hochzeitstag. Isabel schaute zu den beiden Frauen. Das musste man Marco lassen, für die Hochzeitstage hatte er sich immer etwas Besonderes einfallen lassen – natürlich auf seine Marco-Art, die immer ein wenig übertrieben war. Er hatte ihr damals nicht verraten, wo es hinging, bis sie am Flughafen eingecheckt hatten. Ein Wagen hatte sie in Tegel abgeholt und in ein Hotel am Gendarmenmarkt gebracht. Marco hatte eine Suite gebucht, in der der Champagner schon bereitstand. Als Höhepunkt der Reise hatte er sie in den Botanischen Garten geführt, wo sie einen ganzen Nachmittag damit verbracht hatten, das Arboretum, die Orchideensammlung, das Tropenhaus und natürlich den Rosengarten rund um die Rosenlaube zu erkunden. Warum nur war es später im Alltag so schiefgegangen?

»Zufrieden mit dem Bauernfrühstück?«, unterbrach der Wirt ihre Gedanken und nahm das leere Colaglas vom Tisch. »Noch 'ne Cola?«

»Kaffee bitte«, sagte Isabel. »Das Bauernfrühstück war hervorragend.«

»Will ich doch meinen. Meine Frau macht das beste.« Er lächelte. »Wir sind seit sechsunddreißig Jahren verheiratet.«

»Alle Achtung!«, sagte Isabel, aber innerlich zog sich alles zusammen. Sechsunddreißig Jahre, davon waren sie und Marco weit entfernt geblieben. Sie biss die Zähne fest zusammen und schaute auf ihre Nelke. Hier in dieser Raststätte würde sie bestimmt nicht anfangen zu weinen. Sie schob sich einen frischen Kaugummistreifen in den Mund und erinnerte sich an etwas, was vor drei Jahren vorgefallen war. Sie und Marco waren zu einer Geburtstagsfeier eines Freundes in einem teuren italienischen Restaurant eingeladen. Der Freund war ein ehemaliger Kommilitone von Marco, mit dem er eine WG geteilt hatte. Isabel kannte ihn nur flüchtig, denn die beiden hatten sich nach dem Ende des Studiums aus den Augen verloren. Er hatte Marco und Isabel überschwänglich begrüßt und sie der Runde von etwa fünfzehn Leuten vorgestellt. Die Frauen waren alle sehr gepflegt, trugen Designerkleider, goldene Uhren und lackierte Fingernägel. Armreifen klimperten, Champagnergläser klirrten. Isabel war direkt von der Arbeit gekommen, sie trug ihren dunkelblauen Hosenanzug und nur wenig Make-up. Die Haare hatte sie mit einer Klammer nach oben gesteckt, die Nägel nicht lackiert. Ein anstrengender Arbeitstag lag hinter ihr, an dem sie sich mit einer Rechtssache hatte herumschlagen müssen, in die Marco die Firma manövriert hatte. Nun hockte sie erschöpft zwischen den schillernden Gestalten und erntete ab und an einen missbilligenden Blick von Marco, der am anderen Tischende saß, der ihr sagte, sie solle sich amüsieren. Aber sie fand diese Leute nicht interessant, sie wollte nur nach Hause, eine Dusche nehmen und ins Bett. Sie war gleich nach dem Essen durch die dunklen Straßen alleine nach Hause spaziert, denn Marco hatte noch bleiben wollen. Am nächsten Morgen hatte sie sich sein Gemecker darüber anhören müssen, was für eine Spielverderberin sie sei.

Ihr Smartphone brummte. Die Verkehrs-App gab die Auflösung des Staus zwischen Radeburg und Schwarzheide durch. Sie schaute noch schnell nach dem Wetter. Nördlich von Berlin würde sie in Regen hineinfahren, sagte die App voraus. Isabel seufzte. Wenigstens passte das Wetter hervorragend zu ihrer Stimmung.

Sie trank den Kaffee aus, zahlte und fuhr wieder auf die Autobahn – ihrem neuen Leben entgegen. Oder war das alles nur eine Schnapsidee, und sie würde schon in wenigen Tagen wieder nach Wien zurückkehren?

Isabel drehte die Musik im Autoradio auf volle Lautstärke, um ihre Gedanken zu übertönen. Der Wackel-Elvis gab sein Bestes, aber er schaffte es nicht, ihr ein Lächeln ins Gesicht zu zaubern.

7

Nachdem sie Berlin hinter sich gelassen hatte, fing es zu schütten an. Die Scheibenwischer arbeiteten auf höchster Stufe, Isabel fuhr langsam. Als es dunkel wurde, bohrten ihre Scheinwerfer einen Tunnel in den Regen. Die Markierung der Autobahn war kaum zu erkennen. Nach der langen Fahrt hatte Isabel Mühe, die Augen aufzuhalten. Endlich entdeckte sie das Ausfahrtsschild. Auf der von Eichen gesäumten Allee wurde der Regen ein wenig schwächer. Sie fuhr durch einen kleinen Ort, zwischen Häusern mit heruntergelassenen Jalousien hindurch. Der Wagen ließ das Wasser aufspritzen. Auf den Gehwegen war um diese Uhrzeit, kurz nach zweiundzwanzig Uhr, sowieso niemand unterwegs. Nur hinter wenigen Fenstern flackerte noch ein Fernseher.

Sie öffnete die Seitenscheibe, um frische Luft hereinzulassen, spuckte den Kaugummi nach draußen und aß ein Stück der neben ihr liegenden Kaffeeschokolade. Seit zehn Stunden war sie auf der Straße. Kein Wunder, dass ihre Kraft langsam schwand. Ein Hofhund bellte das Auto an, ansonsten blieb alles still in dem kleinen Ort, den sie rasch hinter sich ließ. Nur noch wenige Kilometer bis zum Ziel, sagte das Navi.

Zwischen zwei Eichen entdeckte sie einen abzweigenden Weg mit grobem Kopfsteinpflaster. Der musste zum Gutshaus führen! Alex hatte am Telefon gesagt, direkt nach dem kleinen Ort führe ein Weg durch einen Wald und an einer Obstplantage entlang bis auf den Hof. »Klingeln Sie bitte an, wenn Sie abbiegen. Ich stelle dann ein Empfangskomitee zusammen und sorge für die Salutschüsse zum Herzlich willkommen!«, hatte er gesagt.

Ein Scherzbold war er also auch.

Isabel holperte über die groben Steine, Elvis bekam einen Hüftschaden. Sie wählte die Nummer, doch niemand ging ran. Auch beim dritten Mal nicht. Sie warf das Smartphone auf den Beifahrersitz. So viel zum Thema »Herzlich willkommen«, dachte sie, als das Kopfsteinpflaster allmählich in Schotter überging, wodurch der Weg matschig wurde. Im Laufe von beinahe zwei Jahrhunderten war der Schotter durch zahlreiche Fahrzeuge und Schuhe wohl vom Weg verschwunden, dachte Isabel. Sie hatte einen kurzen Text auf der Heimatmuseumseite über das Gutshaus gelesen.

Gut Lundwitz war 1851 von der Familie derer von Lundwitz erbaut worden, die es bis Anfang des zwanzigsten Jahrhunderts bewohnt hatte. Man hatte das Haus als Gutsbetrieb geführt, die weitläufigen Felder bewirtschaftet, Schweinezucht betrieben, später Obstplantagen angelegt, den Wald beforstet und in einem nahegelegenen Teich Karpfen gezüchtet. Nach dem Zweiten Weltkrieg war der Betrieb von der übernehmenden LPG fortgesetzt worden. Allerdings hatte man in den darauffolgenden Jahrzehnten nur wenige Wirtschaftsräume des Gutshauses genutzt, der Rest war angeblich verfallen. Vor allem in den dreißig Jahren seit der Wende, in denen das Gebäude leer gestanden hatte.

Die Lichtkegel der Scheinwerfer ruckelten auf und ab, Wasser spritzte aus den Schlaglöchern. Plötzlich sackte der linke Vorderreifen so tief ein, dass der Wagen mit der Karosserie hängen blieb.

»Verdammt!« Isabel versuchte, sehr langsam Gas zu geben, aber die Reifen drehten durch, Matsch und Wasser klatschten gegen die Scheiben. Sie versuchte es noch einmal. Keine Chance. Leise schimpfte sie vor sich hin und stieg hinaus in die Dunkelheit. Ihre Chelsea Boots versanken knöcheltief im Matsch, vom Regen war sie sofort durchnässt. Sie fluchte und blickte sich um. Weit konnte es nicht mehr sein zum Haus, hundert Meter vielleicht. Aber sehen konnte sie absolut nichts. Kein erleuchtetes Fenster, keine Laterne. Nur der Wind in den Baumgipfeln und die Regentropfen waren zu hören, die auf das Auto und in die Pfützen prasselten.

Isabel nahm das Smartphone vom Beifahrersitz und versuchte, in die Dunkelheit zu leuchten. Nur Schatten von Kiefern und Buchen, die im starken Wind rauschten und schaukelten. Gut, dass sie von *Blair Witch Project* nur den Trailer gesehen hatte, dachte sie. Ihr Herz raste. Warum war sie nicht in Wien, hatte sich mit Cora für das Kino verabredet und war hinterher zum Italiener gegangen? Was um alles in der Welt machte sie in diesem kalten Nirgendwo? Sie holte ihre Barbourjacke und die Handtasche aus dem Wagen. Es half nichts. Sie würde dem Weg folgen müssen und irgendwann, hoffentlich bald, musste das blöde Gutshaus auftauchen.

Sie schloss das Auto ab, leuchtete mit dem Smartphone-Display, so gut es ging, und kämpfte sich durch Matsch und Pfützen weiter.

»Nicht erschrecken!«, hörte sie plötzlich eine tiefe Stimme durch den Wind.

Isabel fuhr zusammen.

Im Lichtkegel tauchten Gummistiefel auf, in denen Männerbeine in Jeans steckten. Sie schwenkte das Display hoch und erkannte über einer Öljacke das Gesicht eines Mannes mittleren Alters, umrahmt von nassen, verstrubbelten, braunen Haaren, das sie nun von unten anleuchtete.

»Ich bin Alex«, sagte der Mann und schien hinter seinem Vollbart zu lächeln. »Herzlich willkommen!« Er reichte ihr seine nasse Hand.

Isabel Herz beruhigte sich ein wenig, denn jetzt erkannte sie die samtige Stimme vom Telefon. »Ich habe vor ein paar Minuten versucht, Sie anzurufen.«

»Wir stecken hier meist im digitalen Funkloch. Sorry.« Er trat mit den Gummistiefeln in eine Pfütze, als er an ihr vorbei auf das Auto zusteuerte. »Aber schön, dass Sie da sind. Das große Schlammloch links an der Einfahrt, nicht wahr? Ist selbst für Geländewagen zu tief, ich weiß. Wir müssen die Stelle endlich einmal aufschütten. Ich hätte Sie vorgewarnt, wenn ich Ihren Anruf bekommen hätte. Wir ziehen ihn morgen mit dem Traktor raus.« Er klopfte gegen die Kofferraumtür. »Ich nehme Ihre Reisetasche.«

Sie öffnete ihn. »Zwei Koffer trifft es eher. Aus dem Camping-Alter bin ich raus.«

Er sah ins Innere. »Sagen Sie mir, in welchem das Zeug ist, das Sie heute Nacht brauchen. Den Rest bringe ich Ihnen morgen in die Dachkammer.«

Sie deutete auf einen der Koffer. »Ich wohne in der Dachkammer?«

Er griff nach dem Koffer, warf die Kofferraumtür zu und ging los.

Isabel beeilte sich an seiner Seite zu bleiben, der Regen rann ihr in den Kragen.

»Jap. Da sind Sie aus dem Weg, weil wir doch unten noch renovieren.« Er nickte. »Ist aber ganz hübsch und gemütlich da oben. Wir haben Ihnen ein paar Fundstücke aus dem ganzen Haus zusammengesammelt.«

Fundstücke? Aus dem Weg? Isabel hatte Mühe, im Lichtschein ihres Smartphones darauf zu achten, nicht in die tiefen Pfützen zu patschen oder sich die Knöchel zu verknacksen.

»Es hat ganz schön geschüttet heute«, sagte Alex. »Ihr Park, an dem Sie sich ab morgen austoben können, gleicht einem Teich.« Er lachte. »Wir freuen uns übrigens wirklich sehr, dass Sie sich für unser Projekt entschieden haben. Was auch immer

Sie bewogen haben mag, bei Ihrer Vita.« Er schaute sie direkt an. »Ich meine, wir freuen uns natürlich sehr, aber …«

»Sie wollten doch einen Profi, nun haben Sie einen«, unterbrach sie ihn, damit er schwieg und keine weiteren Fragen stellte.

»Sehr selbstbewusst, Frau Huber aus Wien.«

Wenn er wüsste … Ihr Blick fiel auf Kopfsteinpflastersteine, die neben dem Weg aufgetürmt waren. Schaufeln lehnten daran, daneben stand ein Bagger. »Und Sie machen das wirklich alles alleine hier?«

»Stück für Stück, Stein für Stein«, sagte er. »Aber wir haben einen beratenden Architekten, der eingreift, wenn etwas schiefgeht. So.« Er stieg sechs breite Sandsteinstufen empor. »Hier geht's hinein.«

Isabel versuchte, an der Fassade nach oben zu leuchten, erkannte aber nur einen Sandsteinsims, und darüber meinte sie Backstein auszumachen.

Alex hatte ihren Blick bemerkt. »Sehr englisch, schlicht, aber ein Tudortürmchen haben sie sich geleistet. *New Gothic* eben. War damals im Historismus schwer in Mode. Sie werden es morgen früh sehen. Bitte sehr.« Er schob sie durch die breite Eichentür in die Vorhalle, von der Isabel nur ahnen konnte, dass sie sich wohl über zwei Etagen öffnete, denn eine Decke sah sie im Schein des Handys nicht. Alex eilte zu einem Vertiko an der Seite, um Kerzen auf einem vierarmigen Leuchter anzuzünden.

»Das ist nicht Ihr Ernst!« Isabel beobachtete, wie er das Streichholz von Kerze zu Kerze führte.

Er zuckte die Schultern. »Wir haben leider heute mit dem Bagger das Hauptstromkabel erwischt.« Er nahm den Leuchter in die eine, Isabels Koffer in die andere Hand und schritt über eine Plastikplane hinweg auf die geschwungene Steintreppe zu. »Kommen Sie!«

Isabels Gedanken drehten sich, als sie seinen Schlammfußspuren auf der Treppe folgte. Es kam ihr klamm vor hier drinnen, ein Luftzug ließ sie in ihren nassen Klamotten erschaudern.

Sie gingen durch eine offene Galerie, von der man bei Tageslicht vermutlich hinunter in die Halle blicken konnte, durch eine unscheinbare Tür. Dahinter führte eine enge Treppe zwei weitere Stockwerke hinauf. Vielleicht war das einmal der Gesindeaufgang gewesen, dachte Isabel und betrat hinter Alex die Dachkammer.

Sie hörte den Regen auf das Dach und gegen ein Fenster prasseln, das hoch oben nahe am Giebel wohl neu eingebaut worden war und ein wenig Tageslicht versprach. Offene Eichenbalken verzweigten sich unter der Decke. Die Dachschrägen bestanden aus blanken Ziegeln. In der Ecke entdeckte sie einen Eimer, der halb mit Wasser gefüllt war. Über ihm zeichnete sich an den Ziegeln ein feuchter Fleck ab. Mitten im Raum erhob sich der Backsteinschornstein, an den ein Bollerofen angeschlossen war, in dem ein paar Scheite loderten.

»Den Ofen hat der Schornsteinfeger gerade noch rechtzeitig abgenommen. Er macht es nachts kuschelig warm hier oben«, sagte Alex und wirkte stolz.

Isabel sah ihn sprachlos an. Eine Zentralheizung gab es demnach nicht? Okay, jetzt im Sommer war das nicht so schlimm, aber im Herbst und Winter? Bis dahin hatten sie hoffentlich ...

»Eins von den alten Himmelbetten, wie sie im Haus noch vereinzelt zu finden sind, haben wir hier leider nicht hochgekriegt für Sie«, unterbrach Alex ihre Gedanken und deutete auf eine Matratze auf den Planken, direkt am Ofen. Immerhin schien das Leinen-Bettzeug frisch gewaschen zu sein. Auf dem Kissen lag eine kleine Rittersport-Schokolade als Betthupferl. »Aber das ist herrlich bequem. Versprochen.«

Isabel schob sich eine nasse Haarsträhne aus dem Gesicht und sah sich im Schein des Kerzenleuchters weiter um. Ein blau-weißer, abgewetzter Nain-Teppich lag vor der Matratze, und ein wuchtiger Kleiderschrank aus der Gründerzeit flankierte die Front.

Alex folgte ihrem Blick. »Diese alten Schränke kann man ganz einfach auseinanderbauen. Ist noch echte Handwerkskunst.« Er zeigte auf einen Louis-Philippe-Schreibtisch aus Kirschholz mit geschwungenen Beinchen. »Für Ihre Korrespondenzen und Recherchen.«

Isabel fuhr mit der Hand über die feine Tischplatte, aber in Gedanken war sie noch bei der Matratze und dem Eimer.

Alex wies auf eine Jugendstil-Kommode, auf der ein mit Wasser gefüllter Porzellankrug neben einer flachen, großen Schale im selben Dekor stand, dazu eine lila Seife, die Lavendelduft verströmte. »Voilà, la salle de bains, Ihr Badezimmer.«

Jetzt konnte Isabel nicht mehr an sich halten. »Sie machen Witze!« Sie schaute entsetzt auf die Schale und suchte mit den Augen den Boden neben der Kommode ab.

Alex lachte. »Keine Angst – es gibt keinen Nachttopf. Das richtige Bad samt Klo, fließendem Wasser und Dusche ist nur eine Etage tiefer. Sie können es nicht verfehlen. Genau gegenüber der Treppe, über die Sie runterkommen.«

Isabel sank auf den zierlichen Stuhl vor dem Schreibtisch. Nach der langen Autofahrt und der Aufregung der vergangenen Tage war das alles ein wenig viel für sie. Schnell zog sie einen neuen Streifen Kaugummi aus der Hosentasche. »Auch einen?« Sie hielt Alex die Packung hin.

Der schüttelte den Kopf. »Haben Sie mit dem Rauchen aufgehört?«

Isabel nickte.

»Kenne ich. Halten Sie durch, es lohnt sich.« Er stellte den Kerzenleuchter auf einem Teewagen mit Messingbeschlägen ab, der wohl ihr Nachttisch sein sollte. Daneben duftete in einer Jugendstilvase ein Strauß rosa Rosen. Als ob sie dieses Desaster noch retten könnten! Sollte sie wirklich auf dem blanken Fußboden schlafen, neben einem Ofen, der nachts ausging, wenn sie ihn nicht weiter anheizte? Sollte sie sich eine Lungenentzündung holen in dieser zugigen Kammer? Was war, wenn es Mäuse gab, die nachts über ihren Körper huschten? Mal ganz abgesehen von den tausenden Spinnen, die hier mit Sicherheit wohnten. Das konnte doch alles nicht sein Ernst sein!

Alex schien ihre Gedanken nicht zu ahnen, offenbar fand er diese Kammer gemütlich. Wer weiß, wie er und die anderen »Künstler« unten im Haus hausen, dachte Isabel.

Ungerührt zeigte Alex auf die Rosen. »Das war Sinas und Ennos Idee.«

»Ihre Kollegen? Wo sind Ihre Mitbewohner eigentlich?« Hatte er nicht etwas von Empfangskomitee gesagt?

»Sina hat heute eine Vernissage in Berlin, und Enno macht dort Musik. Morgen kommen sie zurück, dann werden Sie sie kennenlernen.«

Isabel nickte und beugte sich zu den Rosen, um zur Beruhigung ihren Duft einzuatmen.

»Freut mich, dass Sie sie mögen«, sagte Alex. »Wir dachten, es wäre eine schöne Einstimmung auf Ihre Arbeit. Schließlich wird es im Park hauptsächlich um sein Kernstück gehen, den historischen Rosengarten.«

Isabel richtete sich auf. »Ein Rosengarten?« Davon hatte er am Telefon gar nichts erwähnt. Jetzt war sie aufgeregt und sah schon ihre *Judi Dench*, ihre *Geoff Hamilton* und die *Poet's Wife* vor sich. Nur dass es hier vermutlich nicht nur um ein paar moderne Terrassenrosen ging, sondern um unzählige alte Rosen. Sie sah ihn hoffnungsvoll an.

Alex nickte. »Direkt vor dem Gutshaus gab es einst eine Fläche, ungefähr so groß wie ein Fußballfeld, auf der ein Rosarium angelegt war.«

»Einst?« Oh nein.

»Heute erinnert leider nur noch wenig an den ursprünglichen

Zustand. Deshalb sind Sie ja nun da. Offenbar war der Rosen-garten einmal nach einem historischen Vorbild angelegt. Aber viel haben wir darüber noch nicht herausgefunden. Das wird ab morgen Ihre Aufgabe sein.« Er lächelte. »Möchten Sie noch etwas essen?«, fragte er dann, wohl mehr aus Pflichtbewusstsein. »Wir könnten unten in der Küche schnell etwas zaubern. Wir haben dort den alten Herd mit Holzbefeuerung stehen lassen. Wirkt fast wie einer dieser Aga-Herde, die man heute in jedem Interieur-Magazin findet.«

Isabel schüttelte den Kopf. Hungrig war sie wirklich nicht. Nur ein wenig verunsichert. Sie suchte den Boden nach Spinnen ab. Der Wind pfiff an einer Ecke des Hauses entlang, es erinnerte sie an das Gespenstergeheul von ihren Kinderkassetten. In einer Ecke des Dachbodens raschelte es hinter der Holzverkleidung. Gab es tatsächlich Mäuse?

Isabel straffte sich. Sie würde sich vor diesem Alex keine Blöße geben und ihre Angst zeigen. Wenn sie jetzt noch etwas in der Küche aßen, müsste sie nachher alleine hier heraufsteigen. Außerdem war sie schon zu müde. »Ich bin erledigt nach der Fahrt«, sagte sie also. »Ich werde nun zu Bett gehen.« Oder zur Matratze. Sie schaute auf ihr Nachtlager. Eine Jugendherberge war Luxus dagegen.

Alex zog sich zur Treppe zurück. »Dann gute Träume. Und wie gesagt: Herzlich willkommen! Schön, dass es Sie zu uns verschlagen hat.« Er schaute sie einen Moment fragend an, als ob er immer noch überlegte, welche Umstände sie zu diesem Schritt bewegt haben könnten, zog dann aber die Tür hinter sich zu.

Isabel blieb neben den Rosen stehen. Im Schein der Kerzen und des Ofenfeuers warfen die Balken huschende Schatten gegen die Ziegel. Der Regen fiel gleichmäßig, ab und zu peitschte eine Windböe einen Schwall gegen das Dachfenster. Es heulte an der Hausecke. Jetzt hörte sie es auch in den Eimer tropfen.

Etwas knarrte im Gebälk, irgendwo hinter der eingezogenen Wand raschelte es wieder.

War es wirklich eine gute Idee gewesen herzukommen?

Mensch, Isabel!, schalt sie sich. Du bist neununddreißig Jahre alt, du wirst doch wohl in der Dachkammer eines fast zweihundert Jahre alten Gemäuers mit einer Million Räumen mitten im Nichts alleine mit einem fremden Mann die Nacht verbringen können!

Sie versuchte, sich auf die beruhigenden Elemente ihrer Umgebung zu konzentrieren. Das Holz im Ofen knackte und verströmte Kaminduft und Wärme. Isabel öffnete die halbrunde Glastür und legte einige Scheite nach. Nun würde das Feuer mindestens zwei weitere Stunden brennen, dachte sie und ließ sich auf die Matratze plumpsen.

Plötzlich war sie so müde, dass an Zähneputzen nicht mehr zu denken war. Sie zog die nasse Barbourjacke und die Jeans aus, drapierte die Bettdecke über sich, pustete die Kerzen aus und rollte sich auf dem groben Leinen zusammen, den Rücken angenehm gewärmt vom Ofen. Sollten die Gespenster doch heulen und die Mäuse laufen. Sie wollte nach diesem anstrengenden Tag nur noch schlafen.

Ein Rosengarten nach einem historischen Vorbild?, dachte sie noch, als sie die Augen schloss. War einer der ehemaligen Bewohner vielleicht einer Mode während der Rosen-Euphorie aufgesessen, die Ende des vorletzten Jahrhunderts um sich gegriffen hatte? Oder hatte er auf Reisen das perfekte Vorbild für seinen Rosengarten entdeckt? War er vielleicht Anhänger eines der berühmten Gartenbaumeister jener Zeit gewesen? Welche Geheimnisse der Garten wohl barg?, überlegte sie weiter, um nicht an die Spinnen zu denken, die vermutlich in jeder Ritze saßen, bereit, über ihren Körper zu krabbeln. Ihr Atem wurde ruhiger, sie konzentrierte sich auf das Tropfen im Regeneimer und das Knistern der Holzscheite im Ofen. Rosen erschienen vor ihrem geistigen Auge – ihre Terrassenrosen vermischten sich mit dem historischen Rosengarten ihrer Phantasie. Wie würde sie ihn gestalten, vollenden, wiederbeleben?

Umhüllt von Rosenduft und Blütenblättern, die lange Fahrt auf der Autobahn noch in den Gliedern, schlief Isabel schließlich ein.

8

Österreich-Ungarn, Donauhügelland
Schloss Unter-Korompa am Fuße der Kleinen Karpaten
Juni 1886

Die großen Speichenräder des zweispännigen Landauers rollten über den Kies. Die Pferde blieben direkt vor dem Portal stehen, zwischen dessen Säulen Marie stand und diesen Tag schon jetzt verfluchte. Sie spürte noch den Finger ihrer Mutter, der ihr soeben auf den Kopf gepikt hatte, damit sie gerade stand, bevor man sie durch die Eingangstür hinausgeschoben hatte. Sie hatte gebetet, dass es heute stürmen und schütten möge und die Gäste keine Chance hätten, mit den Kutschen durchzukommen. Aber der liebe Gott hatte kein Erbarmen gehabt und den herrlichsten Sonnenuntergang und die laueste Sommerluft gezaubert. Sie schwitzte in ihrem Tournürenkleid mit zu viel Spitze, das die Mutter eigens in Wien hatte schneidern lassen und das sie aussehen ließ wie eines von Sachers Sahnebaisers, von denen achtzig Stück für das Buffet eingetroffen waren. Wie gerne hätte sie sich jetzt damit und mit einer Tasse Earl Grey und einem Buch auf den Ohrensessel in der Bibliothek gekuschelt und in den Park hinausgeschaut auf die gelb blühende Wildrosenhecke. Stattdessen öffnete sich nun der Schlag der ersten Kutsche, aus der bereits Stimmen und Gesang erklangen. Das war also die Melodie zu diesem frivolen Lied, über das sie neulich den Skandalbericht in der Zeitung gelesen hatte?

Ein blankpolierter Oxfordschuh fiel aus der Kutsche in den Kies.

»Verzeihen Sie bitte mein Auftreten!« Ein junger Mann mit verstrubbelten Haaren und blonden Koteletten sprang auf einer Socke hinterher und stieg in den Schuh, wobei ziemlich viel

Kies hineingeriet. Beim Wiederaufrichten setzte er sich den Zylinder auf den Kopf und lief schnell auf Marie zu, ohne sich die spitzen Steinchen anmerken zu lassen. »Sie sind das gnädige Fräulein Hauptperson?« Er verbeugte sich und nahm ihre Hand, um einen Kuss anzudeuten. »Georg von Schwanburg. Mein herzliches Beileid, Verzeihung, meinen herzlichen Glückwunsch zum Geburtstag, meine ich natürlich!« Sein Atem roch nach Anis und Fenchel. Er musterte sie aufmerksam. »Feurige Augen, tiefgründig.«

»Da spricht wohl der Absinth aus Ihnen, wie?« Sie stemmte die Hände in die Hüfte.

Er ging gar nicht darauf ein. »Man hat mir wirklich nicht zu viel versprochen.«

»Versprochen?« Wer sprach denn über sie?

»Sie sind keine Unbekannte in Wien, wissen Sie. Und wie ich feststelle, hat sich die anstrengende Anreise aus der Stadt in der Tat gelohnt.« Er musterte sie unverhohlen von Fuß bis Kopf. »Eine schöne Frisur auch. Sie lieben demnach Pudel? Sehr modern! In Wien der Modehund der Saison.«

Marie rang um Fassung und entzog ihm die Hand. »Ich las neulich in der Zeitung, dass in Indien Fakire über Nagelbretter laufen. Gerne kann ich Ihnen ein solches aufbauen, wenn Sie doch offenbar eine Vorliebe für Schmerzen haben.« Sie schaute auf seinen Oxford.

Er lächelte. »Madame sind demnach nicht nur schön, sondern auch belesen.«

Marie wandte sich von ihm ab. »Nun gehen Sie endlich hinein, und lassen Sie mich meine Gäste begrüßen. Am besten wäre allerdings, Sie spazierten hinten über die Terrasse gleich wieder hinaus und verschwänden auf Nimmerwiedersehen gemeinsam mit Ihrer Grünen Fee.« Sie ergriff die Hand des nächsten Gastes, der inzwischen hinter ihm aufgetaucht war.

»Verschwinden? Wo denken Sie hin? Jetzt, wo Sie mir so

herrliche Qualen in Aussicht gestellt haben!«, hörte sie ihn noch rufen, bevor er im Schloss verschwand.

Hatte man so etwas schon erlebt? Was war das für ein Wüstling? Und was hatte sich ihre Mutter dabei gedacht, diesen Herren einzuladen?

Sie nickte und lächelte, begrüßte Kutscheninhalt um Kutscheninhalt, bis endlich kein Wagen mehr vorfuhr und sie auf die leere Auffahrt starrte und kurz daran dachte, die Dorfstraße entlang davonzulaufen, um im Dorfkrug bei Frau Malek Kaffee zu trinken, Streuselkuchen zu essen und abzuwarten, bis dieser Spuk vorbei wäre.

»Komm herein, Liebes. Deine Gäste wollen bestimmt bald tanzen«, sagte Gabriela und zog sie am Kleid. »Ist das alles aufregend!« Sie kicherte.

Marie sah, dass die Wangen des Backfischgesichts ihrer kleinen Schwester glühten. »Dass Mutter mir erlaubt hat, heute mitzufeiern, ist einfach grandios.« Gabriela strahlte. »Diese kultivierten Leute aus der Stadt! Ich bin so glücklich, Marie. So glücklich!« Sie führte ihre Schwester durch die Eingangshalle in den Salon. »Und dieser schicke blonde Herr, mit dem du dich vorhin unterhalten hast ... Ist er nett? Ach, ich bin so aufgeregt. Ich hätte nie gedacht, dass ich auf eine Soiree wie diese gehen darf.«

Marie verzog den Mund und dachte: wahrscheinlich, weil Mutter Angst hat, dass du wie ich mit dreiundzwanzig Jahren immer noch nicht verheiratet sein wirst. Aber wenn sie denkt, ich hätte Interesse an einem von diesen Wichtigtuern, dann hat sie sich geirrt!

Im Vorbeigehen warf sie einen Blick durch das Fenster in den Park auf die gelb blühenden Wildrosen, die langsam von der Dämmerung eingehüllt wurden.

Sie seufzte. Ach, wäre doch Papa noch am Leben. Er hätte sie vor dieser Feier bewahrt.

Sie betrat den Salon, in dessen beiden Kaminen schon Feuer brannten. Die Gäste standen in kleinen Grüppchen beim Aperitif zusammen und unterhielten sich leise. Marie griff ein Glas Champagner vom Tablett, das Lieselotte direkt neben der Tür platziert hatte. »Sie schaffen das, gnädiges Fräulein«, raunte sie Marie zu. »In fünf Stunden ist alles vorbei.«

Liebe, gute Lieselotte, dachte Marie und wandte sich einer jungen Dame aus Wien zu, in deren turmähnliche Aufsteckfrisur tatsächlich blutrote Kamelien eingeflochten waren und die ihr etwas vom Frühlingsball bei Hofe erzählte. So genau hörte Marie aber nicht zu, sondern beobachtete, wie Georg von Schwanburg mit schief sitzender *cravate sentimentale* und stehendem Klappenkragen auf dem Divan in der Ecke lümmelte, seinen Schuh auszog, die Kieselsteinchen auf das Parkett rieseln ließ und sie unter den Diwan schob. Sie verkniff sich ein Lächeln, klopfte an ihr Champagnerglas und eröffnete das Buffet.

Zwei Stunden später stand sie auf der Terrasse und sah auf den mit Fackeln beleuchteten Park. Musik von der Kapelle dröhnte aus dem Salon hinter ihr, sie hörte Stimmengewirr und Lachen. Alle schienen sich zu amüsieren. Alle, außer sie selbst. Aus dem Park kamen die junge Frau mit den Kamelien im nicht mehr ganz so ordentlichen Haar und ein junger Mann auf die Terrasse zu, und sie wandte sich schnell ab, um die beiden nicht zu kompromittieren. Dabei stieß sie gegen Georg von Schwanburgs muskulöse Brust.

»Ich habe nachgedacht«, sagte er, und sie roch, dass er wohl im Herrensalon die Zigarren ihres Vaters entdeckt hatte. Und dass der Duft seines Körpers und seines Parfums ziemlich angenehm war. Trug er ein Herrenparfum?

»Sie sind ja immer noch da«, sagte sie.

»Natürlich. Von dieser Scholle hier entkommt man nicht so einfach. Bären, Luchse, Greifvögel – sehr gefährliches Terrain.«

»Wie ich schon sagte: Laufen Sie einfach immer geradeaus, und schon sind Sie weg. Und keine Angst, Tiere haben Geschmack.«

»Aber Sie haben mir doch Qualen versprochen, und die möchte ich jetzt einfordern.« Er trat näher an sie heran. Sie wich einen Schritt zurück. Ihre Stimme wurde leise, weil sie nicht wollte, dass das Paar aus dem Park, das nun an ihnen vorbeischlich, zuhören konnte. »Noch so eine Unverschämtheit, und Sie werden sich wünschen, nie hier aufgetaucht zu sein.« Sie schaute ihn böse an. Wie konnte er es wagen, sich ihr in dieser Weise zu nähern?

Sein Blick wurde ernst, und er verbeugte sich. »Ich bitte um Entschuldigung, nichts liegt mir ferner, als Sie zu beleidigen. Es tut mir leid, wenn Sie das so verstanden haben.« Er bot ihr den Arm. »Würden Sie mir die Ehre erweisen und einen Spaziergang mit mir unternehmen?«

»Den können Sie mit Sicherheit gut gebrauchen«, sagte Marie, musste aber schon wieder lächeln.

»In der Tat.« Er deutete auf die Stufen hinunter in den Garten.

»Im dunklen Park wollen Sie spazieren?« Sie runzelte die Stirn.

»Dieser zukünftige Offizier des Hofes ist ein Gentleman.« Er schaute sie ernst an.

Marie hakte sich ein, und sie schritten die Stufen hinab auf den Rasen und durch das Spalier der Fackeln.

»Ein sehr hübscher Park, soweit ich das erkennen kann.« Er zeigte auf einen Rosenbusch. »Sie sind also auch der Mode verfallen und beschäftigen sich mit Rosen? In Wien gibt es jede Woche eine neue Zeitschrift über Pflege und Arrangement dieser dornigen Dinger. Die Damen der Gesellschaft reden auf den Bällen über fast nichts anderes mehr.«

»Mode?« Sie entzog ihm den Arm. »Es ist Liebe! Die Rosen

werden mich mein Leben lang begleiten. Sie sind die schönsten Geschöpfe, die es auf dieser Welt gibt.«

»Da bin ich anderer Meinung.« Er lächelte sie an.

Sie gab ihm einen Klaps auf den Unterarm. »Sind Sie sicher, dass man Ihnen in Ihrer Schule beibringt, wie man ein guter Offizier ist, oder doch eher ein Casanova?«

»Dafür brauche ich keine Schule.«

»Das glaube ich Ihnen aufs Wort.« Marie lachte.

Dann war nur das gelegentliche Zischen der Fackeln zu hören, das Streifen des Grases an ihren Schuhen und das Flügelschlagen eines Nachtvogels, der über sie hinwegschwebte. Der Mond, fast schon ein Vollmond, stand über den Bäumen und tauchte alles in seinen Silberschimmer.

Ein Konversationslexikon hat er jedenfalls nicht verschluckt, dachte Marie und machte abrupt kehrt, als das Schweigen ihr unangenehm wurde. Er folgte ohne Protest, ihre Schritte wurden schneller, und bald passierten sie das Gästehaus an der alten Eiche. Offenbar erleichtert, ein unverfängliches Gesprächsthema gefunden zu haben, zeigte Georg darauf. »Ihre Verwandtschaft ist sicher auch so zahlreich wie die meine. Demnach ist Ihr Gästehaus viel in Betrieb?«

Marie warf einen Blick auf das dunkle Gästehaus, dann auf die erleuchteten Fenster des Schlosses. Lieselotte hatte auf Geheiß der Mutter in allen dem Park zugewandten Räumen die Kerzen in den Leuchtern angezündet. Es sah wunderschön aus, musste sie zugeben. »Wir leben zurückgezogen, sind uns selbst genug«, antwortete sie und konnte es nicht lassen, bei der China-rose Halt zu machen. Sie roch süßlich, ein wenig nach Apfel, ein wenig nach Kakaobohnen. »Der letzte Gast, der in diesem Gästehaus genächtigt hat, war wohl Ludwig van Beethoven.«

»Wie bitte?« Georg, der mit auf dem Rücken verschränkten Händen weitergeschlendert war, drehte sich um.

Marie nickte. »Er hat vor gut achtzig Jahren an dieser Stelle die *Mondscheinsonate* komponiert, sagt man, und mehrere Sommer hier verbracht, weil er in eine Tochter des Hauses verliebt war.« Sie riss sich von der *Chinarose* los.

Georg setzte sich wieder in Bewegung. »Das kann ich ihm nicht verdenken.« Er deutete auf den hell erleuchteten Salon, als sie sich nun wieder der Treppe zur Schlossterrasse näherten. »Darf ich um die Ehre eines Walzers bitten?« Er reichte ihr den Arm.

»Nur, wenn Sie den Pudel zurücknehmen.«

Sie hakte sich ein. Gemeinsam schritten sie die Stufen hinauf.

Er lächelte. »Sie mögen wohl keine Pudel?«

»Ich schätze eher diesen gelben Retriever aus England, wissen Sie, was ich meine? Welliges Fell, ausgeprägter Jagdtrieb, aber eigentlich sehr zutraulich?«

»Sie überraschen mich immer mehr mit Ihren weltläufigen Vorlieben.« Er lachte und deutete in den Salon.

Sie schüttelte den Kopf. »Ich tanze nicht.«

»Sie tanzen nicht?« Er schaute sie erstaunt an.

»Nein. In der Tat werde ich mich nun unauffällig zurückziehen. Wenn Sie mich wohl bei den übrigen Gästen entschuldigen würden: Diese plötzliche Unpässlichkeit meinerseits – möglicherweise zurückzuführen auf den Genuss des Eiersalats – ist natürlich völlig unverzeihlich. Aber ich wünsche allen eine angenehme und sichere Heimreise.«

»Aber …«

»Gute Nacht, Graf von Schwanburg.« Sie drehte ihm den Rücken zu und huschte die Stufen wieder hinunter, rannte einmal um das Schloss herum und stieg kurz darauf die geschwungene Treppe im Seitengang des Entrees nach oben zu ihrem Zimmer.

Morgen stand ihr ein wichtiger Arbeitstag bevor, und sie durfte nicht müde sein. Sie erwartete die Lieferung der *Banksrosen*. Dreieinhalb Monate hatten sie für ihre Reise aus China gebraucht. Sie waren die ersten Rosen, die Marie alleine im Park setzen wollte, ohne Papa. Aufgeregt dachte sie an den Plan des Parks auf ihrem Sekretär, den sie extra gezeichnet und koloriert hatte. Denn eins war völlig klar: Diese *Banksrosen* würden mit Sicherheit nicht die letzten Rosen bleiben, die sie anpflanzen wollte. Ihr Rosengarten würde perfekt werden. Ein Maßstab für alle anderen Rosengärten Europas, über den man noch Generationen nach ihr sprechen würde. Und von diesem Vorhaben würde sie nichts und niemand abbringen, auch kein Georg von Schwanburg!

Sie schloss ihre Zimmertür von innen ab, damit Mutter, Gabriela und Lieselotte sie in Ruhe ließen, hörte, wie die Kapelle verstummte, die Kutschen nach und nach abfuhren. Das Zetern ihrer Mutter würde sie sich morgen anhören müssen, dachte sie und entledigte sich des Sahnebaiser-Kleids, bevor sie ins Bett kletterte und bald eingeschlafen war.

9

Gutshaus Lundwitz, Mecklenburgische Schweiz
Mai 2017

Isabel wurde von einem Sonnenstrahl geweckt, der durch das Dachfenster direkt auf ihre Matratze fiel. Der Himmel vor dem kleinen Fenster leuchtete tiefblau. Offenbar war das Unwetter weggefegt worden. Sie setzte sich auf und schaute auf ihr Smartphone. Kein Empfang. Aber die Uhrzeit zeigte es immerhin an: 7:56 Uhr.

Die Sonne schien, und nur eine einzige Wolke hetzte vor dem Fenster vorbei, genau das richtige Wetter, um den Park zu erkunden und eine erste Bestandsaufnahme zu machen. Isabel rekelte sich. Der Ofen war ausgegangen, nun war es kühl hier oben. Sie war froh, dass es Mai war und nicht November oder Januar. Der Wassereimer war kurz vorm Überlaufen, offenbar hatte es noch lange geregnet.

Ein heißer Tee oder ein Kaffee würden ihr jetzt guttun. Aber dafür müsste sie drei Stockwerke hinuntersteigen und die Küche suchen. Sie streckte sich – und musste an Marco denken. Sie versuchte, die Gedanken zu verdrängen, aber es funktionierte nicht. Was er wohl heute machte? Samstags hatten sie es immer ruhig angehen lassen. Sie waren erst gegen halb neun Uhr aus dem Bett gestiegen und ins *Café Saalbach* zwei Ecken weiter geschlendert. Marco hatte die *New York Times* gelesen, die dort aushing, sie hatte die *Süddeutsche* bevorzugt. Sie hatten ihre Croissants in den Milchkaffee getunkt, der Cembalomusik gelauscht, die der Cafébesitzer mit Vorliebe laufen ließ, und immer war irgendein Bekannter aufgetaucht, der sich kurz zu ihnen an den Tisch setzte. Danach waren sie Hand in Hand durch die touristenvolle Stadt spaziert und hatten Flohmärkte besucht, wo sie nach Rosenbildern schaute und Marco nach Schallplatten und Erstausgaben.

Isabel merkte, wie Tränen in ihr aufstiegen. Wütend darüber schlug sie die Bettdecke zurück. Immerhin war es hier auf dem Land schön ruhig, sagte sie sich, ganz anders als im quirligen Wien. Nur eine Amsel sang oben vom Dachfirst. Kein Autolärm, keine Straßenbahn, keine Glocken vom Stephansdom, keine Flugzeuge. Würde diese Stille sie auf Dauer nervös machen? Oder würde sie sich daran gewöhnen und später Probleme haben, sich wieder in der Stadt zurechtzufinden, wenn dieser Auftrag hier erledi ... Draußen vor dem Gutshaus rasselte ohrenbetäubend ein schwerer Motor los.

Das war dann wohl der Bagger. Pünktlich wie die Maurer, diese Künstler, das musste man ihnen lassen.

Isabel seufzte und schlüpfte in die dicken Schafswoll-Hauspuschen, die ihre Mutter ihr zum Abschied noch geschenkt hatte. »In Schlössern ist es kalt, Kind«, hatte sie gesagt, aber dabei sicher gedacht, dass das Haus wenigstens eine Heizung haben würde.

Isabel nahm den Kulturbeutel, stieg die schmale Holzstiege hinunter und fand ein Bad in der zweiten Etage. Es gab eine Regendusche mit Duschwanne, aber noch ohne Wände, dafür klebte sich ein nach Plastik riechender neonpinker Duschvorhang an Isabels Körper. An einem eckigen *Villeroy-und-Boch*-Waschbecken, das an einer blanken Trockenbauwand hing, putzte sie sich die Zähne und schaute hinunter auf den Vorplatz des Gutshauses. Dort war tatsächlich der Bagger im Einsatz.

Als sie sich schließlich oben in ihrem Zimmer die Arbeitsjeans überzog und die Boots schnürte, hatte das Geräusch immer noch nicht nachgelassen, im Gegenteil – nun war auch noch ein zweites dazugekommen, ein schlimmeres. Beim Hinuntergehen schaute sie aus dem Erkerfenster im langen Gang im zweiten Stock, das von der Erschütterung leicht vibrierte und klirrte. Ein schmächtiger Mann mit Zopf versuchte, nah vor der Hausfassade eine Rüttelmaschine in Schach zu halten.

Am Lenkrad des Baggers saß Alex in einem Holzfällerhemd, Jeans und Arbeiterstiefeln. Sie folgte mit den Augen dem vom Vorplatz abgehenden Schotterweg, der aber nach ein paar Metern zwischen Kiefern und Buchen verschwand. Ein Stück weiter musste ihr Wagen noch immer feststecken. Auch eine Aufgabe, die ihnen heute bevorstand.

Sie ging die Treppe hinunter und durch die Galerie, von der aus man tatsächlich über die Sandsteinbalustrade in die Eingangshalle blicken konnte. Unter den Planen, die auf dem Boden lagen, erkannte Isabel ein elegantes Schachbrettmuster in Marmor. An der Decke wanden sich pastellfarbige Fresken. Auf der breiten Treppe waren noch Alex' Gummistiefelspuren der letzten Nacht zu sehen.

Isabel stellte sich vor, wie schön das Entrée gewesen sein musste, als hier alles noch geputzt und belebt war. Wie gut, dass die Substanz so lange überlebt hatte, dachte sie. Und dass nun diese Künstler gekommen waren, um dem alten Haus zu neuem Glanz zu verhelfen. Das Packpapier unter ihren Füßen raschelte, als sie zur Haustür ging. Was um alles in der Welt brachte drei Künstler aus Berlin dazu, sich mit so einem alten Haus zu beschäftigen, so viel Arbeit, Kraft und Geld hier hineinzustecken, zweihundert Kilometer von der Kulturmetropole Berlin entfernt, die doch mit Sicherheit ein interessanterer Arbeitsort für die bunte Truppe war? Sie ließ die Hand, die sie schon an der Klinke hatte, wieder sinken, als ihr Smartphone klingelte. Sie zog es aus der Hosentasche.

»Hallo Mama«, sagte sie, als sie den Namen auf dem Display gelesen hatte.

»Bist du gut angekommen? Alles in Ordnung?« Sie klang besorgt.

Isabel rollte mit den Augen. »Ich bin fast vierzig Jahre alt, des Autofahrens mächtig, habe meine erste Nacht gut verbracht und will nun an die Arbeit gehen.« Mehr brauchte ihre Mutter nicht zu erfahren. Sie wollte sich das Ganze erst einmal bei Tageslicht besehen, den Garten inspizieren, die anderen kennenlernen. Danach würde sie entscheiden, ob diese Unternehmung trotz der rustikalen Umstände lohnenswert war oder ob das Vorhaben ein Schuss in den Bollerofen gewesen war. Sie hielt sich das freie Ohr zu, weil die Rüttelmaschine hier unten selbst durch die dicke Tür so laut war, dass sie ihre Mutter fast nicht verstand.

»Was soll denn das für eine Arbeit sein! Komm doch bitte zur Vernunft und nimm Haralds Angebot an. Er hat mir noch einmal versichert, dass sie wirklich dringend eine Gartenarchitektin brauchen. Er hat mir sogar dein Anfangsgehalt verraten.« Sie nannte eine abwegig hohe Summe. Isabel erschrak. Sie hatte doch geahnt, dass Harald nicht nur ein schlechtes Gewissen hatte, sondern all die Jahre auch noch hinter ihrer Mutter her gewesen war! Sie trat an das Fenster neben der Tür und beugte sich über die Fensterbank, um besser sehen zu können, was das da draußen eigentlich werden sollte. Eine ordentliche Zufahrt? Bei der Sandwüste war das sicherlich keine schlechte Idee. »Du, ich muss jetzt wirklich. Die warten auf mich.«

»Was denn? Die sind schon wach, die WG-Künstler?«

»Servus, Mama, ich melde mich wieder.« Isabel drückte sie weg und trat vors Haus.

Der Bagger verstummte, kurz darauf auch die Rüttelmaschine. Alex sprang aus dem Führerhäuschen und kam zu ihr.

»Guten Morgen! Gut geschlafen?« Er fuhr sich mit der Hand durch das verstrubbelte Haar. Sie bemerkte ein geknüpftes Freundschaftsbändchen an seinem Handgelenk. Sein Vollbart glänzte goldbraun in der Morgensonne, und unter den Augenbrauen blitzten hellwach wasserblaue Augen hervor. »Ein Kaffee und ein Croissant stehen schon in der Küche für Sie bereit.

Kommen Sie!« Er lief voran, blieb aber bei dem Mann an der Rüttelmaschine stehen, der eine Pause machte und sich den Schweiß von der Stirn wischte. Er war hager, der brünette Pferdeschwanz baumelte auf ein T-Shirt mit der Rolling-Stones-Zunge herab. Die dünnen Beine steckten in Jeans und versanken in Arbeitsstiefeln.

Alex schlug ihm auf die Schulter. »Das ist Enno, mein Kumpel und Kompagnon hier bei unserem kleinen Abenteuer. Enno ist Saxophonist. Gestern Abend noch einen Gig in Berlin, heute schon rütteln, was?«

»Mann«, Enno schaute auf seine Hände und Arme, die auch ohne Maschine weiterzuckten, »gleich tauschen wir mal, und du nimmst das Scheißding.« Er rieb sich die Schulter, bevor er Isabel die Hand reichte. »Herzlich willkommen! Schön, dass wir nun Verstärkung für den Garten bekommen. Sie kommen aus Wien? Ich habe oft dort zu tun. Tolle Stadt!« Er streifte die Arbeitshandschuhe wieder über. »Aber jetzt haut ab, ihr beiden, ihr steht im Weg, ich muss weiterrütteln.«

»Was soll das hier denn werden?« Isabel zeigte auf die Sandpiste.

Alex' Augen leuchteten auf. »Das wird das Rondell für die Zufahrt.«

Isabel hob den Blick zur Gutshausfassade. Majestätisch zeichnete sich das Tudortürmchen vor dem blauen Himmel ab. Efeu rankte sich über den Backstein. Graue Sandsteinelemente schienen die Backsteinflächen zu umarmen. Auf einigen Erkern saßen Steingnome. Die gotisch eckig zulaufenden Fenster mit den vielen Butzen wirkten verspielt. Alles in allem ein Haus, mit dem sich offenbar jemand einen großen Traum erfüllt hatte.

Der Lärm der neu gestarteten Rüttelmaschine riss sie aus ihren Betrachtungen und ließ sie hinter Alex ins Haus fliehen.

Durch Gänge, die mit Packpapier ausgelegt waren und die sie sich noch würde einprägen müssen, gelangten sie über vier breite Backsteinstufen hinunter zur Küche. Der Blickfang des Raumes war die komplett mit Delfter Kacheln gestaltete Rückwand, vor der der wuchtige Herd mit gusseisernen Platten und einer Feuerluke stand, von dem Alex schon berichtet hatte. Als Isabel an den Kacheln vorüberging, bewunderte sie die im typischen Delfter Blau gemalten Darstellungen von Arbeitern auf dem Feld, Fischerbooten, Windmühlen, Mägden mit Vieh. Über dem Herd hingen Suppentöpfe und Pfannen aus Kupfer an Haken von der Decke. Isabel überschlug schnell, was das heute kosten würde, wenn man es neu kaufte. Auf dem Herd stand zwar kein Topf, aber es roch ein wenig eigenartig. Sie wandte sich der Mitte des Raumes zu.

An einem gut drei Meter langen Holztisch, auf dem bestimmt schon etliche Schweine zerteilt, Puten gestopft und Leberpasteten zubereitet worden waren, saß auf einem Barhocker eine Frau mit strengem schwarzem Kurzhaarschnitt und knallrotem Lippenstift. Sie trug eine Jeans-Latzhose und neue Converse-Schuhe in knallrot, passend zum Lippenstift. Ein angebissenes Croissant und eine Kaffeetasse mit Lippenstiftspuren vor sich, blätterte sie in der *Ostsee-Zeitung*.

»Mensch, Sina, das hatte ich doch für Isabel hingestellt, nicht für dich!« Alex schüttelte den Kopf und nahm ein neues Croissant aus dem Brotkorb.

»Pardon. Wusste nicht, dass es hier Reservierungen für Neuankömmlinge gibt.« Sie sah Isabel direkt in die Augen. »Herzlich willkommen?«, sagte sie fragend.

Isabel ließ sich nichts anmerken. »Danke.« Sie nahm das Croissant, das noch warm war, und setzte sich auf den Barhocker neben Sina. Wie alt mochte sie sein? Vielleicht Anfang dreißig? Sie erinnerte sie an die junge Winona Ryder.

»Nehmen Sie auch schon mal etwas vom Obstsalat mit Erdbeeren«, sagte Alex und deutete auf eine Keramikschale in der Tischmitte, bevor er sich an der Kaffeemaschine zu schaffen machte. »Die sind frisch aus unserem Garten. Sina kümmert sich darum.«

Die nickte stolz. »Die Erdbeeren sind neben Feldsalat, Endiviensalat, Radieschen, Paprika und Tomaten meine erste Ernte hier. Bald gibt's dann hoffentlich Kürbis, Zucchini und Johannisbeeren.«

Alex leerte klappernd den Tresterbehälter und stellte die Kaffeetasse unter die Tülle in die Maschine.

»Wie schön, dass Sie einen Gemüsegarten pflegen.« Isabel probierte die Erdbeeren. Sie schmeckten herrlich süß und hatten eine perfekte, feste Konsistenz.

Sina blätterte eine Zeitungsseite um, ohne hinzuschauen. »Das war das Erste, was ich hier gemacht habe. Etwas abseits vom Haus und dem ganzen Gerüm …«

»Sina!«, sagte Alex mit warnendem Unterton und drückte eine Taste. Die Kaffeemaschine zischte.

»In Wien habe ich mich auch um einen Gemüsegarten gekümmert«, sagte Isabel leise.

»Mitten in der Stadt?« Sina schnappte sich auch eine Erdbeere.

Isabel nickte langsam. »Ein Urban Gardening Projekt für Kinder und Jugendliche, auf einer Dachterrasse in einem unserer Problemviertel. *Garten Kunterbunt* haben wir es genannt. Es gab eine kleine Hütte, bunt angemalt von den Kindern.« Sie lächelte traurig, als sie daran dachte, dass sie heute Nachmittag wieder dort im Dienst gewesen wäre. Aber sie hatte die Aufgabe in gute Hände übergeben. Kerstin, eine der Frauen, die sie ausgebildet hatte, hatte während ihrer Abwesenheit die Verantwortung übernommen.

Alex lächelte ihr von der Kaffeemaschine aus zu. »Das klingt nach einer spannenden Aufgabe.«

Sina ließ den Blick unverhohlen über Isabel gleiten. »Aber wie kommen Sie denn bloß auf so eine Idee? Ich meine, Sie mit Ihrem Range Rover und Ihren Sarah-Jessica-Parker-Luxus-locken …«

»Sina!« Alex schüttelte den Kopf.

Isabel lachte. »Nein, lassen Sie nur. Ich bin nicht aus Zucker, man darf mich alles fragen.« Sie tippte auf das Croissant, das schön knusprig war. »Wenn Sie es genau wissen wollen, stamme ich aus diesem Viertel und hätte mir damals gewünscht, dass es solch einen Garten gegeben hätte.«

Sina trank ihren Kaffee und schwieg. Dann sagte sie: »Sie dürfen gerne bei mir mit im Gemüse arbeiten, wenn Sie mögen.«

Isabel lächelte. »Herzlichen Dank. Aber ich denke, ich werde mit dem Park schon genug zu tun haben.« Sie hatte den Eindruck, als erschiene ein spöttischer Zug um Sinas Mund.

»Haben Sie den Park denn schon in Augenschein genommen?«

Die Kaffeemaschine röhrte, und Isabel wartete kurz mit ihrer Antwort. »Noch nicht. Aber das werden wir gleich tun, nicht wahr?«, fragte sie Alex, der nickte.

»Ich wünsche Ihnen jedenfalls viel Spaß damit«, kam es von Sina.

Alex schaute sie böse an.

Isabel ignorierte die beiden und biss in das Croissant. Sie stockte. »Was ist das?«, fragte sie und schaute sich den Teig genauer an. Da war etwas eingebacken.

»I proudly present: mein Krabben-Croissant!« Alex nickte stolz. »Spezialität des Hauses.«

Isabel kaute langsam weiter. Wenn man wusste, was es war, schmeckte es sogar ziemlich gut. »Sie haben das gebacken?«

Sina lächelte spöttisch. »Heute Morgen um halb sieben. Extra für Sie, um Sie an Ihrem ersten Tag zu beeindrucken und ganz für uns einzunehmen, damit Sie nicht gleich wieder abhauen wie …«

»Es reicht jetzt!«, unterbrach Alex sie.

Sina lachte nur. »Glauben Sie jedenfalls nicht, dass es die Croissants hier jeden Morgen gibt. Dafür aber immer etwas Frisches aus meinem Obst- und Gemüsegarten, versprochen.« Sie konzentrierte sich wieder auf die Zeitung.

Isabel wandte sich an Alex. »Krabbe und Croissant – zwei verschiedene Welten für mich. Wie kommt man denn auf so eine Idee?«

Er spielte mit dem Bändchen an seinem Handgelenk. »Indem man gerne backt und kocht und nun nach einigen Jahren in New York an der Ostsee wohnt.«

»Also ist die berühmte Ostseekrabbe drin, wie?«

»Na gut, es sind Nordseekrabben, aber Meeresgetier ist schließlich Meeresgetier.« Er balancierte die Kaffeetasse von der Maschine zu Isabel.

Sie nickte dankend. »Vermissen Sie New York?«

Er hörte auf, mit dem Freundschaftsbändchen zu spielen, stieß sich vom Tisch ab und holte eine Blechdose. Vorsichtig streute er etwas Kakao über den Milchschaum ihres Kaffees. »Here you go! Jetzt ist er fertig.« Er lächelte zufrieden, bevor das Lächeln jedoch abrupt verschwand. »New York ist wie eine Sirene aus der griechischen Mythologie, die einen anlockt, einlullt und dann tötet.«

Ihr blieb ein Stück von dem leckeren Croissant fast im Halse stecken. Sogar Sina schaute kurz von der Zeitung auf, bevor sie so tat, als habe sie nichts gehört. Isabel trank ihren Kaffee. Was sollte sie dazu auch sagen.

Zum Glück unterbrach Sina das Schweigen. »Wann kommt eigentlich die Denkmalschutzgartentante? Anfang nächster Woche? Da müsst ihr euch aber ranhalten, damit ihr ihr etwas vorlegen könnt, nicht wahr?«

Isabel blickte erstaunt zu Alex. Bereits nächste Woche würde ein wichtiger Termin für den Garten stattfinden? Bis dahin sollte sie konkrete Pläne entwickelt haben?

»Nun lass doch Isabel erst mal ankommen«, sagte Alex, wandte sich ab und wischte mit einem Lappen die wunderschöne alte Keramikspüle sauber, obwohl sie nicht schmutzig wirkte.

»Ich meine ja nur, weil sie den Termin für die …«

Alex schaute sie böse an. »Hast du nichts zu tun? Wenn ich mich recht erinnere, steckst du im Salon an der zweiten Wand fest. Da sind noch zwei weitere Wände, falls du es nicht bemerkt hast.« Er trommelte mit den Fingern auf die Theke. »Kinder, ihr müsst mal in die Puschen kommen. Wie sollen wir denn jemals eröffnen, wenn hier nichts vorangeht?«

Sina warf ihm einen Luftkuss zu, rutschte vom Barhocker und verließ die Küche.

»Morgenmuffel«, entschuldigte Alex sie. »Aber sonst ganz in Ordnung. Malt wahnsinnig gute impressionistische Meisterwerke. Sehr beeindruckend. Hey!«, rief er ihr hinterher. »Wie ist denn die Vernissage gelaufen?«

Er bekam nur eine wegwerfende Handbewegung als Antwort.

»Malt sie die nach, Monet und Cézanne und so?«, fragte Isabel und schob sich das letzte Stück Krabbencroissant in den Mund. Sie pickte die Blätterteigkrümel auf und leckte sich die Finger ab.

Alex lachte. »Ob sie kopiert? Gott bewahre! Sie malt eigene Bilder, hier aus der Landschaft, und hofft, dass der Markt dafür irgendwann mal wieder reif wird. Was er offenbar noch nicht ist, wenn ich ihre Reaktion richtig deute. Vielleicht hat sie heute Morgen deshalb so schlechte Laune.«

Isabels Herz wurde weich. Sie trank den Kaffee aus. »Wollen wir jetzt erst mal meinen Wagen aus dem Matsch ziehen?«

»Ist schon längst erledigt. Er steht auf dem kleinen Waldparkplatz abseits des Hauses, wo wir alle parken wegen der Bauarbeiten. Er sieht aber aus, als käme er von der Mud-Race-Weltmeisterschaft.«

Isabel pickte noch den allerletzten Croissantkrümel auf. Hoffentlich zauberte dieser Alex öfter mal solche Köstlichkeiten. »Zeigen Sie mir dann jetzt das Gutshaus und den Garten? Ich bin schon ganz neugierig.«

Sie stellten das Geschirr in die moderne Spülmaschine, die von einer Holzverschalung verborgen war. Alex ging voran durch einen mit Plastikplanen ausgelegten Gang.

10

»Wie Sie wohl bemerkt haben, sind wir schon weit gekommen, aber noch lange nicht fertig mit unserer Sanierung.« Alex bückte sich und zog die Plane an einer Stelle bis zur Wand. »Ich habe sowieso die Vermutung, dass man nie ganz fertig wird mit solch einem Haus. Wenn man an einer Ecke so weit ist, dann tut sich irgendwo eine neue Baustelle auf. So erzählen mir das jedenfalls meine …« Er unterbrach sich, als sein Smartphone in der Hosentasche klingelte, blieb stehen und ging ran. Isabel ließ den Blick durch den Gang schweifen, bückte sich zu der Plane am Boden und zog sie ein Stück zur Seite. Sie hatte sich nicht getäuscht: Auch hier war derselbe wunderschöne alte Schachbrettmarmorboden wie in der Eingangshalle verlegt. Welch eine Pracht würde das alles werden, wenn es fertiggestellt war.

Sie richtete sich auf und ließ ihre Finger über die helle ockerfarbene Wand gleiten. Sie schien erst vor ein paar Tagen frisch gestrichen worden zu sein. Alle paar Meter waren barock anmutende Wandleuchter in Goldton installiert. Zwischen den Kerzenleuchtern hingen Ölgemälde mit Goldrahmen. Isabel trat an eines heran. Es war das Porträt einer jungen Frau von vielleicht zwanzig Jahren, das hier möglicherweise seinen alten Platz wiedergefunden hatte. Die Frau trug einen flaschengrünen Schleier um das Haar und hielt ihn mit der rechten Hand zusammen, während sie den Betrachter traurig anblickte.

»Entschuldigung«, sagte Alex und trat wieder zu ihr, während er das Smartphone verstaute. »Die Fliesenleger aus den Ferienwohnungen drüben im Westflügel.«

»Probleme?« Isabel wandte sich nicht von der Dame auf dem Bild ab. Ihr Blick war so unendlich traurig.

»Nein, alles bestens. Sie wollten nur wissen, welches Waschbecken in welcher Wohnung montiert werden sollen. Wir haben nämlich für jede Wohnung ein eigenes Motto, wissen Sie? Einen sehr bunten Kolibri, eine mexikanische Frida, einen minimalistischen Friedrich, eine maritime Möwe. »

»Wollen Sie lieber rübergehen und nach dem Rechten schauen?« Isabel sah jetzt, dass die Kette am Hals der traurigen jungen Dame ein Smaragd in Herzform zierte, und warf einen Blick auf ihre eigene Hand mit dem Herzdiamantenring.

»Nein, ich möchte Ihnen das Haus und den Garten zeigen.« Er folgte ihrem Blick auf das Gemälde. »Fasziniert sie Sie?«

Isabel nickte. »Wer ist sie?«

»Wir haben das Bild aus dem Heimatmuseum zurückbekommen. Es soll Lady Sandhart darstellen, die hier angeblich einen Sommer zu Gast gewesen war. Eine englische Cousine derer von Lundwitz.«

»Und warum sieht sie so traurig aus?«

»Das ist in der Tat eine tragische Geschichte. Man sagt, sie ist nach ihrem Sommer hier nie nach England zurückgekehrt.«

»Warum?«

»Angeblich fand sie den Tod, als sie eines Nachmittags nach einem Bad im Parksee zum Haus zurückeilte, weil ein Gewitter aufzog. Man sagt, sie schaffte es nicht mehr ins Haus und wurde von einem Blitz erschlagen.«

»Draußen im Garten?«

Alex nickte. »Seitdem soll ihr Geist in Gewitternächten um das Haus irren und an Fenster klopfen mit der Bitte um Einlass.«

Isabel wandte ihren Blick nun doch von dem blassen Gesicht der Lady ab. »Haben Sie sie schon einmal gehört?«

Alex lachte. »Ich habe hier erst einmal ein Gewitter erlebt. Und dabei hat es tatsächlich an allen Ecken geklopft und geheult.

Aber ob das Lady Sandhart war, kann ich nicht sagen.« Er schritt voran. »Kommen Sie, ich zeige Ihnen den Rest des Erdgeschosses und dann die anderen Etagen.«

»Es ist so ein großes Anwesen. Da haben Sie sich ja einiges vorgenommen.«

Er nickte. »Wir, das heißt Sina, Enno und ich, haben gleich eine GbR gegründet und sind der Meinung, dass wir es über eine gewisse Laufzeit verteilt gut schaffen können, das ganze Anwesen in den Griff zu bekommen.«

»Da müssen Sie ja einige Ersparnisse haben«, rutschte es Isabel heraus.

»Keine Sorge«, sagte er bloß und lächelte.

Verdiente man denn so viel als bildender Künstler, überlegte Isabel, als sie Alex durch einige leere Räume folgte, in denen noch Spuren der DDR erkennbar waren. Die Linoleumböden trugen Abdrücke von Schreibtischbeinen und Kratzspuren von Stühlen. Es roch nach Reinigungsmittel, die Rohre lagen über Putz, einsame Glühbirnen hingen in der Mitte von der Decke, oft aus einer Stuckrosette.

»Um diese Räume kümmern wir uns nach und nach. Es sollen einmal unsere Ateliers werden.«

»Das heißt, Sie kommen momentan gar nicht zum Arbeiten?«

Er wiegte den Kopf. »Ganz so ist es nicht. Jeder von uns hat in seinem Zimmer eine Staffelei stehen, und Enno übt dort Saxophon. Aber jetzt ist es eben erst einmal wichtig, alles Nötige aufzubauen, um unsere Stipendiaten empfangen zu können. Und natürlich, um das schöne Haus zu retten.« Er hatte einen beinahe zärtlichen Blick in den Augen, als er die nächste Tür öffnete. »Schauen Sie, wir haben uns zuerst die Räume vorgenommen, die wir zum gesellschaftlichen Leben mit der Künstlerstiftung unbedingt brauchen.« Er ging voran in die ehemalige Bibliothek, in der die Einbauregale aus Eiche noch vorhanden waren. Sie schlossen den Kamin ein und bedeckten jede Wand.

Die meisten Regalböden waren noch leer, nur einige moderne Taschenbücher – wahrscheinlich hatten Alex und seine Freunde sie mitgebracht – standen verloren herum. Der üppige chinesische Seidenteppich in ausgeblichenen Pastellfarben, der den ganzen Raum ausfüllte, war offenbar zu schwer zum Plündern gewesen. Er lag da und erzählte von einer Zeit, in der man sich nach dem Diner zurückzog in die Bibliothek, um in einem guten Buch zu lesen, ein Brettspiel zu spielen oder eine Handarbeit zu beenden.

»Können Sie sich vorstellen, wie wir hier bald Lesungen und Hauskonzerte abhalten?«, fragte Alex.

Sie nickte und bemerkte sein glückliches Lächeln, als er den Blick über die Bücherwände gleiten ließ. Für ihn waren die Regale bereits mit ledergebundenen Klassikern und Werken der Weltliteratur gefüllt, das sah sie. Und ein warmes Gefühl durchfuhr sie. Es war doch gut, wenn es noch Idealisten gab.

»Wie sind Sie denn ausgerechnet auf Lundwitz gekommen?«, fragte sie, während sie ihm über die geschwungene Treppe in die erste Etage folgte.

»Wir haben vor ein paar Jahren einen Wochenendausflug aus Berlin in diese Gegend gemacht. Dabei sind wir hier auf das verwitterte Schild nach Lundwitz gestoßen und ihm durch ziemliches Gestrüpp gefolgt.«

»Und haben sich verliebt und sofort entschieden, es zu kaufen?« Isabel ließ ihre Hand auf dem marmornen Treppengeländer mitlaufen. Dass es so spontane Leute gab!

»So in der Art war das«, sagte Alex und wies schnell auf den Sisalteppich, mit dem der bestimmt dreißig Meter lange Gang in der ersten Etage ausgelegt war. »Den haben wir extra anfertigen lassen. Wir wollten dieses Stockwerk modern gestalten. Schließlich ist das unsere Wohnetage, und man will ja nicht in einem Museum leben.«

Auch hier roch es nach frischer Farbe, und Isabel ließ den

Blick über die Wände gleiten, die mit moderner Kunst geschmückt waren: Sie sah abstrakte Gemälde, von denen einige an Mondrian und Dalí erinnerten, aber auch eine blinkende Neonschrift-Installation, die *Fuck your diet* verkündete und den rubensartigen Umriss einer Frauengestalt als Rahmen hatte. »Stammen diese Kunstwerke von Ihnen?«, fragte sie beeindruckt.

»Einige«, sagte er und huschte über die nächste breite Treppe weiter in den zweiten Stock, als ob es ihm peinlich wäre, darüber zu sprechen. Sie würde sich die Gemälde, Skulpturen und Installationen einmal in Ruhe anschauen, dachte Isabel noch, als sie schon in der zweiten Etage das Badezimmer betraten, das sie benutzte. »Wenn die Fliesenleger drüben in den Wohnungen fertig sind, schicke ich sie hierher, versprochen«, sagte Alex. »Aber Sie kommen erst mal zurecht?«

»Ach wissen Sie, wenn man in einer kleinen Wohnung im siebten Stock mit dünnen Wänden, die einen die Bedürfnisse des Nachbarn hören lassen, und mit einem handtuchgroßen Bad mit Durchlauferhitzer groß geworden ist, dann stört einen wenig.«

Er kratzte sich am Vollbart. »Schön, dass Sie trotz Ihrer inzwischen doch wohl anderen Perspektive noch immer so unkompliziert sind. Da gibt es auch andere Frauen.«

»Sprechen Sie aus Erfahrung?«

Er winkte ab. »Kommen Sie, ich zeige Ihnen den Garten!« Sie verließen das Bad.

Isabel deutete den Gang hinunter. »Hier gibt es nichts mehr zu sehen?«

Alex schüttelte den Kopf. »Die anderen Räume auf dieser Etage waren die ehemaligen Dienstbotenkammern und später das Archiv der LPG und Abstellkammern. Sie sind bisher nicht renoviert und noch weniger ansehnlich als die DDR-Überbleibsel im Erdgeschoss.«

Er ging weiter, sie blieb an seiner Seite. »Und die Ferienwohnungen im Westflügel? Kann ich die schon sehen?«

»Da sind momentan noch die Handwerker. Aber ich zeige Ihnen gerne hier vom Fenster aus, wie alles angelegt ist, kommen Sie.« Er winkte sie neben sich in einen Erker, von dem aus sie eine gute Sicht auf den Vorplatz und den Westflügel hatten, der den Platz rechtwinklig zum Haupthaus begrenzte. »Sehen Sie, dort im Erdgeschoss wollen wir Terrassentüren einbauen und den Künstlern einen kleinen Außenbereich mit Tisch und Sitzplatz zur Verfügung stellen.«

»Das hat der Denkmalschutz erlaubt?«

»Dafür war er bei einigen anderen Dingen sehr nörgelig.« Alex umfasste die wunderschönen Porzellangriffe mit den handgemalten Efeuranken und öffnete die Doppelfenster. Sein Hemdsärmel rutschte dabei nach oben, und Isabel bemerkte neben dem Freundschaftsbändchen Spritzer von Ölfarbe auf seiner Haut. Sie beugte sich hinaus und sah Enno mit einer Kaffeetasse in der Hand aus dem Haus treten, um zu seiner Rüttelmaschine zurückzukehren und am Rondell weiterzuarbeiten.

»Wird der Denkmalschutz auch beim Gartenbereich nörgelig sein?« Sie ließ den Blick bis zu den Bäumen schweifen, die den Platz begrenzten.

Nanu, was stand denn da? War es das, wofür sie es hielt?

»Die Gartenbeauftragte kenne ich noch nicht persönlich, deswegen kann ich das nicht einschätzen.« Er beugte sich neben ihr aus dem Fenster.

Sie zeigte auf das, was sie entdeckt hatte. »Ein Basketballkorb, einzementiert? Waren Sie das?«

»Allerdings.« Er zog sich zurück und machte Anstalten, die Fenster wieder zu schließen.

»Sie haben also in New York mit dem Basketballspielen angefangen und können nicht mehr aufhören?« Sie lachte. Wie schön, ein erwachsener Mann, der im Herzen noch Kind war.

Normalerweise tarnten das doch nur Väter, indem sie für ihre Söhne diese Dinge anschafften.

»Wir hatten einen Basketballcourt gleich in unserer Straße im Meatpacking District. Das ist richtig.« Seine Stimme war leise geworden.

»Und dort kann man als erwachsener Mann spielen, ohne von den Kindern und Jugendlichen verjagt zu werden?«

»Wenn man ein Kind dabeihat, ist es kein Problem«, sagte er noch leiser und bückte sich nach einer Rolle Malerkrepp, die offenbar von der kürzlichen Renovierung liegen geblieben war.

Ein Kind? Sie wagte nicht nachzufragen, aber zum Glück sprach er weiter: »Meine Exfrau hat einen Jungen mit in die Ehe gebracht. Connor. Er war drei und gerade in den Kindergarten gekommen, als wir heirateten. Ich hab ihm immer die Croissants gebacken, die wir heute Morgen auch gegessen haben, und sie ihm in der Brotdose mitgegeben. Allerdings mit Schinken und Käse statt mit Krabben, das war seine Leibspeise.« Er versuchte ein Lächeln, es gelang nicht recht. »Und Connor war acht, als wir uns getrennt haben. Seit er in der Schule war, haben wir fast jeden Nachmittag ein paar Bälle auf dem Basketballplatz geworfen, wenn ich ihn abgeholt hatte. Denn seine Mum musste immer lange arbeiten.« Er nestelte an seinem Freundschaftsband.

Isabel sah, dass seine Augen feucht wurden. Schnell wechselte sie das Thema zurück zum Lundwitzer Park.

»Dann hoffen wir mal, dass die Gartenbeauftragte vom Denkmalschutz in unserem Sinne entscheidet.«

»Denkmalschutz, ja richtig.« Offenbar dankbar über den Themenwechsel ging er sofort darauf ein. »Was auch immer dann in unserem Sinne sein wird. Ich bin nämlich schon sehr gespannt, was Sie über den Garten herausfinden.« Er lief flott zur Treppe zurück, warf das Malerkrepp in die Höhe und fing es wieder auf. »Er birgt das ein oder andere Geheimnis, scheint mir. Wichtig ist nur: Er muss so originalgetreu wie möglich werden, sonst bekommen wir womöglich keine Förderung.«

Isabel beeilte sich, an seiner Seite zu bleiben. »Ich werde mir Mühe geben.« Sie warf durch ein Fenster einen letzten Blick hinunter in den Hof und sah, wie Enno wieder mit der Rüttelmaschine kämpfte. »Das wird sehr schön, Ihr Anwesen hier.« Sie nickte. »Sehr schön.«

»Nicht wahr?« Alex lächelte, wirkte dabei aber traurig. Das Sonnenlicht fiel durch die Scheiben auf seine Augen und ließ sie wasserblau leuchten. »Und die Stipendiaten werden hier entspannen und hervorragend arbeiten können.« Er wischte sich über die Augen und zog sich das Malerkrepp wie ein Armband über.

»Es ist aber auch eine tolle Idee, diese Stiftung zu gründen.« Sie beeilte sich, an seiner Seite zu bleiben.

Er lief die Treppe hinunter. »Ich weiß einfach aus meinen Anfängen als Maler, wie schwer man es hat, wenn man versucht, sich einen Namen zu machen.«

Sie überlegte kurz, ob sie mit ihm so direkt sein konnte, aber dann wagte sie es doch. Er konnte schließlich nicht davon ausgehen, dass alle Welt in seinem Metier bewandert war. »Entschuldigen Sie bitte, aber ich kenne mich gar nicht aus in der Szene. Sie haben demnach einen Namen?«

Er sprang die letzten zwei Stufen hinunter. »Das müssen andere beurteilen.« Er führte sie unten neben der Bibliothek in einen Salon. Sina stand auf einer Leiter und strich die Wand in einem Vanilleton, während sie leise vor sich hin summte.

»Hier«, sagte Alex und legte ihr das Malerkrepp auf die Leiter. »Falls du noch etwas brauchst.«

Isabel war an der Tür stehen geblieben. In der linken Ecke entdeckte sie einen offenen Kamin. Über seinem Sims reichte ein blinder Spiegel bis fast zur Decke. Auf dem Mosaik-Eichenparkett, das nautische Rauten zeigte, stand noch kein einziges

Möbelstück, aber es war unverkennbar, wie schön der Raum schon in Kürze aussehen würde. Alex winkte ihr, ihm zu folgen, und führte sie weiter über einen sternförmigen Kompass, der unter ihren Schritten knarrte. Alex öffnete die Flügeltür in der Fensterfront und stieß sie ganz auf.

Isabel trat hinter ihm auf eine halbrunde Terrasse, auf der einsam eine Biertischgarnitur stand. Sie hob den Blick, und da lag er vor ihr: der Garten!

Isabel traute ihren Augen nicht.

11

»Er ist noch nicht ganz in dem Zustand, in dem wir ihn eigentlich haben wollten, wenn Sie kommen«, sagte Alex.

»Wie soll ich denn da …?« Isabel fehlten die Worte. Die Aufbruchsstimmung, in die die Hausführung sie versetzt hatte, war verflogen angesichts dieser Katastrophe.

»Erst mal müsste sicherlich …« Er verstummte, als er ihr Entsetzen bemerkte.

Isabel ließ den Blick schweifen: Vor der Terrasse befand sich eine Freifläche von bestimmt zweihundert Metern Länge und hundert Metern Breite, umstanden hauptsächlich von Kiefern und Buchen wie schon vorne an der Gutshauszufahrt. Links, fast versteckt hinter der Hausecke, sah sie ein beackertes Stück Land mit frischer Erde, Furchen und Sträuchern. Das musste Sinas Gemüsegarten sein. Es schien einmal eine zentrale Sichtachse gegeben zu haben, aber auf was? Die Bäume hatten sich inzwischen ihren Platz zurückerobert. Doch das war es nicht, was Isabel beunruhigte. Das Problem war die Freifläche, die man beim besten Willen nicht als solche bezeichnen konnte.

Isabel stieg über die fünf moosbewachsenen Stufen hinunter auf den blanken Sand, der durch den Regen der vergangenen Nacht matschig war. Alex folgte ihr. Sie wandte sich nach links und lief hinüber zu einem Schuppen mit eingefallenem Dach, der geradezu nach Asbest schrie. Die Tür hing aus den Angeln, und innen sah Isabel Dutzende gestapelte Plastikeimer. Vielleicht altes Futtermittel von der LPG? Über einen Weg aus Betonplatten lief sie weiter zu einem Haufen Gerümpel neben dem Schuppen: zerbrochene Stühle, Holztüren, ein altes Klo, ein kaputter Sonnenschirm – offenbar alles Dinge, die man über Jahrzehnte aus dem Haus geräumt und nie entsorgt hatte. Am erschreckendsten waren jedoch die fünf Garagen. Isabel wandte sich ihnen zu, traute sich aber nicht näher heran. Sie lehnten aneinander und drohten beim nächsten Windstoß umzufallen. Eines der verrosteten Tore stand offen. Isabel entdeckte einen hellblauen Wagen der Marke Wartburg ohne Räder. Sie drehte sich zu Alex und stemmte die Hände in die Hüften.

»Das wird noch in dieser Woche geräumt«, beeilte er sich zu sagen. »Ich habe die Firma für morgen und übermorgen gebucht. Dann ist das alles weg.«

Isabel schaute ihn weiter stumm an.

»Versprochen. Es hätte eigentlich letzte Woche passieren sollen, bevor Sie kommen.« Er schabte mit der Schuhspitze an einem Stein, der aus dem Matsch ragte. »Aber dann fing das miese Wetter an. Und die schweren Maschinen wären hier im Morast stecken geblieben.«

Isabel zeigte mit dem Daumen über ihre Schulter hinter sich auf den Schuppen und die Garagen. »Was ist mit Altlasten? Haben Sie einmal messen lassen, ob das strahlt? Wie stellen Sie sich das eigentlich vor? Wie viel Erde wollen Sie denn abtragen?« Sie machte eine schaufelnde Bewegung. »Und wie viel frische wieder auftragen?«

Er hörte auf, mit dem Fuß den Stein im Matsch zu bearbeiten. Sein Gesicht bekam einen harten Zug. »Glauben Sie mir, Frau Landschaftsarchitektin aus Wien: Ganz auf den Kopf gefallen sind wir hier oben im Norden auch nicht. Natürlich war längst ein Experte da und hat uns den Aufwand erklärt. Die Firma, die den Abriss und die Abfuhr macht, ist informiert. Und ja: Auch hier oben gibt es genug Muttererde zu kaufen, die diesen Garten wieder sauber wie einen Kinderspielplatz macht.«

Sie drehte sich von ihm weg und beobachtete eine gelb gemusterte Dorfkatze, die mit erhobenem Schwanz zwischen dem Schrotthaufen und dem Schuppen entlangspazierte, sich auf eine der Betonplatten setzte und das Fell putzte. Isabel stellte sich vor, wie über diese Betonplatten morgens die Trabis und Wartburgs der LPG-Beschäftigten gerollt waren, die vom Gutshausbüro aus den Betrieb leiteten. Wahrscheinlich hatten die Genossen auf der Terrasse ihre Mittagspause gemacht. Hatten hier Weihnachtsfeiern stattgefunden, war auf den Geburtstag des LPG-Leiters angestoßen worden? Vermutlich. Sie lief an den Garagen vorbei bis zum Ende der Fläche, wo die Bäume begannen, Alex immer direkt hinter ihr. Immerhin die Sichtachse würden sie mit harter Arbeit wieder frei bekommen.

»Worauf hat man denn damals geschaut?« Sie deutete in die Richtung. »Wissen Sie das?«

»Auf einen künstlichen See. Er ist immer noch da, aber komplett verwildert. Und er gehört auch nicht zu dem Grundstück, das wir erwerben konnten, sondern dem örtlichen Anglerverein.«

Sie inspizierte den wunderschönen alten Parkbaumbestand: bei weitem nicht nur Buchen und Kiefern, wie sie jetzt feststellte, sondern dazwischen entdeckte sie eine Chinesische Lärche mit ihren feingliedrigen Nadeln, einen Ginkgo und einen Tulpenbaum aus Nordamerika. Ende des neunzehnten Jahrhunderts war der Import dieser Bäume sehr modern gewesen, erinnerte sie sich. Man führte seine Gäste nach dem Déjeuner auf einen Verdauungsspaziergang durch den Park und zeigte ihnen den Japanischen Ahorn und den Urwaldmammutbaum. Und hier, auf Gut Lundwitz, hatten sie den Rundgang mit Sicherheit im Rosengarten enden lassen. Sie drehte sich zum Gutshaus um, versuchte, sich den Schrott wegzudenken und dafür den Rosengarten vor sich zu sehen. Es gelang ihr nicht.

Alex schien ihre Gedanken zu erahnen und trat an sie heran. »Der Rosengarten war wohl wunderschön, das Kernstück des Parks. Wir haben alte Aufzeichnungen gefunden, die ich Ihnen geben werde. Dann können Sie sich ein Bild machen, wie er wieder erblühen wird. Dank Ihnen! Dank Ihrer Sachkenntnis und Ihres Gespürs werden wir den Zustand wieder so herstellen können, wie er einmal war.«

Schleimer! Er wollte anscheinend den Anblick des Gartens, der ein herber Rückschlag war, abmildern. Ob das stimmte mit der Abrissfirma? Würde sie morgen kommen?

Isabel ließ ihn stehen und stapfte durch das Gestrüpp um die Garagen herum. Am Ende der Freifläche hatte sie einen hölzernen Pavillon mit abblätternder karminroter Farbe und geschwungenem dunkelgrünem Dach entdeckt, offenbar ein Teehäuschen im Stile der China-Mode, das zum alten Ensemble gehörte. »Das reißen Sie aber nicht weg, oder?«, fragte sie, als Alex zu ihr aufgeschlossen hatte.

Er öffnete vorsichtig die Tür. »Nein, das wird schon am Ende des Sommers wieder in altem Glanz erstrahlen und zum Tee einladen. Und Sie werden die Erste sein, der ich hier einen Jasmintee serviere, versprochen«, setzte er seine Charmeoffensive fort. Hatte er Bedenken, ob sie an Bord bleiben würde? Zurecht, dachte sie. Nach dieser Erkundung des Gartens stand leider durchaus nicht mehr fest, ob sie sich das Ganze hier antun würde. Sie musste eine Kosten-Nutzen-Abwägung starten. War eine Referenz aus diesem Projekt wirklich so viel wert, dass es den Aufwand rechtfertigte? Die Nerven und den Ärger, den das alles bereits jetzt versprach?

Alex zeigte ins Dunkle des Teehäuschens. Man konnte nur wenig erkennen, aber im Inneren stapelten sich offenbar alte Gartengeräte. »Vielleicht finden Sie hier noch den ein oder anderen Spaten, Rechen oder so, der Ihnen weiterhilft«, sagte er. »Ihnen und Ihrem Gehilfen.«

Isabel legte augenblicklich eine alte Harke zurück, die sie schon aus dem Gewühl gezogen hatte, weil sie noch tauglich schien. »Gehilfe?«

Alex nickte. »Ich habe Ihnen Gerd aus dem Dorf an die Seite gestellt. Ein altgedienter LPG-Mitarbeiter, er kennt hier auf dem Gelände jeden Winkel und ist ein guter Gärtner, wie man mir sagte. Nur ein bisschen maulfaul vielleicht.«

»Gerd.« Was sollte sie mit einem Gerd? Sie musste sich hier erst mal einen Überblick verschaffen und entscheiden, ob sie überhaupt mitmachen würde. Wenn sie sich tatsächlich dazu durchringen sollte, musste sie als Erstes die Pläne zeichnen, die Kalkulationen machen und Bestellungen aufgeben. Und dann, wenn es an die Ausführung ging, würde man doch wohl den Trupp eines Gartenbaubetriebs buchen, der hier … Sie blickte in Alex' eifrige Augen. Nicht? Um Himmels willen! Sollte sie etwa alleine mit einem Gerd den ganzen Garten umgraben und flott machen?

»Nur dass ich das richtig verstehe, Sie gehen davon aus, dass ich …«

»Da kommt Gerd ja schon!« Alex lief auf einen Mann Mitte fünfzig in einem Blaumann zu, der gebeugt und langsam und mit ernster Miene hinter den Garagen hervortrat.

»Guten Tag, Herr Schneider!« Alex gab ihm die Hand. »Schön, dass Sie da sind.« Er stellte Isabel vor und erklärte: »Frau Huber ist eine renommierte Landschaftsarchitektin und wird uns das Areal wieder in den Zustand zu Beginn des zwanzigsten Jahrhunderts zurückzaubern.«

»Tach.« Gerds Gesichtsausdruck veränderte sich nicht, als er sie begrüßte. Er reichte Isabel die raue Hand. Ihr fehlten immer noch die Worte.

»Vielleicht prüft ihr erst mal, welche Geräte aus dem Teehäuschen man noch gebrauchen kann?« Alex schaute zwischen ihr und Gerd aufmunternd hin und her. »Wenn hier morgen die Abrisstruppe kommt, dann wird das vielleicht ein wenig ungemütlich.« Er drehte sich mit einem Winken um und lief zurück zur Vorderfront, bestimmt, um wieder in den Bagger zu steigen.

Isabel schaute ihm mit hängenden Armen hinterher. Das war wohl tatsächlich sein Ernst. Sie musste drüber nachdenken, wie sie mit diesen neuen Gegebenheiten umgehen sollte. Eine Trümmerwüste, die unaufgeräumt war, und ein älterer Mann, mit dem sie offenbar allein zwanzigtausend Quadratmeter beackern sollte. Sofort abbrechen und nach Wien zurückfahren?

»Na, denn.« Gerd stülpte sich Arbeitshandschuhe über, hielt ihr ein zweites Paar hin und schaute sie auffordernd an. »Was ist? Nehmen Sie die nun, oder nicht?«

12

Österreich-Ungarn, Donauhügelland
Park des Schlosses Unter-Korompa am Fuße der
Kleinen Karpaten, Juni 1886

Mit dem erdigen Handschuh wischte Marie sich Schweiß von der Schläfe und richtete sich auf. Geschafft! Die erste der drei *Banksrosen* reckte sich zur Vormittagssonne. Die Lieferung war ganz früh am Morgen pünktlich mit der Postkutsche angekommen. Marie hatte sie freudig entgegengenommen, mit Lieselottes Hilfe in den Garten getragen und das Hausmädchen dann wieder ihrer Arbeit überlassen, weil sie allein sein wollte mit ihren neuen Lieblingen. Die Fiederblättchen leuchteten wie kleine Zitronenfalter, und das Laub glänzte. Diese Rosensorte hatte keine Stacheln, sie wirkte erhaben in ihrer Schutzlosigkeit.

Rosa banksiae, benannt nach Dorothea Banks, der Frau des Direktors von Kew Gardens in London. Ob es auch einmal eine Rose mit Maries Namen geben würde? Nein, das war abwegig. Rosen hießen wie Königinnen. Oder wie die Händler, die sie aus Indien oder Persien oder China mitbrachten. Und neuerdings wie Ehefrauen von Bankiers und Juwelieren, die die Liebe zum Garten entdeckt hatten. In keine dieser Kategorien würde sie jemals passen, so wie es den Anschein hatte.

Sei es drum, sie jedenfalls würde alle Rosen verehren, ganz egal, welchen Namen sie trugen. Und diese *Banksrose* – sie nahm den Spaten, trat ihn tief in die Erde und hob das Loch für die nächste Pflanze aus – war wirklich ein Prachtexemplar. Sie warf den Aushub auf einen Haufen, den Spaten hinterher, und wühlte mit den Händen im Loch, um es zu vergrößern. Ihr langer Rock mit den vielen Lagen kam ihr ins Gehege. Wenn sie nur auch so eine Lederhose anziehen könnte, wie Papa sie bei der Gartenarbeit stets getragen hatte! Aber nein, selbst hier in ihrem privaten Garten hinter dem Schloss, wo nun wirklich niemand sie sehen würde, hatte ihr die Mutter strengstens verboten, etwas anderes als das Alltagskleid zu tragen. Allein das hatte ihr wahrscheinlich bereits enormen Ekel bereitet, hätte sie ihre Tochter doch zu gerne in einem feinen Kleid im Salon auf dem Ohrensessel gesehen, wie sie stickte. Sticken! Nicht einmal im Winter, wenn der tägliche Ausritt durch den verschneiten Wald der einzige Lichtblick des dunklen Tages war, konnte Marie sich zu Handarbeit bewegen. Stattdessen las sie oder spielte Whist mit Gabriela und Lieselotte am Kamin, dem einzigen Ort, wo die Kälte sich aushalten ließ.

Marie schnaufte, als sie die gusseiserne Kanne hochhievte und Wasser in das Pflanzloch goss. Sie setzte die Rose hinein. Matsch umkrustete den Saum ihres Kleides, während sie mit den Händen die Erde rund um den Wurzelballen festklopfte. Wie gut die feuchte Erde und die Rose rochen! Sie sog den Duft ein, goss noch etwas Wasser an – und bemerkte den Rock ihrer Mutter und ihre für den Garten viel zu feinen Schnürschuhe.

»Wie siehst du denn aus?« Die Mutter musterte Maries Kleidersaum und die Kruste auf ihren Schuhen.

»Ist sie nicht wunderschön?«, fragte Marie und zeigte auf die Rose.

»Sie ist gelb. Und du bist unmöglich! Wie konntest du gestern Abend deine Gäste derart vor den Kopf stoßen? Spätestens jetzt sind wir passé in Wien.« Sie nieste. »Grässliches Grünzeug! Gleißende Sonne! Ich werde meinen Tee im Schatten auf der Terrasse einnehmen.« Sie wandte sich um und rief über die Schulter zurück: »Du bist wie dein Vater, nur auf dich selbst und deine Verrücktheiten fixiert. Hast du auch nur einen Augenblick an deine Schwester gedacht? Meinst du, nach deinem Benehmen wird eine der guten Familien sie noch in Betracht ziehen?« Sie schüttelte einen Mistkäfer vom Schuh, der sich anschickte, unter ihrem Kleid zu verschwinden. »Dass ich auf dir sitzen bleibe, habe ich mir beinahe gedacht, aber dass du auch deiner Schwester die Zukunft verbaust, das ist wirklich die Höhe.« Ohne ein weiteres Wort lief sie Richtung Schloss, wobei sie noch mehrmals nieste.

Marie blickte ihr nach und schüttelte den Kopf. War denn diese Geburtstagsfeier ihre Idee gewesen? Hatte sie die vielen Stadtmenschen hierher eingeladen? Marie sah, wie jemand auf die Terrasse trat, geführt von Lieselotte. Als sie erkannte, um wen es sich handelte, fuhr sie sich mit dem Handschuh durch die Locken. Das war doch tatsächlich dieser Georg von Schwanburg! Sie beobachtete, wie ihre Mutter ihn eifrig begrüßte und in Maries Richtung deutete. Sie straffte den Rücken. Also war er doch hartnäckiger als gedacht, der Herr Offiziersanwärter.

Schon kam er auf sie zu. »Könnten Sie einen Gartengehilfen gebrauchen?« Er musterte sie in ihrem erdverkrusteten Kleid von oben bis unten.

Marie richtete sich noch gerader auf. »Sie haben wohl gestern Abend den Weg nach Wien nicht mehr gefunden? Orientierungsschwierigkeiten?«

»Auf seltsame Art und Weise verbrachte ich die Nacht im Gasthaus in Türmau. Ich muss wohl aus der Kutsche gefallen sein.« Er krempelte die Ärmel seines Hemdes hoch. »Wo soll ich anpacken?«

Sie lächelte. »Wissen Sie denn, wie das geht? Als Stadtmensch?«

»Ein Mann soll ein Haus bauen, ein Kind zeugen und einen Baum pflanzen, nicht wahr? Warum fange ich also nicht mit dem Baum an, auch wenn er nur eine Rose ist.«

Marie wurde rot, aber die Beleidigung der Rose konnte sie nicht unkommentiert lassen. »*Nur* eine Rose? Ich höre wohl nicht recht? Sie ist das Edelste, was man pflanzen kann auf dieser Erde.«

»Nun geben Sie schon den Spaten her!« Er nahm ihn und stach ihn tief in die Erde und sprang mit beiden Füßen drauf.

Marie zog die Augenbrauen hoch. »Interessante Technik.«

»Das nennt sich Doppeloxer.«

Sie lachte. »Das hätte ich mir denken können, dass Sie der Mode des Springreitens bereits verfallen sind.«

Er grub weiter. »Sie sind demnach keine Freundin dieses edlen Sports?« Er warf die Erde auf den Haufen.

»Es entspricht nicht der Natur eines Pferdes, über hohe und schwierige Hindernisse zu springen.« Sie beobachtete, wie das Loch immer tiefer wurde.

»Sollte man also Hindernisse umgehen?«

Kein bisschen Schweiß bildete sich auf seiner Stirn. Nur diese eine eigensinnige blonde Strähne rutschte ihm immer vor die Augen. »Wenn man ein Pferd ist, durchaus.« Strengte ihn denn das Graben gar nicht an?

Er lachte. »Sie weichen natürlich keinem Hindernis aus.« Er hockte sich vor das Loch. »Tief genug?«

»Ein bisschen noch.«

Er schaufelte weiter. »Würden Sie mir denn die Ehre erweisen, einen Ausritt mit mir zu unternehmen? Ganz ohne Hindernisse selbstverständlich?« Er hielt im Schaufeln inne. »Einfach nur, um Ihre Gesellschaft zu genießen.«

Was war das mit diesem Mann? Warum wusste man nie, ob er einen veralberte oder ob er es ernst meinte? Statt einer Antwort deutete sie auf die Gießkanne.

Georg nahm sie und goss Wasser ins Pflanzloch.

»Jetzt vorsichtig die Rose einsetzen«, sagte Marie und beobachtete ihn dabei, wie er die Pflanze versenkte und Erde um den Wurzelballen füllte. »Festdrücken und noch einmal gießen.«

»Jawohl!«

Familie von Malzahn von nebenan würde ihnen mit Sicherheit Pferde zur Verfügung stellen, wenn sie nur fragte, dachte

Marie. Und Mutter wäre überglücklich, schließlich verfolgte sie von der Terrasse aus garantiert jede Bewegung der beiden. Außerdem war die dritte Rose hiermit gepflanzt, die nächste Lieferung kam erst morgen. »Avec plaisir«, sagte sie.

Georg lächelte und stellte die Gießkanne ab. »So zahm auf einmal?« Er bot ihr den Arm.

Sie steckte den ihren samt erdverkrustetem Ärmel hindurch. »Ich werde mich ein wenig frisch machen. Wenn Sie solange mit meiner Mutter Konversation betreiben könnten?«

»Welches Thema bevorzugt Ihre Frau Mama denn?«

»Jedes, solange es nicht um etwas geht, was im Freien gemacht wird.«

Er lachte. »Kürzlich habe ich diese hervorragende Aufführung von *Le nozze di Figaro* am Burgtheater besucht. Das dürfte sie demnach interessieren?«

»Meine Mutter sehr, aber mich sollten Sie nachher beim Ausritt bitte nicht damit malträtieren.« Sie versuchte, mit seinen langen Schritten mitzuhalten.

»Kein Sinn für Hochkultur?«

»Pah! Diese lauten Aufführungen mit all dem Klamauk, den pompösen Kostümen und dem so vulgär klingenden Italienisch – das ist wohl eher etwas für einfache Gemüter. Ich bevorzuge stille Lektüre in meinem Lesesessel.« Sie verfolgte mit den Augen zwei Zitronenfalter, die um die alte Eiche flogen.

»*Indubbio.*« Er verdrehte die Augen.

»Wie bitte?«

»Das war vulgäres Italienisch. Nichts für Sie also.« Sie stiegen die Stufen hinauf zur Terrasse, wo die Mutter ihnen schon entgegenblickte.

»Gnädigste«, Georg ließ Marie los und steuerte auf die Mutter zu, »darf ich Ihnen berichten, was mir neulich im Burgtheater widerfahren ist, als ich in der Pause einen winzigen Champagner trank?«

»Bitte setzen Sie sich doch!« Die Mutter zeigte auf den freien Lehnstuhl neben sich und wedelte – mit dem Blick auf Maries Kleider – ihre Tochter ins Haus. »Marie wird sich rasch umkleiden, nicht wahr?« Sie legte Georg die Hand auf den Arm und zuckte auch nicht zurück, als sie sah, dass seine Kleidung nun ebenfalls erdverkrustet war. »Was ist Ihnen dort geschehen, liebster Graf Schwanburg?«

»Sie werden es nicht glauben, aber ich hatte das Vergnügen, mit der Kaiserlichen Hoheit ein paar Worte zu wechseln.« Er zwinkerte Marie zu, die er nicht aus den Augen gelassen hatte.

Ihre Mutter beugte sich vor. »Erzählen Sie!«

Er wandte sich ihr zu, und Marie verschwand im Schloss. Sie würde diesem Georg von Schwanburg beim Ausritt ihre Heimat zeigen. Aber sie würde sehr gut darauf achten, ihm nicht auch ihr Herz zu offenbaren.

13

Gutshaus Lundwitz, Mecklenburgische Schweiz
Mai 2017

»Mittag!« Sinas Ruf von der Terrassentür schallte bis zu ihnen.
Isabel befreite gerade eine Mistforke von Spinnweben, trat aus
dem Teehäuschen hinaus ins Licht und legte die Forke auf den
Haufen zu den anderen Dingen, die noch zu gebrauchen waren.
Gerd warf krachend einen angerosteten Spaten auf den Stapel
und zog schon die Handschuhe aus.

Natürlich hatte Isabel sich schließlich an die Arbeit gemacht.
Sie brauchte Zeit zum Nachdenken, und mit den Händen zu
arbeiten wirkte Wunder. Es machte den Kopf frei und ließ einen
klar sehen. Tatsächlich war sie zu einem Entschluss gelangt,
der ihr nur vernünftig erschien und den sie gleich beim Mittagessen verkünden würde. Das Smartphone brummte in der Hosentasche, sie bedeutete Gerd, schon einmal zu den anderen
vorzugehen.

Ihr Display zeigte Coras Namen an. »Süße, wie geht's, wie
steht's an der Küste?«

Isabel hörte ein Feuerzeug klicken.

»Küste ist gut«, sagte sie und zog einen frischen Streifen
Kaugummi aus der Hosentasche. »Hab noch nichts vom Meer
gesehen.« Vielleicht konnte sie ja bald in einem der Seebäder
wenigstens ein paar Tage Urlaub machen, wenn sie schon mal
hier oben war.

»Und das Gutshaus und die Lebenskünstler?« Cora blies hörbar den Rauch aus.

»Die habe ich inzwischen kennengelernt.« Sie wollte Cora
nicht gleich alles brühwarm erzählen, schon gar nicht ihre

wirklich vernünftige Entscheidung, die sie gleich bekannt geben würde – das gäbe nur Stress. Sie schabte mit dem Stiefel im Sand und entdeckte etwas unter den Grasbüscheln vor der Tür des Teehäuschens. Sie vergaß für einen Moment das Kauen.

»Mann, nun lass dich doch nicht so bitten! Wie sind sie?«

Isabel hockte sich hin. War das etwa ein Steinmosaik? Mit einem Ornament oder einem chinesischen Schriftzeichen? Sie musste es gleich Alex berichten. »Nun ja, sie sind …«

»Übrigens habe ich Marco heute Morgen beim Bäcker getroffen«, unterbrach Cora sie brüsk.

Das war also der wahre Grund des Anrufs. Isabel zog es das Herz zusammen. Sie spürte, wie ihr Puls sich beschleunigte. Sie hörte auf zu graben und nahm auf einmal das Rauschen des Windes in den Baumwipfeln wahr.

»Er hat nach dir gefragt.«

»Hat er?« Isabel versteifte sich.

»Ich hab ihm erzählt, dass du in Norddeutschland einen historischen Park rekonstruierst, ein einzigartiger Auftrag.«

Isabel kaute plötzlich sehr schnell auf ihrem Kaugummi. »Was hat er gesagt?«

»Er hat gelacht.«

Isabel schnellte aus der Hocke hoch. »Gelacht?«

»Allerdings. Und gesagt, dass du das bestimmt nicht alleine schaffen wirst.«

»Wie bitte?« Isabels Stimme wurde lauter. Eine starke Windböe fuhr in die Baumwipfel und ließ einige Blätter der nahestehenden Eiche heruntersegeln.

Cora schnaubte. »Die Kröte! Hab ich dir doch immer gesagt, er ist eine Kröte!«

»Er hat gesagt, ich kann das nicht?« Isabel blickte an den Garagen vorbei zur Terrasse, auf der nun alle versammelt waren und sich an den Biertisch setzten.

»Du sollst ihn anrufen, wenn du nicht weiterkommst. Er

schickt dir dann Unterstützung. Gegen eine entsprechende Gebühr, natürlich.«

Isabel ballte ihre sandige Faust und stampfte auf das chinesische Schriftzeichen.

»Ich hab ihm gesagt, das wird nicht nötig sein, weil du den Auftrag perfekt erledigen wirst. Und dass im Übrigen schon neue Kundschaft Schlange steht bei den vielen alten Hütten und Parks, die es dort oben gibt. Dann hab ich mich umgedreht und bin aus dem Bäcker gegangen. Ohne Servus.« Sie blies geräuschvoll den Rauch aus. »So ein Arsch, dein Exmann. Ehrlich!«

So ein ... Isabels Fingergelenke waren weiß geworden.

»Schatz, bist du noch da? Oh, da kommt eine Kundin. Ich muss. Bis bald!« Cora war weg.

Isabel verstaute das Telefon zitternd in der Jeans, umrundete die Garagen und stieg die Stufen zur Terrasse hinauf. Der Duft aus dem Suppentopf stieg ihr in die Nase und beruhigte sie ein wenig. Sie lugte in den Topf. Was mit Fisch.

Marco hatte gelacht und wollte Unterstützung schicken! Sie setzte sich und entsorgte den Kaugummi unauffällig in das Küchenkrepp, das als Serviette bereitlag.

Alex brachte ein paar Flaschen Wasser und Saft. »Es nimmt sich bitte jeder selber«, sagte er. »Das ist *Chili con Pesce*.«

Isabel zwang sich, etwas aufzutun, obwohl ihr der Appetit vergangen war. »Haben Sie auch das selbst gekocht?«, fragte sie, um sich von ihrem Ärger abzulenken und ihre aufgewühlte Stimmung zu überspielen.

Alex nickte. »Kochen beruhigt mich ungemein.« Er schaufelte sich als Letzter eine Kelle auf seinen Teller.

»Brauchen Sie denn Beruhigung?«, fragte sie schnell weiter, aber Marco ließ sich nicht so einfach aus ihren Gedanken vertreiben. Hatte er das etwa all die Jahre so empfunden? Dass sie nicht gut war in ihrem Beruf?

»Manchmal schon, wenn ich mir zu sehr vor Augen führe, was wir hier noch alles vor uns haben und wie viel das kosten wird.« Alex schaute an der Gutshausfassade hoch. »Aber jetzt erst mal: Guten Appetit!«

Sie schlürften stumm die Suppe. Schon der erste warme Löffel tat Isabel überraschend gut. Rosmarin, Basilikum, Knoblauch, Chili. War das Kabeljau? Marco hatte Kabeljau verabscheut. Schluss! Sie musste nachdenken. Sie fand sich plötzlich zurückversetzt in das Büro im zweiten Stock mit dem knarzenden Parkettboden und dem gluckernden Wasserspender im Gang. Sie hörte die gedämpften Gespräche der Mitarbeiter, das Klackern der Computertastaturen und die Stimme von Frau Winkler, der Sekretärin, am Telefon. Marcos Bürotür war stets geschlossen gewesen. Sie selbst hatte einen etwas kleineren Raum gehabt, der direkt an sein Büro anschloss. Wenn er telefonierte, hatte sie seine tiefe Stimme und sein Lachen durch die Wand gehört. Vor ungefähr vier Jahren hatten sie gerade ein größeres Projekt abgeschlossen, den Park einer modernen Architektenvilla am Rande Wiens. Die Karmanns hatten Wert gelegt auf Ursprünglichkeit ohne Chichi. Isabel hatte den Auftrag federführend übernommen, und ihrem Team war es gelungen, den perfekten Entwurf für den Park anzufertigen. Am Ende der Zusammenarbeit hatte Karmann sie und Marco stellvertretend für die ganze Firma zu seinem ersten Sommerfest eingeladen, wo sie viele Mitglieder der Wiener Gesellschaft kennengelernt hatten. Isabel erinnerte sich, wie aufgeregt Marco vor diesem Abend gewesen war. »Das ist ein Becken voller Fische für uns«, hatte er gesagt. »Die haben alle riesige Gärten, die gestaltet werden wollen. Nimm einen Stapel Visitenkarten mit, Schatz.« Während der Party war Marco dann nicht müde geworden, auf die zahlreichen Komplimente für den Park zu behaupten, das seien Ideen gewesen, die ihm schon lange vorgeschwebt hätten, und er sei glücklich, dass die Familie Karmann ihm nun endlich die Chance gegeben habe, diese Ideen auf ihrem wunderbaren Anwesen zu verwirklichen. Seine Ideen!

Sie knurrte innerlich. Damals hatte sie nur lächelnd neben ihm gestanden und gedacht, es sei eben die Idee des Büros gewesen, und damit fertig. Später wurde das Büro für den Österreichischen Gartenarchitekturpreis vorgeschlagen. Tatsächlich waren sie in die Endrunde gekommen, aber nicht etwa Isabel war zur Preisverleihungsgala in die Oper gegangen – sie hatte an diesem Abend mit einem anderen Auftrag in München zu tun –, sondern Marco. So hatte er den Preis entgegengenommen und in seiner Rede nicht einmal Isabels Namen erwähnt, die dieses Projekt gestemmt hatte.

Sie musste drei große Schlucke Wasser trinken, um den frisch aufgestiegenen Ärger hinunterzuspülen.

»Wie läuft's denn im Teehäuschen?«, fragte Alex mitten hinein in ihr Gedankengetöse, als plötzlich auch noch das Klingeln einer Fahrradglocke hinzukam.

Über die Betonplatten holperte eine Familie heran: der Vater mit Basecap, die Mutter mit Locken und zwei Jungs, vielleicht neun und elf Jahre alt.

»Hey, hallo!«, rief der Vater. »Entschuldigen Sie, dass wir hier einfach so über Ihr Grundstück radeln. Wir sind auf dem Weg zum Darß, haben uns aber ein wenig verfahren. Wissen Sie wohl, wo es hier in der Nähe ein Restaurant gibt?« Er hielt an, und die Jungs stiegen schon ab, warfen die Räder auf den Boden und rannten herum.

Alex stand auf. »Keine Chance im Umkreis von zwanzig Kilometern.« Er winkte die Familie auf die Terrasse. »Kommen Sie nur zu uns. Hier gibt's mecklenburgische Bouillabaisse. Sie sind gerne eingeladen.«

Der Mann sprach leise mit seiner Frau, die den Kopf schüttelte. »Das ist sehr freundlich von Ihnen, aber wir können doch nicht einfach ...«

Alex winkte noch einmal. »Und ob Sie können. Wir haben gekocht, als würden wir eine Fußballmannschaft erwarten. Bitte kommen Sie!«

Die beiden schauten sich noch einmal an. Dann nickten sie, stiegen auf die Terrasse und reichten allen die Hand. »Sehr freundlich von Ihnen. Wir sind unten in Teterow falsch abgebogen, und die Jungs haben Hunger.« Er lächelte, nahm die Basecap ab und setzte sich. »Und wir auch.« Er nickte in die Runde. »Thomas Schäfer, mein Name. Wir kommen aus Berlin. Beziehungsweise Hamburg.«

Sina hatte vier Suppenteller geholt. Alex teilte aus.

»Jungs!«, rief der Vater, die sofort am Tisch waren und anfingen zu löffeln.

»Beziehungsweise Hamburg?«, fragte Alex.

»Ich arbeite in Hamburg und pendele«, sagte Thomas Schäfer.

»Und ich will nicht weg aus dem Prenzlauer Berg«, fügte seine Frau hinzu. »Aber wir haben uns eingespielt.«

»So ist es.« Thomas Schäfer ließ den Blick schweifen. »Und Sie haben hier einiges vor, wie ich sehe. Respekt! Auf unserer Tour sind wir jetzt schon an mehreren Gutshäusern und Schlössern vorbeigekommen. Einige sind saniert und in Betrieb als Pension, Restaurant oder als Bio-Hof. Beeindruckend, was die Leute da auf sich nehmen. Was planen Sie hier?«

»Wir wollen einen Rückzugsort für Künstler schaffen«, sagte Alex.

»Sind Sie selbst Künstler?« Er schaute ihn neugierig an. »Bildhauer, Maler, Schriftsteller?«

Alex löffelte nur stumm.

»Sie reden wohl nicht gerne von sich?« Thomas Schäfer ließ nicht locker.

»Doch, das tut er!«, sagte Sina und erntete einen Knuff von Alex. »Sie kennen seine Werke bestimmt auch, sie hängen zurzeit in der Neuen Nationalgalerie.«

Isabel fiel beinahe der Löffel aus der Hand.

»Die Sonderausstellung *21. century reloaded*«, sagte Sina. »Schon gehört? Da sind die angesagtesten Maler versammelt, die Europa heute zu bieten hat. A-L-E-X, so sein Künstlername, ist einer von ihnen.«

Thomas Schäfer löffelte weiter und schwieg. Isabel trank einen Schluck Wasser. Dann stammten die wunderschönen Kunstwerke im ersten Stock wohl wirklich von Alex. Das erklärte natürlich, wie er sich mit den anderen das Gut leisten konnte. Aber was um alles in der Welt tat er bloß hier in der Pampa? Warum saß er nicht in einer Metropole? Sie schaute ihn von der Seite an.

Er aß ruhig seine Suppe weiter.

»Brauchen Sie die Abgeschiedenheit?«, fragte Thomas Schäfer, der ähnlich verwundert schien. »Ein handfestes Projekt? Oder was hat Sie sonst hierher verschlagen?«

»So in der Art war das«, sagte Alex und stand auf. »Nachtisch? Ich konnte nicht anders und habe eine Apfeltarte gebacken. Sie ist noch warm. Wer will Vanilleeis dazu?«

Als Alex wieder da war und sie den Kaffee genossen, den sie zum Kuchen tranken, sagte Thomas Schäfer: »Wann wollen Sie fertig sein mit der Sanierung und mit dem Garten?« Er blickte über die Garagen und den Schrott. »So wird das vermutlich nicht bleiben.«

»Dafür ist seit gestern unsere begabte Landschaftsarchitektin aus Wien hier, Isabel.« Alex zeigte auf sie. »Sie wird den Garten wieder so entstehen lassen, wie er vor gut hundert Jahren einmal angelegt worden ist. Mit einem historischen Rosengarten im Mittelpunkt.«

»Ein historischer Rosengarten?« Nun wirkte Thomas Schäfer noch interessierter.

Alex nickte. »Angeblich ist er nach dem Vorbild eines berühmten Gartens entstanden. Isabel wird hoffentlich herausfinden, was dieses Vorbild war.« Er lächelte ihr zu.

Isabel rutschte unbehaglich auf der Bierbank vor. Sollte sie ihm nicht besser jetzt sagen, dass sie nicht ...

»Wie schön!«, unterbrach Thomas Schäfer ihre Gedanken und lächelte sie an. »Wissen Sie was? Diese Gutshöfe und Schlösser auf unserer Tour haben mich zu einem Artikel inspiriert: *Die Renaissance der Schlösser und Gärten.*«

»Ein Artikel?«, fragte Enno, dessen Hände von der Arbeit an der Rüttelmaschine noch ein wenig zitterten.

»Ich bin Reporter bei einem Hamburger Nachrichtenmagazin. Wenn es Ihnen recht ist, mache ich nachher ein paar Fotos vom aktuellen Zustand des Gutshauses und des Gartens. Und wenn Sie fertig sind, komme ich mit einem Fotografen wieder und schreibe die Geschichte über Sie. Ich finde das ganz außerordentlich, dass sich dieser historischen Anlage endlich wieder jemand annimmt. Ein Phänomen unserer Zeit – wenn ich das nach unserer Reise richtig beurteile – und meist die letzte Chance, diese alten Bauten kurz vor dem endgültigen Zerfall zu retten. Großartig!«

Alex sah ihn stumm an, dann nickte er langsam. »Einverstanden. Im nächsten Sommer werden wir fertig sein, und Sie können sich davon überzeugen, dass es wunderbar aussehen wird. Einschließlich Garten, nicht wahr, Isabel? Meinst du nicht?«

Er hatte sie zum ersten Mal geduzt, aber das war auch okay so. Schließlich würden sie über ein Jahr lang eng zusammenarbeiten und diesem Gutshaus samt Garten wieder zu altem Glanz verhelfen. Thomas Schäfer hatte recht, es war etwas Besonderes. Es war etwas Historisches. Wenn dieses Nachrichtenmagazin über sie berichten und ein professioneller Fotograf ihren Garten in Szene setzen würde, könnte sie sich außerdem vor Aufträgen nicht mehr retten. Dies war die Eintrittskarte zu ihrem eigenen erfolgreichen Business. Ohne Vitamin B, ohne sich zu verbiegen. Allein durch knochenharte und unbezahlte

Arbeit, wie ihr klarwurde. Aber sie würde diese Chance ergreifen! Und Marco damit so richtig in den Allerwertesten treten.

Sie kratzte ihren Kuchenteller leer und verputzte auch das letzte Restchen Eiscreme. Jetzt war es also beschlossen. Sie würde das Projekt bis zum Ende durchziehen. Und wenn sie dafür die Asbest-Garagen eigenhändig mit dem Hammer abreißen müsste. Sie schaute zu Alex hinüber, der sich mit seinem Gast unterhielt. Einmal erwiderte er ihren Blick, und sie meinte ein Zwinkern in seinen Augen gesehen zu haben.

A-L-E-X. Soso. Sie musste gleich Cora anrufen und sie bitten, ihn zu googlen.

14

Isabel musste keinen Hammer in die Hand nehmen, um die Garagen abzureißen. Denn pünktlich um sieben Uhr am nächsten Morgen stand der Abrisstrupp vor der Tür. Alex begrüßte die Männer, wie Isabel vom Badezimmerfenster im zweiten Stock aus verfolgte, bevor sie unter die Regenwalddusche stieg.

Gestern Abend hatte sie noch mit Cora telefoniert. Wikipedia hatte sogar einen Artikel über A-L-E-X zu bieten. »Hier steht, er hat einen Haufen Preise gewonnen, in New York studiert und mehr als zehn Jahre dort gelebt. In welchen Museen Kunstwerke von ihm hängen, halt dich fest, sogar im MoMA! Und mit Banksy hat er mal ein Projekt in London gemacht. Aber was Privates steht hier nicht. Nicht der bürgerliche Name, der Familienstand, ob er Kinder hat oder so.«

»Dank dir trotzdem, Cora.« Immerhin. Ein Projekt mit Banksy, wow. Der war sogar ihr ein Begriff, obwohl sie keine Ahnung von Kunst hatte.

»Ich muss jetzt. Bin verabredet«, sagte Cora, und Isabel hörte, wie sie mit dem Schlüsselbund hantierte.

»Dieser Tom?«

»Wie betonst du das denn? *Dieser* Tom.« Isabel hörte ihre Absätze auf der Treppe klappern. »Vielleicht ist das mein zukünftiger Ehemann.«

»Das würdest du dich trauen?«

Cora lachte. Die Haustür fiel ins Schloss, und Geräusche einer lauen Wiener Nacht drangen an Isabels Ohr. Lachen, Musik,

Gläserklimpern, Stimmen, die lauter und wieder leiser wurden. »Nach deinen Erfahrungen mit Marco wohl besser nicht.«

»Ach, halt die Klappe!«

»Halt selber die Klappe!« Cora schmatzte ihr einen Kuss durch die Leitung. »Ich muss.«

Dann war es still geworden. Sehr still. Bis auf – Isabel hatte innegehalten und gelauscht – das Aufprallen eines Balles auf Asphalt. Gefolgt von dem Geräusch, als der Ball gegen das Basketballbrett prallte. Sie brauchte gar nicht in den zweiten Stock hinunterzuschleichen, um aus dem Fenster in den Hof zu schauen. Alex spielte Basketball.

Ob er das jeden Abend tat?, überlegte sie nun am hellen Morgen, als das Duschwasser über ihren Körper rann. Wie gut, dass sie noch dran gedacht hatte, ihr Lieblingsshampoo aus Marcos Bad zu retten. Es hüllte sie ein in den Duft aus tausend Rosenblüten und Vanille.

Im Garten hatte sie heute bei dem Lärm, den der Trupp veranstalten würde, keine Chance, in Ruhe zu arbeiten. Sie würde Alex nach den alten Plänen vom Park fragen. Hatte er nicht gesagt, sie hätten dazu einiges gefunden, aber es selbst noch nicht intensiv gesichtet? Vielleicht ließe sich bereits in diesen Unterlagen ein Hinweis auf das historische Vorbild für den Rosengarten finden. Wie eigenartig, dachte sie wieder, schloss die Augen und ließ das warme Wasser über ihre Haare und ihr Gesicht laufen, warum hatten sie damals ein Vorbild gewählt? Aus ihrer Erfahrung wusste sie, dass normalerweise jeder Bauherr und jede Bauherrin eine enorme Freude daran hatte, eigene Vorlieben in den Garten einzubringen. Es war spannend, wie sich hier offenbar jemand sehr streng an einem Ideal orientiert hatte. Welches das auch immer gewesen sein mochte.

Sie zog sich den klebenden Duschvorhang vom Körper, stieg aus der Dusche und rubbelte mit dem Handtuch die Haare trocken. Als sie wenig später im Bademantel in ihre Dachkammer kam, erlosch gerade das Display ihres Smartphones. Ein Anruf in Abwesenheit. Mama. Sie seufzte und schrieb eine SMS: »Habe viel zu tun, melde mich heute Abend.« Sie warf das Telefon zurück auf die Leinendecke. Ihre Mutter würde nur wieder insistieren, dass sie das Angebot von Harald doch noch annahm. Aber das kam gar nicht in Frage! Vor dem kleinen Klappspiegel, den sie auf den Sekretär gestellt hatte, trug sie die Wimperntusche besonders energisch auf und puderte entschlossen über ihr leichtes Tages-Make-up. Sie war jetzt hier! Und würde dem Geheimnis um diesen alten Garten auf die Spur kommen und ihn wieder flott machen. Sie schlüpfte in die Jeans und suchte Alex.

Sie fand ihn in der Küche, wo er bereits mit den Vorbereitungen für das Mittagessen beschäftigt war, ein Brett vor sich und ein Messer in der Hand. Es roch nach Sellerie, Karotten und Zwiebeln. »Heute essen die Bauarbeiter mit. Da gibt's Gulaschsuppe. Mit Bio-Fleisch vom Nachbargut. Das muss ein paar Stunden vor sich hinköcheln. Und schau mal, unsere ersten eigenen Zwiebeln und Karotten schwimmen schon mit.«

Als er hörte, dass sie die Pläne einsehen wollte, legte er das Messer weg, wusch sich die Hände und ging voran in die Bibliothek. In der Mitte der durchgehenden Bücherwand auf der rechten Seite öffnete Alex ein Kabinett und zog einen dünnen Ordner heraus, der Isabel an ihre Kunstmappe in der Schule erinnerte. »Dort ist alles drin, was wir über den Garten gefunden haben. Mehr gibt es nach unserem Wissen zumindest hier in Lundwitz nicht.« Er klopfte auf die Mappe. »Viel Erfolg! Das Gulasch ruft.« Er war schon wieder halb aus der Tür.

»Hast du es denn schon gesichtet?«, rief Isabel ihm hinterher.

»Noch nicht ausführlich. Dafür bist du ja jetzt da.« Seine Schritte verklangen im Gang.

Sie trug die wertvolle Mappe hinauf in ihre Kammer und

nahm am Louis-Philippe-Schreibtisch Platz. Mensch, ein Kaffee wäre jetzt gut, dachte sie und verfluchte sich, dass sie gerade eben nicht daran gedacht hatte. Sie stieg wieder alle Stufen hinunter in die Küche, wo sich der Bratenduft des Rindfleisches ausgebreitet hatte, bekam von Alex einen Spruch zu hören und trug ihre Tasse hoch. Der Kaffee war abgekühlt, als sie ankam, aber er tat trotzdem gut.

Sie zog die Gummis von der Mappe und klappte sie auf. Ein Plan des Parks war mit schwarzer Tinte auf Pergamentpapier gezeichnet. Ein paar Stockflecken zierten den Rand, aber alles war gut zu erkennen. Sie sah den Grundriss des Gutshauses und eine detaillierte Zeichnung, wie der Garten einmal ausgesehen hatte.

Sie beugte sich darüber. Nur wenige Meter vor der Freitreppe hatte der Rosengarten begonnen. Er war angelegt wie eine ovale Brosche, durchkreuzt von zwei breiten Hauptwegen, im Zentrum ein runder Platz. Die vier großen Felder, die dadurch entstanden, waren durchzogen von schmalen Wegen. So hatte man vermutlich nah an all die verschiedenen Rosensorten herantreten können, um sie zu bewundern und an ihnen zu riechen. Waren die Felder nach Farben geordnet gewesen? Oder nach Wuchsarten? Hatten die Wege gar aus Muscheln bestanden? Hier oben, so nah am Meer, konnte sie sich auch das vorstellen.

Der Rest war genau so, wie sie erwartet hatte: Parkarchitektur mit Spazierwegen und Verweilecken mit Bänken. Hauptsächlich heimischer Waldbestand, aber die wenigen exotischen Bäume waren exakt in den Plan eingezeichnet. Es würde nicht schwierig sein, alle zu finden, ihren Zustand zu überprüfen und sie so gut wie möglich freizulegen, damit man sie wieder besichtigen konnte. Dieser Teil des Parks war also kein Problem, zumal das Areal rund um den künstlichen See, der auf dem Plan einen großen Teil einnahm, nicht mehr zum Gelände gehörte. Was sie tun musste, war ganz eindeutig: Sie würde sich auf den Rosengarten – das verschwundene Herzstück – konzentrieren. Zu dumm, dass der Plan nur in Schwarzweiß war. Sie wünschte sich, die Familie hätte den Garten vor ihrer Vertreibung 1945 fotografieren können, am besten sogar in Farbe. Sie schob den Plan zur Seite und untersuchte den Rest der Mappe, die Lieferlisten aus dem Jahr 1890 von einer Baumschule aus Berlin und einer Gärtnerei aus Potsdam enthielt. Sie studierte sie und fand eine Auflistung der exotischen Bäume: der Ginkgo, der Urwaldmammutbaum, der Tulpenbaum. Sie waren also bereits Ende des neunzehnten Jahrhunderts gepflanzt worden. Die Rosen auch? Sie zog einen weiteren Bogen aus der Mappe, eine Bestellliste von Rosen aus dem Jahr 1920! Dann war der Rosengarten also viel später angelegt worden als der übrige Park? Eigenartig. Sie überflog die Rosensorten und nickte. Die meisten gab es auch heute noch zu kaufen, so wie die *Souvenir de la Malmaison*, die *Maiden's Blush* oder die wunderschöne *Provins royal*. Bei anderen war sie sich nicht sicher und müsste recherchieren. Aber diese Liste war Gold wert und half ihr enorm weiter. Nun musste sie nur noch herausfinden, wie die Rosen angeordnet worden waren.

Sie zog das nächste Papier aus der Mappe. Eine Gehaltsliste der Gartengehilfen von 1924. Fünf Männer waren zu dem Zeitpunkt im Park beschäftigt gewesen. Und nun waren sie nur noch zu zweit, Gerd und sie. Sie trank ihren kalten Kaffee aus. Bisher hatte er nicht wirklich mit ihr gesprochen. Musste er ja auch nicht, solange er ihren Anweisungen folgte und gut arbeitete. Sie seufzte. Fünf Mitarbeiter hätte sie jetzt mindestens gebraucht. Wie Alex und die anderen sich das vorstellten? Würden sie mit anpacken, wenn es ans Pflanzen ging?

Sie schob die Gehaltsliste zur Seite – und entdeckte darunter tatsächlich zwei Fotos! Aufgeregt legte sie sie nebeneinander auf den Tisch. Sie waren winzig und leider in Schwarzweiß.

Sie hielt sich das erste Foto dicht vor die Augen. Es zeigte das

Gutshaus und die Terrasse, auf der zwischen Kübelpalmen eine Korbstuhlgarnitur aufgebaut war. Eine ältere Frau, vielleicht Ende sechzig, saß dort in einem Etuikleid mit einer Kaffeetasse in der Hand und überschlagenen Beinen. Daneben ein ungefähr gleichaltriger Mann im Rollstuhl mit Sonnenhut auf dem Kopf und Zigarre in der Hand. Im ersten Stock des Schlosses war ein Fenster geöffnet, eine Decke hing zum Lüften heraus. Im Vordergrund konnte man leider nichts vom Rosengarten erkennen, weil der Fotograf offenbar mitten im Beet gestanden und die Pflanzen überragt hatte. Sie legte das Foto weg und nahm das zweite.

Welch ein Glück! Das Rosarium von der Terrasse aus! Isabel vertiefte sich in die Aufnahme. Die Farben konnte sie zwar nicht ausmachen, aber immerhin verrieten ihr die Wuchsformen ein wenig über die Sorten. Zumindest konnte sie nun Vermutungen anstellen, die Hand und Fuß hatten. Im vorderen Bereich, nahe der Freitreppe, machte sie kleinere Rosen aus, vermutlich Zwergrosen. Dahinter Buschrosen, Wildrosen und in der Mitte einige Kletterbögen mit Ramblern. Wie schön das ausgesehen haben musste, wenn der Garten im Juni in voller Blüte stand! Ein wogendes Rosenmeer in tausend Farben. Und die Wege? Sie berührte mit der Nase fast das Fotopapier, aber wirklich erkennen konnte sie es nicht. Granulat? Sie tippte auf Granulat.

Isabel sprang auf und pinnte das Foto an den Schornstein, damit sie es immer vor Augen hatte. So musste ihr Garten am Ende also aussehen, was für eine Herausforderung, was für eine schöne Aufgabe! Wenn sie nur wüsste, nach welcher Farbkomposition das Rosarium gestaltet war. Sie musste herausfinden, nach welchem Vorbild der Garten geschaffen worden war. Vielleicht gab es ja am Ursprungsort bessere Aufzeichnungen.

Sie lief vor ihrer Matratze auf und ab. Sie sollte einmal bei diesem Heimatmuseum vorbeigehen. Immerhin hatten die Mitarbeiter den Text zum Gutshaus im Internet veröffentlicht und auch Lady Sandhart und ihre Geschichte über die Jahrzehnte gerettet. Möglicherweise verfügten sie über ein paar weitere Gegenstände oder Akten, die nach der Vertreibung der Familie in fremde Hände geraten und später bei ihnen gelandet waren. Am besten brach sie gleich auf ins Dorf, dann war sie vielleicht pünktlich zurück zur Gulaschsuppe, deren Duft nun sogar bis hier oben in die Dachkammer gestiegen war.

Sie schaute sich das Paar auf dem Foto noch einmal genau an. »Welches Vorbild habt ihr nur gewählt für euer Rosarium? Und warum?«

Die beiden blickten weiter mit ernsten Mienen in die Kamera, als ob jeder für sich mit seinen Gedanken ganz woanders wäre und nicht beim wunderschönen Rosengarten des Familiengutes nahe der Ostsee.

15

Österreich-Ungarn, Donauhügelland
Schloss Unter-Korompa am Fuße der Kleinen Karpaten
Juni 1886

Die Berge in der Ferne leuchteten dunkelgrün. Wolkenformationen schickten ihre Schattenwesen über den Weizen, der den Feldweg säumte. Sie hatten die Pferde im Stall von Familie Malzahn entgegengenommen und ritten nun schon seit einer halben Stunde schweigend. Marie hörte die Hufe auf den festen Sand treten, gelegentlich schnaufte eines der Pferde und schlug mit dem Schweif gegen die Sommerfliegen an.

Georg ritt hinter ihr, was Marie ein wenig nervös machte. Sie saß besonders gerade, obwohl das in diesem lästigen Damensitz bedeutete, sich den Rücken zu verdrehen. Sie musste daran denken, wie Papa ihr, wenn sie kurz nach Sonnenaufgang unterwegs gewesen waren, erlaubt hatte, wie die Herren zu reiten. Sie hatte die Röcke gerafft, war drauflos galoppiert, quer über die Felder, und hatte sich frei gefühlt.

Nun zuckelten sie in einem damengerechten Schritttempo voran. Gerade noch hatte Marie verhindern können, dass ihre Mutter sie als Anstandsdame begleitete. Dafür hatte sie Gabriela mitgeschickt, die am Ende ihrer kleinen Gruppe ritt. Sie war bislang erstaunlich still gewesen. Nur ein paar scheue Blicke hatte sie Georg zugeworfen. Offenbar traute sie sich in Gegenwart eines fremden Mannes nicht zu plaudern. Was gut war, denn Marie fürchtete das Geplapper ihrer Schwester, in dem es meistens um Handarbeit ging.

Jetzt hörte Marie sie ein Lied summen. »Schaut nur, ein Adler!«, unterbrach sie das Summen plötzlich, und tatsächlich schwebte der Raubvogel über dem Feld, zog seine Schleifen, bedächtig und ruhig. Er konnte warten, bis sich eine Maus zu weit aus der Deckung wagte. Dann würde er zustoßen.

»Wie lange müssen wir denn noch weiterreiten?«, rief Gabriela ein paar Minuten später. Bestimmt hatte sie sich den Ausritt mit der älteren Schwester etwas spannender vorgestellt.

»Genießen Sie nicht diese herrliche Natur, Gabriela? Diesen freien Blick ins Nichts? Diesen Duft von – hmm, was ist das? – Kuhdung, diese beklemmende Stille rundherum?« Georgs Stimme klang gereizt.

Marie hatte sich vor diesem Ausritt vorgenommen, nicht die Beherrschung zu verlieren. Sie hatte geahnt, dass er versuchen würde, sie aus der Reserve zu locken. Aber das wollte sie nicht auf sich und diesem schönen Fleckchen Erde sitzen lassen.

»Ich genieße es in der Tat sehr!«, rief sie über die Schulter zurück.

»Ich fragte aber Gabriela, nicht Sie!« Die Hufe traten gleichmäßig auf den Sand.

»Ich finde es ebenfalls sehr schön, Graf Schwanburg!«, sagte Gabriela.

»Im Übrigen ist es erheblich schöner als Häuserschluchten, der Lärm unzähliger Menschen in engen Gassen und der Gestank von Unrat«, sagte Marie. »Meinen Sie etwa nicht?«

»Nein«, entgegnete er einfach.

»Nein?« Maries Pferd machte Anstalten, stehen zu bleiben, um nach dem Weizen zu schnappen. Sie lenkte es wieder in die Spur.

»Pas du tout, Madame.« Er tätschelte den Hals seines Pferdes, das brav seines Weges schritt.

»Sie ziehen also die Farbe Grau diesem leuchtenden Gelb, Grün und dem Blau des Himmels vor?«

»Das Blau des Himmels ist hier natürlich ein ganz besonderes, keine Frage. Aus meiner Schulzeit erinnere ich mich an den Naturforscher Horace-Bénédict de Saussure mit seinem Cyanometer. Der Gute hätte hier bestimmt des Öfteren seine wahre Freude mit den Farbabstufungen des Himmelblaus.«

»Sie aber nicht?« Marie sah ihn über die Schulter an.

»Nein.« Er lächelte ganz unverschämt.

»Und den Krach der Stadt ziehen Sie wohl auch dieser wohltuenden Ruhe vor?«

»Bien sûr. Und Menschen Tieren übrigens auch.«

»So?« Mit Grauen dachte Marie an das letzte Mal, als sie in Wien gewesen war, an den Lärm der Kutschräder auf dem Kopfsteinpflaster, die Pferdetram, deren Schienen für die Absätze so gefährlich waren. An die Bicyclés und Tricyclés, die sich lautlos näherten und deren Fahrer einen mit ihrer Trillerpfeife erst im letzten Moment warnten. Das Eilen der Menschen über die Paradestraßen und durch die engen Gassen. Wehende Umhänge überall, Zylinder und Kleider, deren Säume durch den Dreck rutschten, wenn ihre Besitzerinnen, meist Dienstmädchen, vom Kolonialwarenladen zum Schneider huschten, um den überflüssigen Tand abzuholen, den die Herrschaften bestellt hatten. Dagegen das Elend der Tagelöhner, die an den Hausecken herumlungerten, das Geschrei der Händler, die Ratten.

»Dann sollten wir vielleicht diesen Ausritt abbrechen, Graf Schwanburg, was meinen Sie? Wir wollen Sie ja nicht weiter langweilen und Ihre feine Nase beleidigen.« Marie riss ihr Pferd herum, so dass Georg beinahe auflief und Gabriela gerade noch anhalten konnte. »Was machst du denn, Marie?«, rief sie und schaute ängstlich zu Georg.

Der lächelte nur und wendete ebenfalls sein Pferd. »Das erscheint mir ein guter Einfall, Gnädigste.«

Gnädigste? »Wenn Sie nur hergekommen sind, um sich über mich, meine Familie und meine Heimat lustig zu machen, dann würde ich es sehr begrüßen, wenn Sie sofort abreisten.« Sie übernahm mit ihrem Pferd wieder die Spitze der kleinen Kolonne und fiel in Trab.

»Was macht ihr denn?« Gabrielas Pferd zog es vor, an ein paar Weizenhalmen zu knabbern und war nicht zu wenden. »Wartet!«

Aber Marie und Georg trabten zwischen dem Weizen nebeneinander her.

»Mich über irgendetwas oder irgendjemanden lustig zu machen, ist durchaus nicht der Grund, warum ich zurückgekommen bin!«, rief Georg und federte im Sattel auf und ab.

Wenn er wüsste, wie anstrengend das in diesem unsäglichen Damensattel ist, dachte Marie, ließ aber nicht an Tempo nach, im Gegenteil.

»Nicht?«, rief sie über die Schulter zurück.

»Nein!«, schrie er zu ihr herüber und ließ sein Pferd über einen querliegenden Baumstumpf am Rande des Weges springen. »Sondern weil ich um Ihre Hand anhalten möchte!«

Vor Schreck verlor Marie das Gleichgewicht und fiel vom Pferd.

16

Gutshaus Lundwitz, Mecklenburgische Schweiz
Mai 2017

Isabel schnappte ihre Handtasche, die ihr auf einmal deplatziert vorkam, und wollte sich aufmachen zum Heimatmuseum. Sie steckte kurzerhand alles, was sie brauchte, in die Taschen ihrer Steppweste. Wenig später umrundete sie die Bauarbeiter mit ihrem Bagger und dem Lastwagen auf der Freifläche. Die Garagenteile lagen bereits zertrümmert am Boden, der Lastwagenkran hievte sie auf die Ladefläche. Es sah wirklich so aus, als ob am Abend keine Überreste mehr stünden. Und dann würde sie, Isabel, an den Start gehen.

Wenn sie denn nur wüsste, wie der Rosengarten genau ausgesehen hatte. Das musste sie nun herausfinden und ihn wieder herzaubern. Hoffentlich hatte dieses winzige Heimatmuseum geöffnet, dachte sie, als der Lärm der Maschinen abnahm und sie beim Spazieren durch die Waldschneise die ersten Vogelstimmen wahrnahm. Ein Rotkehlchen sang, eine Krähe rief, dort flitzte ein Eichhörnchen durch die Grasbüschel und kletterte blitzschnell den Stamm einer Kiefer hinauf.

Vielleicht sollte sie den angrenzenden Förster dazubitten, wenn sie das Wäldchen in Augenschein nahm? Falls Bäume gefällt werden müssten, brauchte sie auf jeden Fall professionelle Hilfe. Denn das würde Gerd nun vermutlich nicht können.

Sie streifte mit der Hand durch hüfthohes Gras, ein Zitronenfalterpaar flog auf. Gerd. Viel hatte er noch nicht von sich preisgegeben. Eigentlich gar nichts. Von Alex wusste sie nur, dass er ein Urgestein aus dem Dorf war, verheiratet, die einzige Tochter lebte in Baden-Württemberg. Es war wirklich ein Trauerspiel, dass wunderschöne Landstriche wie dieser hier ausstarben – ohne Industrie, ohne Dienstleistungsgewerbe, ohne Kultur musste die Jugend anderswo ihr Glück suchen. Hier gab es nichts als Landschaft. Gut, dass wenigstens ein paar Verrückte wie Alex und seine Freunde sich in solche Gegenden verirrten und verliebten. Sonst würde hier bald nur Sand wehen, Gras und Efeu würde die Gutshäuser, Ställe und Dorfkaten überwuchern. So wie in den verlassenen Goldgräberorten im Mittleren Westen von Amerika.

Isabel erreichte einen Trampelpfad am alten Weiher. Sie nahm den Geruch von Entengrütze wahr. Zwei Männer jenseits der Sechzig mit Sonnenkappen und Unterhemden hockten auf Campingstühlen, hielten Angeln ins Wasser und tranken Bier. Schweigend verfolgten sie Isabels Weg. Sie nickte ihnen zu, sie nickten zurück. Mücken und Fliegen umschwirrten sie. Der Trampelpfad führte an einem Ziegengatter vorbei auf die Dorfstraße mit dem Kopfsteinpflaster. Sie schaute nach links und nach rechts. Nicht, um nicht überfahren zu werden, denn da bestand nun wirklich keine Gefahr. Sie suchte das Heimatmuseum.

Links ragte das Ortsschild aus dem Gestrüpp, rechts reihte sich eine geduckte Backsteinkate an die nächste. Die schmiedeeisernen Zäune wirkten viel zu mächtig für die kleinen Häuschen. Ein Traktor mit leerem Anhänger rumpelte vorbei. Der Fahrer hob grüßend die Hand. Isabel grüßte zurück. Dann war es so still, dass sie den Wellensittich singen hörte, dessen Käfig am geöffneten Fenster des Hauses stand, an dem sie gerade vorbeiging.

Sie lief zur Kirche, die aus Backsteinen gebaut war. So etwas gab es in Wien und Umgebung nicht, soviel sie wusste. Sie stellte sich vor, wie über Jahrhunderte die Menschen am Sonntag in diesen geschützten Raum geströmt waren. In bodenlangen Kleidern die Küchenmädchen und Feldarbeiterinnen, die sich nach einer knochenharten Woche zur Orgelmusik fortträumen und einfach einmal eine Stunde sitzen wollten, die Hände im Schoß.

Auf der anderen Seite in der einzigen sauberen Hose die Feldarbeiter, die sich nach dem anschließenden Bier im Dorfkrug sehnten.

Im Schaukasten vor dem Kirchenportal erfuhr Isabel, dass der Frauenchor immer montags um neunzehn Uhr im Gemeindesaal probte und bald ein Sommerkonzert anstand. Der Ausflug der Landfrauen zum Wochenmarkt nach Wismar werde wie geplant am kommenden Dienstag stattfinden. Daneben standen auch die Öffnungszeiten des Heimatmuseums: Sonnabend und Sonntag von 12 bis 15 Uhr. Dann war das Museum jetzt also zu. Isabel sah sich die Adresse an. Es musste hier an der Hauptstraße liegen, viel mehr Straßen gab es ja auch gar nicht. Sie lief los und erreichte zwei Minuten später ein dreistöckiges Backsteinhaus mit einer dunkelgrün lackierten Holztür und einem Turm mit einer Uhr auf dem Dach. Vielleicht war das früher einmal das Schulhaus gewesen. Isabel rüttelte an der Klinke, aber die Tür war verschlossen. Sie drehte sich um und schaute die Dorfstraße hinunter, als sie von der anderen Straßenseite aus angesprochen wurde.

»Frau Gartenmeisterin, kleiner Spaziergang bei dem schönen Wetter?« Gerd winkte ihr aus dem Fenster einer Kate zu. »Warten Sie, ich komm mal raus.« Zwei Minuten später, in denen Isabel festgestellt hatte, dass auf Gerds Haus keine Satellitenschüssel klemmte, die Haustür eine Katzenklappe hatte und im Vorgarten einige Zwergrosen wuchsen, stand er vor ihr in seiner Arbeitshose, die frische Farbspuren zeigte.

»Sie sehen ja schon wieder nach Arbeit aus«, sagte Isabel. »Sie haben wohl nie frei?«

Gerd grinste. »Die Frau will das Schlafzimmer neu gestrichen haben. Hat wohl recht damit. Ist seit dreißig Jahren nicht passiert.« Er fasste Isabel am Arm. »Kommen Sie, ich stelle Sie meiner besseren Hälfte vor. Die muss doch wissen, mit welcher Wiener Pflanze ich es drüben im Gutspark zu tun habe.«

Sie traten durch das Gartentor zu den Stiefmütterchen und Rosen, die Haustür öffnete sich sofort.

»Das ist meine Hilde«, sagte Gerd. »Ich bringe dir die junge Gartenarchitektin von drüben.«

Hildes Dauerwelle wippte, als sie Isabel hereinbat. Sie streifte ihre Hand an ihrer Schütze ab, reichte sie Isabel und ließ sie eintreten. Isabel bemerkte den Geruch von Lavendelputzmittel und ein Häkeldeckchen auf der Kommode, als sie die Schuhe auszog. Hilde führte sie in ein Wohnzimmer, in das neben die Einbauwand gerade so eine geblümte Couch, ein runder Tisch und der Fernseher passten. Porzellankatzen reihten sich in einem der Regalfächer der Einbauwand aneinander, daneben sah Isabel ein paar Romane von Nora Roberts und einige DVDs. Und ein gerahmtes Foto von einer jungen Frau Mitte zwanzig. Sie trug ein Baseball-Sweatshirt, lachte in die Kamera und hatte die Sonnenbrille ins Haar geschoben. Hinter ihr war die Golden Gate Bridge zu sehen.

Gerd hatte ihren Blick bemerkt. »Unsere Jana reist gerne.« Sein Blick wurde traurig. »Sie ist so ein fleißiges Mädchen. Hat eine gute Stelle bei Daimler gekriegt, wissen Sie. Gleich aus der Ausbildung heraus. Verdient gut, ist jetzt schon Abteilungsleiterin und glücklich in dem kleinen Ort bei Stuttgart, wo sie mit ihrem Freund wohnt.«

Hilde stellte ein Tablett mit Kaffee und selbst gebackenen Mürbeteig-Keksen vor ihnen ab. »Wir hoffen natürlich, dass sie irgendwann mal, vielleicht wenn sie Kinder haben, zurück ...«

»Hilde, wach auf!«, sagte Gerd, und dann zu Isabel: »Greifen Sie gerne zu. Schön, dass es wenigstens Sie hierher verschlagen hat.«

Isabel trank den Kaffee und sah, wie Hilde sich eine Träne aus dem Augenwinkel wischte. Um das Thema zu wechseln, sagte sie schnell: »Ich wollte eigentlich ins Heimatmuseum, weil ich Informationen über den Park brauche. Die Pläne, die mir überlassen wurden, sind nicht so aufschlussreich wie gehofft.«

Gerd aß einen Keks. »Was fehlt Ihnen denn?«

»Details.«

»Zum Beispiel?« Hilde sah sie gespannt an.

»Zum Beispiel: Wie war die Farbkombination des Rosengartens? Welche Beschaffenheit hatten die Wege?« Sie trank einen Schluck Kaffee. »Haben Sie den Park denn noch in alter Pracht erlebt?«

Gerd schüttelte den Kopf. »Schon, als wir als Kinder durch das Gelände getobt sind, war der Garten eine Brache. Im Dorf sagt man, die Russen haben 1945 ganze Arbeit geleistet. Sie haben das Haus geplündert, die Außenanlagen verwüstet und Bäume gerodet, um Brennholz zu bekommen.«

Hilde nickte. »Es ist überhaupt ein Wunder, dass das Gebäude die DDR überlebt hat und nicht gesprengt wurde wie so viele andere Gutshäuser, als es nach dem Krieg hieß: Junkerland in Bauernhand.«

»Aber es war doch dann auch in Bauernhand zu Zeiten der LPG«, sagte Isabel. Der Kaffee war wirklich sehr dünn. Sie verzichtete auf Sahne und trank ihn schwarz.

Gerd nickte. »Das war das Glück von Lundwitz.«

»Sehr lecker, Ihre Kekse«, sagte Isabel zu Hilde.

Die lächelte. »Ich nenne sie Lundwitzer Ecken.«

»Sie sollten sie beim Bäcker anbieten.«

Sie lachte. »Wenn es hier noch einen Bäcker gäbe, könnte ich das glatt versuchen.«

Gerd stand auf und trat zur Einbauwand. Er öffnete ein Kabinett und zog ein Fotoalbum heraus. Im Stehen blätterte er, bis er die richtige Seite gefunden hatte. »Schauen Sie«, er legte Isabel das Album auf die Oberschenkel, »das ist ein Foto von 1959, das Baby dort bin ich. Meine Mutter ist immer mit mir zur LPG gegangen, um Vater von der Arbeit abzuholen. Sehen

Sie: Sandwüste rund um das Gutshaus. Ein wenig später kamen dann die Garagen für die Chefs.« Er setzte sich wieder.

Isabel betrachtete das Foto. Tatsächlich nichts als Gestrüpp und Sand. Und an einer Fahnenhalterung mitten an der Fassade wehte die Fahne der Deutschen Demokratischen Republik.

Gerd reichte ihr ein zweites Foto. »Und das ist nach der Wende.«

Isabel sah das nahezu verfallene Gutshaus mit bröckelnder Fassade und Efeu, der es an vielen Stellen überwucherte und sogar den Schornstein und einen Turm im Griff hatte. Die Fenster im zweiten Stock waren mit Brettern zugenagelt, auf dem Dach erkannte sie Plastikplanen. Lange hätte das Haus wohl nicht mehr durchgehalten, wären nicht Alex und seine Freunde gekommen. Sie fuhr mit dem Finger noch einmal über die Sandwüste, die nun ihr Arbeitsplatz war, und setzte sich aufrecht hin. Ja, sie würde dieses Fleckchen Erde wiederbeleben. Und zwar originalgetreu.

»Haben denn Ihre Eltern oder die alten Leute aus dem Dorf mal etwas darüber erzählt, wie der Garten vor dem Krieg aussah?« Sie gab Gerd die Fotos zurück.

Hilde nickte. »Sie haben alle geschwärmt. Der Garten durfte von allen als Park genutzt werden. Die freiherrliche Familie lebte zwar zurückgezogen, von ihr sah man nicht viel. Aber im Park ging man jeden Sonntag spazieren, alle Dorfbewohner.«

»Und haben Ihre Eltern mal etwas Konkretes erzählt?«, drängte Isabel. »Was waren die vorherrschenden Farben der Bepflanzung? Welche Formen hatten die Beete?«

Gerd zuckte die Schultern. »Über so etwas haben sie nicht gesprochen. Aber sie haben immer gesagt, dass der Park angeblich ein legendäres Vorbild hatte.«

»Das habe ich bereits gehört. Wissen Sie denn, welches?« Isabel richtete sich auf.

Hilde wiegte den Kopf. »Er soll eine exakte Kopie eines damals sehr berühmten Gartens gewesen sein.«

»Welchen Gartens?« Isabel rutschte auf die Kante des Sessels und stellte ihre Kaffeetasse ab.

Gerd schmunzelte über ihren Eifer. »Man sagt, es habe sich um den Garten einer Rosengräfin gehandelt, die damals wohl sehr bekannt war.«

Isabel lehnte sich an das Polster zurück. »Rosengräfin? Nie gehört. Wer soll das sein?«

»Wir hier im Dorf wissen dazu auch nicht viel mehr. Aber sie lebte wohl Anfang des letzten Jahrhunderts irgendwo in der Nähe von Wien.« Er lächelte. »Also in Ihrer Heimat.«

Im Ernst? Und sie hatte noch nie von ihr gehört? Rosen war allerdings nie ihr Spezialgebiet gewesen, vielmehr ihr privates Vergnügen nach Feierabend. Und diese Dame hatte offenbar um die hundert Jahre vor ihr gelebt.

»Wie war denn ihr richtiger Name? Rosengräfin ist doch wohl eher ein Spitzname.«

Gerd zuckte die Schultern. »Ich weiß nur, dass sie eine Rosenzüchterin von Format gewesen sein soll.« Er stand auf und stellte das Fotoalbum zurück in die Einbauwand. »Ihr Rosarium soll so schön gewesen sein, dass Besucher aus der ganzen Welt es sehen wollten und extra zu ihr ins Donauhügelland gereist sind.«

Was für ein Glück, dachte Isabel und sprang so schnell auf, dass Hilde zusammenzuckte. »Wenn der Garten tatsächlich so bekannt war, dann ist er doch sicherlich erforscht! Gibt es Aufnahmen, Pläne oder Berichte?«

»Mag sein. Ich kenne nur diese hübsche Legende. Irgendwie romantisch für unser kleines Lundwitz.«

»Ob es eine Legende ist oder stimmt, das werden wir ja sehen.« Isabel gab Hilde die Hand und bedankte sich für die Kekse. »*Lundwitzer Ecken*, werde ich mir merken.«

Sie schlüpfte in ihre Boots, stand wenig später wieder auf der Dorfstraße und schaute auf ihr Smartphone. Kein Empfang. Sie musste irgendwohin, wo sie am Computer arbeiten konnte. Eine Bibliothek vielleicht? Sie würde bei Alex oder Enno in Erfahrung bringen, in welchem Ort es eine gab, und morgen früh gleich hinfahren. Vielleicht gab es ja sogar eine irgendwo am Meer, dann würde sie auch endlich einmal die Ostsee sehen. Sie freute sich auf die Aussicht, im frischen Wind am Wasser spazieren zu gehen. Die Zeit dafür würde sie sich nehmen, Recherche hin, Recherche her.

Den Weg zurück zum Gutshaus rannte sie fast. Sie hoffte, dass sie nun auf die richtige Spur gestoßen war. Denn nächste Woche kam schon die Frau von der Denkmalschutzbehörde. Sie wollte ihr nicht mit leeren Händen entgegentreten, damit die Denkmalschutzbehörde nicht damit anfing, Pläne zu machen, die ihr womöglich nicht gefielen, die sie aber dann würde umsetzen müssen.

Ihr Herz schlug schneller vor Freude, als die vielen kleinen englisch aussehenden Schornsteine und der Turm von Lundwitz in den Blick kamen. Sie musste an Mary Poppins und den Schornsteinfeger denken: *Chim-Chimney, Chim-Chimney, Chim-Chim-Cherie, so klingt des Kaminkehrers Glücksmelodie*, summte sie. *Chim-Chimney, Chim-Chimney, es ist bekannt – das Glück, das färbt ab, drückt uns einer die Hand.*

Sie musste Alex gleich nach einer gut ausgestatteten Bibliothek fragen. Summend lief sie die letzten Meter bis zum Gutshaus.

17

Österreich-Ungarn, Donauhügelland
Schloss Unter-Korompa am Fuße der Kleinen Karpaten
Juni 1886

Zum Glück hatte Marie bei ihrem Sturz nur eine leichte Gehirnerschütterung und einen erheblichen Bluterguss am Allerwertesten davongetragen. Georg hatte sie auf seinem Sattel zurück
zum Schloss gebracht, wo Lieselotte und Mutter sofort das Kom-
mando übernommen hatten. Sie betteten Marie auf die Chaiselongue im Terrassenzimmer und schickten nach dem Arzt. Als
der eine Stunde später eintraf, hatte Marie sich bereits beruhigt
und trank eine heiße Schokolade, die Lieselotte zubereitet hatte.
Äußerlich war sie die Ruhe selbst. Innerlich tobte ein Sturm.
Der Sturz war gar nicht so schlimm gewesen. Schlimm war
Georgs Satz, der ihn ausgelöst hatte.

Er wollte sie heiraten! Er wollte, dass sie seine Frau würde.
Gräfin von Schwanburg. Marie Henriette von Schwanburg. Sie
schaute zu ihm hinüber, wie er auf dem Stuhl saß, nach vorne
gebeugt, und ängstlich zu ihr herüberschaute. Hundertmal hatte
er sich bereits erkundigt, ob ihr auch wirklich nichts passiert
sei.

»Ich wollte Sie nicht erschrecken«, sagte er immer wieder.
»Ich wollte Sie wirklich nicht erschrecken.«

»Womit denn?«, erkundigte sich Gabriela, die am Fußende
auf der Chaiselongue kauerte und Maries Beine streichelte. Sie
musste sich sehr darüber ärgern, dass ihr Pferd nicht hatte
mithalten können und zurückgefallen war.

»Ja, womit denn nur, werter Graf Schwanburg?«, schaltete
sich die Mutter ein. »Ich bin sicher, Sie haben nichts Unanstän-
diges geäußert?«

»Nein, das habe ich nicht.« Georg schüttelte traurig den Kopf.

»Nein, das hat er nicht«, sagte Marie und lächelte ihm zu, um ihn aufzumuntern. Er sah gut aus, wie er da saß, selbst mit dieser Büßermiene, die er an den Tag legte. Seine goldenen Haare schimmerten, sein Bartansatz ebenfalls. Die vollen Lippen sahen ganz so aus, als würde ihr Kuss ... Oh. Sie trank einen Schluck heiße Schokolade. Der Sturz hatte ihrem Kopf wohl doch geschadet. Ihr Herz pochte schnell, die Tasse in ihren Händen zitterte. Was sollte sie auf seine Frage nur antworten? Er war in sie verliebt, in das Mauerröschen aus Unter-Korompa, das mit dreiundzwanzig Jahren gerade mal zwei Bälle besucht hatte. Und das doch eigentlich im Leben nur eines wollte: draußen zu sein in der Natur unter freiem Himmel und sich um den Garten zu kümmern. Um den zukünftigen Rosengarten von Unter-Korompa. Mehr hatte sie doch nie gewollt, seit sie mit Papa all die bewundernswerten Anlagen in Europa besucht hatte: Kew Gardens bei London, Malmaison bei Paris, die Gärten an den oberitalienischen Seen. Warum kam ihr nun dieser schöne Georg von Schwanburg in die Quere? Warum schaute er sie so an mit seinen grünen Augen, die sie ganz unruhig machten? Warum empfand sie seinen Duft als so betörend?

Sie errötete und hob die Tasse höher vor ihr Gesicht.

»Ist dir nicht wohl, Kind?«, fragte die Mutter, die die kleinste Veränderung ihrer Miene bemerkte.

»Nein, ich fühle mich gut, Mutter«, sagte Marie, ließ ihren Blick aber nicht von Georg weichen.

Eine Heirat mit ihm brächte natürlich viele Vorteile. Zuallererst würde ihre Mutter sie endlich in Ruhe lassen. Die sorgenvolle Miene, mit der sie umherging, seit Marie achtzehn Jahre alt und kein Heiratskandidat in Aussicht war, würde verschwinden. Als Gattin eines Offiziers müsste sie niemals Not leiden. Wenn hier in Unter-Korompa manchmal das Geld knapp geworden war, hatte Papa das Gemüse, das im Garten angebaut war, von Lieselotte einkochen und lagern lassen, so dass sie über die Winter stets doch noch gut hinweggekommen waren. Über so etwas bräuchte sie sich als Gräfin Schwanburg keine Sorgen mehr zu machen. Sie würde in dem Stadtpalais seiner Familie residieren, in das die gebratenen Tauben durch das Fenster direkt auf den Silberteller flogen. Aber andererseits wäre das genau das Problem: Wie sollte sie es in einem Stadtpalais in Wien aushalten, weit weg von ihrer Heimat, von Unter-Korompa, kein Grün um sich herum, nur tote Tiere wie die Tauben auf dem Teller und die Zobel um den Hals. Sie lenkte den Blick nach draußen vor die Terrassentür und sah die *Apothekerrose*, die sich dort wild angesiedelt hatte, sah die Weite, den Himmel, das Blau, hörte die Amseln singen, dann ein Rotkehlchen, Grillen zirpen. Das aufzugeben fiele schwer – selbst für diesen Mann, der sie auf Händen tragen, sie zum Lachen bringen und sie glücklich machen würde. Davon war sie überzeugt.

War es andererseits nicht ihre Pflicht, selbst eine Familie zu gründen und die Dynastie fortzuführen? Das musste sie doch tun, das taten schließlich alle.

Sie trank die heiße Schokolade aus. Georg nahm ihr die Tasse ab und reichte sie weiter an Lieselotte. Er nutzte die Chance, sich seitlich auf die Chaiselongue zu setzen und Maries Hand zu ergreifen. Seine Augen fixierten die ihren. Es lag so viel Besorgnis, Wärme, Verlangen, Spannung in seinem Blick, dass Marie ganz eigenartig zumute wurde. Dieser Mann könnte sie glücklich machen, sie spürte es.

Georg war der Mann ihres Lebens.

Ihre Mutter räusperte sich, aber Georg erhob sich nicht von der Chaiselongue. Er hielt Maries Hand fest und erwiderte ihren Blick.

Ein ungestümes Gefühl stieg in ihr auf. Ungestüm und ganz unanständig. Diese dumme Gehirnerschütterung löste alberne Gefühle in ihr aus. Sie konnte sich nicht von seinem Blick lösen.

Sie dachte daran, wie sie vorhin auf dem Pferd eng an ihn geschmiegt auf dem Sattel gesessen hatte, die Arme um ihn geschlungen. Sie erinnerte sich an den Duft seiner Haare, seines Nackens, sie spürte die Wärme seines Körpers. Trotz ihrer großen Schmerzen hatte sie diese Wärme gespürt. Die Wärme, die Liebe.

Die Liebe, die sie verband und ihr Leben lang verbinden würde.

Er wagte es, ihr einen Handkuss zu geben, und ignorierte das schwere Einatmen der Mutter und Gabrielas leisen Aufschrei, als er von der Chaiselongue rutschte und sich vor sie kniete.

»Marie Henriette Hermina Rudolfina Ferdinanda Antonie Chotek, willst du meine Frau werden?« Mit starrem Blick schaute er sie an, bis ein zärtliches Lächeln sich auf seinem ernsten Gesicht ausbreitete. »Ich möchte dich ehren und als meine geliebte Frau an meiner Seite haben, ein Leben lang.«

Marie zog ihn zu sich heran, bis sein Gesicht nah vor ihrem war.

»Ja«, flüsterte sie. »Ich will.«

18

Warnemünde
Anfang Juni 2017

In Warnemünde würde sie eine gut ausgestattete und fußläufig zum Meer gelegene Bibliothek finden, das versicherten ihr Alex und Enno. Also fuhr Isabel am nächsten Morgen gleich um acht Uhr los gen Norden. Sie legte ihre *Best-of-Elvis*-CD in den Player und freute sich darüber, wie der Wackel-Elvis seinem großen Vorbild alle Ehre machte. Bei herrlichem Sonnenschein parkte sie den Range Rover auf dem Marktplatz, zog einen Parkschein, der fast so teuer war wie am Ring in Wien, und schlenderte erst einmal durch die kleine Hafenstadt. Herausgeputzte Boutiquen besetzten die Erdgeschosse der niedrigen Bürgerhäuser. Sie hatten Sommeroutfits im Seemannslook von den sportlichen Design-marken im Angebot und edle Hausdekorationen. Fast hätte Isabel einen runden Spiegel mit Muschelbesatz gekauft, der sehr gut am Schornstein in der Dachkammer aussehen würde. Aber sie hatte sich noch rechtzeitig ermahnt, schließlich war sie nur für ein paar Monate in Lundwitz, und die Dachkammer war noch nicht mal die ihre. Wie kam sie dazu, sie einzurichten? Der Spiegel blieb im Laden. Und auch die Keramikdosen, auf denen *Kaffee*, *Zucker* und *Salz* zu lesen war. Ebenso wie der hölzerne Schirmständer im Schaufenster eines Antik-Ladens, der hervorragend in die Eingangshalle neben die Treppe ... Nicht ihre Aufgabe, das Haus zu dekorieren, nicht ihre Aufgabe, erinnerte sie sich und steuerte auf das klassizistisch anmutende Gebäude der Bibliothek zu.

»Lesehalle« prangte in großen Buchstaben über dem Portal. Säulen säumten den Eingang. Vielleicht war das früher einmal ein Kurhaus gewesen, dachte sie noch, als sie schon von der

Bibliothekarin mit bunter Strickjacke und Lesebrille an der Silberkette freundlich begrüßt wurde. Durch lange Bücherreihen, in denen es nach altem Papier und Druckerschwärze roch, führte sie Isabel zu einem Arbeitsplatz mit Computer.

Außer ihrem war nur ein weiterer Arbeitsplatz besetzt, von einer jungen Frau, vermutlich einer Studentin, wie das Kapuzenshirt, der Jeansrock und die Pippi-Langstrumpf-bunte Strumpfhose vermuten ließen. Isabel nahm neben ihr Platz und fühlte sich ebenfalls ins Studium zurückversetzt. Seitdem hatte sie keine Bibliothek mehr betreten. Sie ließ den Blick über die vielen Buchrücken mit den Signatur-Aufklebern gleiten und staunte, als sie auf einem Tisch in der Ecke ein altbekanntes Gerät entdeckte. Gab es denn tatsächlich noch den guten alten Mikrofiche-Apparat? Sie hoffte nur, dass sie alles online fand, was sie brauchte.

Rosengräfin. Es kamen zwölf Suchergebnisse. Gleich als Erstes sprang ihr die Seite einer Rosenversandfirma ins Auge, die eine Rose mit dem Namen *Rosengräfin Marie Henriette* im Angebot hatte. Eine recht junge Züchtung von 2013. War diese Rosengräfin Marie Henriette auch die Frau, um die sich die Legende rankte, die Gerd ihr erzählt hatte? Sie musste mehr über diese Frau herausfinden. Kam sie aus der Nähe von Wien?

Isabel scrollte weiter und fand am Ende der ersten Seite einen Hinweis auf eine Rosenfan-Seite. Namentlich waren dort Persönlichkeiten aufgeführt, die sich um Rosen verdient gemacht hatten oder nach denen aufgrund ihrer Berühmtheit eine Rose benannt worden war. Sie sah *Barbra Streisand* und *Dr. Albert Schweitzer* und ging alphabetisch weiter, bis sie endlich auf *Rosengräfin Marie Henriette* stieß. Sie beugte sich näher an den Bildschirm. Tatsächlich! Da stand es: Marie Henriette Chotek war 1863 in einem kleinen Ort namens Unter-Korompa in der Nähe von Pressburg, dem heutigen Bratislava, geboren worden. Bratislava, die Nachbarstadt zu Wien.

Isabel sprang auf und hätte am liebsten sofort der Bibliothekarin alles erzählt. Aber die war an ihrem Tresen in das Studium eines Nachschlagewerkes vertieft und beachtete sie nicht weiter. Sie setzte sich wieder und nahm einen Streifen Kaugummi aus der Tasche. Zimt diesmal. Zimt beruhigte.

Schloss Unter-Korompa am Fuße der Kleinen Karpaten. Das klang wild, weit, nach Bären und Adlern und Luchsen. War das die Heimat der Rosengräfin? Sie las weiter. Offenbar hatte diese Marie Henriette als junge Frau im Park ihres Familienschlosses das drittgrößte Rosarium Europas angelegt. Sie hatte sich in der Welt der Rosen mit Züchtungen und ihrem speziellen Rosenwissen schnell einen Namen gemacht und war gern gesehener Gast auf Rosenkongressen gewesen. Isabel lehnte sich zurück. Sie hatte eine Spur! Und bald würde sie wissen, wie der Rosengarten in Lundwitz farblich gestaltet war.

Sie setzte sich wieder aufrecht hin. War das Rosarium der Rosengräfin denn nun tatsächlich das Vorbild für Lundwitz? Hatte hier oben im Norden jemand – nämlich ein Mitglied der Familie Lundwitz – diesen österreichisch-ungarischen Garten kopieren lassen?

Sie musste eine Runde um die Bücherregale gehen, um nachzudenken. Die Studentin schaute ihr mit leerem Blick hinterher und schien in Gedanken versunken zu sein. Die Bibliothekarin fragte, ob sie ihr helfen könne, aber Isabel schüttelte den Kopf und tigerte die Büchergänge entlang. Sie konnte noch nicht beweisen, dass der Lundwitzer Garten eine Kopie des Gartens der Rosengräfin Marie Henriette gewesen war. Sie hatte bisher nur Gerds und Hildes Aussage. Es war nicht viel mehr als eine Behauptung. Was sie brauchte, war ein Plan von Marie Henriette Choteks Garten, damit sie ihn mit dem von Lundwitz abgleichen konnte.

Sie lief zu ihrem Platz zurück, holte den Lundwitzer Plan aus der Tasche und legte ihn auf dem Tisch neben dem Computerschirm zurecht. Mit etwas Glück, wenn es vielleicht sogar Fotos oder kolorierte Pläne gab, wüsste sie bald, wie die Farbgestaltung ausgesehen hatte. Nur mit diesen Informationen konnte sie den Lundwitzer Park rekonstruieren und den Denkmalschutz zufriedenstellen.

Zwei Stunden später sank sie gegen die Holzlehne des Stuhls. Ihr Kopf drehte sich vor lauter Rosen- und Ortsnamen, slowakischen Texten, die sie versucht hatte zu entschlüsseln, und Wikipedia-Einträgen. Sie hatte alles durchsucht, alle Stichwörter eingegeben, die ihr nur eingefallen waren. Nichts. Im Netz gab es definitiv keinen Übersichtsplan vom Park der Gräfin. Ihr kamen fast die Tränen. Nervös schaute sie zum Mikrofiche-Gerät. Okay, sie würde einen Versuch wagen und im Bibliotheksverzeichnis nach Schlagwörtern zu Lundwitz und der Gräfin suchen. Man wusste ja nie.

Als sie aufstand, spürte sie, wie ihr Rücken schmerzte. Sie machte ein paar Kniebeugen und streckte sich aus der Hüfte. Die Studentin grinste, die Bibliothekarin tat so, als ob sie es nicht sah.

Wieder eine Stunde später stand fest: Selbst im Mikrofiche-Kasten waren keine Informationen zu dem Park zu finden. Während die Studentin eine Banane verzehrte und weiterhin Sitzfleisch bewies, packte Isabel ihre Tasche und verabschiedete sich von der Bibliothekarin. Sie war froh, als sie an die frische Luft trat, und schaute zum Himmel hinauf. Hellblau blank gefegt, die Sonne wärmte ihr Gesicht. Ein Strandspaziergang war jetzt das Richtige. Dabei würde ihr auch bestimmt einfallen, was zu tun war. Denn sie würde nicht aufgeben! Und wenn sie dafür in die Slowakei fahren müsste, zum Schloss der Gräfin.

Sie stutzte. Musste sie das etwa?

Sie ließ die Sonnenbrille auf die Nase herabrutschen, und als sie die Deich-Promenade erklomm, sah sie es endlich: das Meer.

19

Auf dem breiten Strand standen Strandkörbe dicht an dicht. Einige waren aus dem Wind gedreht und besetzt. Urlauber brieten bereits in Badehose und Bikini. Auch Isabel streifte ihre Jacke ab, als sie über die Bohlen des Strandaufgangs ging. Am Ende des Holzweges zog sie die Schuhe und Socken aus und betrat den warmen, weichen Sand. Endlich!

Wie lange war sie nicht am Meer gewesen? Bestimmt fünf Jahre. Marco war in den ersten Jahren ihrer Ehe gerne nach Rimini gefahren und später an die Côte d'Azur, denn dort gab es die besten Bars und Strandcafés, und man traf stets Bekannte aus Wien, mit denen man über das Geschäft reden konnte. Isabel seufzte, wenn sie daran dachte, wie oft sie in ihrem Salat herumgestochert, an ihrem Aperol Spritz genippt und darauf gewartet hatte, dass Marco sich endlich von einem Gesprächspartner verabschiedete. Hatte sie sich eigentlich jemals wohl gefühlt in diesen Urlauben? Sie fragte sich das, als sie ihre Socken zusammenrollte und in die Schuhe stopfte. Am liebsten hätte sie die Freizeit mit Marco wohl in einem Ferienhaus verbracht, weit ab von allem, wenn sie jetzt darüber nachdachte. Nur sie beide mit einem Bauernmarkt im Nachbardorf, auf dem sie frische regionale Spezialitäten kauften, um sich selbst ein köstliches Mahl zu bereiten, das sie dann auf der eigenen Terrasse bei Grillenzirpen genossen hätten. In Cannes hatten dagegen die Motoren der am Straßencafé vorbeifahrenden Ferraris geröhrt. Der neueste Chart-Hit, ob man ihn hören wollte oder nicht, hatte geplärrt, und der zufällig anwesende Kunde oder Kollege hatte gewienert.

Isabel fühlte, wie ihre Füße im Sand einsanken, spürte die Kühle unter den Fußsohlen. Sie lief bis vor zur Wasserlinie und beschirmte die Augen mit der Hand. Die ruhige Wasserfläche bis zum Horizont versetzte sie sofort in eine friedliche Stimmung. Kaum eine Welle, kaum eine Schaumkrone waren zu sehen. Im leichten Wind roch sie Salz und Fisch. Sie bückte sich nach einer Muschel, die direkt vor ihren rot lackierten Fußnägeln aus dem feuchten Sand ragte. Groß wie ihr Handballen, kalkweiß und geriffelt und noch völlig intakt. Isabel fuhr mit dem Finger über die Innenseite der Muschel. Welch schöne Dinge die Natur zu bieten hatte. Zu Hause in Wien bekam sie davon viel zu wenig mit. Nicht einmal ein Wald war fußläufig zu erreichen. Die einzige Natur, die sie an den meisten Tagen zu sehen bekam, waren die Vierecke rund um die Straßenbäume, auf denen enthusiastische Anwohner Kornblumen, Mohnblumen oder Ziergräser gepflanzt hatten.

Sie lief der Hafeneinfahrt entgegen und bewunderte den grün-weiß gestreiften Leuchtturm an ihrer Spitze. Eine Autofähre mit dampfendem Schornstein steuerte auf das offene Meer hinaus. Sie fuhr nach Gedser in Dänemark, wusste Isabel und schlenderte an der Wasserlinie weiter. Ab und zu erfasste eine kleine Welle ihre Füße. Schaum kitzelte auf ihrem Spann und verschwand schnell wieder. Sie sah ein paar Algen, Steine, Muscheln, einen Hühnergott, den sie in die Tasche steckte. Warum konnte sie hier nicht einfach immer so weiterlaufen? An der Meereslinie entlang, ab und zu würde sie einen Abstecher zu einer Strandbude machen und ein Fischbrötchen, Pommes oder Eis essen und dann weiterlaufen. Wenn sie in die eine Richtung liefe, überlegte sie, käme sie über Dänemark, den Skagerrak, die Nordseeküste, Holland, Frankreich, Spanien, Portugal bis ans Mittelmeer. In die andere Richtung ginge es über Polen, die Baltischen Staaten, Russland, Finnland, Schweden, Norwegen bis an den Polarkreis. Sie stockte. Ein Gedanke ließ sich nicht abschütteln: Würde sie jemand vermissen, wenn sie so etwas Verrücktes machen würde? Ihr Exmann schon mal nicht. Sie kaute energischer auf ihrem Kaugummi. Aber ihre Mutter und Cora würden sie suchen. Und natürlich die Leute von Lundwitz. Sie verließen sich schließlich darauf, dass Isabel in der kommenden Woche der Denkmalschutzbehörde den perfekten Parkplan präsentierte. Inklusive Pflanzenarten und Farbgebung. Verdammt! Sie machte abrupt kehrt. Was vertrödelte sie hier am Strand ihre Zeit – so schön es war. Sie musste zum Schloss der Gräfin in die Nähe von Wien fahren und sich den Garten anschauen. Und Fotos machen. Das war ihr klar geworden. Sie musste dorthin, um Gewissheit zu haben. Eine andere Möglichkeit gab es nicht.

Und nach ihrer Rückkehr würde sie für Lundwitz zeichnen.

Sie streifte die Socken und die Schuhe über und hastete über die Promenade vorbei an Eisständen, Fischbrötchenbuden und Souvenirlädchen zum Auto zurück, die Fähre nach Dänemark im Blick.

Sie musste dringend mit Alex sprechen. Und dann losfahren, gleich morgen.

20

Als sie in Lundwitz ankam, schien niemand da zu sein. Dabei wollte sie so schnell wie möglich alles bereden. Sie irrte durch die Gänge, nickte Lady Sandhart zu, als sie an ihr vorbeikam, und rief Alex' Namen. Aber niemand antwortete. Selbst die Bauarbeiter auf der Baustelle hinter dem Haus waren fort, die hatten längst Feierabend.

Isabel beschloss, sich in der Küche einen Kaffee zu machen und zu warten. Sie ließ die Maschine mahlen und zischen und wanderte mit der dampfenden Tasse in der Hand in den neuen Salon. Sina hatte es tatsächlich geschafft, alle Wände zu strei-chen. Der Vanilleton war schon getrocknet, er wirkte warm und einladend, auch wenn der Raum ansonsten noch leer war. Immerhin wartete neben dem Kamin in der Ecke bereits ein gusseisernes Kaminbesteck auf seinen Einsatz, offenbar hatten sie es im Sammelsurium der übrig gebliebenen Dinge in einer der Abstellkammern gefunden. Ein Weinregal war auch schon aufgestellt. Einige alt aussehende Flaschen lagerten dort, die offensichtlich aus dem Gewölbekeller nach oben gewandert waren. Hatte Alex nicht bei ihrem Rundgang erwähnt, es sei schade, dass einige Schätze dort unten vor sich hin verstaubten?

Isabel zog eine der Weinflaschen aus dem Regal. Ein *Château-neuf-du-Pape* von 1905. Oha. Sie wischte mit dem Zeigefinger den Staub vom Etikett. Wäre das nicht eher etwas für eine Weinversteigerung? Alex könnte auf diese Weise ein wenig Geld einsammeln für die weitere Sanierung des Gutes. Aber er würde schon wissen, was er tat. Nicht wahr?

»Schon das beste Fläschchen gefunden?«, fragte hinter ihr plötzlich Alex.

Isabel fuhr herum.

»Wir waren bei Ikea in Rostock. Schau mal!«

Enno trug einen Couchtisch herein, Sina hatte einen Haufen Kissen auf dem Arm. »Beeilt euch mit der blöden Couch. Wo soll ich sonst hin mit den Kissen?« Sie schüttelte den Kopf. »Männer! So unlogisch.«

»Gestärkt von Köttbullar und Lachs wollten wir nun den Kamin anschmeißen und unseren neuen Salon einweihen«, sagte Alex, als er und Enno wenige Momente später die Couch hereinschleppten und vor den Kamin stellten. »Machst du mit?« Er riss die Plastikfolie von den Polstern.

»Eigentlich müsste ich dringend etwas mit dir besprechen, was den Garten ...«

Alex schob sie sanft auf die Couch, Sina ließ sich neben sie fallen.

»Wir holen noch die beiden Sessel aus dem Transporter«, sagte Alex. »Dann kannst du uns alles erzählen über den Garten, über das Leben, über die Welt und so weiter.« Er grinste. »Ich werde versuchen, zuzuhören, wenn ich nicht vorher einschlafe, die Füße nahe am Feuer, den Kopf an den Sessel gelehnt.« Er inspizierte das Etikett der Weinflasche, die Isabel immer noch in der Hand hielt. »Oh, bien sûr, den Châteauneuf-du-Pape hast du ausgesucht, das hätte ich mir ja denken können.« Er lächelte.

Als sie die Sessel vor dem Kamin zurechtgerückt, das Feuerholz aufgeschichtet und die Flammen entfacht hatten, als Alex ihnen den schweren Rotwein in bauchige Gläser eingeschenkt hatte, sagte er: »Salut! Auf das Revival von Lundwitz. Mögen noch viele Künstlergenerationen hier an diesem Kamin sitzen und es sich gutgehen lassen.«

»Und schöne Kunst schaffen, natürlich«, sagte Enno.

»Natürlich«, sagte Alex. »Übrigens ist es bald so weit: Die erste Künstlerin wird in ein paar Tagen bereits einziehen.«

Isabel schaute von ihrem Weinglas auf.

»Meine alte Freundin Thea, die ich in meiner Zeit in Kreuzberg kennengelernt habe, zieht in die erste fertiggestellte Wohnung, in den *Kolibri*.«

Enno lachte. »Falls die Farbe tatsächlich schon getrocknet ist, wenn sie hier auftaucht.«

»Wir streichen morgen die letzte Wand, die Elektrik ist fertig, das Bad installiert. Es kann losgehen.«

»Sie kommt aber noch nicht über das Stipendienprogramm, oder?«, fragte Isabel. Die Flammen zischten, als sie einen feuchten Holzscheit anfraßen.

Alex lachte. »Thea braucht kein Stipendium, die darf hier umsonst wohnen, solange sie will, bis wir sie mit den Füßen zuerst raustragen, wenn es sein muss.« Er wurde ernst. »Sie hat mir damals in Berlin sehr geholfen bei meinen ersten Schritten als Maler, noch bevor ich nach New York gegangen bin, weißt du. Du wirst sie mögen. Sie ist sehr unkonventionell für ihr Alter.« Er stopfte sich ein weiteres Kissen in den Rücken und rutschte ein wenig mehr in die Horizontale.

»Für ihr Alter? Wie alt ist sie denn?« Dieser Château-Neuf war echt lecker. Isabel ließ ihn auf der Zunge hin und her rollen. Gab es eigentlich keine Oliven dazu?

»Das würde eine Dame natürlich nie genau verraten. Aber ich weiß, dass sie als Kleinkind noch die letzten Kriegsjahre erlebt hat.«

»Oh.« Diese grünen Oliven mit der Paprikafüllung, die wären es jetzt, dachte Isabel.

»Ja, wir werden zur Mehrgenerationen-WG«, lachte Alex. »Und Hühner kriegen wir auch noch.«

»Hühner?« Isabel schaute über den Rand ihres Glases, das schon fast leer war.

»Es war immer Theas Traum, Hühner zu halten. Wie in ihrer Kindheit in Ostpreußen.«

Isabel schmunzelte. »Das ging in Kreuzberg wohl nicht so gut.«

»Sie hat schon alles bestellt. Das Baumaterial für den Stall, das Futter ... Die Hühner holen wir gemeinsam bei Bauer Meier in Gelbesand.« Er wirkte begeistert. »Frische Frühstückseier für alle, heißt es dann!«

»Ich freue mich schon auf Eggs Benedict!«, sagte Sina.

»Chapeau, dass eine Frau in diesem Alter noch einmal ganz neu anfängt«, sagte Isabel, ließ das Glas mit dem letzten Schluck Wein kreisen und bewunderte die Schlieren, die sich bildeten und langsam wieder verschwanden.

»Ihr Mann, mit dem sie letztes Jahr noch Goldene Hochzeit gefeiert hat, ist gerade gestorben«, sagte Alex.

Sie tranken schweigend und blickten ins Feuer. Fünfzig Jahre, dachte Isabel. Fünfzig gemeinsame Jahre. Wie schön das sein musste, wenn man den Richtigen gefunden hatte. Sie beobachtete, wie die Flammen an den Holzscheiten fraßen, dass es knackte. Der Geruch stieg ihr in die Nase, es wurde angenehm warm. Sie spürte, wie sie gar keine Lust hatte, jemals wieder aufzustehen von diesem gut gepolsterten Sofa am Kamin. Bevor ihr aber die Augenlider allzu schwer wurden, sagte sie: »Wir müssen über den Garten reden. Ich muss wirklich dringend ...«

»Schsch«, machte Alex. »Heute Abend wollen wir einmal nur genießen, was wir schon geschafft haben.«

»Aber ...« Isabel versuchte es noch einmal. Alex stand auf, nahm den Haken aus dem Kaminbesteck und stocherte in der Glut. Funken stoben auf. Er legte frische Holzscheite nach. Sofort begannen die Flammen an ihnen zu nagen. »Nichts aber. Seit siebzig Jahren brennt dieser Kamin zum ersten Mal. Ist das nicht genug für einen Abend?«

Isabel schwieg. Natürlich hätte sie stundenlang vor diesem

Feuer sitzen und Rotwein trinken können. Aber schließlich hatte sie eine Aufgabe zu erfüllen. »Du hast mir aber vorhin versprochen zuzuhören.«

Alex steckte den Schürhaken zurück in seine Verankerung und setzte sich seufzend. »Ich höre.«

Sie erzählte von den Ergebnissen ihrer Recherche in der Bibliothek in Warnemünde und von der Rosengräfin. Er zeigte sich beeindruckt. Und als sie ihm mitteilte, dass sie das Schloss der Gräfin besuchen wollte, sagte er: »Klingt logisch. Mach das. Ich übernehme die Reisekosten.« Er blickte ins Feuer. »Aber dass du uns nicht abhandenkommst, wenn du so nah an deiner Heimat Wien vorbeifährst.«

»Absolut kein Grund zur Sorge«, sagte Isabel wohl etwas zu prompt. Er drehte sich zu ihr. Auch Enno und Sina schauten sie interessiert an.

Isabel stand auf. »Ich wüsste nicht, was an diesem Abend für eure Ohren spannender sein könnte als das Knistern des Kamins. Gute Nacht!«

Sie stellte ihr Rotweinglas auf den Couchtisch und meinte beim Verlassen des Salons die Blicke der drei im Rücken zu spüren. Die Zugluft des langen Flurs umfing sie sofort. Aus den goldenen Rahmen schauten die Männer und Frauen in Uniformen und Roben mit gefalteten Händen auf sie herab. Diese Bilder von ehemaligen Bewohnern von Lundwitz, von denen Alex in den letzten Tagen noch einige aus den Abstellkammern gefischt hatte, passten zweifelsohne sehr gut zu Lady Sandhart. Aber die strengen Blicke ließen Isabel schaudern.

Schnell machte sie, dass sie die Treppe hinaufkam in Richtung Dachkammer. Morgen in aller Frühe würde sie sich aufmachen, um die Spur der Rosengräfin Marie Henriette Chotek aufzunehmen. Sie würde einen Gartenplan finden und die genaue Farbkomposition des Rosariums erkunden. Zum Glück hatte sie sich vorhin in der Bibliothek die E-Mail-Adresse von dem Museum notiert, das sich heute im Schloss der Rosengräfin befand. Sie würde morgen von unterwegs eine Anfrage schicken und ihr Kommen ankündigen.

Jetzt war sie aufgeregt. Und irgendwie sehr sicher, dass Gerd mit seiner Legende recht hatte. Wieso hätte sich jemand so etwas Konkretes ausdenken sollen?

Sie würde in der Slowakei den Garten erkunden und feststellen, dass der Plan mit dem von Lundwitz übereinstimmte. Und sie würde die Farbkompositionen mit eigenen Augen sehen können.

Verrückt, dachte sie wieder, dass jemand einen Garten kopierte.

Vielleicht konnte sie dort in Unter-Korompa herausfinden, warum es gerade der Garten dieser Rosengräfin gewesen war, der einem der Lundwitzer Gutsherren so viel bedeutet hatte, dass er 1920 eine Kopie hatte anlegen lassen.

Sie schob die Tür zu ihrer Kammer auf und musste wieder an Alex' Bemerkung denken. Abhandenkommen in Wien. Ha! Was ging ihn denn ihr Leben an, das derzeit zugegebenermaßen nicht eben glücklich war?

Hoffentlich hatte die Rosengräfin vor hundert Jahren ein glücklicheres geführt. Angesichts ihrer großen Liebe zur Rosenpracht musste sie romantisch gewesen sein.

War sie verheiratet gewesen? Hatte sie Kinder gehabt? War das nicht damals der vorgeschriebene Weg gewesen für eine Frau, noch dazu eine Adlige? Alles, was von diesem Lebensentwurf abwich, wäre doch undenkbar gewesen.

Isabel fiel auf die Matratze. Auch hier oben war es zugig. Aber sie war jetzt zu müde, um den Ofen einzuheizen. Sie steckte die Bettdecke eng um sich fest und versuchte, die Aufregung über die morgige Reise ruhig und gleichmäßig wegzuatmen.

21

Österreich-Ungarn, Wien, Josefstadt
Ende Juni 1886

Neunmal, zehnmal, elfmal schlug die Glocke des Stephansdoms, warme Luft strömte durch das offene Fenster in die Schlafkammer. Marie wälzte sich auf die andere Seite. Das Leinennachthemd kratzte auf der Haut, besonders am engen Kragen. Sie lag in diesem fremden Bett und dachte an zu Hause. Ihr Zuhause in Unter-Korompa, von dem sie nun fortgegangen war, gleich nach Georgs Antrag. Sie hatte ein paar Tage genesen müssen, aber da sie nur diese leichte Gehirnerschütterung davongetragen hatte, die ganz offensichtlich ihr Urteilsvermögen beeinträchtigt hatte, war sie abgereist. Und lag jetzt in diesem harten Bett in Wien. Sie wälzte sich herum und hörte nun, da die Glocken langsam ausklangen, wieder Lieselottes Schnarchen von nebenan, sogar durch die Verbindungstür aus Massiveiche. Lieselotte schlief den Schlaf der Zufriedenen. Sie hatte schließlich auch keine Entscheidung zu fällen.

Sie musste diese Entscheidung fällen, sie allein, dachte Marie.

Nach außen hin war natürlich alles großartig: Georg war Anwärter auf einen Offiziersrang, sah aus wie der junge Zeus und war so zärtlich. Nicht dass sie schon viele Momente zu zweit gehabt hätten. Dafür war Lieselotte mitgeschickt worden, für diese Zeit der Verlobung, in der Marie ihre zukünftige Schwiegerfamilie in Wien kennenlernen sollte.

Aber auf ihren Spaziergängen durch die Stadt hatte Lieselotte erstaunlich oft etwas aus einem Geschäft benötigt und sie allein auf der Parkbank unter den Eichen zurückgelassen. In diesen paar Minuten hatte Georg Marie seine wilde Rose genannt, seine Hand war zu der ihren herübergerutscht – und einmal hatte er sie an einer von Rhododendren verborgenen Stelle in die Arme geschlossen, ihr Kinn zu sich gedreht und sie geküsst. Sofort war dieses Ungestüme wieder durch ihren Körper geschossen, von dem sie mehr haben wollte. Und mehr haben konnte – ihr ganzes Leben lang. Wenn da nicht, ja, wenn nicht …

Sie fuhr mit dem Finger unter den Kragen des Nachthemds und versuchte, ihn zu weiten, ohne Erfolg.

»Deine zukünftige Braut sitzt nicht sehr gerade«, hatte die Schwiegermutter heute zu Georg gesagt, als ob sie nicht im Raum gewesen wäre. Sie hatten soeben an der Tafel im Speisesaal Platz genommen, vor sich eine Spitzentischdecke, Silberbesteck und das gute Meißner Porzellan. Mitten in der Woche! Zu Hause hätte es das nicht gegeben. Da hatte es wochentags Suppe gegeben, und nur am Sonntag ließ ihre Mutter festlich zum Mittag decken. Nachmittags wurde dann die lange Tafel im Park aufgebaut, an der die Dorfkinder Kuchen bekamen. So war das schon immer gewesen. Und so war es auch richtig.

»Wie gedenkt deine Braut den Haushalt zu leiten? Nur mit dieser bäuerlichen Lieselotte wird das nicht gelingen«, hatte Maries Schwiegermutter zwischen zwei Häppchen gesagt. Kein Wunder, dass sie dürr war wie eine ihrer Stricknadeln, die sie ständig klackern ließ aus Mangel an sinnvoller Beschäftigung. »Wie gut, dass ihr hier in unserer Nähe sein werdet. Da kann ich des Öfteren einmal nach dem Rechten schauen und dem Personal Beine machen, nicht wahr, Marie, meine Liebe?« Damit war dieses Gespräch beendet, und sie hatte von einem Ball zu erzählen begonnen, auf dem die anderen Damen ganz lächerliche Garderobe getragen hätten.

Das Primglöcklein des Stephansdoms schlug zur Viertelstunde. Unten vor dem Haus hörte Marie Stiefel auf dem Kopfsteinpflaster, zwei Männerstimmen, Lachen. Der Schein einer

Laterne huschte über die Zimmerdecke, dann herrschte wieder Dunkelheit.

Kopfsteinpflaster, Hauswände, Gehsteigrinnen – alles, was man in dieser Stadt sah, war Stein, Stein, Stein. Es gab zwar die Parks, aber was war ein von Häusern umstellter Park gegen den freien Blick über Felder, Hügel, Wälder? Was war der graue Ausschnitt des Himmels, den man hier erhaschen konnte, gegen die Weite bis zum Horizont, an dem die Karpaten sich erhoben? Gerne hätte sie das Klappern von Hufen auf den Straßen, das Quietschen der Kutschreifen, das Rufen der Händler gegen die Stille und den Anblick eines kreisenden Adlers über der Wiese getauscht.

Lieselottes Schnarchen setzte aus.

Marie dachte an Georg. Sie sah seine grünen Augen vor sich, die so tief in ihre tauchten, dass es ganz unanständig war. Sie spürte das Verlangen nach diesem Mann. Er würde sie glücklich machen, das wusste sie. Aber was würde zu Hause geschehen, mit ihren Rosen? Sie hatte eben erst angefangen, den Garten anzulegen. Im Geiste sah sie die wunderschöne *Rosa Multiflora* vor sich, vielblütig, zart rosafarben, anmutig. Erst kurz vor der Abreise nach Wien hatte sie sie gepflanzt. In ihrem Rosengarten, von dem sie träumte, seit sie als Backfisch mit Papa durch die Gärten Europas gereist war.

Auch ihr Rosarium würde man bei einer solchen Reise besuchen, sie musste es nur vollenden. Besucher würden die Fahrt von Wien und Pressburg durch die böhmische Landschaft auf sich nehmen, um ihr wunderschönes Refugium zu erleben. So würde es kommen, das wusste sie einfach. Sie wälzte sich auf die andere Seite.

Aber Georg. Sie wusste, dass sie nie einen anderen Mann lieben würde außer ihn. Er war der Richtige. Doch er lebte bei Hofe, würde die Stadt nie verlassen. Und sie würde selbstverständlich stets an seiner Seite zu weilen haben – undenkbar, dass sie den gemeinsamen Haushalt verlassen und regelmäßig an ihrem Rosengarten würde arbeiten können. Sie stellte sich all die Kostümbälle vor, die sie besuchten müsste – in teures Tuch gehüllt und mit Puder und Parfum zugekleistert. All die Soirées, bei denen sie würde lächeln müssen in zu engen Schuhen.

Sie drehte sich auf den Rücken und verfolgte den wandernden Schein einer Laterne an der Zimmerdecke. Und wenn sie erst Eltern wären, würde die Schwiegermutter eine Gouvernante engagieren und ihr die Kinder entfremden.

Marie schlug die Bettdecke zurück.

Der Brief! Sie hatte ihn bereits vor zwei Tagen geschrieben, als sie spürte, wie sie verendete hinter der Fassade ihres Lächelns. Tränen liefen ihr über das Gesicht, aber sie musste es tun. Sie musste. Sie dachte an Georgs Duft, spürte seine Haare, seine Fingerspitzen, die über ihren Handrücken wanderten. An den Kuss.

Sie liebte ihn, aber sie würde hier verwelken wie ihre Wildrosen, wenn sie nicht genug Wasser bekamen. Sie brauchten Licht, Platz, Luft und Leidenschaft. Leidenschaft verband sie mit Georg, aber nicht mit Wien und was ein Leben in dieser Stadt bedeutete.

Sie musste es tun.

Sie sprang aus dem Bett, zog den Brief unter der Matratze hervor, stieß die Verbindungstür auf und rüttelte Lieselotte. »Schieb das hier unter Georgs Tür durch, dann komm zurück. Ich packe inzwischen das Nötigste, wir reisen sofort ab.«

Lieselotte war sofort wach. »Um Himmels willen, gnädiges Fräulein!«

Marie drückte ihr den Brief an die Brust. Lieselotte stieß ihn zurück. »Es wird einen Skandal geben!« Sie bekreuzigte sich.

Marie wischte sich die Tränen aus den Augen. Liselotte hatte natürlich recht, es war ein unerhörter Schritt. Ganz unerhört.

Sie ließ den Brief sinken. Sollte sie sich doch fügen und den Weg gehen, der ihr nun einmal vorbestimmt war?

22

Österreich, Autobahn kurz hinter Wien
Juni 2017

Isabel war bereits seit einem Tag unterwegs, hatte kurz bei ihrer Mutter übernachtet, nun bretterte sie über die A6 zum ehemaligen Grenzübergang Kittsee. Elvis wackelte, was das Zeug hielt. Schließlich hatte Isabel es eilig. Sie wollte nicht zu spät kommen zu ihrem Termin in Unter-Korompa oder Dolná Krupá, wie der Ort der Rosengräfin jetzt hieß.

Es war das erste Mal, dass sie die Slowakei besuchte. Eigentlich komisch, dachte sie, wo sie doch so nah war. Unaussprechliche Ortsnamen auf Ausfahrtsschildern scheinbar ohne Vokale säumten nun die Autobahn. Gleich hinter Bratislava erhoben sich die Kleinen Karpaten mit ihren sanften Hängen und felsigen Kanten längs der Strecke. Isabel genoss die Fahrt bei Sonnenschein und blauem Himmel. Ein besonderes Blau war das, fand sie und beugte sich vor, um durch die Windschutzscheibe noch mehr vom Himmel zu sehen. Etwas heller als Königsblau, aber tief und durchdringend. Sie musste an das Cyanometer von Horace-Bénédict de Saussure denken, der als Erster auf einem Farbkreis versucht hatte, alle Blautöne durchzustufen. Ihr Geologie-Professor an der Uni war von dessen Arbeit besessen gewesen, Goethe und Alexander von Humboldt hatten ihn sehr verehrt. Welche Stufe dieses böhmische Blau hier wohl bekommen würde?

Sie ließ den Blick über die weiten Weizenfelder und die Bauerngehöfte schweifen. Hier ließ es sich aushalten. Bestimmt hatte die Rosengräfin ihre Heimat geliebt. Musste sie wohl, denn wie Isabel bei der Recherche in der Bibliothek herausgefunden hatte, hatte sie ihren Heimatort nie länger verlassen, außer im Ersten Weltkrieg, als die Frauen in den Lazaretts gebraucht wurden. In dieser Zeit hatte die Rosengräfin in eben jener Kreisstadt Türmau, heute Trnava, gewohnt und gearbeitet, wo Isabel nun die Autobahn verließ.

Die kurvige Landstraße schlängelte sich immer näher an die Karpaten heran. Isabel passierte Dörfer, in denen nur Werbeplakate und die moderne Bushaltestelle daran erinnerten, dass es beinahe das Jahr 2020 war und nicht 1920. Kurz vor Dolná Krupá wurde sie von einem Fuhrwerk ausgebremst, dessen Kutscher das Brauereipferd gemächlich zwischen den schiefen Alleebäumen entlang lenkte, den Wagen beladen mit Holzstämmen. Wie beschwerlich die Arbeit doch in früheren Zeiten gewesen war, wie lange alles gedauert hatte, dachte Isabel und überholte das Fuhrwerk. Der Kutscher hob grüßend die Hand.

Dolná Krupá. Das Ortsschild ließ keinen Zweifel, sie war am Ziel.

Hauptsächlich einstöckige Häuser flankierten die Straße. Bald drängte sich eine gelb gestrichene barocke Kirche dazwischen. Auf den sandigen Fußwegen vor den Häusern standen Skodas und Kleinwagen. Im Straßengraben balgten zwei Katzen.

Noch war das Schloss nicht in Sicht. Isabel schaute auf ihr Handy. Die Museumsmitarbeiterin hatte geantwortet. Sie erwarte sie zum anvisierten Zeitpunkt, schrieb sie auf Englisch. Sie freue sich.

Ich mich auch, dachte Isabel. Und es stimmte. Sie freute sich, die Heimat der Frau zu erkunden, die offenbar für viele Menschen damals eine Inspiration gewesen war – und für einige Rosenfreunde heute immer noch, wenn sie an die neueste Benennung einer Rose nach Marie Henriette dachte, die sie bei der Recherche entdeckt hatte. *Rosengräfin Marie Henriette, Beetrose von 2013, intensiver Duft, nostalgische Blüten, gute Haltbarkeit auch bei Reg …*

Da! Das war es! Linker Hand riss auf einmal die Häuserfront ab, ein gusseiserner Zaun mit einem aufwendig geschmiedeten Tor reihte sich an. Ein weiß blühender Rosenbusch drängte durch die Zaungitter auf den Gehweg, eine alte Linde ließ ihre Äste herüberhängen.

Isabel hielt vor dem geschlossenen Tor und stieg aus. Die Initialen MHC – Marie Henriette Chotek – waren hoch oben am Tor in einem verschnörkelten Ornament verewigt. Rosenbüsche umstellten ein Rondell zwischen Tor und Schloss. Das Schloss wirkte nicht so groß, wie sie erwartet hatte. Sie zählte nur fünfzehn Fensterachsen auf zwei Etagen. Ein Landschlösschen. Die gelbe Fassadenfarbe blätterte an einigen Stellen ab, der Eingang verlief ebenerdig, keine repräsentative Freitreppe. Vielleicht gab es hinten eine, zum Park hin, überlegte Isabel gerade, als eine Frau ungefähr in ihrem Alter mit hohem Dutt, in Rock und Bluse und mit knallrotem Lippenstift aus dem Schloss trat und lächelnd das Rondell durchschritt und zum Tor kam.

»Ich bin Katarina. Herzlich willkommen in Dolná Krupá«, sagte sie auf Deutsch und wechselte dann ins Englische. »Wie schön, dass sich mal jemand für unsere Rosengräfin interessiert. Das kommt nicht mehr häufig vor.« Sie öffnete das schwere Tor und ließ Isabel eintreten.

Sie bedankte sich für den freundlichen Empfang und folgte Katarina. »Hübsch«, sagte sie und bewunderte die dorischen Säulen am Eingang.

Katarina nickte. »Aber es gibt immer was zu tun an dem alten Kasten. Sie kennen das ja wahrscheinlich aus Lundwitz. Ab nächster Woche sind einige Räume im Obergeschoss dran.« Sie bedeutete Isabel, gleich einen Bogen um das Schloss zu machen und zum Park zu gehen. »Der interessiert Sie doch am meisten, nicht?«

Isabel nickte und hörte gespannt zu, als Katarina auf ein würfelförmiges Nebengebäude zeigte und erklärte, dies sei das sogenannte Beethoven-Häuschen, weil dort während eines Aufenthalts des Komponisten die *Mondscheinsonate* entstanden sei. »Die Liebe, wissen Sie, die Liebe. Er war einer der Brunswick-Schwestern verfallen, die hier ungefähr ein Jahrhundert vor unserer werten Rosengräfin gelebt haben.« Sie lächelte. »Deshalb betreiben wir im Schloss auch unser Musik-Museum. Das ist unser Hauptthema.«

»Nicht die Rosengräfin?«, fragte Isabel erstaunt.

»Ein Ludwig van Beethoven schlägt eine Marie Henriette Chotek. So ist das nun mal.« Sie zuckte die Achseln. »Aber ein paar Erinnerungsstücke an die Gräfin und vor allem Gartenpläne kann ich Ihnen nachher sicherlich zeigen.« Sie blieb stehen, als sie an die Rückfront des Schlosses kamen. »Voilà, der Park.«

»Aber …« Isabel fehlten die Worte.

»Aber wo sind die Rosen, wollen Sie fragen?« Katarina nahm sie behutsam am Arm. »Die sind leider weg, meine Liebe. Schon im Ersten Weltkrieg wurde der Park verwüstet, und man hat Gemüse angebaut für die Dorfbevölkerung. Marie Henriette schaffte es aber, einen Teil der Rosen neu zu pflanzen.«

»Aber wo sind sie dann jetzt?« Entsetzt schaute Isabel über den englisch anmutenden Park mit seiner großen Rasenfläche, dem kleinen See mit der Insel und den großen, zum Teil exotischen Parkbäumen im Hintergrund. Sehr hübsch, nur leider eben keine Spur von Rosen.

»Sie waren dort mitten auf dem Rasen und verliefen bis hinunter zum See.«

»Und dann?«

»Und dann kam der Zweite Weltkrieg. Wieder wurde der Platz benötigt, um Obst und Gemüse anzubauen.«

Isabel stellte sich vor, wie zerlumpte Gestalten in der Erde scharrten. Es war ja gut, dass man den Platz sinnvoll genutzt hatte, aber traurig war es trotzdem. Für Marie Henriette und ihr Lebenswerk.

»Und zum Schluss kamen die Russen«, sagte Katarina nüchtern und schritt auf die Freitreppe zu, die in der Mitte des Schlosses auf eine kleine Terrasse führte. »Der Park war schon ruiniert, und nun entrissen die Rotarmisten dem Schloss alles, was nicht eingebaut war. Immerhin haben sie es nicht niedergebrannt.«

Isabel schwieg und folgte Katarina die Stufen hinauf. An den Seiten waren steinerne Blumenkübel verankert, in denen Zwergrosen blühten. Hinter sich spürte sie die Leere, die der verschwundene Rosengarten hinterlassen hatte.

Auf der Terrasse aus venezianischem Mosaik drehte sie sich noch einmal um und ließ den Blick über den Park schweifen. Die Trauerweide nahe dem See passte zu ihrer Stimmung.

»Treten Sie ein«, sagte Katarina und öffnete die Flügeltür zu einem Salon mit Parkett, Stuck an der Decke und zwei Kaminen an den Seiten. »Die Ausstellung über Musik wird Sie wohl nicht so interessieren. Ich bringe Sie gleich zu den Souvenirs an Marie Henriette.«

»Souvenirs?«

Katarina lachte. »Keine Angst, wir haben keine Kaffeetassen oder Küchenhandtücher mit ihrem Konterfei im Angebot. Ich meinte es ganz wörtlich: Erinnerungsstücke, die man verstreut im Schloss in Wandschränken entdeckt hat, von den Russen glücklicherweise ignoriert.« Sie ging durch den Salon und einen Gang und öffnete eine Tür am anderen Ende des Schlosses. »Treten Sie bitte ein.«

Es war ein Büro mit Linoleumboden und Aktenschränken. Der Geruch von Putzmittel hing in der Luft. Auf dem Schreibtisch stand die Gipsbüste einer jungen Frau, daneben hatte Katarina einige Papiere ausgebreitet. Mit einer Handbewegung bat sie Isabel, auf dem Stuhl vor dem Schreibtisch Platz zu nehmen. Sie selbst setzte sich dahinter.

»Ist sie das?« Isabel schaute sich die Büste genau an. Ein

ebenmäßiges, herzförmiges Gesicht mit hohen Wangenknochen, einer geraden Nase und einem sinnlich geschwungenen Mund. Marie Henriette war eine schöne Frau gewesen.

»Da war sie ungefähr Mitte zwanzig. Den genauen Zeitpunkt des Abdrucks kennen wir nicht«, sagte Katarina.

»War sie verheiratet? Hatte sie Kinder?« Isabel drehte die Büste und schaute sich das Profil an.

»Nein. Soviel man weiß, ist sie ihr Leben lang ungebunden geblieben.«

»Ungewöhnlich für diese Zeit, nicht?«

Katarina nickte. »Eine alte Jungfer vielleicht, wie man früher so böse sagte.«

Isabel betrachtete Maries Antlitz und schüttelte den Kopf. »Obwohl sie so schön war? Die Männer müssen doch Schlange gestanden haben.«

Katarina schob einen gläsernen Briefbeschwerer hin und her, in dessen Innerem eine Rosenknospe steckte. »Vermutlich eher: obwohl sie so stolz war. Vielleicht ist einfach nie der Richtige aufgetaucht, mit dem sie sich ein gemeinsames Leben vorstellen konnte. Wir nehmen an, dass die Rosen ihr ganzer Lebensinhalt waren. Ihre Kinder, wenn Sie so wollen. Mehr brauchte sie vielleicht nicht. Es gibt doch auch heute Karrierefrauen, die nichts und niemanden brauchen auf der Welt.«

»So hat es den Anschein. Aber hinter der Fassade?« Isabel fuhr über die gerade Nase der Gräfin.

»Wie auch immer.« Katarina schob ihr ein Blatt Papier herüber. *Rosensorten- und Preisliste Marie Henriette Chotek Rosenschulen 1927*, las Isabel auf Deutsch. *Bitte möglichst sofort bestellen!* Sie schaute erstaunt auf. »Maries Verkaufskatalog?«

Katarina nickte. »Einer ihrer letzten Kataloge. Nach dem Ersten Weltkrieg, als sie die Rosenschule wiederaufgebaut hatte.« Sie öffnete eine große Mappe, in der einige Papiere lagen. »Und dies sind die wenigen Gartenpläne, die die Stürme der Vergangenheit überlebt haben.« Sie schob die Bögen herüber. »Es sind jene aus der Zeit der Rosengräfin. Sie sollten für Sie also interessant sein.«

Aufgeregt beugte sich Isabel darüber. Und begann zu lächeln. »Sie sind koloriert!«

»Allerdings. Und deshalb habe ich Sie auch anreisen lassen, ohne Ihre Frage nach dem Zustand des Gartens zu beantworten.«

»Sie sind koloriert!«, rief Isabel noch einmal und sprang auf. Sie griff über den Schreibtisch und drückte Katarinas Hand. Dann zog sie den Plan noch näher zu sich heran und studierte ihn genau. Auf den ersten Blick schien er dem von Lundwitz zu gleichen. Eins zu eins! Sie musste sich beherrschen, um Katarina nicht um den Hals zu fallen.

»Das sollte all Ihre Fragen beantworten«, sagte die und schaute auf die schmale goldene Armbanduhr. »Es tut mir leid, wenn ich Sie jetzt schon wieder verabschieden muss. Wir erwarten gleich die Ankunft von Hochschülern aus Bratislava, die an einem Buch über unser Museum arbeiten.« Sie stand auf und tippte auf die Pläne. »Das sind Kopien. Sie dürfen sie mitnehmen.«

Isabel legte die Pläne ordentlich in die Mappe zurück, knotete sie fest zu und nahm sie unter den Arm. »Wie kann ich Ihnen dafür danken?«

Katarina lächelte. »Jedes Jahr Anfang Juni veranstalten wir ein Rosenfest zu Ehren von Marie Henriette. Sie haben es gerade verpasst. Aber Sie könnten mir die Freude machen, im nächsten Jahr mein Gast zu sein und über den Fortschritt Ihres rekonstruierten Gartens zu berichten. Es ist ja ganz einzigartig, dass dort oben im Norden Deutschlands jemand so ein Fan von unserer Marie Henriette war, dass er ihren Garten nachgebaut hat. Haben Sie denn schon herausgefunden, warum er oder sie es getan hat?«

Isabel schüttelte den Kopf.

»Na, wir freuen uns auf jeden Fall sehr, dass Sie ihn wieder in alter Pracht entstehen lassen. Ihn dann einmal zu sehen und zu dokumentieren in Form von Fotos oder Film, das wäre auch für uns ein wichtiger Meilenstein in unserer Museumsarbeit.«

Isabel umarmte sie nun doch. »Ich werde kommen. Und Sie bekommen von mir eine Einladung, wenn der Garten der Rosengräfin fertig ist und eingeweiht wird.«

»Da freue ich mich drauf«, sagte Katarina und geleitete sie zur Tür. »Sie sollten noch einen Spaziergang durch den Park unternehmen. Es gibt sogar eine Grotte, wie es damals Mode war. Viel Spaß und gute Heimfahrt!« Damit schritt sie auf eine Gruppe junger Leute zu, die auf dem Rondell versammelt standen.

Isabel brachte die Mappe ins Auto, dann schlenderte sie in den Park. Sie umrundete den See mit seiner kleinen Insel, auf der eine Bank zum Verweilen einlud. Entenfamilien zogen Spuren durch das Wasser. Sie lief über eine gebogene Bücke und erreichte den waldigen Teil des Gartens mit seinen hohen Bäumen und verschlungenen Wegen.

Katarina hatte ihr gesagt, wo die Grotte zu finden sei. Aber zunächst wollte sie einfach nur laufen nach der langen Autofahrt und dem Gespräch mit Katarina. Die Geschichte des Schlosses war traurig, ähnelte aber der Geschichte von Lundwitz sehr. Was war das für eine Zerstörung, für ein Wahnsinn gewesen, der über Europa gekommen war, erst im Ersten, dann im Zweiten Weltkrieg. Was wäre wohl aus dem Kontinent geworden, wenn das alles nicht geschehen wäre? Sie blickte aus dem Dunkel der Bäume auf das Schloss, das in seiner hellgelben Farbe hinter dem See in der Sonne lag und freundlich aussah mit der Freitreppe und den Säulen auf der Terrasse, über die die Besucher hinabstiegen – als ob ihm nichts anzuhaben sei.

Was für Geschichten diese alten Häuser zu erzählen hatten! Das Schicksal der Rosengräfin ging ihr sehr nah. Sie hatte also nur für ihre Rosen gelebt. Soviel Isabel wusste, waren damals doch die unverheirateten Frauen irgendwann in einem Kloster gelandet in der Obhut einer strengen Äbtissin. Sie musste sehr durchsetzungsstark und eigenwillig gewesen sein, diese Marie Henriette Chotek. Sehr unkonventionell, ein solches Unternehmen alleine aufzubauen. Hatte sie wirklich nie einen Mann geliebt? Isabel konnte es sich fast nicht vorstellen, so schön, stolz und erhaben, wie Maries Büste ihr entgegengeblickt hatte.

Sie war mit ihrer Rosenschule erfolgreich gewesen und berühmt für ihr Rosarium, aber war das für jemanden in Lundwitz Grund genug gewesen, ihren Rosengarten nachzubauen?

Als sie dem Sandweg tiefer in den Park folgte, umfing sie die Kühle des Waldes immer mehr. Ein Vogel sang, Isabel konnte nicht sagen, welcher es war. Fast bedauerte sie wieder, was für ein Stadtkind sie doch war. Eine Biene summte dicht an ihrem Ohr vorbei, von weiter her hörte sie das Brummen eines Traktors. Sie konnte sich gut vorstellen, wie die Rosengräfin hier entlangspaziert war, vielleicht um nachzudenken über neue Pflanzungen oder Ankäufe. Oder um Reden zu proben, die sie auf Rosenkongressen halten musste. Denn das hatte sie bei der Computerrecherche in Warnemünde entdeckt: Die Gräfin war sehr aktiv gewesen in der Arbeit im Rosenverband. Sehr präsent und sehr geschätzt zwischen all den Männern.

Der Weg machte eine Biegung, und sie entdeckte einen Hügel aus Felsgestein, bewachsen mit Gras und einigen kleinen Bäumen, deren Wurzeln sich auf den Schrägen festklammerten. Sie umrundete den Hügel und fand den Eingang der Grotte, in die ein Gang führte. Als sie in das Gewölbe trat, mussten ihre Augen sich erst einmal an die Dunkelheit gewöhnen. Dann bemerkte sie zur Linken einen hohen Raum, dessen Boden mit feinem Sand bedeckt war. Sie sah Fußspuren, und in einer Ecke standen Getränke samt Gläsern auf einem Klapptisch. Offenbar war für die Studenten eine kleine Zusammenkunft geplant. Isabel trat wieder aus dem Berg heraus.

Die Grotte würden sie nicht nachbauen in Lundwitz, soviel stand fest, aber den wunderbaren Rosengarten der Marie Henriette Chotek sehr wohl. Für Lundwitz – und damit auch für Unter-Korompa. Und natürlich für diese starke Frau, die offenbar auf alle Konventionen gepfiffen hatte. Für die Rosengräfin.

23

Österreich-Ungarn, Donauhügelland
Schloss Unter-Korompa am Fuße der Kleinen Karpaten
Juni 1887

Die Mutter verstummte. Sie sprach nicht mehr mit Marie, was diese verstehen konnte. Aber sie sprach auch nicht mehr mit Gabriela oder mit Lieselotte. Sie tat es einfach nicht. Sie wandelte mit glasigem Blick durch das Schloss. Erschien zu den gewohnten Zeiten am Esstisch und aß, was ihr vorgesetzt wurde. Trank ihren Tee im Schatten auf der Terrasse und stickte am Kamin. Legte nach wie vor Wert auf ihr Äußeres. Aber sie sagte kein Wort mehr – seit dem Tag, als Marie mit Lieselotte unerwartet aus Wien zurückgekehrt war. Weinend zwar, aber sie war wiedergekehrt und hatte die Verlobung gelöst.

Quel scandale!

Georg hatte versucht, sie umzustimmen, war einige Tage später noch einmal in Unter-Korompa erschienen. Mit einem Strauß dieser wundervollen *Madame Isaac Pereire* mit den tiefrosafarbenen, dicht gefüllten Blüten und dem herrlich intensiven Duft. Bestimmt hatte er sie aus einem der schicken Floristikläden, die es neuerdings in Wien gab. Im Nachhinein wunderte sich Marie über ihre Gedankengänge in diesem vielleicht wichtigsten Moment ihres Lebens.

Sie hatte ihn schweren Herzens fortgeschickt. Endgültig. Er würde es vielleicht irgendwann einmal verstehen.

Ihre Mutter natürlich nicht.

Anfangs hatte Marie versucht, sie wieder gewogen zu stimmen. Doch als ein Jahr vergangen war und sie immer noch nicht sprach, hatte Marie es aufgegeben. Längst hatte sie alle Aufgaben der Mutter übernommen, hatte mit Lieselotte die Wochenpläne für Einkauf und Essen abgesprochen, Korrespondenzen geführt, Reparaturen eingeleitet.

Und hatte erschrocken zur Kenntnis genommen, wie das Haar der Mutter schlohweiß wurde.

Oft fragte sie sich, ob sie einen Fehler gemacht hatte. Hätte sie Gräfin Schwanburg werden sollen? Darüber dachte sie wieder einmal nach, als sie eines Morgens an der Korrespondenz für eine Lieferung wunderbarer *Provins Royal* Gallica-Rosen arbeitete, die sie auf ihrer Reise mit Papa in den Gärten so bewundert hatte: Die prächtigen beerenrosafarbenen Blüten erreichten einen Durchmesser von bis zu einer Handspanne. Dafür blühten sie nur einmal im Jahr und dufteten schwach. Aber sie waren eine Augenweide, eine Pracht. Angeblich waren sie sehr robust und vermehrten sich selbst durch Ausläufer. Wie herrlich! Vielleicht war das eine Rose, die sie bald auch für eine Kreuzung heranziehen und dann verkaufen konnte an Rosenliebhaber aus aller Welt.

Sie stutzte und erschrak bei diesem kühnen Gedanken. Wäre das denn denkbar? Könnte sie die Rosen nicht nur sammeln, sondern die Lizenzen erwerben, um sie zu vermehren und zu verkaufen? Könnte sie sogar eigene neue Sorten kreieren und einen Rosenhandel betreiben? Sie als Frau?

In den vergangenen Monaten hatte sie wie besessen gekauft und gepflanzt, gekauft und gepflanzt. Um sich abzulenken, um weiterzuleben. Atemzug um Atemzug, Rose um Rose. Ihre Sammlung war alles, wofür es sich zu leben lohnte. Und ihr Herz zog sich zusammen, als sie wieder Georg vor sich sah, sich an seinen Geruch erinnerte, seine Berührungen spürte. Sie setzte sich gerader auf ihrem Stuhl am Sekretär zurecht. Nein, sie hatte die richtige Entscheidung getroffen. Es hätte nicht funktioniert. In Wien wäre sie eingegangen wie eine Rose ohne Wasser, ohne Luft, ohne Licht. Und Georgs Position gab ihm nun einmal nicht die Möglichkeit, zu ihr nach Unter-Korompa zu ziehen. Sie spürte, wie ihre Augen feucht wurden, und zwang sich zu den vorhergehenden Gedanken zurück: Könnte sie wirklich eine Rosenschule gründen, hier bei sich zu Hause?

Sie schüttelte den Kopf. Nein, ihr als Frau würde niemand etwas abkaufen. Sie schrieb weiter an der Bestellung. Besser, sie konzentrierte sich voll und ganz auf das Zusammentragen der einzigartigen Sammlung. Das war ihre Lebensaufgabe, ihre Bestimmung. Und sie würde sie gut erfüllen.

Sie adressierte die fertige Order und zog den nächsten Brief heran. Aus Berlin. Sie öffnete ihn. *Verein Deutscher Rosenfreunde* lautete der Briefkopf. Das war doch die renommierte Versammlung von Rosenexperten, auf deren Kongressen Neuheiten präsentiert, Entdeckungen aus aller Welt bewertet und die neuesten Erkenntnisse aus Pflege und Forschung geteilt wurden. Rosenwissen aus Jahrzehnten kam dort zusammen, die meisten Mitglieder waren ältere Männer.

Sie beugte sich über den Brief und begann zu lesen.

BERLIN, DEN 1. JUNI 1887

Verehrte Gräfin Chotek,
uns ist zu Ohren gekommen, dass Sie sich anschicken, in Ihrem Park in Unter-Korompa eine Rosensammlung großen Ausmaßes zusammenzutragen; mit einigen Bestellungen neuester Sorten sind Sie unseren Mitgliedern bereits zuvorgekommen. Aus diesem Grund sind wir sehr neugierig geworden auf Ihre Pläne und den Fortschritt der Arbeiten in Ihrem Garten. Wir würden uns deshalb freuen, wenn Sie uns auf unserem nächsten Kongress, der am 5. September 1887 im Hotel Kaiserhof in Berlin stattfinden wird, die Ehre erweisen, sich der Rosenwelt vorzustellen und einen Einblick in Ihre Arbeit zu geben.

Marie ließ den Brief sinken. Konnte das wahr sein? Sie luden sie ein! Eine Frau, die bisher noch nicht einmal Mitglied im *Verein Deutscher Rosenfreunde* war.

Verdutzt las sie weiter. *Verfügen Sie über einen Begleiter für Ihre Reise nach Berlin? Gerne schicken wir Ihnen eines unserer Mitglieder, das Sie abholt.*

Ein Begleiter. Sie wussten also über ihren ungewöhnlichen Familienstand bereits Bescheid. Sie richtete sich auf. Sie wussten Bescheid, aber wagten es trotzdem, sie einzuladen. Das war natürlich revolutionär. Aufgeregt sprang sie von ihrem Stuhl und lief mit dem Brief in der Hand im Zimmer umher, stemmte schließlich die Hände in die Hüften. Dann mussten sie auch damit zurechtkommen, dass sie allein anreisen würde.

Im *Hotel Kaiserhof* war sie schon einmal mit Papa gewesen. Er hatte stets nur in den besten Unterkünften übernachtet.

Sollte sie also zusagen? Der Verband Deutscher Rosenfreunde war ein wichtiger Teil der Welt, in der sie ihr Leben verbringen wollte. Sie versuchte, die Idee eines Rosenhandels, die ihr nun einmal gekommen war, zu verbannen, aber erfolglos.

Rosenversandhandel.

Sie schluckte, als ihr die Tragweite der Absage an Georg wieder bewusst wurde, und sie sah klar vor sich, wie ihr Leben verlaufen würde: Sie würde niemals heiraten. Sie würde keine Kinder bekommen.

Sie würde arbeiten! Es wäre ein großer Schritt, die wichtigsten Kollegen kennenzulernen. Sie nickte entschlossen, legte einen Briefbogen zurecht und begann zu schreiben.

24

Slowakei, Autobahn kurz vor Bratislava
Ende Mai 2017

Die Kette der Karpaten im Rückspiegel wurde immer kleiner. Wien war bereits ausgeschildert. Die Mappe mit den Gartenplänen lag neben Isabel auf dem Beifahrersitz. Wie wunderbar, dass sie nun wusste, was zu tun war! Und dass sie einen Garten nach dem Vorbild dieser beeindruckenden Rosengräfin gestalten durfte. Sie war mutig und stark in einer Männerwelt gewesen, so wie Katarina sie geschildert hatte. Isabel freute sich, dieses Erbe aufleben lassen zu dürfen.

Doch eine Frage drängte sie immer mehr: Warum hatte jemand dort oben in Norddeutschland genau diesen Garten der Rosengräfin nachgebaut? Sicher war das Rosarium damals berühmt gewesen und oft besucht worden, unter anderem vermutlich von eben jenem Rosenfreund aus Lundwitz. Aber war die Begeisterung über einen Besuch wirklich Motivation genug, um einen solchen Aufwand zu betreiben und eine exakte Kopie dieses Gartens anfertigen zu lassen?

Sie schaute zur Mappe auf dem Beifahrersitz hinüber, als ob sie ihr mehr verraten könnte. Dabei fiel ihr Blick auf das Smartphone, das in diesem Augenblick brummte. Eine SMS von Marco! Der Wagen schlingerte, Elvis rotierte.

Bist du noch in der Stadt? Ich muss dich dringend sprechen. Marco.

Wie hatte ihre Mutter ihm erzählen können, dass Isabel dort übernachtet hatte!

Vielleicht ging es um etwas, das schnell geregelt werden musste, etwas, das die Scheidungspapiere betraf. Oder er hatte noch etwas Persönliches in der Wohnung entdeckt, das ihr gehörte und das er ihr zurückgeben wollte.

Oder hatte er vielleicht – sie traute sich kaum daran zu denken –, hatte er vielleicht Sehnsucht nach ihr?

Stopp!, schalt sie sich. Wieso kamen ihr nur diese dummen Gedanken? Dieser Mann hatte sie verlassen, er hatte eigenhändig ihre Sachen aus seiner Wohnung geschleppt und auf dem Gehweg abgestellt wie Unrat. Sie kaute energisch auf ihrem Kaugummi. Er hatte sich noch kein einziges Mal erkundigt, wie es ihr ging. Er hatte beim Bäcker in Coras Gesicht gelacht, als er von ihrer neuen beruflichen Aufgabe gehört hatte, die er ihr offensichtlich gar nicht erst zutraute.

Die Sonne kam direkt von vorne, Isabel klappte den Sichtschutz herunter. Die Schrift auf den Autobahnschildern verschwamm trotzdem, sie wischte sich schnell über die Augen, als das Smartphone noch einmal brummte. Sie angelte es vom Beifahrersitz und bemühte sich, die Spur zu halten, bevor sie einen Blick auf das Display warf. Wieder von Marco.

Es ist wirklich wichtig! M.

M. Einfach nur noch M Punkt. Es hatte Zeiten gegeben, da hatten sie einander liebevolle Kosenamen gegeben. Und eine Anrede gab es auch nicht mehr. Schon lange vor der Scheidung nicht mehr.

Sie warf das Telefon wütend zurück auf den Sitz und erinnerte sich an einen Nachmittag im ersten Jahr ihrer Ehe. Es musste August gewesen sein, ein ungewöhnlich kalter Tag, und es hatte geregnet, so dass sie beschlossen hatten, zu Hause in der damals gerade frisch bezogenen Mansardenwohnung zu bleiben. Isabel hatte auf der Ledercouch gelegen, ein Buch gelesen und ab und zu durch die Panoramascheibe zu ihren Rosen auf der Dachterrasse geschaut, die sie in diesem Sommer erst gekauft und in den Töpfen drapiert hatte. Die *Poet's Wife* gefiel ihr besonders gut. Sie nahm sich vor, später im Online-Shop der englischen

Rosenfirma zu stöbern, als Marco barfuß angeschlendert kam, einen dampfenden Becher in der Hand. »Für dich, Sweetheart!«, hatte er gesagt, ihr den Becher gereicht, und sie hatte den köstlichen Kakao-Rum-Duft gerochen, der zu ihr aufstieg. Er hatte ihr einen Kuss auf die Stirn gegeben und war summend wieder in Richtung Küchenzeile verschwunden, um sich dort um das Abendessen zu kümmern. Sie hatte sein Summen gehört und ihn zwischendurch mehrmals »Liebe dich, Sweetheart« rufen hören, worauf stets ein Luftküsschen folgte.

Sweetheart! Aaahh!

Isabel schrie aus voller Kehle gegen die Windschutzscheibe, rüttelte mit einer solchen Kraft am Lenkrad, dass der Wagen ins Schlingern kam. Schnell hörte sie auf.

Und ließ den Tränen endlich freien Lauf. Sehr langsam, überholt von allen Skodas dieser Welt, schlich sie auf der rechten Spur nach Wien zurück.

Selbstverständlich würde sie auch diese SMS nicht beantworten. Würde nicht anrufen, nicht mailen, nichts.

Wenn Marie Chotek in einer Zeit, in der alleinstehende Frauen ein Skandal waren, ohne Mann ausgekommen war, dann würde Isabel das heutzutage doch wohl auch schaffen!

25

Preußen, Berlin, Unter den Linden
September 1887

»Halten Sie an«, rief Marie, raffte ihr Kleid und sprang aus der Droschke.

»Was denn, junges Fräulein, nicht so aufgeregt!«, sagte der Kutscher in Berliner Dialekt.

Sie bezahlte ihn und eilte mit dem Koffer in der Hand in die Wilhelmstraße. So ging es viel zügiger als mit der Droschke, die ständig anhalten musste, weil wieder ein Bicyclé ihr die Vorfahrt nahm oder ein Pferdeomnibus ewig stehen blieb, um Fahrgäste einsteigen und über die Leiter auf das Oberdeck klettern zu lassen. Marie lief quer über die Straße auf das Hotel Kaiserhof mit seiner französisch anmutenden Fassade zu. Eine Trillerpfeife ertönte knapp hinter ihr, Marie sprang vor einem Tricyclé zur Seite, fast vor die Stoßstange des nächsten Omnibusses, von dessen Deck Männer kopfschüttelnd auf sie herabblickten.

Diese Männer waren bei weitem nicht die Einzigen, die über sie den Kopf geschüttelt hatten in der letzten Zeit. Ihre Zusage zu dem Kongress hatte sowohl bei Gabriela als auch bei Lieselotte Entsetzen hervorgerufen. Sie als Frau wollte alleine zu solch einer Veranstaltung fahren? Unbegleitet bis nach Berlin? Und vor allem wollte sie dort auch noch das Wort ergreifen und den Herren etwas über die Rosenwelt unterbreiten? Gabriela war sehr aufgebracht gewesen und hatte tagelang versucht, Marie dazu zu bewegen, eine Absage zu schreiben. Was sei denn ihre Qualifikation, dort überhaupt aufzutreten? Und ob sie nicht wisse, dass es nicht schicklich sei, in der Öffentlichkeit zu sprechen, beobachtet von dutzenden Männeraugen? Das sei doch unerhört. Eine Frau, ganz alleine auf einem Kongress, noch dazu im Moloch Berlin, wo es wimmelte von Tagelöhnern und Halunken, von Dirnen und Proleten.

Marie hatte sich nicht beirren lassen, auch nicht von Lieselottes roten Flecken, die sich am Hals und auf den Wangen gebildet hatten, je näher der Abreisetag gekommen war. Die beiden Frauen hatten darauf bestanden, sie zur Bahnstation in Türmau zu begleiten und ihr in einer Intensität hinterherzuwinken, als ob ihre Rückkehr gar unwahrscheinlich wäre.

Sie war in diesem ersten Zug auf ihren Sitz gesunken, froh darüber, die ängstlichen Gesichter endlich hinter sich zu lassen. Alles war gut, sie war auf dem Weg.

Und dann musste ihre Eisenbahn, die sie in Wien bestiegen hatte, einen Lokschaden haben! Ausgerechnet an diesem wichtigen Tag. Vor wenigen Minuten erst war sie mit drei Stunden Verspätung in den Anhalter Bahnhof gerollt. Sie war sofort in die Droschke gesprungen und nun im Donnerstagmittagsverkehr stecken geblieben. Sie drängte auf dem Trottoir zwischen Kleidern, Zylindern, Mänteln und Bauchläden hindurch immer weiter auf das Hotelportal zu, begleitet von den Rufen der Zeitungsverkäufer, dem Klappern der Hufe auf dem Kopfsteinpflaster und dem Gurren und Flügelschlagen der Tauben, die sich zwischen den Füßen der Menschen um ein Stück Brot balgten.

Der Portier mit Hütchen und rot-schwarzer Uniform hielt ihr die Tür auf. Sie trat schnell in die Eingangshalle und steuerte auf den marmornen Empfangstresen zu. Der Chinateppich verschluckte die Schritte, von irgendwo hörte sie Klavierklänge. Aus dem Augenwinkel nahm sie den wunderschönen Innenhof mit den Palmen, dem roten Samtmobiliar und den weiß betuchten Tischen wahr, von denen Besteck klimperte und Stimmengewirr bis unter das Glasdach stieg. Fast jeder Tisch war mit

155

Männern besetzt, die wohl in den umliegenden Bürohäusern arbeiteten, mit Reisenden, denen am Nachmittag vermutlich ein Stadtspaziergang bevorstand, oder mit Damen in Pariser Chic, die sich für spätere Kaufhausbesuche stärkten.

Bei einem schläfrig aussehenden Concierge erkundigte Marie sich nach der Konferenz der Rosenfreunde und bat, ihren Koffer einstweilen bei ihm hinterlassen zu können. Er kam ihrem Wunsch nach und wies ihr den Weg.

Das Klavierspiel wurde leiser, als sie einen Flur mit niedriger Decke und barock anmutenden Spiegeln betrat. Sie überprüfte ihr Kleid und richtete die Rüschen. Eine Wolke Suppenduft zog vorüber, offenbar befand sich am Ende des Ganges der Küchentrakt. Sie straffte sich, als sie ein ausladendes Rosenbouquet auf einem Louis-XIV-Tischchen vor der Tür eines Saales entdeckte. Dass sie ausgerechnet an ihrem ersten Tag zu spät kam, war ihr unangenehm. Sollte sie die Herren lieber doch nicht unterbrechen? Sie dachte an ihr Redemanuskript, das in ihrer Handtasche verstaut war. Zwanzig Minuten Redezeit hatte man ihr zugewiesen, sie hatte sie exakt geprobt. Sie räusperte sich, etwas blockierte ihren Rachen, der Mund war trocken und klebte.

Dann schloss sie die Augen – und öffnete sie wieder, als sie angesprochen wurde. »Ist Ihnen nicht wohl, Madame?« Der Concierge, vielleicht auf dem Weg in die Mittagspause, schaute sie besorgt an. »Ein Glas Wasser?«

Marie folgte ihm bis zur Küche, blieb an der Tür stehen und bekam ein Glas herausgereicht, das sie gierig austrank. Ihr Kinn zitterte, die Angst musste ihr ins Gesicht geschrieben stehen.

»Was hat mein Lieblingsjournalist aus der Vossischen Zeitung kürzlich geschrieben? *Tränen lassen nichts gelingen, wer schaffen will, muss fröhlich sein.* Theodor Fontane, ein kluger Mann«, sagte der Concierge und nahm ihr das Glas aus der Hand. »Viel Erfolg bei Ihrer Konferenz, Madame.« Er nickte ihr noch einmal zu und verschwand lautlos über den Teppich.

Marie straffte sich. Ihr Herz pochte, sie atmete noch einmal tief durch, bevor sie die Klinke herunterdrückte und die Tür des Konferenzsaales öffnete.

Der Redner vorne am Pult brach ab. Etwa achtzig Männer drehten die Köpfe und schauten ihr durch dichten Zigarrenrauch entgegen.

Ein junger Mann mit Seitenscheitel erhob sich und kam auf sie zu. »Gräfin Chotek! Wie schön, dass Sie hier sind.« Er deutete einen Handkuss an. »Lehmann mein Name. Johannes Lehmann aus Gießen.«

Das war also der junge Lehmann von der Züchterdynastie Lehmann, die seit Jahrzehnten diese herrlichen Rosen auf den Markt brachte. Sie musterte ihn. Er musste etwa in ihrem Alter sein. Er hatte vor kurzem den väterlichen Betrieb übernommen und war sehr engagiert bei den Rosenfreunden. War sein Vater nicht bis vor wenigen Jahren der Vorsitzende gewesen?

Lehmann wandte sich an die Versammlung. »Meine Herren, bitte heißen Sie unsere verehrte Gräfin willkommen, die sich extra auf den weiten Weg aus den Bergen Transsilvaniens zu uns aufgemacht hat.« Die Männer klopften auf die Tische.

Als es wieder ruhig war, sagte Marie: »Von den Kleinen Karpaten.«

»Wie?«

»Nicht Transsilvanien.«

»Na, jedenfalls aus Österreich-Ungarn.« Er geleitete sie zu dem freien Sitzplatz neben seinem eigenen. Alle Herren erhoben sich. Als Marie Platz nahm, setzten sich auch die Herren wieder.

»Wir lauschen gerade dem Vortrag unseres verehrten Mitgliedes Professor Doktor Wiedemann aus Wiesbaden zum Thema *Neue Erkenntnisse der Rosenveredelung*«, sagte Lehmann. »Danach sind Sie dran mit Ihrer Vorstellung.« Er wandte sich an Wiedemann am Pult. »Bitte fortzufahren, Herr Professor!«

Der Professor lächelte. »Welch eine Augenweide. Die Teerosen natürlich, die Teerosen, die ich gerade im letzten Satz meines Vortrags erwähnte, bevor sich die Tür öffnete und der junge Morgen eintrat.«

Die Herren lachten. Marie löste ihr Hutband. Lehmann neben ihr lächelte und zog an seiner Zigarre, die in einem Aschenbecher glimmend auf ihn gewartet hatte. »Einen Whiskey biete ich Ihnen wohl besser nicht an, verehrte Gräfin?«

»Ein Wasser wäre ausreichend. Danke.« Sie schaute ihn böse an.

»Selbstverständlich. Werde mal schauen, wo die reizende Hausdame hin ist. Sie entschuldigen.« Er erhob sich und deutete eine Verbeugung an.

Marie lehnte sich in ihrem Stuhl zurück und schaute in die Runde. Meist handelte es sich bei den Mitgliedern um dicke, feiste, alte Männer.

»Ein Rosengedicht zum Abschluss gefällig«, fragte der Professor vom Rednerpult, »wie immer am Ende meiner Vorträge? Noch dazu, wo wir heute so lieblichen Besuch haben?«

Die Männer lachten schon wieder.

»Ich werde eines vortragen, das die meisten von uns sicher unterschreiben können.« Er zog einen Bogen hervor und legte ihn auf dem Pult zurecht.

»Hört, hört!«, riefen die Herren. Der Zigarrenqualm schien noch dichter zu werden. Marie bekam schlecht Luft. Sie schaute sich um, doch der Raum war innenliegend, Fenster zum Öffnen gab es nicht. Der Professor rückte sein Monokel zurecht und las vor:

> *Eine Rosenknospe war*
> *Sie, für die mein Herze glühte;*
> *Doch sie wuchs, und wunderbar*
> *Schoss sie auf in voller Blüte.*

Ward die schönste Ros im Land,
Und ich wollt die Rose brechen,
Doch sie wusste mich pikant
Mit den Dornen fortzustechen.

Jetzt, wo sie verwelkt, zerfetzt
Und verklatscht vom Wind und Regen –
Liebster Heinrich bin ich jetzt,
Liebend kommt sie mir entgegen.

Heinrich hinten, Heinrich vorn,
Klingt es jetzt mit süßen Tönen;
Sticht mich jetzt etwa ein Dorn,
Ist es an dem Kinn der Schönen.

Allzu hart die Borsten sind,
Die des Kinnes Wärzchen zieren –
Geh ins Kloster, liebes Kind,
Oder lasse dich rasieren.

Die Männer lachten und klopften wieder auf die Tische, der Professor schmunzelte. »Heinrich Heine!« Er raffte seine Papiere zusammen und verließ das Pult. »Gräfin Chotek! Ihr Auftritt.«

Stille senkte sich über den Saal. Alle verfolgten Maries Gang zum Pult. Sie dachte an Mutters Fingerstups auf den Kopf als Erinnerung ans Geradehalten, an ihre *Banksrosen* im Garten. Sie dachte an Georg.

Sie verbat sich den Gedanken jedoch schnell wieder und stellte sich ans Pult, Lehmann reichte ihr ein Wasserglas. Der Teppich verschluckte seine Schritte, als er zu seinem Platz zurückging und sich setzte.

Achtzig Augenpaare sahen sie an. Einzelne Zigarren glommen auf. Sie musste sich sehr konzentrieren. Georg ging ihr nicht aus dem Kopf. Wenn er sie jetzt hier sehen könnte! Wenn er doch nur bei ihr wäre. Sie schob diesen Wunsch fort. Nein! Sie hatte nun, an diesem Tag in Berlin, die einmalige Chance, diese Männer der Rosenwelt um den Finger zu wickeln und sich den Weg als erfolgreiche Unternehmerin zu ebnen.

Und sie würde es gut machen, das war sie sich einfach schuldig. Sich und Georg.

Sie räusperte sich. Sie musste brillieren auf ihrer ersten Geschäftsreise.

Marie begann zu sprechen.

26

Gutshaus Lundwitz, Mecklenburgische Schweiz
Juni 2017

Als Isabel auf dem Platz vor dem Gutshaus parkte, ausstieg und sich nach der langen Fahrt streckte, hörte sie aus dem Garten hinter dem Haus Hämmern und Lachen.

Sie folgte den Geräuschen. Als sie um die Ecke kam, sah sie am Rande der Freifläche Alex, Enno, Sina und eine ältere Frau in bemerkenswertem Outfit in großer Geschäftigkeit mit Holzlatten und Maschendraht hantieren.

»Hey«, sagte Alex. »Du bist wieder da.« Er schien sehr gute Laune zu haben und deutete auf die ältere Frau. Sie hatte ein lilafarbenes Bandana-Tuch um die rot gefärbten Haare geknotet, trug eine getönte Brille auf der Nase und steckte in einer Schlag-Latzhose, die vermutlich noch direkt aus den Siebzigern stammte. »Das ist Thea«, sagte Alex.

Isabel gab ihr die Hand. »Herzlich willkommen.«

Sie wischte sich den Schweiß von der Stirn. »Danke, meine Liebe, nenn mich gleich Thea. Ich werde wohl ein Weilchen hierbleiben.«

»Sie ist in das Zimmer *Kolibri* gezogen. Hat alles geklappt, auf die Minute waren wir dort fertig, kurz bevor Thea hier vorfuhr.« Er wirkte stolz.

Thea nahm eine Holzlatte und hielt sie an die Pfosten, die schon montiert waren. »Los, Alex, quatsch nicht so viel. Wir müssen fertig werden. Morgen kommen die fünf Hennen und der Hahn.«

Isabel lachte.

»Lach nicht! Du wirst dich noch freuen über die frischen Frühstückseier, die es dann jeden Morgen gibt.« Sie hämmerte die Latte am ersten Pfosten fest und machte mit den übrigen weiter. »Jetzt Maschendrahtzaun, bitte«, sagte sie zu Alex wie eine Zahnärztin zur Assistentin. Er rollte ein großes Stück des engmaschigen Zauns ab und hielt den Zaun, damit sie ihn mit einem Riesentacker befestigen konnte. Die Klammern knallten ins Holz.

»Gut!«, sagte Thea zufrieden und betrachtete den Zaun. »Und davon noch zwei mehr und dann die Seite mit der Tür. Das wird noch mal etwas verzwickter.« Sie drückte Isabel den Tacker in die Hand. »Halt mal. Aber verletz dich nicht.«

Isabel schaute Thea zu, wie sie die Nägel für die Pfosten aus dem Werkzeugkasten suchte, den Hammer nahm und die nächsten Latten befestigte. Das Gesicht der alten Dame war eines, das viel gesehen, viel durchlitten hatte. Aber die Augen hinter der getönten Brille schauten immer noch sehr wach, wirkten neugierig und gar nicht müde. Nicht müde des Lebens, nicht müde des Abenteuers. Und war es nicht ein wunderbares Abenteuer, sich in ein altes Gutshaus zurückzuziehen und neu anzufangen – ob nun nur einen Sommer lang oder für immer.

»Schön, dass du da bist, Thea«, sagte Isabel. »Verstehst du etwas von Rosen?«

Thea lachte. »Hab schon gehört, dass du den Garten wieder zu alter Pracht erweckst. Stehe gerne für Pflanzaktionen zur Verfügung. Aber Ahnung von den dornigen Dingern habe ich leider keine. Habe im Laufe meines Lebens nur sehr viele davon geschenkt bekommen.« Der Blick wurde traurig. »Tacker!«, rief sie und nahm ihn Isabel aus der Hand, um den nächsten Maschendraht zu befestigen. »Jetzt noch extra Türpfosten und oben drüber auch Zaun, damit der Fuchs und der Marder nicht reinkönnen.« Sie trat einen Schritt zurück und betrachtete ihr Werk. »So müsste es gehen.«

Isabel lächelte. »Ist das dein erster Hühnerstall, den du selbst baust?«

162

»Meinst du, in Kreuzberg im Hinterhof hätte ich vielleicht einen gehabt?« Sie lachte. »All die Jahrzehnte habe ich vom Garten meiner Kindheit in Ostpreußen geträumt. Und hier steht nun schon mal der entsprechende Hühnerstall!« Sie lächelte zufrieden. »Danke, dass du mich das machen lässt, Alex.« Sie tätschelte seinen Rücken.

»Ich will die leckeren Eier, so einfach ist das«, sagte er.

Thea grinste. »Und wer weiß, vielleicht kann ich später ja noch Schafe ...«

Alex lachte. »Wir freunden uns erst mal mit den Hühnern an, meinst du nicht?« Er wandte sich an Isabel. »Komm, wir laufen ein Stück, und du berichtest mir, was du in der Slowakei erfahren hast, in Ordnung?«

27

Am nächsten Morgen stürzte sich Isabel in die Vorarbeit für die Rosen. Lastwagen kippten große Haufen Muttererde in den Garten. Gerd machte sich ans Aufräumen der Bauwüste, die die Abrissmannschaft hinterlassen hatte.

Isabel packte die Pläne, die sie in Unter-Korompa bekommen hatte, vorsichtig aus der Mappe und studierte sie genau. Schnell stellte sie fest, dass ihr Sekretär in der Dachkammer zwar sehr hübsch war, sich aber als Zeichentisch nicht eignete, weil er viel zu klein war. Also zog sie mit ihren Zeichengeräten an den großen Küchentisch um.

Alex gesellte sich zu ihr und schaute neugierig zu, wie sie das Skizzenpapier über den historischen Plan legte und beides mit Tesafilm am Tisch festklebte. Dann begann sie mit dem Bleistift den Plan auf das Skizzenpapier zu übertragen. »Das ist ja noch echte Handarbeit«, sagte er anerkennend.

Isabel lachte. »Normalerweise ist es echte Computerarbeit. Aber ich Dusel habe die Programme nicht kopiert im Büro meines ...« Sie stockte.

Alex sah sie aufmerksam an. »Im Büro deines Mannes? Wolltest du das sagen?«

Sie beugte sich tiefer über die Skizze. »Immerhin war ich geistesgegenwärtig genug, meine Zeichenmappe und die Zeicheninstrumente einzupacken, die ich seit dem Studium besitze«, murmelte sie in den Plan und nahm das Kurvenlineal, um die Radien der gerundeten Beete einzuzeichnen. Auf einmal spürte sie seine Hand auf ihrem Rücken, die sie beruhigend –

oder war es mitleidig? – streichelte. Wenn sie eines nicht ertragen konnte, dann war es Mitleid! Sie fuhr hoch. »Hast du um diese Uhrzeit nicht irgendwas zu tun auf deinem Anwesen?«

Er nahm die Hand sofort weg, wirkte, als wäre es ihm peinlich, und schnappte sich einen Apfel aus der Obstschale. »Brauchte nur ein wenig Stärkung. Jetzt kommen gleich die Elektriker. Wir wollen einige der Leitungen unter Putz haben, bevor das Ganze hier ein schickes B&B wird.«

»Und euren ästhetisch empfindlichen Künstlern wird das wohl auch besser gefallen.«

»In der Tat.« Er lachte. »Übrigens, die Frau vom Denkmalschutz hat angerufen und den Termin um eine Woche verschoben.«

Isabel legte das Kurvenlineal weg und schaute von dem Plan auf. »Wie freundlich von dir, mir das mitzuteilen. Ich skizziere hier schon wie ein Weltmeister. Dann kann ich ja einen Gang runterschrauben.«

»Tu das. Aber nur in der Geschwindigkeit, nicht in der Perfektion bitte.«

»Selbstverständlich nicht. Willst du mich beleidigen?« Sie straffierte eine Pflanzfläche.

Er beugte sich noch einmal interessiert über den Plan. »Und dort zeichnest du dann auch schon die Farbgestaltung ein?«

Sie schob ihn ein wenig zur Seite, damit sie Armfreiheit bekam. »Das mache ich erst, wenn ich diese Skizze auf festeres Papier übertragen habe. Dann wird getuscht und koloriert.«

Er zog sich zurück. »Bin gespannt.« Damit verließ er die Küche.

Puh, dachte Isabel. Das war doch mal eine gute Nachricht, dass die Denkmalschützerin erst Montag kam. So hatte sie die Gelegenheit, alles bis ins letzte Detail zu planen und hoffentlich auf jede Frage der Dame eine gute Antwort zu haben.

»Ach, übrigens.« Alex steckte seinen Kopf noch mal durch die

Küchentür. »Ich fahre nachher zum Baumarkt. Willst du nicht mitkommen?«

Isabel schüttelte den Kopf. »Ich habe hier so viel zu tun und ...«

»Dann könnten wir gleich die Pflanzstäbe besorgen, die du brauchst. Eine Bestellung weniger.« Er sah wohl ihren immer noch zweifelnden Blick. »Und wenn wir schon mal Richtung Küste unterwegs sind, könnte ich dir außerdem noch eine besonders schöne Ecke hier oben zeigen – Fischland und den Darß. Das ist nicht so weit entfernt.«

Isabel lachte. »Fischland? Das klingt lustig. Aber ich weiß nicht recht. Ich möchte hier vorankommen.« Sie zeichnete weiter.

Alex biss in den Apfel. »Man muss sich ab und zu mal eine Flucht aus dem Alltag leisten«, sagte er kauend. »Für die Seele. Sonst verstockt man.«

Isabel schaute hoch. »Du findest mich verstockt?«

»Noch nicht.« Er grinste.

»Schon gut, ich komme mit.«

»Na bitte.« Er biss noch einmal krachend zu und verschwand.

Zwei Stunden später fuhren sie in seinem schwarzen Volvo los. Das Auspuffrohr klang, als ob es mindestens ein Loch hätte. Aber Alex schien sich darüber keine Sorgen zu machen. Er steckte eine Kassette in den Rekorder, und Nirvana erklang. Isabel lachte.

»Eine echte alte Kassette mit entsprechendem Sound. Das ist ja alles noch wie in den Neunzigern bei dir hier in deinem Gefährt.«

»Gefährt ist richtig. Dieser Wagen ist mein Gefährte seit Anfang der Neunziger, als ich meinen Führerschein bekam.«

»Im Ernst?« Sie holperten über die Zufahrtsstraße und bogen in den Ort.

»Er hat mich zu meinem Studium nach Berlin begleitet und auf mich gewartet, bis ich aus New York wiederkam.«

Sie ergriff die Chance. »Wie lange warst du dort?« Der Volvo brummte nun über die Allee zwischen den Eichen entlang.

»Zehn Jahre, fünf Monate und dreiundzwanzig Tage«, kam es etwas gepresst zurück. Er blickte stur geradeaus auf die Straße, aber Isabel konnte sehen, dass seine Augen dunkel geworden waren.

»Warum bist du schließlich gegangen?«, wagte sie zu fragen.

Er blinkte, um auf die Straße Richtung Norden abzubiegen, und reihte sich hinter ein Auto aus Berlin ein. »Weil manche Dinge sich beim besten Willen nicht verlängern lassen, wenn sie einmal vorbei sind. Auch wenn man es sich sehr wünscht.« Er nestelte an seinem Freundschaftsbändchen und zog abrupt wieder die Finger zurück. »Und weil das Leben einem manchmal einfach einen Arschtritt versetzt.«

Sie schwiegen, während Kurt Cobain sang. Isabel dachte über den Autoaufkleber des Berliner Vordermanns nach: *Lächle, und die Welt lächelt zurück!* Meistens war das so, dachte sie.

»Vermisst du denn Wien?«, fragte Alex nach einer Weile.

Vermisste sie Wien? Sie hatte noch keine Zeit gehabt, darüber nachzudenken.

»Nein«, sagte sie zu ihrem eigenen Erstaunen. »Momentan nicht.«

Er konzentrierte sich auf das Überholen eines Traktors. Der Berliner vor ihnen gab nun richtig Gas und war schnell verschwunden. »Du vermisst die Stadt nicht? Und auch niemanden dort?«

Kurt Cobain sang *Come as you are*. Isabel horchte in sich hinein. Sie vermisste die guten alten Tage, als ihre Ehe noch in Ordnung gewesen war, als Marco sie in die Arme genommen und sie angeregte Gespräche über die Zukunft, über die Gartenkunst, über das Leben geführt hatten. Das schon. Aber ver-

misste sie den Marco der letzten Tage, die sie zusammen verbracht hatten? In diesem letzten Winter ihrer Ehe? Vermisste
sie den Marco, der selten da war und wenig sprach, der ihre
Sachen aus der Wohnung getragen und auf dem Bürgersteig
abgestellt hatte?

»Nein«, sagte sie. Auf einmal war es ihr ganz klar. Sie vermisste wirklich nichts. Ihr Herz krampfte sich zusammen.

Alex lenkte den Volvo auf den großen Parkplatz des Baumark-
tes und stellte Kurt Cobain aus. »Wollen wir?«, sagte er in die
Stille hinein. Sie stiegen aus.

Der Kofferraum des Volvo war bis obenhin bepackt mit den
Pflanzstäben. Auf der Rückbank lagerte allerlei Maler-Equip-
ment. Die Karosserie hing schwer über den Reifen. Alex hatte
für die Fahrt ans Meer eine Kassette von den *Red Hot Chili
Peppers* eingelegt. Isabel erinnerte sich an jeden der Songs,
obwohl sie sie fast zwanzig Jahre nicht mehr gehört hatte. Mann,
war sie alt geworden. Ohne es zu merken. Die Zeit verflog einfach, die Jahre gingen vorbei, ohne dass sie sich viel älter fühlte.
Äußerlich war das schon etwas anderes. Sie klappte den Sonnenschutz herunter und betrachtete sich in dem schmalen Spiegel, in dem sich vielleicht schon viele Freundinnen von Alex
betrachtet hatten.

Um Himmels willen! Sie klappte den Sonnenschutz wieder
hoch. Um Himmels willen. »Sind wir bald da?«, fragte sie aus
Verlegenheit, obwohl Alex ihre Gedanken natürlich nicht mit-
bekommen hatte.

»Hier ist schon der Deich«, sagte Alex und steuerte den Volvo
die Straße entlang, die nun parallel zu dem Erdwall verlief.

Dahinter sah Isabel reetgedeckte Dächer.

»Das ist Dierhagen«, sagte Alex. »Aber wir fahren noch ein
Stück weiter.«

Eine wunderschöne Landschaft war das hier oben. Isabel

lehnte sich in ihrem Sitz zurück. Die vom Wind schräg gestellten knorrigen Bäume, das Schilf, die Hundsrosenhecken, die rosa blühten. Der hellblaue Himmel, durchzogen von zarten Wolkenfetzen. Eine Zehn auf der Farbskala von Horace? Vielleicht.

Sie erinnerte sich an den Urlaub vor langer Zeit, den sie mit Marco an der Ostsee verbracht hatte, kurz nach der Hochzeit. Es war Hochsommer gewesen, Marco hatte sie in diesem schneeweißen Luxus-Hotel direkt am Strand einquartiert. Wo war das noch gewesen? Sie versuchte, sich an den Namen zu erinnern. Heringsdorf? Heiligendamm? Jedenfalls hatten sie ein paar sehr erholsame Tage dort verbracht mit Strandspaziergängen, Spa-Behandlungen und wunderbaren Abendessen bei Kerzenschein. Wenn nur nicht Marcos neues Telefon dauernd geklingelt hätte, auf das er damals ganz stolz gewesen war. Auf einmal kam ihr der Gedanke, dass es bei den Anrufen vielleicht gar nicht um den Job gegangen war. Sie schluckte. In der Tat erinnerte sie sich an einige Streitgespräche, die sie über sein Telefonverhalten geführt hatten. Sie wusste noch, dass sie sich in manchen Momenten einsam gefühlt hatte.

»Wir sind da«, sagte Alex in ihre Gedanken hinein. Sie blickte auf und sah Dünen und Strandgras, das im Wind hin und her wogte. Als sie die Autotür aufstieß, spürte sie einen salzigen Luftzug, der ihr die Kraft gab, sich aus dem niedrigen Autositz und aus ihrem Gedankenwust zu hieven. Sie beschloss, ab sofort die Schönheit des Augenblicks zu genießen und nicht traurigen Erinnerungen hinterherzuhängen.

Sie bemerkte, wie Alex etwas aus dem Fußraum hinter seinem Sitz nahm.

»Ein Picknickkorb?«

Er lächelte. »Aber selbstverständlich. Ein besseres Abendbrot als am Meer mit Blick auf den Sonnenuntergang kann es doch nicht geben, oder? Komm!« Er winkte sie zu sich, und sie hatte das Gefühl, dass er beinahe den Arm um sie gelegt hätte, als sie zu ihm aufschloss. Schnell lief sie voran, über die Holzbohlen auf den Dünenkamm. Sofort atmete sie tief durch. Dieser Blick bis zum Horizont, dieses Glitzern des Wassers, dieser warme, leichte Wind – es war einfach befreiend, dachte sie und drehte sich lächelnd zu Alex, der zu ihr trat. Seine Augen hielten ihren Blick fest, es schien, als ob er noch näher kommen wollte. Schnell bückte sie sich und streifte ihre Boots ab. Sie spürte den Sand zwischen ihren Zehen, als sie bis ans Wasser lief, wo der Boden nass und kühl war.

»Laufen wir ein Stück?«, fragte er und ließ seine Adidas-Sneaker im Sand stehen, zusammen mit den sauber aufgerollten Tennissocken.

Tennissocken, wo hatte er die denn noch her? Gab es die überhaupt noch im Freiverkauf seit Ende der Achtziger? Isabel musste schmunzeln, stellte ihre Schuhe aber daneben, und sie liefen Seite an Seite an der Wasserlinie entlang. Ab und zu hob sie eine schöne Muschel auf oder einen besonders geformten Stein. Einmal entdeckte sie etwas, das aussah wie Bernstein, aber als sie vorsichtig draufbiss, war es nicht weich, also warf sie es wieder ins Meer, das so gleichmäßig und ununterbrochen seine Wellen über alles ausbreitete.

Isabel spürte, wie sie sich entspannte. Wie ihre Gedanken zur Ruhe kamen, wie sie nur noch den Sand unter ihren Füßen, die Schaumkronen um ihre Knöchel und den Wind in ihren Haaren wahrnahm. Sie war ganz im Jetzt, ganz im Hier. Selten hatte sie dieses Gefühl in ihrem Leben bisher gehabt. Das konnte nur das Meer auslösen.

»In zwei Tagen ist übrigens mein Geburtstag«, sagte Alex, als sie sich nach einer Weile in den Sand setzten. Er klappte den Picknickkorb auf. Isabel erspähte eine Brotdose, Weintrauben, eine durchsichtige Tupperdose mit Käsestücken darin, eine Flasche Bordeaux und zwei Weingläser.

Er zeigte ihr das verstaubte Etikett. »Auch ein edles Gesöff aus dem Keller. Abgefüllt 1937.« Er entkorkte die Flasche und goss den tiefroten Wein in die Gläser. Die Sonne hing schwer und orangefarben knapp über dem Wasser und zeichnete eine goldene Spur bis zu ihnen an den Strand. »Ein paar Freunde kommen. Wir werden wohl ein volles Haus haben. Du bist natürlich auch ganz herzlich eingeladen.« Er zog die Brotdose aus dem Korb und klappte sie auf: Schinkenbrot.

Sie nahm dankend eines entgegen. »Wie alt wirst du denn?« »Fünfundvierzig«, antwortete er und biss in sein Brot. Sie stießen wortlos an.

Isabel ließ den Wein auf der Zunge zergehen, dann schüttelte sie den Kopf. »Ich weiß nicht. All deine alten Freunde. Ich will nicht stören. Vielleicht sollte ich die Zeit nutzen und mal zwei Tage hier am Meer ausspannen.«

Sie spürte seinen Blick auf sich geheftet. »Ich würde mich jedenfalls sehr freuen.«

»Würdest du?« Sie schaute ihn direkt an.

»Würde ich.«

Die Sonne tauchte tieforange ins Wasser und färbte das Meer zu einem goldenen Teller. Isabel roch das Salz und den Sand. Sie verzehrte den letzten Rest ihres Schinkenbrotes und hielt ihr Weinglas in der Hand. Es waren solche Momente im Leben, an die man sich bis an sein Lebensende erinnerte, dachte sie. Nicht die Momente, in denen man vor dem Computer im Büro saß oder im Supermarkt einkaufen war. Das Leben konnte natürlich nicht nur aus Sonnenuntergängen bestehen, aber ein paar davon sollte man in seinem Leben schon gesehen haben, statt immer nur von Termin zu Termin zu hetzen. Dann noch mit solch einem attraktiven Mann hier zu sitzen, machte die Sache noch schöner, dachte sie. Sie trank noch einen Schluck von dem Wein, der schwer, beerig und nach Barrique schmeckte.

»Was war der bisher schönste Moment in deinem Leben?«, fragte Alex auf einmal, als ob er Ähnliches gedacht hatte.

Isabel schwieg und überlegte. Der schönste Moment …

»Da musst du aber lange nachdenken«, sagte Alex.

»Und deiner?«, fragte sie zurück, weil sie Zeit zum Überlegen brauchte. Ihr fiel spontan nichts ein, das war erschreckend. War es ihr Hochzeitstag gewesen, dieses pompöse Fest im Schlosshotel am Wörthersee, bei dem sie leider nicht dazu gekommen war, ihn zu genießen bei all den Spielen, Reden, Tänzen, die zu absolvieren gewesen waren? Oder der Tag, als Marco ihr einen Antrag gemacht hatte, ganz spontan an einer roten Ampel auf der Rückfahrt von einem Adventsessen bei seinen Eltern? Oder der Tag ihres Uniabschlusses als Jahrgangsbeste? Oder der Tag auf der Klassenfahrt ins Pinzgau, als der Schwarm aller Mädchen ausgerechnet sie zur Freundin auserkoren hatte? Oder der Tag im Kindergarten, an der ihr diese besonders tolle Matschburg gelungen war, die Mama im Foto festgehalten hatte?

Alex hingegen antwortete prompt: »Als ich mich entschlossen habe, Lundwitz zu kaufen.«

Isabel wandte ihm den Kopf zu. »Nicht, als du den ersten internationalen Preis als Künstler verliehen bekommen hast oder als du die erste Einzelausstellung in einem großen Museum gehängt hast?«

Er lächelte. »Nein. Erst der Kauf von Lundwitz hat für mich einen Schlussstrich unter mein vorheriges Leben gesetzt und mir gezeigt, was meine wirkliche Aufgabe ist.«

Aufgabe? »Und was ist sie?«

»Ich will Menschen helfen, zur Ruhe zu kommen und zu entdecken, wofür sie hier sind.«

»In Lundwitz?«

»Hier auf der Welt.«

Isabel schwieg. Er war also ein Philosoph. Und ein Philanthrop noch dazu. »Meinst du denn, dass jeder einen bestimmten Auftrag hat, eine Bestimmung?«

»Aber natürlich«, sagte er schlicht. »Jeder ist dazu da, um irgendetwas beizutragen auf unserer schönen Erde.«

Isabel schaute aufs Meer. Das sagte er einfach so. Was war denn dann ihre Bestimmung, ihre Aufgabe? War es möglicherweise das, was sie nun hier in Lundwitz tat? Vergessenen Gärten zu ihrer alten Pracht zu verhelfen und damit die Menschen, die sie besuchen durften, zu erfreuen? Und die alten Seelen, die die Gärten einst geschaffen hatten, in Erinnerung zu rufen? Sie nippte am Wein.

»Wie gesagt, ich würde mich sehr freuen, wenn du bei meiner Geburtstagsparty dabei bist«, wechselte Alex das Thema.

Dankbar stieg Isabel darauf ein. »Kommt deine Familie auch?«

»Eher nicht.« Seine Stimme klang auf einmal hart, als ob man besser nicht nachfragte.

Sie beschloss, sich daran zu halten, und pickte einen Käsewürfel aus der Tupperdose. »Man merkt, dass du Picknickerfahrung hast. Das ist wirklich ein formvollendetes Mahl.«

»Danke«, sagte er. »Ich habe mit Connor oft am Wochenende ein Picknick im Central Park gemacht. Wir hatten allerdings nicht Käse und Stulle in seinem kleinen grünen Ninja-Turtle-Rucksack, den er stolz getragen hat, sondern kalte Minipizza, die ich immer extra am Abend vorher gebacken habe, weil er am liebsten Schinken, Spiegelei und Marshmallows drauf haben wollte.« Er lächelte. »Schmeckt gar nicht so übel. Und Cola natürlich statt Wein.«

»Und seine Mutter ist nicht mitgekommen?«

»Marshmallow-Pizza war nicht so ihr Ding. Und sie mochte auch nicht sitzen, wo nachts die Ratten rennen. Außerdem hatte sie immer einen Haufen Papierkram abzuarbeiten, den sie während der Woche nicht geschafft hat.« Er lächelte traurig. »Aber Connor und ich haben unsere Ausflüge genossen. Wir sind mit der U-Bahn bis zum Columbus Circle gefahren und dann oft zum Wollman Rink rübergelaufen. Dort beim Teich haben wir uns hingelegt, gegessen, Bücher vorgelesen und anschließend Frisbee gespielt. Das konnte er bald wirklich gut, der kleine Kerl.«

Isabel überlegte, ob sie es fragen sollte, aber dann tat sie es einfach: »Connor und deine Exfrau kommen wohl nicht zu deinem Geburtstag?«

Er schüttelte den Kopf. »Das ist endgültig vorbei. Es hat tatsächlich einen Versöhnungsversuch gegeben, ganz am Anfang meiner Zeit in Lundwitz. Aber er war sehr kurz. Carol kam mit Connor zu Besuch, sah das verfallene Anwesen, die Natur drum herum, mich in meiner mörtelbekleckerten Arbeitshose – und machte auf ihren Stilettos kehrt.« Er zuckte die Achseln.

Isabel erinnerte sich an Sinas Halbsatz am ersten Morgen in der Küche: *Hoffentlich hauen Sie nicht gleich wieder ab wie ...*

»Es war sowieso völlige Augenwischerei, zu glauben, Carol würde ihren hochdotierten Job aufgeben, um nach Europa zu ziehen, selbst als ein altes Gutshaus winkte«, fuhr er fort und seine Stimme wurde leise. »Auch nicht für Connor, der mich als Papa behalten wollte.« Jetzt hatte er Tränen in den Augen. »Ich hatte sogar schon den Basketballkorb auf dem Hof installiert.«

Isabel schwieg. Sie bemerkte, wie er wieder an seinem Bändchen nestelte, dann schnell einen großen Schluck trank. Die Sonne war zur Hälfte im Meer versunken, der goldene Weg auf dem Wasser wirkte auf einmal, als ob er begehbar wäre. Als ob sie nicht untergehen würde, wenn sie ihn betrat.

»Hast du denn nun alle Rosensorten, die wir brauchen?«, fragte Alex nach einer Weile mit fester Stimme. »Sind alle noch im Handel?«

»Fast alle«, ging Isabel erleichtert darauf ein. »Ein paar muss ich mit neueren Züchtungen ersetzen, die aber ähnliche Eigenschaften haben. Dadurch habe ich aber auch die Möglichkeit, einige meiner persönlichen Lieblingssorten zu setzen.«

»Zum Beispiel?«

»Zum Beispiel die *Felidaé*. Sie ist eine robuste Schönheit.«

Alex lachte. »Na, ich bin gespannt und vertraue dir voll und ganz. Der Rosengarten wird eine Pracht werden.«

Isabel nickte. »Das wird er allerdings.«

Sie beobachteten schweigend, wie die Sonne nun immer schneller im Meer versank und mit einem Mal verschluckt war. Und als Isabel den letzten goldenen Schimmer betrachtete, das letzte Glühen am Firmament, da durchfuhr es sie plötzlich: Dies hier war ein Moment, in dem sie rundum glücklich war. Es war einer der schönsten Momente in ihrem Leben. Vielleicht der schönste.

Erstaunt und ein wenig erschrocken über diese Erkenntnis schaute sie kurz zu Alex hinüber. Aber er blickte weiter aufs Meer und schien zu träumen.

Und schon war der letzte goldene Sonnenschimmer erloschen, und es wurde kühl.

28

Österreich-Ungarn, Donauhügelland
Schloss Unter-Korompa am Fuße der Kleinen Karpaten
Mai 1900

Die Sonne warf ihre warmen Morgenstrahlen auf die Terrasse, auf der Marie, Gabriela und deren frisch angetrauter Gatte Konrad beim Frühstück saßen. Es war ein ruhiger Sonnabend nach einer arbeitsreichen Woche, wie er schöner nicht sein konnte, dachte Marie und ließ ihren Blick über ihren Rosengarten schweifen. Es war Mitte Mai. Was gab es Herrlicheres als den Anblick der zaghaft aufblühenden Pflanzen? Sie sah ihre Wildrosen, die Kletterrosen, die Strauchrosen und die Zwergrosen. Jetzt hatte alles seinen Platz, jeder einzelne ihrer Lieblinge. Über die letzten vierzehn Jahre war dieser Garten entstanden. Nach ihren Ideen, nach ihren persönlichen Vorstellungen, dachte sie stolz und blieb mit den Augen an der *Old Blush* hängen, die ihre zart rosafarbenen Blütenköpfe gen Sonne drehte. Was für ein Wunder, dass sie diese Pflanze hatte auftreiben und tatsächlich ein Exemplar für ihren Garten hatte ergattern können, dachte sie. Was für ein unwahrscheinliches Glück! Nur die Zeichnung von Redouté aus dem Rosengarten der Kaiserin Joséphine hatte noch existiert; die arme *Old Bush* galt als ausgestorben. Und dann entdeckte doch ein Forscher ausgerechnet auf den entlegenen Bermuda-Inseln noch ein paar Pflanzen. Natürlich hatte Marie sofort alles daran gesetzt, eines der ersten nachgezüchteten Exemplare zu bekommen. Und voilà, nun wuchs und gedieh das Wunderwerk hier in ihrem Garten am Fuße der Karpaten, und sie durfte seine Schönheit und seinen einzigartigen Duft jeden Tag genießen.

Sie lehnte sich in dem Korbstuhl zurück und nippte an ihrer

Kaffeetasse. Wie schön es war, etwas zu gestalten. Andere gestalteten vielleicht ihre Kinder, ihre Häuser, ihr Heim. Aber sie gestaltete nun dafür ihren Garten und ihre Rosen. Das Wichtigste in ihrem Leben, n'est-ce pas? Sie lächelte und freute sich schon darauf, gleich nach dem Frühstück wieder an die Arbeit zu gehen.

»Hört mal«, sagte Konrad hinter seiner Zeitung hervor und ließ sie sinken. Seine stets lächelnden Augen wirkten noch freundlicher als sonst, mit der freien Hand zwirbelte er seine emporstehenden Bartspitzen. »Hier ist ein Artikel über dich drin, Marie.« Er las vor: »*Gräfin Chotek und die Rosen – eine Erfolgsgeschichte.*«

Marie hielt im Kaffeetrinken inne.

»Ist das die Überschrift?«, fragte Gabriela und streichelte ihren Bauch, der sich unter dem Alltagskleid schon lustig wölbte.

»Allerdings. Sehr groß mitten auf der zweiten Seite. Ein Bericht aus der Reihe über erfolgreiche Geschäftsleute, die sie sonnabends im Blatt haben. Soll ich vorlesen?«

»Das fragst du noch?« Gabriela stupste ihn.

Konrad lächelte Marie zu und las: »»Wer in Unter-Korompa in der Nähe von Türmau das Anwesen von Marie Henriette Gräfin Chotek betritt, der staunt nicht schlecht: Die Gräfin hat hinter ihrem Schloss einen Rosengarten einzigartiger Exzellenz geschaffen. Der Garten ist mittlerweile allen Rosenfreunden Europas und darüber hinaus ein Begriff. Denn die Gräfin hat ein besonderes Talent für die Gestaltung – und für die Züchtung. Inzwischen hat sie einen florierenden Versandhandel mit ihren Rosen ins Leben gerufen; sogar Gartenbetriebe in Übersee bestellen bei Gräfin Chotek. Nicht umsonst wird sie die Rosengräfin genannt. Denn das ist sie: eine Ikone im Metier der Rosenpflege und Rosenzucht. Der neue Katalog ihrer Rosenschule ist nun erhältlich und beinhaltet wundervolle neue Kreationen, wie wir bei einem exklusiven Blick vorab feststellen durften.

Erleben Sie die Schöpfungen der Rosengräfin auf Ihrem eigenen Anwesen, und bestellen Sie den Katalog bei …«« Konrad schob die Zeitung zur Seite. »Mon Dieu, das ist ja wie eine große Werbeanzeige für dich. Hast du den Artikel bezahlt?« Er lachte.

Marie lächelte. »Natürlich nicht. Aber ich muss sagen, dieser Journalist, der vor einer Woche hier war und sich alles angeschaut hat, hat flott und tüchtig gearbeitet.« Sie streckte sich. »Er war aber auch sehr angetan von meiner Anlage. Und von mir.« Sie schmunzelte. Warum auch nicht? Sie war eine Frau von siebenunddreißig Jahren. Nicht mehr jung, aber auch noch nicht alt. Sie freute sich, als sie an ihre von der Gartenarbeit muskulösen Oberarme und Schenkel dachte, die sich unter ihrem Tageskleid verbargen. Nein, sie musste sich nicht verstecken. Als Frau nicht – und schon gar nicht als Gärtnerin. Oder als Unternehmerin. Es war alles aufgegangen, so wie sie es sich als junge Frau erträumt hatte: Sie war erfolgreich, und sie tat das, was sie liebte.

Auch, wenn sie denjenigen, den sie liebte, dafür hatte aufgeben müssen. Sie setzte sich in ihrem Korbstuhl aufrecht hin und vertrieb die Gedanken daran.

Lieselotte erschien mit einem Brief in der Hand. »Der Bote brachte dies soeben vom Bahnhof«, sagte sie und schaute ehrfürchtig auf den Umschlag.

Und da bemerkten es auch die anderen: Es war das kaiserliche Briefpapier, mit rotem Wachssiegel und Wappen.

Vorsichtig nahm Gabriela den Brief entgegen und schlitzte ihn mit dem Frühstücksmesser auf. Sie ließ ihre Augen über die Schrift gleiten. »Wir sind eingeladen.«

Marie wunderte sich darüber und köpfte ihr Frühstücksei. Als ob sie in den letzten Jahren irgendwelche gesellschaftlichen Verpflichtungen wahrgenommen hätte, außer natürlich die der Rosenfreunde. An ihre erste Rede vor dem Kongress im Hotel Kaiserhof konnte sie sich kaum noch erinnern. Es war so viel passiert in den letzten Jahren, und es war alles so schnell gegangen. Ihre Mutter war bereits vor acht Jahren gestorben. Bis zu ihrem Tod hatte sie kein Wort mehr gesprochen. An ihrem Grab hatte die Familie eine ruhige Trauerfeier abgehalten, aus dem Dorf waren nur wenige Leute gekommen, um von ihr Abschied zu nehmen. Immerhin hatte sie die letzten Jahre sehr zurückgezogen gelebt und keinen Besuch mehr empfangen. Sie hatten den Sarg in die Familiengruft bei der Kirche hinabgelassen an seinen vorbestimmten Platz neben Papa.

»Wo denn eingeladen?«, fragte sie und genoss das halbflüssige Eigelb.

Gabriela bedeutete ihr, still zu sein, so sehr war sie in den Inhalt des Briefes vertieft. Sie griff Konrads Hand und las stumm weiter.

Marie lächelte. Die beiden hatten sich gesucht und gefunden, Gabriela und Konrad. Was war das für eine Freude gewesen, als sie vor knapp einem Jahr im Mai zu Beginn der Rosenblüte geheiratet hatten. Sie erinnerte sich an Gabrielas Kleid – ein schlichtes Seidenkleid mit einer langen Schleppe – und an ihre eigenen Gefühle. Sie gönnte ihrer kleinen Schwester selbstverständlich ihr Glück. Konrad von Taschendorf war ein toller Mann, der sie sehr glücklich machte. Als Offizier war er selbstverständlich eine gute Partie. Sein Gehalt half ihnen hier bei der Erhaltung des Schlosses ungemein. Die feierliche Trauung und das anschließende Fest im Garten von Unter-Korompa waren wunderschön gewesen. Gabriela hatte den Tag sehr genossen. Trotzdem dachte Marie immer mit ein wenig Wehmut an die glücklichen Stunden ihrer Schwester. Denn sie selbst hatte sich solche Stunden versagt. Sie würde nie in einem Kleid mit langer Schleppe eine Kirchentreppe hinuntersteigen und in der Kutsche winkend durch den Ort fahren, vorbei an den klatschenden, johlenden Dorfbewohnern auf dem Weg zur ausgelassenen Feier. Und sie würde nicht – sie warf einen verstohlenen Blick auf Gabrielas Bauch –, sie würde nie Mutter sein. Natürlich hatte sie diese Entscheidung selbst getroffen, sie hätte das alles haben können. Aber zu welchem Preis?

In den Tagen nach Gabrielas Hochzeit hatte sie, um sich abzulenken, ihre ganze Energie und all ihre Gedanken in ein neues Vorhaben gesteckt: Sie wollte endlich ihr »Schweizerhaus« im Garten bauen, direkt neben ihren Rosen. So wie sie es auf der Reise mit Papa kennengelernt hatte, wollte sie ein einfaches strohgedecktes Bauernhaus errichten, in dem sie wohnen könnte – jetzt, wo Gabriela und Konrad im Schloss logierten. Natürlich wäre das Schloss groß genug für sie alle, aber Marie fand, das sei nun ein guter Anlass, um ihren Umzug in ein einfacheres Leben anzugehen. Sie entwarf das Gebäude und ließ es Stein auf Stein bauen und verputzen, schließlich das Strohdach bestücken und die Innenwände mit Brettern verkleiden. Sie stellte Bauernmöbel hinein, die sie anfertigen ließ, und einen verlässlichen Kachelofen. Dazu auch einige Antiquitäten aus dem Schloss, die sie lieb gewonnen hatte.

Lieselotte und Gabriela waren anfangs von Maries Vorhaben entsetzt gewesen, als sie sahen, wie mitten im Park die Bauernkate entstand. Aber Marie wusste, dass sie richtig entschieden hatte. Sie war nah bei ihren Rosen, spazierte wochentags am frühen Morgen nach einem einfachen Frühstück bestehend aus Haferbrei, den sie sich selbst zubereitete, ohne Lieselotte zu bemühen, aus der Tür. Lief an ihren Hühnern vorbei, die im Sand scharrten, und machte sich an die Gartenarbeit. Das alles in der Lederhose, die sie hatte anfertigen lassen, ebenfalls zum großen Entsetzen von Gabriela und Lieselotte. Aber lange Kleider im Beet, die an Stacheln hängen blieben und die Erde aufkehrten, hatte sie lange genug getragen. Damit war nun Schluss. Ihre Finger waren meist schwarz vor Erde, aber sie fühlte sich wohl. Sie hatte sich ein kleines Paradies geschaffen. Fernab der höfischen Regeln, fernab von allen Zwängen. Wenn sie daran dachte, wie ihr Leben verlaufen wäre, hätte sie Georg geheiratet, wusste sie, dass sie die richtige Entscheidung getroffen hatte. Obwohl sie ihn schrecklich vermisste. Manchmal schnürte es ihr die Luft ab, wenn sie an ihn dachte. Wie es ihm wohl ging? Er hatte bereits vor Jahren geheiratet, so viel hatte sie aus der Zeitung erfahren. Aber das hieß ja nichts, dachte sie. Wie es ihm wohl ging? War er glücklich geworden?

»Wir sind bei einer Hochzeit eingeladen!«, sagte Gabriela plötzlich in ihre Gedanken hinein. »Sophie und Franz Ferdinand – sie heiraten endlich!«

Nun legte Marie ihren Eierlöffel doch weg und richtete sich auf. Sie heirateten nun doch? Also hatte Franz sich durchgesetzt in seiner Familie, nachdem Sophie jahrelang am Hofe gemieden und nicht als ebenbürtige Gattin des Thronfolgers anerkannt worden war. Sie hatten sich nur heimlich treffen können und um die Zusage zur Hochzeit gekämpft.

Gabriela war ganz aufgeregt. »Franz verzichtet auf den Thron, da haben sie endlich zugestimmt. Er verzichtet für Sophie! Ist das nicht romantisch?«

Das war in der Tat sehr romantisch, musste Marie zugeben.

»Wir müssen hinfahren!«, rief Gabriela. »Wir müssen sie unterstützen. Die Hochzeit findet im Juli in Reichstadt statt.«

»In Reichstadt?« Das entlegene Schlösschen in Nordböhmen?

»In Wien dürfen sie wohl nicht.« Gabriela sah wütend aus. »Aber sie lassen sich nicht unterkriegen. Dann fahren wir eben nach Reichstadt.« Sie streichelte ihren Bauch. »Das schaffen wir noch, bevor ...« Konrad beugte sich lächelnd zu ihr und gab ihr einen Kuss auf die Wange.

»Ich weiß nicht«, sagte Marie. Ein höfisches Fest war so gar nicht nach ihrem Geschmack. Selbst wenn es sich um die Hochzeit ihrer Cousine handelte.

»Und ob du mitkommst! Das sind wir Sophie schuldig. Wenn wir nicht zu ihr halten, wer dann?«

Sie wusste zwar, dass ihre Schwester recht hatte, sagte aber: »Ich werde trotzdem nicht reisen.«

Gabriela knallte den Brief auf den Tisch. »Du wirst doch wohl einmal ein paar Tage deine Rosen und die Hühner Lieselotte überlassen und in einem etwas herrschaftlicheren Ambiente als deiner Hütte schlafen können.«

»Ich fahre nicht!« Marie nestelte an ihrer Stoffserviette herum.

»Nenne mir nur einen Grund!«

»Ich fahre nicht wegen Georg«, platzte es aus ihr heraus.

Gabriela schwieg.

»Er wird dort mit seiner Frau sein.« Sie warf die Serviette auf ihren Teller.

Ihre Schwester schwieg immer noch.

»Ich werde mich nicht der Situation stellen, ihm zu begegnen.« Marie schob den Teller von sich.

Gabriela beugte sich zu ihr hinüber und streichelte ihren Arm. »Nach all den Jahren? Mein armer Schatz, ich wusste nicht, dass du immer noch …«

Marie schob ihre Hand weg. »Gar nichts mache ich immer noch. Schreib einfach, dass ich mit einer langwierigen Geschichte im Bett liege und die Einladung nicht annehmen kann.«

Gabriela schüttelte den Kopf. »Das werde ich nicht. Du wirst mich begleiten und dich überwinden. Es ist vierzehn Jahre her, zum Kuckuck. Er ist verheiratet, daran ist nichts zu rütteln. Es wird keine kompromittierenden Situationen geben. Bei dieser Ausgangslage wird es dir doch möglich sein, deine Cousine angemessen zu unterstützen!«

Marie stand auf. »Ich sagte doch, ich fahre nicht!«

»Und du fährst doch!«, rief Gabriela ihr hinterher, als sie Richtung Schweizerhaus stapfte, um sich für die Gartenarbeit umzukleiden.

29

Gut Lundwitz, Mecklenburgische Schweiz
Juni 2017

Zwei Tage nach ihrem Picknick rollten Sportwagen, VW-Bullis und Oldtimer auf den Vorplatz des Gutshauses. Enno und Alex hatten kurz zuvor noch schnell den Bagger und die anderen Maschinen zur Seite gefahren. Das tiefe Schlagloch auf der Zufahrt, in dem Isabels Range Rover bei ihrer Ankunft stecken geblieben war, hatten sie professionell stopfen und teeren lassen. Alex hatte ein Catering bei einem Biohotel von der Küste bestellt, für Getränke war gesorgt.

Aus den Autos wurden erstaunlich viele Iso-Matten und Schlafsäcke geholt. Alex' Freunde schienen trotz fortgeschrittenen Alters und beruflichen Erfolgs jung im Herzen geblieben zu sein. Zahlreiche Kinder rannten innerhalb kürzester Zeit über die Baustelle und fanden es besonders lustig, die aufgeschütteten Erdhaufen zu erklimmen und hinunterzurutschen. Isabel seufzte, aber die Stimmung, das Leben, der Trubel, der hier auf einmal herrschte, gefielen ihr. So also musste man sich das Gut vorstellen, wenn es richtig bewohnt war. Voller Familien, Durchreisenden, Künstlern. So war seine Bestimmung, das fühlte sie jetzt. Und sie erkannte, dass Alex und die anderen es schon lange so verstanden hatten.

Sie machte es sich in einem der gelb-weiß gestreiften Klappliegestühle bequem, von denen Alex irgendwo einen Restposten von zwanzig Stück ergattert hatte, und schaute dem Treiben zu. Der Himmel zeigte sich fürstlich blau, vielleicht Farbstufe 18, überlegte Isabel, und nur wenige Schäfchenwolken zogen über ihren Kopf hinweg von den Baumwipfeln des Parks bis zum

Dach des Hauses, hinter dem sie schließlich verschwanden. Ein leichter, warmer Wind fuhr ihr über die nackten Beine bis zum Saum ihres Jeansrocks und unter ihre schulterfreie Boheme-Bluse, die sie glücklicherweise zwischen ihren Klamotten im Ungetüm von Gründerzeitschrank gefunden hatte. Sie schaute zufrieden auf ihre Römer-Sandaletten mit den Strasssteinchen, die in der Sonne funkelten und durch die ihre frisch lackierten Fußnägel zur Geltung kamen. Nach wochenlangem Tragen von Jeans, T-Shirt und Boots kam sie sich heute richtig fraulich vor. Sie schnupperte ihrem eigenen Parfüm nach, das sie erstmals, seit sie hier in Lundwitz war, aus der Ecke ihres Kulturbeutels gefischt hatte, und wippte mit dem Fuß im Takt des Bossanovas, der aus den Lautsprecherboxen drang.

Der Duft der ersten Bratwürste übertünchte bald ihr Parfüm, dazu gab es Hamburger und Steaks. Alex hatte auf diese Bar-becue-Klassiker bestanden. Er hatte einen großen Smoker-Grill anfahren lassen, der seine Köstlichkeiten normalerweise auf den Wochenmärkten und Kirmessen der Republik anbot. Für Alex bedeutete er allerdings bestimmt eine Erinnerung an seine Zeit in den USA.

New York, aber vor allem den kleinen New Yorker Connor zu verlassen, der ihm so sehr ans Herz gewachsen war, musste vielleicht der schwierigste Schritt in seinem Leben gewesen sein, überlegte Isabel und beobachtete Alex, wie er von Gast zu Gast wanderte. Einige der Leute hatte er offenbar jahrelang nicht gesehen und begrüßte sie überschwänglich. Aber wie Isabel durch Cora wusste: Alte Freundschaft rostete nie. Als Isabel sich nach der gemeinsamen Floristinnen-Ausbildung doch zu einem Studium entschlossen hatte und an die Uni Graz gegangen war, während Cora im Blumenladen von Frau Bauer an der Ecke arbeitete, war es beim Wiedersehen jedes Mal so gewesen, als wäre das Gespräch, das sie beim letzten Mal geführt hatten, nie abgerissen. Sie hatten zusammen gescherzt, gelacht und geweint, wie immer. Zwar hatte Cora nicht verstanden, wieso Isabel noch studieren wollte und davon träumte, Gärten und Parks zu planen. Aber sie hatte es eingesehen, als Isabel ihr von der Zeit erzählt hatte, die sie bei ihren Großeltern auf der Datscha etwas außerhalb der Stadt verbracht hatte, die die beiden nach dem Krieg ergattert hatten. Oma Grete hatte stets gesagt: »Du kannst im Leben werden, was du willst, Mädchen. Hörst du? Mach das, genieß das, und denk an die Frauen vor dir, denen das verwehrt blieb.« Oma Grete hatte zeitlebens Kleider genäht, bis die Fabrik geschlossen wurde, aber da war sie schon fast in Rente. Und sie war politisch aktiv, hatte an Versammlungen teilgenommen und an Demonstrationen, für die sie in der Datscha auf dem Sperrholztisch die Plakate gebastelt hatte, sehr zum Ärger von Opa Friedrich, der dort in Ruhe seine Zeitung lesen wollte.

Isabel konzentrierte ihre Aufmerksamkeit wieder auf Alex. Er schien das Wiedersehen mit den alten Weggenossen sehr zu genießen. Ab und an winkte er Isabel durch die Menge hindurch zu, zweimal brachte er ihr eine Weinschorle. »Heute Abend wird getanzt!«, sagte er strahlend. »Mein Kumpel Marlow baut schon die Turntables auf.«

Isabel verschluckte sich an ihrer Weinschorle. »Etwa *der* Marlow?« Von diesem DJ hatte ja sogar sie schon mal gehört.

Aber Alex war schon wieder weg, bei den nächsten Gästen, deren ungefähr fünfjährige Tochter nach einem Eis verlangte. Selbstverständlich stand auch dafür eine Kühltruhe bereit, die die Eisdiele aus der Kreisstadt extra angeliefert hatte.

Sina in ihrem Maxi-Kleid im Hippie-Look ließ sich in einen Liegestuhl neben Isabel fallen. »Schönen Platz hast du hier, alles im Blick, was?«

Isabel nickte und schob sich die Sonnenbrille zurück auf die Nase. Eine zufriedene Trägheit hatte sich in ihrem Körper ausgebreitet, sie lauschte der Musik und genoss die kalte Weinschorle. Hoffentlich kam Sina jetzt nicht ins Schwatzen.

»Alex hofiert dich aber ganz schön«, sagte Sina prompt. »Schon die zweite Weinschorle, die er dir serviert hat, wie?«

Isabel drehte verwundert den Kopf zu ihr. Sie hatte mitgezählt? »Und?«

Sina nippte an ihrem Cocktail, auf dessen Glasrand Kokosraspeln klebten und ein Stück Ananas darauf gesteckt war. »Nichts und. Ich meine ja nur.«

»Was meinst du nur?« Leider war auch die zweite Weinschorle schon wieder alle, und Isabel schaute auf den Grund ihres Glases. Irgendwie rutschten die kühlen Getränke heute besonders gut in diesem Ambiente.

»Ich meine ja nur, dass er sich sehr freundlich um dich kümmert.«

Was war ihr Problem? »Ist doch nett.«

Sina kniff den Mund zusammen und brachte ein leises »Und wie« hervor.

Isabel hatte keine Lust, weiter darauf einzugehen, und vor allem hatte sie keine Lust auf Sinas offensichtlich schlechte Laune. Sie schaute lieber zu, wie Enno mit der Eiskelle in der Hand die Gäste bediente. »Ein schönes Geburtstagsfest«, sagte sie.

Sina ging glücklicherweise auf den Themenwechsel ein. »Und in der Tat ist es sehr außergewöhnlich für Alex, so groß zu feiern. Er ist wirklich sehr stolz auf die Fortschritte hier in Lundwitz.«

»Das sieht so aus.« Isabel wippte mit dem Fuß im Takt. Irgendwie bekam sie jetzt Lust zu tanzen.

»Kann man ihm ja auch nicht verdenken«, sagte Sina.

»Wie meinst du das?«, fragte Isabel, war aber in Gedanken noch bei dem Song, der gerade gespielt wurde. »Happy« von Pharrell Williams in einer Bossanova-Version.

»Na, ist ja nun mal was Besonderes.« Sina fuhr mit dem Finger über die Kokosraspeln und leckte ihn dann ab.

»Das ist es.« Wirklich ein Fest, das Laune machte, dachte Isabel und erinnerte sich, dass sie Alex ihr Geschenk noch gar nicht gegeben hatte. Sie hatte es gestern in der antiquarischen Buchhandlung in der Kreisstadt gefunden und sofort mitgenommen. Eine schöne ledergebundene Ausgabe vom »Sommernachtstraum« für die Bibliothek. Hoffentlich würde er sich freuen.

Sina knabberte die Ananasschale ab. »Vor allem, wenn man bedenkt, dass das Anwesen ja auch so lange in …«

»Hey, die Damen!« Alex stand wieder vor ihnen und reichte ihnen je eine Eistüte. »Walnuss und Rumtraube? Geschmack getroffen?« Er gab Sina ihr Eis, ohne hinzuschauen, und blickte stattdessen Isabel fragend an.

»Sehr genehm. Herzlichen Dank!«, sagte sie, stellte ihr Weinglas auf den Rasen und ließ sich die Süße des Eises auf der Zunge zergehen. Sie schaute Alex hinterher, der zwischen den Gästen flanierte und sich sehr wohl zu fühlen schien. »Warum ist eigentlich niemand aus seiner Familie hier?«, fragte sie Sina.

Sie zog die Stirn kraus. »Sie meiden sich.«

»Warum?« Isabel erwischte ein Stück Walnuss.

Sina warf die Ananasschale in ihr leeres Glas und konzentrierte sich auf das Eis. »Sie haben zu unterschiedliche Vorstellungen vom Leben.«

»Sind sie denn gar nicht stolz auf ihn? Auf das, was er beruflich geschafft hat, meine ich? Und auf dieses Gutshausprojekt hier erst recht?«

Sina zuckte mit den Schultern und pulte eine Rosine aus dem Eis. »Zumindest zeigen sie es nicht, falls sie es sind.«

»Das heißt, sie waren noch nie in Lundwitz und haben gesehen, was er hier auf die Beine stellt?« Die Eistüte knusperte.

»Nein, dabei sollte das eigentlich …«

»Ladies! Jetzt ist Schluss mit Ausruhen.« Alex gesellte sich wieder zu ihnen und zog Isabel von ihrem Liegestuhl hoch. »Die spielen Boccia dahinten. Ich brauche dich als meinen Joker.« Er nahm sie fest an der Hand und zog sie mit sich. Sie ließ es geschehen.

»Woher willst du denn wissen, dass ich Boccia spielen kann?«

»Selbst, wenn du es nicht kannst, habe ich wenigstens einen guten Blick auf deinen Hintern in diesem Jeansrock.« Er wirkte etwas verlegen.

Sie gab ihm einen Klaps auf den Arm. Frech, der Herr Künstler. Aber sexy mit seinem Dreitagebart und dem lockeren T-Shirt, das einen Teil seiner durchaus muskulösen Brust zeigte. Und erst der Po in den Jeans! In der schlabberigen Arbeitshose, die er sonst oft trug, war ihr das nie aufgefallen. Schnell schaute sie weg. Entpuppte er sich also doch noch als Alain Delon. Der erste Eindruck ist oft der richtige, dachte sie und lächelte.

Als der Nachthimmel sich über das Gutshaus senkte und die ersten Sterne erschienen, entzündeten Alex und Enno Dutzende Fackeln, die sie über das Gelände verteilt hatten. Die Kinder wurden ermahnt, ihnen nicht zu nahe zu kommen. Marlow nahm seine Arbeit auf. Entspannter Café-Del-Mar-Sound setzte die Gäste in Bewegung. Bald tanzten alle, alleine oder zu zweit. Isabel mittendrin. Zum ersten Mal seit Jahren tanzte sie wieder. Erst etwas vorsichtig, aber bald verlor sie alle Scheu. War sie nicht mal die Dancing Queen gewesen? So hatte Marco sie zumindest damals genannt, als sie sich kennengelernt hatten in dem angesagten Club seines Freundes im 1. Bezirk. Dancing Queen, originell war er schon damals nicht gewesen, dachte sie nun und nahm noch einen Schluck von ihrem Caipirinha. Schön, dass Alex ebenfalls so alt war, dass er diese Reminiszenz an ihre Jugend zelebrierte und nicht so neumodisches Zeug wie Wein-Slushies anbot. Von Caipi konnte man bekanntlich nicht genug haben, dachte sie und bestellte noch einen bei dem jungen Barkeeper im Tom-Cruise-Gedächtnis-Hawaiihemd, der inzwischen samt Foodtruck-Bar in den Garten gerollt war. An die Bar gelehnt schaute sie dem Treiben zu, sah den Schein der Fackeln, roch die Steaks vom Grill, hörte das Lachen und Singen der Gäste und musste wieder an Alex' Frage nach den schönen Momenten im Leben denken, die man nicht vergisst. Diese Nacht würde wohl auch dazuzählen, dachte sie, als sie Alex' Stimme auf einmal dicht hinter sich hörte.

»Du amüsierst dich ja prächtig«, sagte er, fasste sie an der Taille und drehte sie um. »Ich nehme auch einen«, rief er dem Barkeeper zu und trommelte zum Takt der Musik auf der Theke.

Sie spürte noch seine Fingerkuppen, mit denen er ihre Taille oberhalb des Blusenstoffs berührt hatte. »Und du?« Ohne Nachzudenken wischte sie ihm eine Haarsträhne von der Schläfe, die beim wilden Tanzen dort kleben geblieben war.

»Ich bin beinahe glücklich«, sagte er und begann langsam vor ihr zu tanzen. Sie wollte nicht dastehen wie ein Stock und setzte sich ebenfalls in Bewegung. »Beinahe?«

»Beinahe«, nickte er und tanzte noch näher an sie heran, sie spürte seine Hüften an ihren, aber seine Hände berührten sie nicht. Sie roch den Duft seines Parfüms, ein wenig Tabak, ein wenig Mann und hörte die Eiswürfel im Shaker des Barkeepers klackern und den Café-del-Mar-Sound aus den Boxen bummern. Alex' Brust berührte ihren Busen, die Bohème-Bluse rutschte von der linken Schulter. Als Alex sie wieder hinaufschob, bemerkte Isabel, wie sie unter der Berührung zusammenzuckte. Er beugte sich zu ihrem Ohr und flüsterte: »Ich bin glücklich, weil ich einen Beruf habe, der meine Leidenschaft ist und in dem ich mich ausdrücken kann. Ich bin glücklich, weil ich den Ort gefunden habe, an dem ich bis an mein Lebensende leben und arbeiten möchte.« Er legte die Hände fest auf ihre Taille und zog sie näher an sich: »Aber ich bin nicht glücklich, weil die Frau, die ich begehre, mich als Mann zu ignorieren scheint.«

Isabel wurde rot und schob seine Hände weg, hörte dabei aber nicht auf zu tanzen. Sie spürte seinen Atem an ihrem Hals.

»Die Caipis«, rief der Barkeeper. Alex löste sich von Isabel und nahm die Gläser. »Komm!« Er führte sie in die Dunkelheit hinter die Bar und reichte ihr ihren Drink. »Tanz weiter mit mir.« Er zog sie mit einem Arm an sich und wiegte sie im Takt. Sie ließ sich drehen, wohin er wollte, spürte seinen Arm um ihren Körper, seine Hüfte an ihrer Hüfte, seine Lippen auf ihrer nackten Schulter. Sie überlegte, ob dies nicht die Zusammenarbeit verkomplizieren ... Ob sie nicht gerade erst eine Scheidung hinter sich ... Ob sie nicht erst mal die Nase voll hatte von Männern ... Was Cora sagen würde ... Aber Cora war weit weg, Alex' Körperwärme war spürbar und schmolz die warnenden Gedanken fort.

30

Österreich-Ungarn, Kaiserliche Hochzeit
Schloss Reichstadt in Nordböhmen
1. Juli 1900

Kutsche um Kutsche hielt vor der weißen Schlossfassade mit den rotbraun abgesetzten Fensterrahmen. Durch den Torbogen schritt die Hochzeitsgesellschaft in Tournürenkleidern und Uniformen mit Säbeln zur Kapelle. Es war später Vormittag, als die Türen sich öffneten und die Bänke unter dem Dach aus Blattgold und Engeln sich füllten. Franz Ferdinand und Sophie waren am Vortag mit der Eisenbahn angereist und mit Blasorchester und Parade von den Reichstädtern begrüßt worden. Franz Ferdinands Stiefmutter Maria Theresia von Braganza, deren Sommerresidenz das Schloss war, hatte zunächst zum Tee im Salon gebeten. Am Abend hatte es ein Empfangsessen im Billardsaal gegeben. Marie und Gabriela hatten Gelegenheit gehabt, mit Sophie zu plauschen, die ihrem neuen Lebensabschnitt erstaunlich gelassen und gefasst entgegensah. All die Ächtungen bei Hofe in Wien, das lange Warten, bis der Kaiser der Hochzeit endlich zugestimmt hatte, und nun seine Abwesenheit und die seines ganzen Familienzweiges bei dieser Feier, dazu die Erpressung mit Franz' Thronverzicht – Marie bewunderte Sophie und Franz für ihre Geduld und ihre große Liebe.

Die Orgel setzte ein, und Sophie schritt stolz im langen weißen Kleid den Mittelgang auf Franz zu. Gabriela schluchzte längst neben ihr, und auch Marie spürte, wie ihr die Tränen hochstiegen – als ihr Herz einen Ruck tat: Dort war Georg! Geduckt huschte er durch die Tür in die Kapelle und ließ sich auf eine der hinteren Bankreihen gleiten. Er war ein wenig kräftiger als vor vierzehn Jahren, aber eher muskulöser. Seine blonden Haare waren voll und golden wie eh und je. Aber sie erschrak, als sie sein Gesicht sah. Es wirkte unendlich müde. Seine Augen strahlten nicht mehr wie damals, sondern schienen nach innen gerichtet zu sein, wirkten fern und abwesend. Auf seiner Stirn entdeckte sie Falten und um den Mund einen harten Zug, den er früher nicht besessen hatte.

Hinter ihm rutschte eine zierliche dunkelhaarige Frau mit starken Wangenknochen und edler Stirn in die Bank. Vielleicht wegen der Verspätung wirkte sie verärgert, als sie ihr fliederfarbenes Taftkleid zurechtzog und drei Jungen in Matrosenanzügen, vielleicht vier, sechs und neun Jahre alt, zum Stillsitzen ermahnte. Maries Augen wurden feucht. Als die Frau sich in der Kapelle orientierte, traf ihr Blick kurz den von Marie. Schnell wandte sich Marie nach vorne zum Altar. Ihr Herz klopfte wie verrückt, aber nicht, weil Franz und Sophie sich nun küssten und zum Abschluss die Kaiserhymne erklang.

Beim Auszug aus der Kapelle spürte sie, dass ihre Knie beinahe wegsackten. Georg und seine Frau waren schon draußen, als sie ins Sonnenlicht trat und ihn mit den Augen suchte. Aber in der Menge der Gratulanten, die nun auf das Brautpaar zuströmten, sah sie ihn nicht. Sie schaffte es, sich bis zu einer der Marmorbänke vor der Buchsbaumhecke zu schleppen, und versuchte, ihre zitternden Beine unter Kontrolle zu bekommen.

»Ich habe dich vermisst«, hörte sie plötzlich seine melodische, tiefe Stimme hinter der Hecke. Sie musste sich gar nicht umdrehen, erschrak auch nicht. Es war, als hätte es nicht anders sein können.

»Ich will dich sehen«, sagte er, und seine Stimme klang dabei überhaupt nicht mehr müde.

Maries Knie zitterten noch mehr. Ein Paar flanierte an der Bank vorbei. Sie schwieg, bis die beiden fort waren. »Lass mich in Ruhe.« Wie konnte er es wagen, sie anzusprechen. Nach all der Zeit. Mit seiner Familie in unmittelbarer Nähe. Bestimmt würde seine Frau gleich nach ihm suchen.

»Das werde ich nicht«, sagte er bestimmt.

Sie wollte aufstehen und weggehen, aber sie wusste, ihre Beine würden sie nicht tragen. »Geh weg!«, zischte sie.

»Nein«, sagte er sehr ruhig. »Diesmal nicht.«

Diesmal nicht. Sie versuchte, ihren Atem zu beruhigen. »Deine Frau ist wunderschön.«

Er schwieg.

»Drei Söhne hast du? Welch ein Glück.« Sie spürte warme Tränen über ihre Wangen rinnen.

Er schwieg noch immer.

»Das Festessen beginnt gleich«, sagte sie, als sie sah, wie die Gäste dem Schlosseingang zustrebten, wo im Festsaal in wenigen Minuten das Hochzeitsmahl gereicht werden würde.

»Triff mich heute Abend um neun Uhr beim Teepavillon hinten im Park.«

Sie hörte, wie seine Schritte sich über den Schotter des Weges jenseits der Buchsbaumhecke entfernten.

Als beinahe alle Gäste Richtung Festsaal verschwunden waren, zwang sie sich aufzustehen und ihnen zu folgen. In der Nähe der Braut nahm sie Platz. Fast konnte sie das goldene Besteck nicht zum Mund führen, so sehr zitterte sie. Sie bemühte sich, nicht zum Ende der Tafel zu schauen, wo Georg mit seiner Frau saß und angeregte Gespräche mit seinen Sitznachbarn führte.

»Verehrte Gräfin Chotek«, wurde sie auf einmal von der Seite angesprochen. Sie hatte ihren eigenen Sitznachbarn bisher noch keines Blickes gewürdigt, selbst als er ihr beim Platznehmen den Stuhl zurechtgerückt hatte. »Ich bewundere Sie für Ihre außerordentliche Rosenarbeit.« Es war ein untersetzter dunkelhaariger Mann in einer Galauniform, deren Bauchpartie spannte. Sie schielte auf das Platzschildchen vor seinem Teller: *Bela Graf von Dvosaki.*

»Vielen Dank für Ihre lobenden Wort, Graf Dvosaki«, sagte sie und warf einen Blick an das Ende des Tisches zu Georg. Er ließ sich gerade einen Nachschlag auf den Teller häufen. Den Appetit hatte ihm ihr Zusammentreffen also nicht geraubt.

»Ich stamme aus Ungarn«, sprach Graf Dvosaki weiter, »und bin selbst ein großer Rosenliebhaber. Allerdings ohne bedeutende Rosensammlung. Wir haben uns bereits einmal bei einem Rosenkongress in Salzburg getroffen. Vor zwei Jahren war das.«

Marie konnte sich nicht daran erinnern, sagte aber, dass es wirklich reizend sei, dass ihre liebe Cousine Sophie sie deshalb nebeneinander platziert habe.

Dvosaki nickte und fuhr leise, fast verschwörerisch fort: »Und falls es Sie interessiert, habe ich eine wichtige Information, was die Geschwind-Rosen betrifft.« Er nickte eifrig und führte die Gabel mit einem Stück Kartoffel zum Mund.

Nun war Marie doch ganz bei ihm. Wer verehrte ihn nicht, den legendären ungarischen Züchter Rudolf Geschwind, der die sensationelle *Nordland*-Rose kreiert hatte, die allen mitteleuropäischen Frösten trotzte und sogar gegen starken Regen beinahe unempfindlich war. Sie sah ihn gespannt an.

Er beugte sich noch näher zu ihr, die Spitze seines Kaiser-Wilhelm-Barts berührte ihre Wange: »Er ist beinahe mein Nachbar, und so ist mir zu Ohren gekommen, dass Rudolf Geschwind einen Erben sucht. Er kann seine Zucht nicht viel länger führen, schließlich ist er bereits über siebzig Jahre alt. Seine Kinder sind in andere Geschäftsbereiche gestrebt. Er braucht jemanden, der seine Rosensammlung übernimmt.«

Marie saß nun kerzengerade. Die Gedanken rasten in ihrem Kopf. Geschwind wollte seine Sammlung abtreten? Und noch nicht viele Menschen wussten davon? Was würde sie kosten? Würde er sie an eine Frau abgeben? Sie waren sich erst einmal kurz auf einem Rosenkongress in Wiesbaden begegnet. Damals hatte er ihr die Hand gegeben und sich dann sofort wieder anderen Gesprächspartnern zugewandt. Aber wenn sie zu ihm reiste? Schließlich würden seine Rosen dann sogar in Österreich-Ungarn bleiben. Das könnte ein Argument sein. Vielleicht waren aber inzwischen ihr guter Ruf und ihre Züchtungserfolge ebenfalls Argumente? Sie rutschte auf ihrem seidenbezogenen Stuhl herum. Wann konnte sie hinfahren? Erst mal musste sie diese Hochzeit hinter sich bringen. Und hatte sie heute nicht schon genug Aufregung erlebt?

Sie schaute wieder zu Georg hinüber, der seiner Frau etwas ins Ohr flüsterte.

Ihr klopfte das Herz. Selbstverständlich würde sie ihn am Abend nicht treffen.

Sie fand ein paar abschließende Worte, um Graf Dvosaki für die Geschwind-Information zu danken, und musste ihm dafür einen Tanz bei der Abendfeier versprechen. Dann versank sie in ihre Gedanken, die ständig zwischen den Geschwind-Rosen und Georg hin und her sprangen. Sie zwang sich, das Essen ohne Hast zu beenden, und stürmte, sobald es ging, aus dem Saal, um in der Einsamkeit ihres Zimmers weiter nachzudenken.

Unter dem mit hunderten Wachskerzen bestückten Kronleuchter im Prunksaal drehten sich am Abend die Paare auf dem Parkett zum Wiener Walzer. Sophie und Franz hatten den Tanz soeben eröffnet. Die Wogen der langen Kleider streiften die Schuhe der umstehenden Gäste, die aus Sektflöten tranken oder Kanapees aßen, die livrierte Bedienstete reichten. Gabriela tanzte in ihrem wunderschönen roséfarbenen Kleid samt gewagtem Ausschnitt mit Konrad an Marie vorbei, sie winkte ihnen – und nutzte die Gelegenheit, sich aus dem Saal zu stehlen.

Auf den Parkwegen flanierten Paare. Die Musik, das Lachen, die Stimmen und der Kerzenschein drangen durch die geöffneten Fenster des Schlosses hinaus in die Nachtluft. Sie würde nur ein wenig Luft schnappen, hatte Marie sich selbst angelogen. Nur ein wenig Luft schnappen. Die Beine vertreten.

Aber schon sah sie den Teepavillon. Im Stil der China-Mode, spärlich erleuchtet von einigen Fackeln, die den Weg säumten, versteckte er sich im hintersten Winkel des Parks. Niemand war in der Nähe zu sehen. Die Flaneure blieben wohl im vorderen Teil des Gartens, um nur kurz zwischen den Tänzen zu verschnaufen und bald im Saal weiterzufeiern. Marie schaute zum Mond hinauf, der in wenigen Nächten ein Vollmond sein würde. Sie erinnerte sich, wie sie damals bei ihrer Geburtstagsfeier mit Georg unter eben diesem Mond spazieren gegangen war, zu Hause in Unter-Korompa. Wie oft hatte sie diese Nacht rekapituliert, wie oft ihren Gesprächen noch einmal nachgelauscht, seine Muskeln unter seinem Hemd gespürt, sein Lächeln gesehen, zu seinem Witz gelacht und seinen Duft eingeatmet. Und wie oft hatte sie sich gefragt, ob sie damals in Wien nicht doch die falsche Entscheidung getroffen hatte, als sie die Verlobung ...

Plötzlich wurde sie am Arm gepackt und in den Mondschatten des Teepavillons gezogen. Sie erkannte seinen Geruch sofort, sie sah seine Augen voller Begehren und Trauer. Schon spürte sie seine Lippen an ihrem Hals, ihren Wangen, schließlich auf ihrem Mund, ganz sanft und selbstverständlich. Sie fühlte die Wärme, als sein Körper sich an sie presste, seine Oberschenkel, seine Lenden, seine Brust, die kalte Wand des Pavillons im Rücken.

»Vierzehn Jahre habe ich mich nach dir verzehrt. Seit du damals fortgegangen bist und mir das Herz gebrochen hast.« Er zog an ihrem Kleid, um die Schulter zu entblößen, küsste ihre Haut, aber mehr gab der steife Stoff nicht frei. Eine Stimme in ihrem Inneren ermahnte sie, sich zur Wehr zu setzen, die Etikette nicht zu vergessen, keine Dummheit zu begehen. Aber diese Stimme verstummte unter seinem Atem, seinen Händen. Es war, wie er gesagt hatte: vierzehn Jahre. Genauso lange hatte sie sich nach ihm gesehnt. Nach seinen Küssen, seinem Verlangen, seiner Liebe. Sie erwiderte seine Zärtlichkeiten, fuhr durch seine Haare und unter sein Hemd, presste sich an ihn und verfluchte den vielen Stoff und das dumme Korsett. Auch wenn sie wusste, dass er ein Kavalier war und sie hier nicht entkleiden würde, wünschte sie sich in diesem Moment nichts sehnlicher.

»Weißt du, dass ich in diesen vergangenen Jahren zerbrochen bin? Zerbrochen an der Tatsache, dass ich dich nicht sehen, berühren, sprechen konnte«, flüsterte er und umschloss sie fest mit seinen Armen. »Bitte verlasse mich nie mehr. Nie mehr.« Er umarmte sie so fest, dass ihr fast die Luft wegblieb. »Bleib diesmal bei mir. Ich muss dich wiedersehen! Immer wieder.« Er schmiegte sich fest an sie. »Bis dass der Tod uns scheidet.« Seine Stimme kippte.

31

Gut Lundwitz, Mecklenburgische Schweiz
Juni 2017

Als die Morgensonne auf Isabels Gesicht fiel und sie langsam die Augen öffnete, ahnte sie Schlimmes. Sie fühlte einen Bizeps unter ihrem Nacken und nahm einen äußerst männlichen Duft wahr. Seine Hand mit dem Freundschaftsbändchen ruhte auf ihrem Arm. Sie lag in Alex' Himmelbett, kein Zweifel. Er schnarchte gleichmäßig neben ihr. Mit nacktem Oberkörper und den Unterleib verhüllt von einem indischen Batik-Bettüberwurf mit kleinen Spiegelchen. Himmel!

Sie blieb stocksteif liegen. Wenn er bloß nicht aufwachte, bevor sie einen Plan gefasst hatte, was nun zu tun war. Denn das alles hier war aus dem Ruder gelaufen. Sie wandte ihren Blick nach links und entdeckte eine große Staffelei, auf der eine Leinwand stand. Auf einem Metalltischchen daneben erkannte sie allerlei Ölfarbtuben und Pinsel. Sie betrachtete die Leinwand, die türkisfarben grundiert war und zur Hälfte bereits ein Motiv zeigte. In einem Stil, der sie an Salvador Dalí erinnerte, war dort eine herabtropfende Rose zu erkennen, die in ein Gesicht überzugehen schien. Noch zeigte es nur einen Wangenknochen, die Augen und Haare fehlten. Schon jetzt zog das Bild den Betrachter in seinen Bann, obwohl es nicht annähernd fertig war. Er war wirklich ein begabter Künstler. Offenbar sogar ein internationaler Star der Szene. Aber eines wusste sie trotzdem: Es war nicht gut, jetzt hier in seinem Bett zu liegen. Nicht gut.

Sie robbte vorsichtig zum Bettrand und suchte nach ihren Sachen. Wie hatte die letzte Nacht nur diesen Verlauf nehmen können? Nun ja, sie kannte die Antwort. Sie würde es auf die Caipis schieben, nahm sie sich vor. Darauf und auf das Café-del-Mar-Gedudel. Auf die Caipis und die laue Sommerluft. Wie hatte sie nur so die Kontrolle verlieren können? Sie blickte auf den schlafenden Alex. Schön sah er aus mit seinen verstrubbelten Haaren, dem zufriedenen Gesichtsausdruck, den Bartstoppeln und dem Anflug eines Lächelns auf den Lippen.

Stopp, Isabel!, schalt sie sich. Wie um alles in der Welt sollte das je funktionieren? Sie würde nach Fertigstellen des Rosengartens und des Parks fortgehen von diesem Ort, den er zu seinem Lebensmittelpunkt erklärt hatte mitten in der norddeutschen Provinz. Sie würde irgendwo auf diesem Planeten ihr eigenes Büro aufbauen, das war ihr klar geworden. Die Arbeit am Park machte ihr so viel Spaß, dass sie wusste: Das wollte sie bis zum Ende ihres Arbeitslebens tun. Historische Parks wachküssen, die über ein Jahrhundert in einen Tiefschlaf gesunken waren. Parks wachküssen. Nicht Bauherren.

Sie schaute zu Alex und bemühte sich, leise zu sein, damit er nicht aufwachte. Draußen vor dem Fenster hörte sie nach und nach die VW Bullis starten. Die Familien mit Kindern waren trotz der Party früh aufgestanden und machten sich bereits auf den Weg nach Hause. Es war Sonntag, aber auch Isabel wollte heute nicht den Tag verschlafen, sondern ackern – im wahrsten Sinne des Wortes: Erde aufbringen. Denn sie hatten keine Zeit zu verlieren. Ab morgen sollten die ersten Rosen eintreffen, die sie bestellt hatte. Die mussten so schnell wie möglich gepflanzt werden. Und morgen früh war dann schon der Termin mit der Frau vom Denkmalschutz. Sogar Gerd hatte sie deshalb für heute gebucht. Der war nicht böse darüber, hatte er gesagt, denn seine Hilde war an diesem Wochenende bei ihrer Schwester in Greifswald.

Isabel schaute noch einmal auf den schlafenden Alex. Ein kurzer Traum in einer warmen Sommernacht. Ein Sommernachtstraum. Aber nun musste sie wieder in die Realität zurück. Und die sah keine Romanze in der mecklenburgischen Provinz mit einem Künstler vor. Mit solchen Männern handelte man sich nur Kummer ein. Selbst Marco war eigentlich zu schön gewesen, um wahr zu sein. Und das Ergebnis hatte sie nach zwölf Jahren Ehe erfahren müssen: ein gebrochenes Herz. Darauf konnte sie in der Zukunft getrost verzichten, dachte sie und schlich so leise wie möglich über das knarrende Parkett zur Tür. Sollte er schlafen, der schöne Alex. Sie wäre bei der Arbeit, wenn er aufwachte.

Gerade hatte sie die Klinke in die Hand genommen, um sie leise hinunterzudrücken, da hörte sie, wie er sich im Bett aufsetzte. »Wo willst du hin?«

Mist. Sie drehte sich um. »In den Garten.«

Er klopfte auf den Bettüberwurf, die kleinen Spiegelchen warfen Lichtfunken an die Stuckdecke. »Bleib.«

Sie schüttelte den Kopf. »Gerd ist bereits im Einsatz. Ich muss.«

Alex' Augen verdunkelten sich. »Du musst? Warum?«

»Sagte ich doch: Gerd ist bereits …«

»Nein.« Er sah sie ernst an. »Ich meine: Warum wirklich?«

»Weil der Garten …«

»Hör auf mit dem Quatsch! Was ist es, was dich stört? Wie kannst du nach einer solch schönen Nacht einfach aufstehen und verschwinden?«

Isabel zögerte. Aber dann brach es aus ihr heraus. »Weil ich gerade erst geschieden bin. Weil wir beide eine professionelle Beziehung haben sollten. Weil ich fast vierzig Jahre alt bin und keine Zeit und Lust habe, mich auf ein Verhältnis wie dieses einzulassen.«

»Wie dieses?«

»Wie dieses, das sowieso in ein paar Wochen beendet ist. Dann nämlich, wenn ich mit dem Rosengarten und dem Park fertig bin und weiterziehe. Und du dich bei einer deiner nächsten Vernissagen in einen deiner weiblichen Groupies verliebt haben wirst.«

Er schaute sie an, als habe sie den Verstand verloren. »Groupies. Wenn du der Meinung bist, ich habe Groupies, an denen ich auch noch interessiert wäre, dann musst du wohl gehen.«

Ihr Herz klopfte. »Ja, das muss ich.« Sie warf die Tür hinter sich zu und lehnte sich dagegen. Was hatte sie getan? Hatte sie ihm wirklich an den Kopf geworfen, dass er ein Groupie-Verschlinger sei? Oh Mann! Sie hieb mit der Faust auf ihren Oberschenkel, dass es weh tat. Dann rannte sie den langen Gang entlang. Bloß weg.

Sie schlüpfte schnell in die Gartenklamotten. Die Arbeit würde helfen.

Groupies, gingen ihr ihre Worte durch den Kopf, als sie die Treppe hinunterging. Groupies, Groupies. Dann vibrierte ihr Smartphone in der Tasche, und sie blieb stehen.

»Ja?«

»Hier ist Kerstin!«, schallte ihr die fröhliche Stimme ihrer besten Mitarbeiterin vom *Garten Kunterbunt* ins Ohr. Im Hintergrund hörte sie Stimmen, Kinderlachen und ein Flugzeug, das offenbar gerade über das Hochhaus flog.

»Hey!«, rief sie und versuchte, sich auf den Anruf zu konzentrieren, obwohl ihre Gedanken noch immer bei Alex waren. »Wie läuft's?« Sie erinnerte sich, dass heute ein besonderer Tag war im *Garten Kunterbunt*. Immer am zweiten Sonntag im Monat fand dort ihr Rooftop-Brunch statt mit allen Kindern. Und allen Eltern. Zumindest mit denen, die es aus dem Bett und weg vom Fernseher schafften.

»Wir grüßen dich vom Brunch! Die Kinder haben mich gefragt, was du machst und warum du heute nicht dabei bist«, rief Kerstin, und dann lauter: »Kommt her, sie ist dran!« Isabel hörte Rufe, Gekicher und Getrappel. »Und dann wollten sie gerne wenigstens was für dich singen, wenn du schon nicht hier bist. Wir haben etwas einstudiert.«

Isabel traten Tränen in die Augen.

»Mein kleiner grüner Kaktus steht draußen am Balkon«, brüllten ungefähr zwanzig Kinderstimmen. »Holleri, Holleri, Hollero. Was brauch ich rote Rosen, was brauch ich roten Mohn …«

Die Tränen liefen Isabel die Wangen herunter.

»Und wenn ein Bösewicht was Ungezognes spricht, dann hol ich meinen Kaktus und der sticht, sticht, sticht«, grölten alle. Isabel schluchzte. Was machte sie hier im Norden? Warum tat sie sich das an? Und jetzt noch diese komplizierte Lage mit Alex.

Sie riss sich zusammen und bedankte sich lautstark bei den Kindern, damit sie sie auch alle über den Lautsprecher hören konnten. »Halt die Ohren steif dort oben, hörst du«, rief Kerstin zum Schluss. »Wir kommen hier auch ohne dich gut klar. Mach's gut!«

Sie kamen auch ohne sie gut klar. Isabel setzte sich auf die Treppenstufe, vergrub ihr Gesicht in den Ärmeln ihrer Boheme-Bluse, die nach Grillrauch roch, und weinte und weinte.

32

Österreich-Ungarn, Stadt Karpfen
Juli 1900

Die Begegnung mit Georg noch in den Knochen, war Marie, sobald sie wieder zu Hause war, in Korrespondenz mit Rudolf Geschwind getreten. Sofort hatte der alte Mann sie herzlich zu sich nach Karpfen in Böhmen eingeladen, nur ein paar Stunden entfernt von Unter-Korompa.

Karpfen war eine Stadt mit schöner Barockkirche und einem belebten Marktplatz. Aber sie hatte sich nicht die Zeit genommen, sich umzuschauen, sondern war sofort zu Geschwind gegangen. Schließlich hatte sie eine Mission. Sie musste die wertvolle Rosensammlung des alten Mannes für die Nachwelt retten. Was hatte er nicht alles an wunderbaren Sorten geschaffen. Es wäre unerträglich, wenn sie verloren gingen, dachte sie, als ihr langes Kleid auf der Straße über den Sand schleifte, was sie kein bisschen kümmerte. Schließlich würde sie gleich eine der bedeutendsten Rosensammlungen der Welt sehen – und den Mann kennenlernen, der die schönsten Rosen der Zeit schuf. Anders als auf den Kongressen, wo er immerzu abgeschirmt und umschwärmt wie ein Vertreter des Königshauses im Séparée platziert wurde.

»Kommen Sie mit«, sagte der alte Mann mit dem bauschigen weißen Bart und Arbeitskleidung aus Leinen sofort, als er ihr die Hand gegeben hatte. Er machte keine Anstalten, sie in sein kleines schmuckes Haus zu führen, sondern schritt gleich in den Garten. »Ich zeige Ihnen, woran ich arbeite.«

Marie ließ ihre Tasche im Gras stehen und folgte ihm zu einem Arbeitstisch, der zwischen sehr vielen Rosen aufgebaut war.

Darauf stand ein Topf mit einer Rose, die noch sehr klein war und eine rosarote Blüte aufwies.

Geschwind beugte sich verschwörerisch zu Marie, obwohl sie alleine im Garten waren. Nur die Vögel zwitscherten um sie herum, die Wolken bildeten heute viele kleine Schäfchen. Eine Grille zirpte weiter hinten an der Steinmauer, die das Grundstück begrenzte. Die Tür zu dem großen Gewächshaus daneben, in dem sie zahlreiche Arbeitstische und Pflanzenkübel wahrnahm, stand offen.

»Das ist meine Schönste!«, sagte Geschwind und fuhr zärtlich über die Blüte.

»Ihre neueste Kreation?« Marie betrachtete die Rose von allen Seiten. »Eine Kletterrose?«

Er nickte. »Sie ist sehr robust, und ich weiß, dass sie an vielen Hauswänden und Kletterbögen ranken wird.« Er drehte den Topf und nickte zufrieden. »Sie ist meine schönste Rose, und so habe ich sie auch genannt.«

Marie beugte sich über die in Dolden hängenden Blüten, um den sanften Duft einzuatmen.

»*Geschwinds Schönste*«, sagte er zärtlich.

Marie zog eine Blüte zu sich heran. Dicht gefüllt und leuchtend rosarot war sie wirklich besonders gelungen. Er war ein begnadeter Rosenzüchter, ohne Zweifel. Er musste in seinem Leben um die hundertdreißig Sorten geschaffen haben. Am berühmtesten war natürlich seine *Geschwinds Nordlandrose*. Sie war so wetterfest, dass Marie immer wieder staunte. Sie selbst hatte sie auch in ihrem Garten in Unter-Korompa gepflanzt und freute sich jedes Jahr über die üppigen rosafarbenen Blüten und ihr tolles Kletterverhalten. Man konnte sie tatsächlich irgendwo einsetzen, sei es an einem Bogen, einer Wand oder einfach nur einem Baum. Sie eroberte sich ihren Platz und glänzte in ihrer Schönheit. Und ließ sich selbst vom härtesten Winter nicht ärgern.

Sie wandte ihren Blick nun von der Rose ab auf ihren Schöpfer. Er trug einen weißen Bart, wirkte aber nicht so krank, wie Graf Dvosaki bei der Hochzeit gesagt hatte. Im Gegenteil. Seine Augen leuchteten, er sprühte voll Energie.

»Aber jetzt kommen Sie, meine Liebe«, sagte Geschwind und nahm sie am Arm. »Ich erweise mich nun als guter Gastgeber, bitte Sie in mein Haus und biete Ihnen endlich etwas zu trinken an.«

Marie war enttäuscht. »Könnten wir nicht lieber durch Ihren Garten flanieren? Ich verdurste schon nicht.« Sie blickte neugierig auf die vielen Rosen, die ihnen ihre Blüten entgegenstreckten. Ein Meer von Farben und Düften umwogte sie. Und er wollte ins Haus gehen?

Geschwind lachte. »Sie sind wie ich. Erst, wenn wir dehydriert sind, trennen wir uns von unseren Lieblingen, nicht wahr? Geht es Ihnen auch bisweilen so?«

Marie nickte. Sie brauchte es ihm nicht zu erzählen, aber erst neulich an diesen ersten warmen Tagen im Juni, als sie acht Stunden unentwegt an ihren Rosen gearbeitet hatte, war sie mitten im Beet zusammengebrochen. Lieselotte hatte sie gefunden, als sie Schnittlauch für das Abendessen ernten wollte. Was hatte das für eine Strafpredigt von Gabriela gegeben! Und sogar von Lieselotte, die nicht hatte an sich halten können vor Sorge.

»In Ordnung«, sagte Geschwind. »Ich zeige Ihnen noch etwas. Aber dann dürfen wir nicht das Geschäftliche vergessen, weswegen Sie hier sind.«

Sie nickte. Momentan fühlte sie sich wie zu Gast bei einem Freund, bei einem Seelenverwandten gar. Sie würde einiges darum geben, das Erbe dieses Mannes übernehmen und verwalten zu dürfen!

Er zeigte ihr noch einige seiner Kreationen, von denen sie manche selbst zu Hause besaß: die rosafarbene *Loreley*, den

Erlkönig, den samtig-dunkelroten blühenden *Gruß an Teplitz*, das *Souvenir de Brod* und das lilafarbene *Himmelsauge*.

»Und nun zum eigentlichen Anlass Ihres so angenehmen Besuches. Ich freue mich wirklich, dass Sie sich hier zu mir auf den Weg gemacht haben. Ihr Rosarium muss ganz großartig geworden sein, wie ich höre. Leider habe ich es nie bis zu Ihnen geschafft.«

»Dann sollten Sie mich bald einmal besuchen«, sagte Marie eifrig.

Da legte sich ein Schatten über die Augen des alten Mannes. »Ich werde keine Reisen mehr unternehmen können«, sagte er. »Das ist leider vorbei. Auch, wenn man es nicht sieht, ich bin ein kranker Mann. Nur der Herrgott weiß, wie lange es noch weitergeht.«

Marie schaute zu der *Nordlandrose,* die sich an der Hauswand emporrankte.

Er drehte sich brüsk zu ihr. »Ich freue mich sehr, dass Sie mein Erbe antreten wollen, jetzt, wo ich Sie ein wenig kennengelernt habe. Meine Anwälte werden eine entsprechende Vereinbarung aufsetzen.«

Marie sah ihn zögernd von der Seite an. »Das ist alles?«

»Das ist alles. Mir ist wichtig, dass meine Rosen in die besten Hände kommen, auf die ich mich verlassen kann. Das kann ich bei Ihnen, das spüre ich.« Er hustete auf einmal. Es war ein tiefer, schleimiger, todkranker Husten. »Und jetzt gehen Sie! Ehe ich es mir anders überlege.«

Marie stolperte zum Gartentor und rannte den Weg zur Bahn fast. Als der Zug wenige Minuten später Karpfen in einer dichten Rauchwolke verließ, kam es ihr vor, als hätte sie geträumt.

33

Gut Lundwitz, Mecklenburgische Schweiz
Juni 2017

Am nächsten Morgen um acht Uhr dreißig stand Isabel im Garten an der Freifläche und war bereit. Nach ihrem Zusammenbruch auf der Treppe hatte sie einen langen Spaziergang durch den Wald an dem alten Ginkgo und der japanischen Lärche vorbei bis zum Weiher gemacht. Sie hatte sehr mit sich gerungen, aber sie war geblieben. Schließlich tat sie hier etwas Wichtiges: Sie rettete ihren beruflichen Arsch! Wozu bitte schön hatte sie das Studium aufgenommen, es durchgezogen, war Beste ihres Jahrgangs geworden? Und das, obwohl sie nebenbei in dieser Kneipe in der Grazer Innenstadt hatte arbeiten müssen, in der die Bierlachen noch die schönsten Lachen waren, die es nach einer Schicht um drei Uhr in der Früh wegzuwischen galt. Und nie würde sie das Gesicht ihrer Mutter vergessen, als sie das Abschlussdiplom in den Händen gehalten und mit dem Finger über das eingestanzte Universitätswappen gefahren war. Sie würde bleiben. Sie hatte schon andere Härten durchgestanden in ihrem Leben als einen eingeschnappten Boss, Heimweh und ein aufrührerisches Herz.

Gerade hatte sie es mit Gerd geschafft, den Biertisch von der Terrasse zu schleppen, um ihre Zeichnungen darauf präsentieren zu können, als Alex schon mit Frau Seltmann vom Denkmalschutz um die Gutshausecke bog. Frau Seltmann trug eine Jeans, eine Jack-Wolfskin-Jacke und Turnschuhe. Aber ihr Gesichtsausdruck und der strenge Kurzhaarschnitt verrieten, dass es kein lockerer Termin werden würde.

Alex stellte die Frauen einander vor, wobei er Isabel nicht in die Augen schaute. Seine Körperhaltung und seine Mimik sagten: Ich bin beleidigt, lasst mich gefälligst alle in Ruhe.

Keine gute Ausgangslage für den Termin, dachte Isabel. Schließlich konnte ein wenig männlicher Charme zur Unterstützung ihrer Pläne nicht schaden.

Frau Seltmann beging mit ihr die Freifläche und ein Stück des Waldes, bevor sie sich gemeinsam über die Pläne beugten. Isabel hatte genug ähnliche Gespräche mit Bauherren geführt. Sie wusste, wie sie ihre Ideen gut verkaufen konnte. Sie sprach vom Einteilen des Gartens in Räume und zeigte die Stelle der Freifläche hinten bei den Bäumen, an der sie innerhalb eines Staudenrondells eine Sitzecke vorgesehen hatte als moderne Ergänzung zu den historischen Strukturen. Sie zeigte, wie sie durch die Auswahl der Stauden in Höhe und Farbe die Blicke leiten und Wege schaffen wollte.

Frau Seltmann ging bei diesen Vorschlägen mit und erklärte, sie sei eine Freundin intelligenter Weiterentwicklungen alter Motive, solange sie die Intention des ursprünglichen Gartens nicht zerstörten. Sie schaute auf die Pläne und immer wieder auf die Armbanduhr. Isabel war irritiert, aber als sie schließlich vom Rosengarten zu berichten begann, dem Kernstück der ganzen Anlage, änderte sich Frau Seltmanns Körperhaltung. Nun wirkte sie gespannt. Denn hier dürfe der historisch einwandfreie Charakter auf keinen Fall verwässert werden, sagte sie. Hier gehe es nicht mehr um Funktionalität, Praktikabilität und Schönheit. Hier gehe es um Authentizität und Originaltreue. Nur dafür könne man die Gesamtförderung genehmigen.

Isabel begann zu schwitzen. Sie schaute zu Alex hinüber, der mit den Händen in den Hosentaschen dabeistand und immer noch eine Miene an den Tag legte, als wäre dies der nervigste Termin seines Lebens.

Zum Glück schien Frau Seltmann das nicht zu bemerken. Sie zeigte sich begeistert über die Rechercheleistung und Isabels

Einsatz. Mehrmals betonte sie, wie sehr es sie beeindrucke, dass Isabel, nachdem sie das Rosarium der Rosengräfin als das Vorbild für den Garten identifiziert hatte, tatsächlich an den Originalplatz in die Slowakei gereist war. Sie studierte die Kopien der Pläne aus Dolná Krupá genau. Ebenso Isabels sorgfältig ausgearbeitete Pläne für Lundwitz. Und hatte dennoch einige Nachfragen.

Wisse man denn, ob es wirklich Marmor gewesen sei, aus dem die Trittplatten in den Beeten bestanden? Und wenn ja, woher stamme dieser Marmor und ob es diesen Steinbruch noch gebe?

Alex rollte mit den Augen und wippte auf den Zehenspitzen vor und zurück.

Aus was hatten die Wege bestanden?, fuhr Frau Seltmann fort. Kies? Muscheln? Schotter? Scheue man auch keine Mühen, um die originale Anordnung der Rosen zu garantieren? Auch wenn Alte Rosen ihren Preis hätten? Das sei eine der Kernvoraussetzungen, auf die es schließlich ankäme, um überhaupt Förderung zu erhalten.

Isabel beeilte sich zu versichern, alle Rosensorten, die noch im Handel seien, hätte sie originalgetreu besetzt. Für einige wenige, die es nicht mehr gab, habe sie ebenbürtigen Ersatz gefunden.

Frau Seltmann nickte zufrieden, hatte aber noch eine Frage: »Was ist mit dem Bewässerungssystem?«

Als sie hörte, was Isabel geplant hatte, runzelte sie die Stirn. Ein hochmodernes Bewässerungssystem, sichtbar installiert? Das sei in der Tat ein Problem.

Und das war der Moment, an dem Alex die Beherrschung verlor: »Wir dürfen keine Schläuche verlegen?« Er schaute sie an, als ob sie nicht ganz bei Trost wäre.

»Das würde eine erhebliche Abweichung von der historischen Gegebenheit darstellen.« Frau Seltmann nickte.

Alex' Stimme wurde sehr laut. »Meinen Sie denn, in Sanssouci oder Schwerin gibt es auch keine Schläuche?« Isabel fasste ihn am Arm, um ihn zu beruhigen, aber er schüttelte sie ab. »Finden Sie, wir sollten abends mit der Gießkanne herumgehen und die fünftausend Pflanzen wässern, die hier einmal wachsen werden?«

»Es gibt ja noch andere Möglichkeiten ...«, versuchte sich Isabel Gehör zu verschaffen, aber sie hatte keine Chance.

»Andere Denkmalschutzbeauftragte mögen so etwas vielleicht durchgehen lassen«, sagte Frau Seltmann ziemlich laut. »Ich nicht. Wie Sie das lösen, ist mir egal. Aber überirdische Schläuche verlegen kommt nicht in Frage.«

»Und unterirdische sind doppelt so teuer«, knurrte Alex.

Frau Seltmann zuckte nur die Schultern.

Alex' Stimme wurde schneidend. »Sind Sie nicht der Meinung, dass Sie den Menschen, die in der Region etwas aufbauen wollen und im Übrigen einige Arbeitsplätze schaffen und Feriengäste anziehen werden, die außerdem Geld in der Gemeinde lassen – sind Sie nicht der Meinung, dass man die ein wenig unterstützen sollte, anstatt ihnen Stöcke zwischen die Beine zu werfen?«

Frau Seltmanns Mund wurde schmal. »Das sind nun wirklich keine großen Stöcke. Im Übrigen können Sie froh sein, dass Sie diese Information in diesem frühen Stadium Ihrer Neupflanzungen erhalten, nicht wahr?« Sie machte eine weite Bewegung mit den Armen über den Garten. »Wir Pfleger tun nun einmal unser Bestes für die alten Bestände – und ebenso für die neuen Bauherren und Investoren, glauben Sie mir. Zum Beispiel mit dem Geld aus dem schönen EU-Topf, für das Sie sich beworben haben. Und das ich Ihnen gerne zusprechen wollte. Wenn Sie allerdings wenig kooperativ sind und die Ernsthaftigkeit nicht achten, die der Konservierung eines historischen Erbes gebührt, dann kann ich Ihnen wenig Hoffnung machen, dass ...«

»Frau Seltmann«, sprang Isabel dazwischen und schob Alex beiseite. »Es gibt in der Planung noch ein besonders charmantes Detail des Gartens, das ich Ihnen gerne vorstellen wollte.« Damit zog sie die Frau mit sich und wedelte Alex hinter dem Rücken zu, dass er verschwinden möge.

»Und?« Alex stocherte in einem Feldsalat mit Radieschen und Tomaten, als Isabel in die Küche kam, nachdem sie Frau Seltmann zu ihrem Wagen geleitet hatte.

»Sie hat den Fertigstellungstermin vorgezogen.«

Alex warf die Gabel weg. »Sie hat uns ein Ultimatum gesetzt?«

Isabel seufzte. »So kann man es wohl auch nennen.«

Alex schaute sie fragend an.

»Ende September. Bis dahin soll alles angelegt sein. Inklusive unterirdischem Schlauchsystem. Sonst gibt es keinen Cent.«

»Ist sie übergeschnappt? Wie sollen wir das denn schaffen?«

»Dein kleiner Ausbruch war nicht besonders hilfreich.«

Er sprang auf. »Verschone mich. Mach deine Arbeit, werde fertig mit dem Garten, und dann …« Er verließ die Küche.

Ausgesprochen hatte er es nicht. Aber sie wusste, was er hatte sagen wollen. Und nur, weil sie den Garten inzwischen so liebte, weil sie Hochachtung für die Lebensleistung der Rosengräfin verspürte und ihr ein Denkmal setzen wollte – und natürlich, weil sie diese Referenz so dringend brauchte, um ihr eigenes neues Büro aufzubauen –, blieb sie.

Sie würde den Garten vollenden und zwar mit Bravour, auch unter dem neuen Zeit- und Gelddruck. Sie würde dafür sorgen, dass er wahrgenommen würde. Und dann würde sie für immer abreisen aus diesem lausigen Lundwitz und sich ein neues wunderbares Leben aufbauen. Irgendwo anders. Und ganz ohne Künstler!

Wütend stapfte sie in die Dachkammer hinauf und warf die Tür hinter sich zu, obwohl das in dem weitläufigen Haus sowieso niemand hörte. Sie streckte sich auf der Matratze aus und hatte sich gerade ein wenig beruhigt, als ihr Smartphone klingelte. Sie hob es auf. Marco. Sie zuckte zusammen und ließ es fallen.

Es klingelte und klingelte ewig, bis es endlich verstummte. Was wollte er nur? Hatte seine SMS auf dem Rückweg von Dolná Krupá also doch einen wichtigen Grund gehabt?

Sie starrte das Telefon an.

Nein. Auch wenn er gleich noch einmal anriefe – sie würde nicht rangehen. Jetzt nicht und nie mehr! Sollten sie sie doch alle in Ruhe lassen, die Männer!

34

Österreich-Ungarn, Donauhügelland
Schloss Unter-Korompa am Fuße der Kleinen Karpaten
Juni 1914

Marie verschränkte die Arme unter dem Kopf. Die Strahlen der Abendsonne, die an den Brokatvorhängen vorbei ins Zimmer drangen, hatten das Leinen des Kissens gewärmt. Eine Lerche sang vor dem geöffneten Fenster. Bestimmt saß sie in der Eiche zwischen Schloss und Schweizerhaus.

Ihr Besuch bei Geschwind lag vierzehn Jahre zurück. Der alte Mann war 1910 gestorben, zehn Jahre später, als er vermutet hatte. Seit Marie vor vier Jahren die Rosen geerbt hatte, natürlich gegen einen ordentlichen Preis, hatte sie seine legendäre Sammlung in ihren Garten eingearbeitet. Sie fügte sich hervorragend ein. Hier in Unter-Korompa würden diese wunderbaren Pflanzen die Zeiten überdauern, da war Marie sich sicher. Hier konnte ihnen nichts passieren. Sie würde sie ihren Lebtag beschützen und hegen und pflegen, so wie Rudolf Geschwind es von ihr erwartete.

Sophies und Franz Ferdinands Hochzeit in Reichstadt lag ebenso vierzehn Jahre zurück. Vierzehn Jahre war er also nun schon der ihre, dachte sie und drehte sich zu Georg. Seine blonden Strähnen glänzten in der Sonne. Seit kurzem hatte sich ein deutlicher Silberschimmer eingeschlichen. Sie rutschte zu ihm, legte den Kopf auf seine Brust und roch den kubanischen Tabak, ein wenig Schweiß und seinen ganz eigenen Duft, von dem sie auch nach all den Jahren nicht genug bekommen konnte. Seit sie sich wiedergefunden hatten bei der Hochzeitsfeier. Meist trafen sie sich hier bei ihr im Schloss. Das Schweizerhaus hatte er begutachtet und nicht als passenden Rahmen für ihre Rendezvous empfunden. Aber sie hatte durchaus auch nichts einzuwenden gegen die weiche Matratze ihres ehemaligen Bettes, wenn sie während seiner Abwesenheit wochenlang auf der Pritsche im Schweizerhaus genächtigt hatte.

Er streichelte ihren nackten Rücken, ließ die Fingerspitzen über ihr Schulterblatt wandern. »Wolltest du mir nicht deine Rede vorführen?«, fragte er mit dieser tiefen Stimme, die sie so liebte, weil sie viel weicher und melodischer war, als man es von einem Offizier erwartete.

Richtig. Die Rede. Sie musste einfach gut werden, dachte Marie, überzeugend. So dass alle die Nachricht von der sensationellen Neuzüchtung umgehend verbreiten würden: zartgelb und üppig in Dolden blühend, zurückhaltend duftend mit einer Orangennote, wenig Stacheln, leider nicht sehr winterhart. Was hatte Sophie sich gefreut, als sie erfahren hatte, dass Marie eine Rose nach ihr benennen würde. Die Dankesworte auf dem kaiserlichen Briefpapier waren überschwänglich gewesen. Nun mussten nur noch die Reaktionen auf die Präsentation ebenso ausfallen, dachte Marie.

Sie rutschte von Georg weg zur Bettkante und griff nach dem seidenen Morgenmantel, aber Georg nahm ihn ihr aus der Hand. Sie lachte. »Ich soll die Rede nackt halten?«

»Eine Sondervorstellung für mich«, nickte er, schnellte vor und gab ihr einen Kuss auf den Bauch. »Davon können die Herren auf dem Kongress nur träumen.«

Marie lachte und baute sich vor dem Bett auf.

»Und nun, meine Herrschaften«, sagte Georg, »begrüßen Sie unsere werte Gräfin Marie Henriette Chotek, die uns ihre neue Kreation, die *Thronfolgergemahlin Sophie* vorstellen wird, eine Rose, auf die Sie alle verdammt noch mal lange gewartet haben.« Er klatschte.

Sie warf ihre Seidenunterwäsche, die vorhin auf der Bettkante liegen geblieben war, nach ihm und stellte sich in Positur. Sie war froh, dass ihr Körper immer noch recht muskulös war, sie brauchte sich wirklich nicht zu verstecken, dachte sie gerade, als die Tür aufflog und Gabriela in den Raum stürmte. Sie ließ sich von Maries Nacktheit nicht irritieren, schien sie gar nicht zu bemerken. Ihre Augen waren weit aufgerissen, sie keuchte und übergab sich plötzlich mitten aufs Parkett. Marie lief schnell zu ihr und hielt sie.

»Was ist passiert?« Sie sah ihre kleine Schwester erschrocken an. Eine erneute Schwangerschaft?

Gabriela atmete schwer und schnell, sie hatte Schwierigkeiten, einen Satz herauszubekommen. »Sophie!«, rief sie. »Sophie und Franz!«

»Was ist mit Sophie und Franz? Haben sie geschrieben?« Marie strich Gabriela eine Haarsträhne aus dem Gesicht. »Setz dich erst mal, Liebes!« Sie zog sie zum Bett. Georg hatte sich aufgerichtet.

Gabriela schlug die Hände vor das Gesicht und weinte. »Sophie und Franz – sind tot.«

Marie sah zu Georg. Der warf die Decke zur Seite und sprang aus dem Bett.

»Sie waren mit dem offenen Wagen in Sarajevo unterwegs. Ein Mann ... Schüsse.« Gabriela ließ sich auf das Bett fallen und vergrub den Kopf in der Decke.

Georg stieg in seine Hose und schloss den Gürtel. Sein Blick verriet keine Furcht, nur Entschlossenheit. Marie hörte auf, Gabriela zu streicheln, und griff nach seiner Hand. »Bleib.«

Er entzog ihr seine Hand, schlüpfte in sein Hemd, schloss Knopf für Knopf, stieg in die Stiefel. »Ich muss sofort zurück nach Wien.«

»Aber sie werden doch nicht gleich mobil machen! Du kannst doch jetzt nichts tun!« Sie hörte, dass ihre Stimme schrill geworden war, versuchte, ihm den Sommermantel fortzunehmen, aber er riss ihn ihr aus der Hand. Er umarmte sie sehr fest, drückte ihr einen Kuss auf die Lippen – und sie blickte ihm nach, wie er schnellen Schrittes den Raum verließ, hörte seine Stiefelabsätze auf den Stufen hinunter in die Eingangshalle eilen.

Etwa wirklich einem Krieg entgegen? Was würde dann passieren? Die Männer würden einrücken. Die Frauen auch, sie und Gabriela und alle anderen, ins Lazarett. Nicht umsonst hatten sie als junge Mädchen die Ausbildung zur Krankenschwester durchlaufen.

Sie trat ans Fenster und überblickte ihren Rosengarten. Die kühle Abendbrise, die von den Bergen herab ins Tal fiel, ließ sie frösteln. In voller Juniblüte, die Farben Rot, Orange, Gelb, Weiß fein säuberlich getrennt in eigenen Feldern, lag ihr Garten da. Duftend, ruhig und friedlich. So wie sie ihn in all den Jahren alleine aufgebaut hatte. Gegen alle Widerstände.

Dahinter sah sie Georg auf seinem Pferd davongaloppieren, bis er zwischen den Bäumen verschwunden war.

35

Gut Lundwitz, Mecklenburgische Schweiz
Juli 2017

Isabel versank in der Arbeit und versuchte, den Ärger mit Alex auszublenden. Täglich um sechs Uhr klingelte der Wecker ihres Smartphones. Gerd erschien pünktlich um sieben. Zum morgendlichen Vogelgezwitscher und dem gelegentlichen Krähen von Theas Hahn begannen sie zu pflanzen. Und zu pflanzen. Und zu pflanzen. Der Klarlack auf den Fingernägeln war lange verschwunden, zu mühsam und vor allem sinnlos wäre es, ihn ständig neu aufzutragen. Denn nun musste sie jeden Abend mit der Nagelfeile die Erde unter den Fingernägeln hervorkratzen und verspürte keinen Drang mehr, an ihnen zu knabbern. Ebenso hatte sich der Diamantenring mit dem Herz als unpraktisch herausgestellt. Er verschaffte ihr Blasen am Finger vom Schaufelgriff. Außerdem erinnerte er sie zu stark an Marco. So lag er nun unter der Matratze in der Dachkammer.

Vorausschauend hatte sie die Rosenlieferungen gestaffelt. Weil Enno und Thea ihnen zur Seite sprangen, wäre es gerade so zu schaffen, hundert Rosen pro Tag zu setzen. Damit würden sie die Zeitvorgabe der Denkmalbehörde erfüllen können.

Wenn nichts dazwischenkam.

Ein unterirdisches Schlauchsystem mit der zuständigen Firma zu konzipieren, hatte schnell geklappt, weil dort gerade ein Großauftrag des Landes weggebrochen war. Die Installation lief nun parallel zur Rosenpflanzung, was die Sache nicht einfacher machte. Aber die Männer versprachen, innerhalb weniger Tage fertig zu sein. Gerd, Isabel und die anderen versuchten, direkt hinter ihnen her zu arbeiten, so dass die neugepflanzten Rosen nicht noch einmal gestört werden müssten.

Zeitgleich überwachte Isabel die Arbeiten im Waldstück. Alex hatte zugestimmt, eine professionelle Baumtruppe von der Forstbehörde zu engagieren. Nach dem teuren Schlauchsystem mache das nun auch nichts mehr, hatte er gemeckert. So gingen drei Männer systematisch den ganzen Bestand durch und beurteilten ihn. Anschließend hörte man jeden Tag die Motorsäge und sah Anhänger mit Holz abfahren.

Isabel kniete in den Beeten und pflanzte Rosen im Akkord. Sie arbeitete so hart wie lange nicht mehr. Es tat weh, fühlte sich aber gut an. Man vergaß viel, wenn der Rücken und die Knie schmerzten.

Alex verschanzte sich vor dem Gutshaus und stellte die Zufahrt und das Rondell fast in Alleinarbeit fertig; nur ein Straßenbauer half ihm dabei, das Kopfsteinpflaster einzuklopfen. Wenn sie abends alle schweigend vor Erschöpfung in der Küche um den Suppentopf saßen, bemerkte Isabel die Schwielen an Alex' Händen, den Sonnenbrand in seinem Nacken. Und die Kälte in seinem Gesicht.

Aber das war ihr selbstverständlich egal! Sollte er nur weiterhin schmollen. Sie würde hier ihren Job zu Ende bringen und dann verschwinden in ein erfolgreiches Leben weit weg von Lundwitz. Wütend löffelte sie die Kohlsuppe, die es heute gab, und kratzte lautstark den Teller leer.

»Was ist mit dir, Herzchen?«, erkundigte sich Thea.

Alex hob den Blick.

»Alles bestens«, sagte Isabel und lenkte von sich ab. »Aber wie geht es dir hier bei uns nach den ersten Wochen im *Kolibri*?«

Thea strahlte. »So gut wie lange nicht mehr. Das Landleben gefällt mir außerordentlich. Und ich dachte immer, außerhalb von Kreuzberg würde ich eingehen. Dass ich nun auch noch Schäferin werde – toll!«

Isabel lachte und zog die Schüssel mit dem Rhabarberkompott heran, das Sina gekocht hatte. »Du meinst es also ernst?«

Thea nickte eifrig. »Morgen kommen sie.«

»Tatsächlich die mit der Wolle und der Milch?« Isabel häufte sich Kompott in eine Schale und streute Zucker darüber.

»Absolut. Das mit den Hühnern macht mir so viel Spaß, und die Eier tun uns allen gut. Also versuche ich es jetzt mal mit Schafsmilch und Käseherstellung. Einen Teil könnten wir dann vielleicht sogar im Hofladen von Bauer Mellig verkaufen.« Thea schob ebenfalls ihren Suppenteller beiseite und zog die Kompottschüssel heran.

Isabel rückte ihr die Zuckerdose hinüber. »Ich will dir ja nicht kurz vor knapp die Laune verderben, aber ich vermute, das ist richtig viel Arbeit und ...«

»Mein Mann und ich haben fünf Jahre auf einer griechischen Insel gelebt«, unterbrach Thea sie und lehnte den Zucker dankend ab. »Dort waren wir beinahe autark auf unserem kleinen Hof und hatten Schafe, die uns den besten Käse geliefert haben, den ich in meinem Leben gegessen habe.«

»Und das habt ihr alles selber gemacht?« Isabel kaute die letzten Rhabarberstücke. Dieser bitter-süße Geschmack war wirklich etwas Besonderes.

Thea nickte. »Und gemalt haben wir dort. Das war meine griechische Phase, die blaue. Ich habe noch ein paar Bilder davon auf dem Dachboden in Kreuzberg, falls du eines möchtest.«

Isabel schmunzelte und klaute sich mit den Fingern ein letztes Stückchen Rhabarber aus der Kompottschale. »Ist denn schon alles bereit für unsere neuen wolligen Mitbewohner?«

Thea stand auf. »Ich stecke jetzt hinten im verwucherten Teil im Schatten der Bäume eine Weide ab. Alles andere bauen wir nach und nach.« Sie stellte ihre Schale in die Spüle. »Und du kannst dich schon auf Wollsocken im Winter freuen.«

Wenn ich dann noch hier bin, dachte Isabel und schaute zu Alex, der den Kopf tief über den Suppenteller gebeugt hatte und vermutlich mit seinen Gedanken bei einem seiner Gemälde war. Oder in New York bei Connor.

Der Laster mit den Schafen kam am nächsten Tag. Vorsichtig kletterten die Tiere die Rampe des Transporters herunter auf die Wiese und begannen sofort zu fressen. Ihr Anblick auf der Weide und ihr Blöken waren bald nicht mehr wegzudenken. Die erste Milch und der erste Käse waren eine Sensation, und Thea ging ganz in ihrer neuen Aufgabe als Bio-Bäuerin auf. Aber sie vergaß auch nicht, beim Rosenpflanzen zu helfen. Die Kletterrosen an den Bögen in der Mitte der Anlage wurden nun gesetzt. Isabel war besonders gespannt, wie die *Veilchenblau* sich machen würde. Sie arbeiteten sich von innen nach außen vor, je nachdem, welche Lieferung ankam. Bald steckten sie schon mitten in den Beetrosen.

So vergingen die Tage und Wochen. Tagsüber pflanzten sie. Abends spielte Isabel oft mit Enno, Sina und Thea Rummikub oder Doppelkopf am mit grünem Filz bezogenen Spieltisch, der in den Tiefen des Gewölbekellers aufgetaucht war und nun die Mitte der Bibliothek zierte. Die Regale rundherum füllten sich nach und nach mit immer mehr Büchern. Den »Sommernachtstraum« hatte Alex mittig platziert. Isabel wünschte nur, er würde sie nicht ständig an ihren persönlichen Sommernachtsalptraum erinnern. An manchen Abenden half Isabel auch Sina in der Küche, die ihre frisch geernteten Paprika, Tomaten und Gurken mit Knoblauch, Zwiebeln und frischen Gartenkräutern zu leckeren Chutneys und Relishes verarbeitete. Alex zog sich meist zum Malen auf sein Zimmer zurück, oder er spielte Basketball.

Eines Abends, als Isabel gerade in einem Kupfertopf mit nach Chili und Knoblauch duftendem Tomaten-Chutney rührte, fiel ihr auf, dass sie Alex heute und am Tag zuvor überhaupt nicht gesehen oder gehört hatte. Als sie sich bei Sina nach ihm erkundigte, erfuhr sie, dass er nach Berlin gefahren war, um eine Ausstellung vorzubereiten.

Er würde erst morgen zurück sein.

Alex war nun wirklich nicht verpflichtet, sich bei ihr abzumelden, dachte Isabel.

Aber sich wenigstens kurz zu verabschieden, das hätte er doch machen können?

Müde stieg sie, nachdem sie das Chutney in zwanzig Gläser gefüllt und die Deckel zugedreht hatte, nicht ohne sich die Finger zu verbrennen, in ihre Dachkammer. Am Anfang der Zusammenarbeit war es auf jeden Fall lustiger gewesen hier in Lundwitz. Viel lustiger. Warum hatte ihr und Alex nur diese Nacht dazwischenkommen müssen?

Sie plumpste auf die Matratze. In einem plötzlichen Anfall von Heimweh öffnete sie die Fotos im Smartphone und rief das Video ab, das sie vor zwei Jahren beim ersten Rooftop-Brunch im *Garten Kunterbunt* aufgenommen hatte. Sie sah Kerstin in ihren Sweatpants und dem Hoodie hinter dem Buffet in die Kamera winken, die Kinder herumtollen, die Erwachsenen auf den Baumstumpfhockern sitzen, die die Kinder selbst gesägt hatten. Jeder hielt einen Teller mit Köstlichkeiten in der Hand, hatte ein Lächeln auf dem blassen Gesicht und war ins Gespräch vertieft.

Sie kamen auch ohne sie zurecht. So viel hatte sie verstanden. Trotzdem würden diese paar Quadratmeter auf dem Dach des Hochhauses im Viertel ihrer Kindheit und diese lieben Leute, ihr Team und die Kinder, immer einen Platz in ihrem Herzen haben. Immer. Und sie freute sich schon auf den Nachmittag in nicht allzu ferner Zukunft, an dem sie wieder mit ihnen pflanzen, gießen und ernten würde.

Vorerst musste sie das aber hier tun. Vorerst hatte Lundwitz Vorrang.

Sie schaute das Video noch einmal an und schaffte es nicht, die Fotosammlung einfach zu schließen und mit dem Kulturbeutel ins Bad zu wandern. Stattdessen leuchtete ein Foto von ihr und Marco auf. Er mit Sonnenbrille im Haar in seinem Sommerlook aus Bermudashorts, Poloshirt und Mokassins. Sie in einem Sommerkleid mit eben jenen Römersandalen, die sie auch bei Alex' Geburtstagsparty getragen hatte. Das Bild war an ihrem fünfunddreißigsten Geburtstag entstanden, erinnerte sie sich, als Marco sie nach Salzburg entführt hatte, um ihr endlich das Geburtshaus von Wolfgang Amadeus Mozart in der Getreidegasse zu zeigen. Dass sie als Österreicherin es bisher nicht besucht hatte, fand er unerhört. Anschließend hatte er sie in ein Restaurant mit Blick über die ganze Stadt gebracht, wo sie Salzburger Nockerln in ihrer Vollendung gegessen hatten. Es war ein wunderschöner Geburtstag gewesen, und sie hatte sich wie eine Prinzessin gefühlt. Wie hatte es nur dazu kommen können, dass sie jetzt wieder Aschenputtel sein musste?

Sie warf das Smartphone auf die Matratze und schnappte sich endlich den Kulturbeutel. Zügig stieg sie die Treppe hinunter ins Bad und rubbelte sich mit dem Frottierlappen die Rosenerde und die Erinnerungen aus dem Gesicht.

36

Als Isabel am nächsten Tag nach dem Nachmittagskaffee aus der Küche wieder in die Sonne trat, um trotz ihres stark schmerzenden Rückens und der geschwollenen Knie bis zum Abend weitere zwölf Rosen zu versenken, hörte sie, wie ein Auto auf den Gutshausvorplatz fuhr. Es röhrte nicht so wie Alex' Volvo, aber vielleicht hatte er den Auspuff endlich reparieren lassen? Sie richtete sich auf, machte einen frischen Pferdeschwanz und hoffte, nicht zu viel Erde im Gesicht zu haben. Würde er sich die Mühe machen und zu ihr und Gerd kommen, um sie zu begrüßen und nach dem Stand der Pflanzarbeiten zu schauen?

Sie lugte zur Gutshausecke – aber nicht Alex erschien, sondern Marco!

Lächelnd trat er zu ihr heran und drückte ihr einen kleinen Strauß aus Kornblumen und Margeriten in die sandverkrustete Hand. »Hallo, meine Schöne!« Bevor sie aus ihrer Überraschungsstarre erwachen konnte, gab er ihr einen Kuss auf die Wange. »Fleißig bei der Arbeit?«

Sie sah ihn nur sprachlos an. Was um alles in der … *Hallo, meine Schöne?* Konnte man so ein Gespräch über Unstimmigkeiten bei den Scheidungspapieren beginnen? Über Rückforderungen von Gegenständen?

»Schön habt ihr es hier!« Er ließ seinen Blick über die halb fertigen Rosenbeete und die grasenden Schafe am Rande der Wiese gleiten. Isabel war immer noch nicht in der Lage, etwas zu sagen.

»Wollte nur mal nach dir schauen«, sagte er, nahm die bereitstehende Gießkanne und goss der Wildrose, die Isabel soeben gepflanzt hatte, Wasser auf den Kopf.

Sie nahm ihm die Gießkanne ab.

»Du fehlst mir nämlich.« Er wischte sich die Hand an der Designer-Jeans ab.

»Alles in Ordnung da drüben?«, rief Gerd vom Ende des Beetes herüber. Seine Stimme klang frostig. Zum Glück war Thea heute nicht da. Sie verbrachte ein paar Tage bei Freunden in Kiel.

»Alles okay«, rief Isabel ihm zu und zog Marco mit sich fort. »Was soll das? Was willst du?« Sie drückte ihm den Kornblumenstrauß zurück in die Hand und lief mit schnellen Schritten um die Hausecke herum. Gerd musste diese Diskussion nun wirklich nicht mitverfolgen. Gut, dass Enno und Sina heute Morgen ebenfalls nach Berlin abgereist waren, wo sie ein paar Tage zu tun hatten.

»Was zum Henker machst du hier?« Sie stemmte die Hände in die Hüfte. Er kam ihr vor wie eine Erscheinung in seiner cognacbraunen Lederjacke, dem schwarzen Oberhemd, der Jeans und den spitzen Schuhen.

»Ich bin gekommen, um dich zu sehen. Und um zu reden. Es tut mir leid, wie alles zwischen uns gelaufen ist.« Er zupfte ein Efeublatt von einer Ranke an der Hausfassade.

Sie klopfte sich Erde von den Händen. »Meinst du, wie du dich entliebt hast in den letzten Jahren? Wie du immer weniger für mich empfunden hast? So wenig, dass du mich schließlich aus dem Haus haben wolltest?«

Er warf das Efeublatt weg und versuchte, sie an den Schultern zu fassen, aber sie schüttelte seine Hände ab.

»Nun bleib mal ruhig, Isabel.« Er versenkte die Hände in den Hosentaschen. »Bitte gib mir eine Chance, alles zu erklären, und hör mir zu. Vielleicht bei einem Essen in einem schönen Restaurant irgendwo am Strand?« Er ließ den Blick über den

Bagger und die Stein- und Erdhaufen gleiten. »Und nicht hier auf der Baustelle?«

»Ich wüsste nicht, was es da zu besprechen gibt.« Sie verschränkte die Arme vor der Brust.

»Bitte, Isabel.«

Sie schüttelte den Kopf.

»Bitte. Ein Essen. So viel Zeit sollten wir uns wert sein. Nach all den Jahren.«

Sie blieb stumm.

»Ich habe extra den weiten Weg aus Wien auf mich genommen.« Er zeigte auf seinen Cayenne, der neben einem Erdhaufen geparkt war und auf dessen Windschutzscheibe tote Insekten klebten. »Bin gefahren wie ein Irrer, nur um schnell zu dir zu kommen. Bitte, Isabel, tu mir das nicht an, dass ich jetzt zurückfahren muss, ohne dass du mich angehört hast.«

Er hatte sie so verletzt. Vielleicht wollte er sich entschuldigen, sie zurückholen? Vielleicht. Noch vor wenigen Wochen wäre sie überglücklich darüber gewesen. Sie forschte im Inneren, ob ihr Herz sprang, ihr Puls sich beschleunigte. Aber da war nichts. Sie schaute wieder auf seine gegelten Haare, sah die Grübchen, als er sie nun anlächelte. Roch sein Parfüm, dessen torsoförmiger Flakon immer auf dem Bord im Badezimmer gestanden und nach dem stets die ganze Wohnung geduftet hatte, wenn er morgens als Erster ins Büro hinuntergegangen war.

Er öffnete den Cayenne. »Ich warte im Auto, während du dich umziehst? Hab noch ein paar Telefonate zu erledigen.«

Sie drehte sich um und ging ins Gutshaus. Zwölf Jahre ihres Lebens. Dann musste sie ihm wohl dieses eine Essen am Strand gönnen. Vielleicht hatte er ja tatsächlich eine gute Erklärung für alles. Eine kleine Entschuldigung wenigstens. Vielleicht könnte ja doch wieder alles werden wie früher? Aber wollte sie das überhaupt noch?

Eine halbe Stunde später, nachdem Isabel aus den Arbeitsklamotten geschlüpft war, und sich ein Sommerkleid übergezogen und die Erde aus dem Gesicht gewaschen hatte, fuhren sie los. Sie hatte sich überlegt, nach Wustrow auf dem Fischland zu fahren in das Strandrestaurant, von dem Enno und Sina neulich geschwärmt hatten. Im Auto schaute sie auf Marcos Arme und seine Hände am Steuer. Er war gut gebräunt, hatte diesen gesund aussehenden Glanz, den man nicht im Büro bekam. Aber im Solarium, in das er jeden Samstag ging.

Sie hörte seinem kurzen Abriss über die Arbeit und die Auftragslage im Büro zu, mit der er wohl versuchte, die Zeit zu überbrücken, bis sie endlich am Restaurant ankamen. Der Ledersitz unter ihrem Kleid fühlte sich kühl an.

Das Restaurant lag tatsächlich direkt am Strand mit Blick aufs Meer. Schaumkronen waren zu sehen, der Wind trieb die Wellen weit auf den Sand. Einige Spaziergänger stemmten sich dagegen und stapften über den Strand. Der Kellner bot ihnen einen Platz am Panoramafenster an. Marco rückte ihren Stuhl zurecht und bestellte einen Champagner als Aperitif. Als sie ihn stirnrunzelnd anschaute und sagte, es gebe nichts zu feiern, dieses Essen sei kein Grund zur Freude, schaute er beleidigt und sagte, für Champagner gebe es keinen falschen Zeitpunkt. Da war Isabel anderer Meinung und rührte ihr Glas nicht an.

Marco war offenbar irritiert und redete einfach weiter. Über Wien. Über die Arbeit. Über Theaterbesuche und Restaurants, die neu eröffnet hatten. Schließlich sogar vom Wetter.

Isabel saß an ihre Rückenlehne gedrückt da und schaute aufs Meer. Die Möwen ließen sich von Luftschicht zu Luftschicht fallen, dann schossen sie wieder in die Höhe. Graue Wolken huschten vorüber, geballt und dunkel zunächst, dann zerrissen und verweht.

Sie blickte zu Marco hinüber und sah sein schönes Gesicht. Den energischen Zug um den Mund, der ihr früher nicht aufgefallen war. Natürlich konnte er im Job über Leichen gehen, das hatte sie immer geahnt. Bis sie schließlich eine der Leichen seines Lebens geworden war.

»Wie läuft es denn mit deinem Auftrag?«, fragte er auf einmal und dankte dem Kellner, der die Ostseescholle servierte, die dampfend neben ihrer Salatgarnitur und den Petersilienkartöffelchen lag.

Isabel schabte die Speckwürfel vom Fisch. »Gut, sehr gut«, sagte sie nur. Was musste er schon wissen über die Auflagen des Denkmalschutzes, das Ultimatum, den Streit mit Alex. Sie schob sich Fisch in den Mund. Er war köstlich.

»Keine unvorhergesehenen Ereignisse wie so oft? Kein nerv-tötender Bauherr, der ständig alles umschmeißt?« Er versuchte ein Grinsen, aber als er ihr versteinertes Gesicht sah, schien es ihm nicht mehr zu gelingen.

»Es ist ein historischer Garten, wie du weißt. Mit strengen, exakten Vorlagen.« Die Kartoffeln in der zerlassenen Butter taten ihr nach der Pflanzorgie gut, und sie aß drei Stück schnell hintereinander.

Marco schaute ihr irritiert zu. »Körperliche Arbeit macht hungrig, nicht wahr? Sag mal, gräbst du da wirklich ganz alleine mit einem Mann den ganzen Park um? Bist du sicher, dass es das ist, was du machen willst?«

Isabel trank einen Schluck Sprudelwasser. Wein hatte sie abgelehnt. »Wieso?«

Er legte sein Besteck weg und richtete sich auf. »Weil ich dir anbieten möchte, dass du zurückkommst in unser Büro.«

Isabel legte ebenfalls ihr Besteck weg. »Jetzt ist es auf einmal wieder unser Büro?«

»Wenn du willst, schon.« Er beugte sich vor. »Ich biete dir an, wieder einzusteigen. Wir machen diesmal einen ganz korrekten Vertrag, der dich als Miteigentümerin einträgt. Wie wir das damals haben übersehen können, weiß ich auch nicht.«

»Ich schon! Verliebt wie ich war, habe ich darauf verzichtet. Und du hast auch nicht gerade darauf gedrängt.«

»Wie auch immer.« Er wischte die Bemerkung weg. »Nun möchte ich dir anbieten, offiziell einzusteigen. Wir sind zwei erwachsene Menschen und werden doch wohl vernünftig mit der Situation umgehen können.«

Vernünftig? Isabel zündete. »Mit der Situation, dass du mich verlassen hast? Dass du mich rausgeschmissen hast aus unserem Leben? Dass du nach zwölf Jahren keine Liebe mehr für deine Frau verspürt hast?« Sie stand auf.

Er fasste über den Tisch hinweg nach ihrer Hand. Sie zog sie weg.

»Weißt du, was ich glaube?« Sie stützte sich mit den Händen auf der Tischdecke ab. »Ich glaube, auch jetzt treibt dich nicht die Liebe oder Zuneigung zu mir. Was dich antreibt, ist das Wissen, dass ich hier auf dem richtigen Weg bin. Dass ich einen Geschäftszweig entdeckt habe, der lukrativ ist. Und ja, du vermutest ganz richtig, dass ich diese neue Chance gut nutzen werde: Ich werde mit der Referenz, die ich in Lundwitz bekomme, weitermachen. Ich werde viele historische Parks rekonstruieren hier in Mecklenburg-Vorpommern oder sonst wo auf der Welt und mir ein ordentliches Renommee erarbeiten. Und ich werde das ohne dich tun!« Sie drehte sich um, lief an dem Kellner vorbei und verließ das Restaurant.

37

Es dämmerte schon, als Isabel nach langem Warten und zwei-
maligem Umsteigen in Orten, deren Namen sie nie gehört hatte,
endlich auf der Dorfstraße von Lundwitz aus dem letzten Bus
des Tages stieg. Beim Blick durch die Busfenster hinaus auf
Felder und schiefe Bäume hatte sie das Gespräch mit Marco
Revue passieren lassen. Er war nicht gekommen, weil er sie
noch liebte. Er war gekommen, weil er Business liebte und Geld
roch. So war er. Vielleicht war er von Anfang an so gewesen.
Und sie hatte es nur in ihrer Verliebtheit nicht gespürt. Marco
liebte auf dieser Welt nur sich selbst und Erfolg. So einfach war
das. Und das würde sich auch niemals ändern.

Als sie ausgestiegen war, hörte sie den Motor des Busses
leiser werden und schließlich verstummen, als er sich über die
Landstraße entfernte. Dafür vernahm sie in der Ferne ein Don-
nergrummeln. Sie schaute zum Himmel. Die Wolken waren
schwarz und hingen tief. Wenn sie schnell liefe, konnte sie es
noch bis zum Gutshaus schaffen, bevor es anfing zu schütten.
Sie umrundete den Weiher, der wie ein schwarzes Loch wirkte.
Mücken umschwirrten sie und stachen erbarmungslos. Sie war
froh, als sie die Umrisse des Gutshauses gegen den apokalypti-
schen Himmel sah und an ihren nach frischer Erde duftenden
Beeten vorbei zum Eingang lief. Morgen würde sie hier weiter-
arbeiten, dachte sie und lächelte. An ihrem Garten. Oder vielmehr am Garten der mutigen Rosengräfin.

Schon fielen die ersten schweren Tropfen. Sie schloss die
Terrassentür auf und trat ein. Alles war dunkel. Offensichtlich

waren die anderen noch nicht zurück? Sie trat in die Halle und nahm sich vor, sich nicht zu fürchten. Eine Nacht alleine im Haus, das war doch kein Problem, sagte sie sich, auch nicht bei Gewitter. Der erste Donner krachte. Sie zählte die Sekunden, bis der Blitz kam; noch war es weit genug entfernt. Auf einmal hörte sie ein lautes Stöhnen aus der Küche, dann einen Schmerzensschrei.

Um Himmels willen! Ihr Herz begann zu rasen.

»Wer ist da? Isabel, bist du das?«, hörte sie eine männliche Stimme. Das war Alex!

So schnell sie konnte, rannte sie in die Küche. Die Tür zur Speisekammer war geöffnet. Das Licht schien heraus auf die Küchenfliesen. Isabel stürzte in die Kammer und fand Alex begraben unter den Trümmern des zusammengestürzten Holzregals. Konservendosen, Kartoffeln, Zwiebeln und zerborstene Gläser mit Zucchini-Chutney, Gurkenrelish und Tomatenragout lagen um ihn herum verstreut. Ein aufgeplatztes Mehlpaket war rot verfärbt. Keine Tomaten, es war Blut! Sehr viel Blut. Erst jetzt entdeckte sie die große Glasscherbe, die in Alex' linkem Unterschenkel steckte. Seine Augenlider flatterten. Sie rannte aus der Kammer und riss frische Küchenhandtücher aus der Schublade neben der Spüle. Im Notfallkasten im Gang entdeckte sie Desinfektionsmittel. Sie kniete sich neben ihn ins Mehl und zog die Scherbe aus der Wunde, die stark weiterblutete – offenbar hatte sie die Schlagader erwischt. Sie versorgte die Wunde mit Desinfektionsmittel. Alex schrie auf. Sie wickelte zwei Küchenhandtücher um den Schenkel, verknotete sie und wuchtete Alex' Arm um ihre Schulter. Humpelnd half er ihr, in den Salon zu gelangen und sich auf die Couch zu legen, das Bein auf der Lehne, damit der Blutfluss aufhörte.

Sie holte ihm Wasser und hielt seinen Kopf, als er trank. Erschöpft sank er zurück. Sie überlegte, einen Notarzt zu rufen. Aber bei diesem Gewittersturm dort draußen war kein Durchkommen. Sie zögerte kurz, aber dann setzte sie sich auf die Couch zu ihm und streichelte seinen Kopf. Er ließ es geschehen und schloss die Augen. Erleichtert sah sie, dass der Blutfluss nach einer Weile weniger zu werden schien. Kein frisches Blut drang mehr durch das Handtuch. Donner krachte, gleich darauf zuckte ein Blitz und erhellte den Raum. Vor der Terrassentür hörten sie den Regen auf den Sandstein prasseln und den Sturm an den Fenstern rütteln und um die Hausecken heulen.

»Lady Sandhart ist auf ihrem Posten«, sagte Isabel.

Alex lächelte schwach. In seine blassen Lippen schien ein wenig Blut zurückzukehren.

»Verdammte Chutney-Kocherei«, versuchte Isabel, weiter zu scherzen. »Was muss Sina auch so tolles Gemüse anbauen? Das hält ja kein Vorratskammerregal aus.«

Er lächelte noch mehr, und während die Blitze weiter zuckten und der Donner krachte, begann Isabel zur Beruhigung ihrer beider Nerven leise das erste Lied zu singen, das ihr in den Sinn kam: »Summertime, and the livin' is easy, fish are jumpin', and the cotton is high, your daddy's rich and your ma is good-lookin', so hush, little baby, don't you cry ...«

38

Österreich-Ungarn, Kreisstadt Türmau
Verwaltungsgebäude, November 1914

Der Gestank von Eiter, Urin und Verwesung drang durch die Räume. In den Gängen mit dem abbröckelnden Putz, in den Bürostuben mit den an die Seite geschobenen Schreibtischen, selbst im ehemaligen Speiseraum neben der Essensausgabe lagen Männer auf Pritschen oder einfach auf dem Boden. Sie stöhnten und schrien. Marie rannte in ihrem weißen Schwesternhemd, das voller Blutflecken war, über den Gang hinter Doktor Hellmann her. Sie hatte seit achtzehn Stunden nicht geschlafen, aber gerade waren vier neue Patienten eingeliefert worden. Sie beugte sich über einen jungen Mann, er mochte vielleicht neunzehn Jahre alt sein, sah seinen starren Blick, der auf sie gerichtet war, als ob in ihr sein ganzes Leben gespiegelt wurde, sah, dass seine Augen glasig wurden, klopfte ihm kräftig auf die Wangen. Aber die Pupillen rollten weg. Die faustgroße Wunde an seiner Bauchdecke klaffte auf, er gab ein röchelndes Geräusch von sich, Blut strömte aus Nase und Mund.

Sie schrie nach dem Doktor, aber der war am anderen Ende des Raumes damit beschäftigt, einen Mann zu reanimieren. Die Muskeln des jungen Mannes vor ihr entspannten sich, der Kopf rollte zur Seite.

Marie hatte keine Tränen mehr.

Sie musste an die frische Luft und drängte sich zwischen den Betten hindurch, vorbei an zwei Schwestern, die einen großen Mann, dem ein Unterschenkel fehlte und der brüllte wie ein Stier, auf ein Lager hievten. Doktor Hellmann kam angerannt und rammte ihm eine Spritze in den Po, bevor er sich am Bein zu schaffen machte.

Marie öffnete die Tür zum Hinterhof und übergab sich gegen die Hauswand. Schwer atmend lehnte sie sich an die Mauer. So hatte sie gerade ein paar Minuten mit geschlossenen Augen vor sich hingedämmert und sich gezwungen, sich ihren Rosengarten im Juni vorzustellen, das Einzige, was sie hier noch beruhigen konnte – den Duft, die leuchtende Farbenpracht, das Summen der Bienen und Hummeln, das Knirschen des Kieses, wenn sie von Beet zu Beet gelaufen war, um ihre Lieblinge zu wässern oder zu beschneiden, das Gackern der Hühner vor ihrem Schweizerhaus, das Rauschen des Windes in der Trauerweide und die Glocken der Kirchturmuhr zur vollen Stunde – als Gabriela in ihrem schmutzigen Kittel aus der Tür in den Hof lief, die Augen weit aufgerissen. »Komm, Marie! Es ist Georg!«

An der Seite ihrer Schwester rannte Marie hinein. Er lag auf einer Pritsche an der Wand im Gang und war bewusstlos. Fahl war sein Gesicht, die Lippen fast weiß. Doktor Hellmann gab ihm soeben eine Spritze in die Armbeuge. Marie kniete sich an seine andere Seite und hielt seine Hand. »Was ist passiert?«, fragte sie den Arzt.

»Innere Blutungen. Er hat Granatsplitter in den Unterleib bekommen. Die haben wir erfolgreich entfernt, aber die Wunde scheint nicht zur Ruhe zu kommen.«

Marie sah auf das Laken, das Georgs Körper ab der Brust verhüllte. Es war noch ganz weiß. Darunter sollte der Tod lauern? Sie legte sich über Georgs Brust und streichelte seinen Kopf, sein Haar, seine Haut. Fuhr über die geliebten Lippen, die rau und trocken waren, über die Bartstoppeln, das starke Kinn. Ihr Körper bebte im Weinkrampf.

»Madame Chotek, beruhigen Sie sich!«, zischte Doktor Hellmann. »Der Patient ist versorgt, so gut es uns möglich ist. Die Spritze wird ihm die Schmerzen verringern, er wird bald zu

sich kommen. Dann muss er schlafen, damit er genesen kann.«
Er versuchte, sie hochzuziehen. »Dahinten warten die nächsten
Patienten. Folgen Sie mir!«

Aber Marie schlug nach seiner Hand und klammerte sich an
Georgs Pritsche. Der Arzt begriff wohl endlich ihren Zustand.
Er zog Gabriela hoch, die neben ihrer Schwester kniete. »Dann
kommen Sie eben! Aber flott!«

Gabriela drückte Marie mit Tränen in den Augen kurz an
sich. »Er wird wieder gesund. Ganz bestimmt.« Dann eilte sie
mit dem Arzt den Gang hinunter.

Marie sank auf Georgs Brust, hörte sein Herz schlagen. Es
musste weiterschlagen, immer weiter, immer weiter. Sie dachte
an seine Worte: bis dass der Tod uns scheidet. Aber jetzt noch
nicht!

Sie musste eingeschlafen sein. Als sie unsanft an der Schulter
gerüttelt wurde, hob sie den Kopf von Georgs Decke. Auch er
schien zu schlafen.

Gabriela zischte ihr zu: »Seine Frau ist da!«, und da eilte diese,
von der Marie wusste, dass sie Elisabeth hieß, auch schon in
ihrem langen glänzenden Kleid und mit Hut durch den Saal,
schlängelte sich an Krankenbetten und Pritschen vorbei und
kam zielstrebig auf Georgs Bett zu. Marie wischte sich den
Schlaf aus den Augen, zog einen Schemel nah an das Bett und
setzte sich aufrecht darauf.

Elisabeth kniff die Augen zusammen und machte eine we-
delnde Handbewegung in Gabrielas und Maries Richtung. Gabriela zog sich zurück und lief zu Doktor Hellmann, der am
anderen Ende des Saales Hilfe benötigte. Aber Marie wich nicht
von ihrem Platz. Elisabeth stellte sich auf die andere Seite des
Bettes und beugte sich zu Georg hinunter. Sie klopfte an seine
Wange, erst leicht, dann etwas fester, bis er erwachte.

»Gott sei Dank«, sagte sie und ließ die Augen über sein Gesicht und die Decke wandern, die seinen Körper komplett verhüllte.

»Du lebst.« Ihre Augen waren feucht geworden, sie beugte sich hinunter und gab ihm einen Kuss. Er drehte den Kopf zur Seite.

»Hatten wir nicht vereinbart, dass du auf dich aufpasst?« Sie griff sein Kinn und drehte seinen Kopf wieder in ihre Richtung. Er blickte sie müde an.

»Wie geht es den Jungen?«

»Es geht ihnen gut. Mich könntest du auch fragen, wie es mir geht.«

Er schwieg. Dann sagte er: »Wie geht es dir?«

»Nicht gut. Ich bin fast umgekommen vor Sorge um dich!« Sie streichelte seine Haare, er zuckte mit dem Kopf, als ob er damit ihre Hand abschütteln könnte. »Sie konnten mir zunächst keine Auskunft geben, in welches Lazarett man dich gebracht hat.« Sie schoss einen Blick zu Marie. »Dass es ausgerechnet hier sein muss ...«

Marie erwiderte ihren Blick und griff nach Georgs Hand. Elisabeth nahm die andere. »Wann kommst du nach Hause?«

Georg schaute sie nur stumm an, trotz der Schrammen und blauen Flecken in seinem Gesicht erkannte Marie, dass ein unwirscher Zug sich um seinen Mund legte.

»Medizinische Auskünfte erhalten Sie von Doktor Hell-mann«, sagte Marie und zeigte mit der Hand auf den Neben-raum.

»Ich fragte nicht Sie, sondern meinen Gatten.« Die Wut ließ Elisabeths Stimme zittern. »Sobald er reisebereit ist, werde ich ihn mit nach Hause nehmen und ihn pflegen. So machen wir das in unserer Familie.«

»Er bleibt hier, bis er zu Kräften gekommen ist.« Marie begann seine Hand zu streicheln und spürte, wie er sie drückte. Seine Frau riss die Augen auf.

»Er kommt mit mir, sobald er reisen kann.« Ihre Stimme wurde laut.

»Ich bleibe hier, und sobald es geht, kehre ich an die Front zurück«, ließ Georg sich leise vernehmen.

»Nein!«, riefen beide Frauen gleichzeitig.

»Ich lasse meine Kameraden nicht im Stich«, sagte er und schloss die Augen.

»Es wäre besser, wenn Sie jetzt gehen«, sagte Marie zu Elisabeth und blieb sitzen.

Elisabeth wurde tiefrot im Gesicht. Sie beugte sich nah zu Marie heran und zischte: »Ich werde ihn zu mir holen. Er ist mein Gatte, und er bleibt mein Gatte. Und Sie penetrante Person werden in seinem Leben keinen Platz mehr haben. Dafür werde ich sorgen. Ein für alle Mal! Merken Sie sich das.« Damit raffte sie den vielen Stoff ihres Kleides und rauschte aus dem Raum.

Kaum war sie weg, öffnete Georg die Augen. Er schaute Marie an und mit aller Kraft, die er aufbringen konnte, hob er seinen Arm und streichelte ihre Wange.

39

Gutshaus Lundwitz, Mecklenburgische Schweiz
August 2017

Am nächsten Morgen war das Gewitter vorüber. Isabel erwachte zusammengekrümmt auf dem Ikea-Sessel neben dem erloschenen Kamin. Es war eiskalt im Salon, vor der Terrassentür sah sie aber Sonnenschein. Alex lag immer noch ausgestreckt auf der Couch und schlief, das verletzte Bein auf der Lehne. In sein Gesicht war Farbe zurückgekehrt, und er atmete ruhig und gleichmäßig. Isabel war erleichtert und schlich in die Küche, um auf einem Tablett ein Frühstück für sie beide zusammenzustellen.

Anschließend spielten sie Rummikub, denn bei dem Matsch da draußen, den das Unwetter hinterlassen hatte, machte es für Isabel wenig Sinn, direkt mit dem Pflanzen weiterzumachen. Aber die Sonne entwickelte über die Vormittagsstunden eine enorme Kraft. Am Nachmittag würde sie pflanzen können.

Gegen Mittag trafen Sina, Enno und Thea aus Berlin und Kiel ein. Isabel war froh, dass die Mannschaft nun wieder komplett und Alex nicht nur von ihr versorgt wurde. Er hatte sich Tee, Kekse und ein Buch aus der Bibliothek bringen lassen und schien das Kranksein sogar ein wenig zu genießen. »›Der Pate‹«, sagte er und hielt das Buch hoch. »Hab ich ewig nicht gelesen. Also haut alle ab an eure Arbeit und lasst mich mit Don Corleone alleine.« Er wedelte sie aus dem Raum. »Einen Moment noch! Kommt heute Abend bitte wieder her, sonst fühle ich mich einsam in dem großen Salon. Wie wäre es, wenn wir heute unseren ersten Video-Abend abhalten? Als Test für die Filmvorführungen, die wir mit unseren Stipendiaten später veranstalten wollen.«

Enno nickte begeistert. »Endlich kommt der Beamer mal zum Einsatz.«

»Ich mache uns Süßkartoffel- und Käsechips«, sagte Sina.

»Wenn ich ein ordentliches Bier kriege, ist alles in Ordnung«, sagte Thea. »Aber bitte sucht einen Film aus, mit dem auch ich etwas anfangen kann.«

»Das ist leider das Problem«, sagte Alex. »Hier geht alles nur über meinen guten alten DVD-Player.« Er grinste. »Und ich habe genau eine DVD im Haus, weil ich alle anderen vor meinem Umzug in die USA verschenkt habe.«

»Was ist es? Ein Klassiker?«, fragte Isabel.

»Allerdings. Aber Enno muss jetzt ganz stark sein.«

Enno vergrub das Gesicht in den Handflächen und schaute durch die gespreizten Finger. »Bitte nicht ›Titanic‹.«

Alex lachte. »Es ist ›Vom Winde verweht‹. Lag einer Zeitschrift bei, die ich neulich gekauft habe.«

Die Frauen jubelten.

»Enno, schaffst du das?« Alex hob die Hand zum High Five.

Enno schlug ein. »Aber sicher. Mit einem Sixpack Lübzer schaffe ich alles.«

Alex lehnte sich wieder zurück. »Dann ist das ja geklärt. Bis später!« Er nahm sein Buch.

Atlanta stand in Flammen. Rhett Butler hatte ein Fuhrwerk aufgetrieben, um die wertvolle Fracht, bestehend aus Melanie, dem frisch geborenen Baby, Prissy und Scarlett O'Hara, nach Hause, nach Tara zu bringen. Er trieb das Pferd durch den Rauch und die marodierenden Soldaten.

Wie immer heulte Isabel in ein Taschentuch, als Scarlett ihre an Typhus verstorbene Mutter in der geplünderten und verwüsteten Plantage fand. Sie saß auf der Couch neben Alex, der sein bandagiertes Bein auf einen Küchenstuhl gebettet hatte. Das mit dem Beamer funktionierte hervorragend, ebenso der Ton, der die dramatische Musik durch die Etage schallen ließ.

Sina knabberte Käsechips, Thea und Enno tranken Bier. Alex hatte Isabel eine Flasche guten Rotwein aus dem Regal an der Wand aussuchen lassen, die sie sich mit Sina teilten.

Ein Videoabend mit Freunden. Isabel konnte sich nicht erinnern, wann sie das zum letzten Mal erlebt hatte. Mit Cora hatte sie ab und zu eine ›Sex and the City‹-Pyjama-Party veranstaltet, wenn Marco auf Geschäftsreise gewesen war. Sie hatten sich mit Prosecco die Kante gegeben und Kartoffelchips gefuttert, von denen Isabel schon zwei Tage später jeden einzelnen als Pickel in ihrem Gesicht wiedertraf. Aber ansonsten war dieses Relikt aus der Jugend gänzlich abhandengekommen. Wie schade, dachte sie. Und wie schön, dass es nun einmal wieder stattfand.

Zwischen ihr und Alex war ein Sicherheitskorridor von gut zwanzig Zentimetern eingerichtet. Dort hatte sie ein Sofapolster platziert unter dem Vorwand, sie müsse ihr Weinglas ja irgendwo abstellen. Er war die Südstaaten, stellte sie sich vor, sie war die Nordstaaten. Und es würde an diesem Abend nicht zum Zusammentreffen der Truppen kommen. Alex sah das wohl anders. Denn schon als Scarlett in Twelve Oaks Ashley bezirzte, hatte er den Arm hinter sie auf die Lehne der Couch gelegt. Und es dauerte nicht lange, bis sie seine Fingerspitzen an ihrem Nacken spürte.

Die Berührung ließ sie zusammenzucken. Was dachte er sich dabei? Hatten sie nicht alles hinreichend geklärt? Offenbar nicht.

Sie rutschte vom Sofa auf das Parkett davor, um von dort aus weiterzuschauen. Wieso ging er offensichtlich davon aus, dass sie an einer Beziehung interessiert sei? Natürlich hatte sie ihn versorgt und gepflegt gestern Nacht. Wer hätte das nicht getan. Aber das bedeutete doch noch lange nicht, dass sie ihre Meinung in Bezug auf ihr Verhältnis geändert hatte.

Wütend trank sie ihr Weinglas aus. Warum machte er es so kompliziert? Alles, was sie wollte, war, ihre Arbeit ordentlich zu Ende bringen, eine gute Referenz bekommen und dann weiterziehen.

War es nicht so? Konnte er das nicht respektieren?

Scarlett kämpfte währenddessen um das verwüstete Tara, beackerte das Land, schrie an gegen Hunger und Elend, erschoss den eindringenden Yankee.

Theas Kopf nickte zur Seite. Es war aber auch ein langer Film, daran änderten die zehn Oscars auch nichts.

Was Marie wohl in ihrer Situation gemacht hätte?, überlegte Isabel. Wäre sie auf Alex' Werben, wie es damals wohl geheißen hätte, eingegangen? Sicher nicht, wo sie doch eine so starke, unabhängige Frau gewesen war. Sie setzte sich gerader hin und rückte dabei von Alex ab. Sie würde den Film weiterschauen und Ruhe bewahren, ermahnte sie sich. Sie stupste Thea an, die aufschreckte und dankend die Bierflasche hob, um sich den Geschehnissen auf Tara wieder zuzuwenden.

Isabel nahm einen von Sinas Süßkartoffelchips und verfolgte, wie Scarlett Rhetts Heiratsantrag endlich annahm, alles aber nur umso grausamer wurde und Scarlett am Ende mutterseelenallein auf Tara zurückblieb.

40

Tschechoslowakei, Donauhügelland
Landstraße von Türmau nach Unter-Korompa
November 1918

Marie saß Seite an Seite mit Gabriela auf dem blanken Holz
eines schaukelnden Pferdefuhrwerks, das sie erstmals seit dreieinhalb Jahren nach Hause bringen sollte. Bis zuletzt hatten sie
im Lazarett die Halbtoten gepflegt und die Toten den Bestattern
übergeben. Ihr Rücken schmerzte vom Heben der Männerkör-
per, in ihrem Kopf hörte sie die Schreie und das Stöhnen. Ihre
Nase gierte nach der frischen Fahrtluft, die ein wenig nach Pferd
roch. Dafür wollten ihre Augen zufallen, als ob sie einen hun-
dertjährigen Schlaf benötigte. Soeben war die Nachricht gekommen, dass Kaiser Karl I. seine Regierung des Amtes enthoben
hatte und selbst auf alle Staatsgeschäfte verzichtete. Wie man
hörte, hatte er sich mit seiner Frau Zita auf Schloss Eckartsau
zurückgezogen, bewacht von britischen Soldaten, die der englische König Georg V. geschickt hatte, damit Karl und Zita nicht
das gleiche Schicksal erlitten wie die Zarenfamilie in Russland.

Sie riss die Augen auf. Ob es in Unter-Korompa inzwischen
zu Plünderungen gekommen war? Wie war es Lieselotte ergan-
gen, die die ganze Zeit die Stellung gehalten hatte? Sie rutschte
auf dem Holz der Pritsche umher und wollte dem Kutscher am
liebsten zurufen, er möge den lahmen Gaul antreiben. War
Lieselotte mit der Dorfbevölkerung zurechtgekommen? Schon
vor drei Jahren hatten die Leute gebeten, einen Teil des Gartens
zum Gemüseanbau nutzen zu dürfen, weil es durch die See-
blockade der Engländer zu Engpässen in der Versorgung gekommen war. Den Steckrübenwinter letztes Jahr hatten mit Hilfe
des Schlossgartens hoffentlich alle überstanden.

Nun stand wieder der Winter bevor.

»Bist du aufgeregt?«, fragte Gabriela leise, die das Herumrutschen der Schwester wohl bemerkt hatte.

»Natürlich bin ich aufgeregt. Du etwa nicht?«

Gabriela nickte mit Tränen in den Augen. »Ich bin nur froh, dass Henny immer noch in ihrem Pensionat in der Schweiz bleiben kann.« Sie zog das Medaillon an der Kette aus dem Ausschnitt ihres Kleides, schnippte es auf und streichelte das Foto ihrer Tochter, das sie zeigte, als sie vierzehn war. Seit vier Jahren hatten sich Mutter und Tochter nicht gesehen. Inzwischen war Henny achtzehn Jahre alt und eine junge Frau geworden dort in der Schweiz. Aus Briefen wusste sie, dass sie die Hauswirtschaftsausbildung absolviert hatte. Würde sie bald heiraten? Wann würde Gabriela zu ihr reisen können? Sie war so tapfer gewesen im Lazarett, hatte selten geklagt, war dankbar gewesen, die Tochter sicher untergebracht zu haben in den Kriegswirren. Gabriela schloss das Medaillon.

»Aber ob Konrad bald kommt?« Sie hatte seit Wochen nichts von ihrem Mann gehört. Marie drückte ihre Hand und versuchte, nicht an Georg zu denken, der sich ebenfalls nicht gemeldet hatte, seit er nach seiner Genesung das Lazarett verlassen hatte.

Sie versuchte, sich abzulenken, indem sie an den Garten dachte. Was war wohl mit ihren Rosen geschehen? Hatten sie dem Hunger weichen müssen? Natürlich verstand sie die Notlage der Menschen. Aber es krampfte ihr trotzdem das Herz zusammen, wenn sie sich vorstellte, dass sie möglicherweise ihren Rosengarten verloren hatte. Etwa auch die Geschwind-Sammlung? Sie schauderte. Allein die Gedanken an ihren Rosengarten hatten sie doch über diese schwere Zeit gerettet. Nur die Träume von seiner Pracht, seinem Duft, seiner Schönheit an einem sonnigen Junitag hatten ihr die Stärke gegeben, noch eine Wunde zu verbinden und noch einen Nachttopf auszuleeren.

Der alte Gaul schien fast stehen zu bleiben. Diese letzten Minuten vor der Rückkehr waren die schlimmsten. Endlich gelangten sie auf die Dorfstraße und passierten die Kirche. Marie nahm Gabrielas Hand und drückte sie fest. Als der schmiedeeiserne Zaun des Schlossgartens in den Blick kam, sprang sie von der Pritsche und lief durch die offen stehenden Zauntore auf das Schlossgelände. Die Rasenfläche vor dem Eingangsportal hatte sich in einen Acker verwandelt. Eine junge Frau hockte in einer Furche und grub Spätkartoffeln aus. Als sie Marie und Gabriela sah, erhob sie sich, deutete eine Verbeugung an, raffte den Rock mit den Kartoffeln darin und lief schnell über die Dorfstraße davon.

Marie schaute sich um. Neben dem Kartoffelbeet entdeckte sie etwas, das aussah wie ein Rübenacker, dazu Beerensträucher, vermutlich Stachelbeere und Johannisbeeren.

Sie ließ Gabriela stehen und rannte um das Schloss herum, vorbei am Beethoven-Häuschen bis zur Freitreppe – und schlug die Hände vor das Gesicht. Die Rosen! Sie waren fort, alle! Stattdessen wuchsen auch hier Kartoffeln und Beeren, Rüben und Radieschen. Vor dem Schweizerhaus gackerten keine Hühner mehr. Stattdessen war dort ein Komposthaufen aus den ausgegrabenen Rosenbüschen aufgeschüttet. Verwelkt, braun, verrottet, stinkend.

Marie sank auf die Knie. Natürlich hatte sie gewusst, dass es nicht sein würde wie vor dem Krieg. Sie hatte durch Post aus dem Dorf erfahren, dass der Garten sinnvoll genutzt worden war, um die Dorfbevölkerung zu unterstützen. Gleich am Anfang des Krieges hatte man sie um Erlaubnis gebeten, in den Park gehen zu dürfen, um Gemüse und Obst anzubauen, um die Grundmittelversorgung zu sichern. Selbstverständlich hatte sie dem zugestimmt.

Aber alle Rosen fort? Sie sank nach vorne und legte das Gesicht auf die kühle Erde. Sie hatte wenig geweint in diesen schlimmen Jahren. Sie war zu sehr damit beschäftigt gewesen, den Verwundeten im Lazarett zu helfen. Sie hatte geweint, als Georg eingeliefert wurde und als er wieder an die Front ging. Aber ansonsten hatte sie die Zähne zusammengebissen und gearbeitet. Für die Menschen, für das Land. Aber sie hatte stets ihre Rosen im Herzen gehabt. Das Bild ihres Rosengartens im Juni, den Duft, das Licht, die Weite, die Farbenpracht. Dieses Bild hatte sie aufrechterhalten, hatte sie durch diese schwere Zeit gerettet. Hatte sie weitermachen, nicht verrückt werden lassen.

Und nun musste sie feststellen, dass das alles schon lange nicht mehr existierte. Außer in ihrem Kopf.

Sie spürte, wie sich ein Arm um sie legte, und ließ sich von Gabriela hochziehen und ins Schloss führen. Vorbei an Pritschen, die noch von den Einquartierungen der Soldaten an den Wänden lehnten, vorbei an Verbandsmaterialien und Feuerholz, das man in den Gängen gestapelt hatte, setzte sie einen Fuß vor den anderen bis hinauf in den ersten Stock. In den Raum, der früher ihr Zimmer gewesen war. Zwischen Möbeln, die aus den unteren Räumen hier oben abgestellt worden waren, stand noch ihr Bett an seinem Platz. Das Bett, in dem sie mit Georg gelegen hatte, als die Nachricht vom Attentat in Sarajevo sie ereilt hatte.

Gabriela brachte Marie dazu, sich auf der verstaubten Tagesdecke auszustrecken.

Marie drehte sich zum Fenster und sah die Eiche, die im Wind rauschte, wie sie es immer getan hatte. Der helle Fleck des Fensters brannte sich in ihre Netzhaut, aber sie wandte den Blick nicht ab. Sie lag einfach da und bewegte sich nicht.

Sie wusste nicht, ob sie sich jemals wieder würde bewegen können. Und Georg war nicht da, um sie zu wiegen, zu halten, zu trösten. Kein Brief, kein Telegramm, keine Feldpost seit drei Jahren. Noch nicht einmal Klatsch aus Wien, dem sie ein Lebenszeichen hätte entnehmen können. War er noch am Leben, dieser nach Zigarre riechende Mann mit dem liebenden Wesen und den starken Armen? Oder war auch er nur noch ein Gespinst ihrer Erinnerung, so wie ihr Rosengarten?

Sie tastete in ihrer Rocktasche nach den Pillen, die sie vorsichtshalber aus dem Lazarett mitgenommen hatte und die ihr dort oft schon gute Dienste erwiesen hatten. Vielleicht sollte sie es ihren Rosen gleichtun und einfach verschwinden? Mit diesen Tabletten würde das leicht zu bewerkstelligen sein.

»Brauchst du noch etwas?«, fragte Gabriela in ihre Gedanken hinein. »Sonst mache ich mich jetzt ans Aufräumen, damit wir hier bald wieder normal leben können.«

»Geh nur«, sagte Marie schwach und schloss die Augen. Normal leben. Wie sollte das je wieder möglich sein, dachte sie noch, bevor sie einschlief.

41

Gut Lundwitz, Mecklenburgische Schweiz
August 2017

Während Alex' Bein langsam heilte – er humpelte bald wieder über das Gelände und überwachte die Arbeiten –, nahm das Herz des Parks Gestalt an: Der Rosengarten war bereits zu zwei Dritteln bepflanzt. Heute ging Isabel gemeinsam mit Gerd an das Beet, in dem die purpurfarbenen Rosen ihren Platz finden sollten, als Vordergrund für die hellgelben Wildrosen. Isabel hatte die Sorte *Gloire des Jardins* ausgesucht. Sie schien ihr am passendsten und am robustesten an dieser Stelle. Sie war sich nicht ganz sicher gewesen, was Marie Henriette ursprünglich in Unter-Korompa gepflanzt hatte. Aber anhand des Fotos aus Lundwitz war sie aufgrund der Wuchsform zu dem Schluss gekommen, dass es *Gloire des Jardins* gewesen sein musste. Am Abend, als sie mit müden Knochen in ihre Dachkammer stieg und sich fühlte, als wäre sie soeben von einem Halbmarathon zurückgekommen, trat sie an den Kaminschacht, an den sie das alte Foto gepinnt hatte. Sie hatte es schon so oft betrachtet. Und es hatte ihr gute Dienste erwiesen – zwar nicht im Hinblick auf die Farbwahl der Rosen, aber bei der Analyse des Wuchses. Sie war sich sehr sicher, dass sie bei den meisten Rosensorten richtig lag.

Aus der Schublade des Sekretärs holte sie das zweite Foto hervor, auf dem der alte Mann im Rollstuhl und die streng wirkende alte Frau zu sehen waren. Welche Besitzergeneration war das gewesen? Ihr fiel auf, dass sie sich bisher nicht sehr ausgiebig mit der Familie beschäftigt hatte, die Lundwitz bis zur Vertreibung bewohnt hatte.

Was musste das für ein Grauen gewesen sein? Isabel hatte einmal einen Film gesehen, in dem Zeitzeugen aus einem mecklenburgischen Städtchen zu Wort kamen, die die Vertreibung miterlebt hatten. Als es hieß, dass die Russen kamen, waren diejenigen, die fliehen konnten, geflohen. Aber zahlreiche Frauen, die keinen Ausweg sahen, hatten ihre Kinder getötet und sich das Leben genommen. In diesem einen Ort hatte es um die neunhundert Toten gegeben. Was hatte die Familie in Lundwitz gemacht?

Sie schaute auf das Paar auf dem Foto. Wie schwer musste es gewesen sein, das Gut zu verlassen. Die wichtigsten Gegenstände in einen Wagen zu verladen und loszufahren auf Nimmerwiedersehen. Sich von den Hausangestellten zu trennen und sie ihrem eigenen Schicksal zu überlassen. Wie war die Flucht für den Mann im Rollstuhl verlaufen? Hatten sie ein Ziel gehabt? Verwandte in der Westzone vielleicht, zu denen sie erst einmal ziehen konnten?

Die meisten Adligen hatten im Westen einen Neuanfang versucht. Sie hatten als Pächter einen kleinen Teil der Felder eines Verwandten bewirtschaftet oder waren in die Stadt gegangen und zu »Etagenadel« geworden. Die Weite der einstigen Latifundien noch in den Knochen, hatten sie in einer Dreizimmerwohnung im Stadtzentrum von Hannover oder Koblenz nach neuen Aufgaben gesucht. Manch einer war vom Großgrundbesitzer zum Büroangestellten geworden, mancher hatte in einer Fabrik mit angepackt.

Die nächste Generation hatte es besser gehabt. Sie waren Rechtsanwälte oder Ärzte geworden, hatten ein bürgerliches Leben mit illustrem Namen geführt. Und vermutlich mit der Weite des Landes, aus dem die Vorfahren gekommen waren, im Herzen. Und mit ein paar gerahmten Fotos oder Ölgemälden an der Tapete, die das Stammhaus zeigten.

Und die Enkelgeneration? Besaß sie noch eine Verbindung

zur Vergangenheit? Oder war sie vollkommen angekommen in der neuen Welt?

Ihr Smartphone klingelte. Cora. »Hey, was macht der Muskelkater?«

Isabel stöhnte. »Frag nicht.«

»Interessiert mich auch eigentlich nicht. Ich will dich nur noch mal beglückwünschen. Wie du Marco in die Wüste geschickt hast, das war großartig!« Sie lachte. »Wie bedröppelt er wieder heimgefahren sein muss! Wahrscheinlich war er auch wütend. Er hätte ja so gerne da oben mitgemischt bei den alten Gärten. Hast du denn schon Folgeaufträge in Sicht?«

»Du willst mich wohl loswerden.« Sie fuhr mit dem Finger über das Foto des Paares. *Wer seid ihr?*

»Schatz, du willst mir doch nicht sagen, dass du vorhast, nach Wien zurückzukommen?«

»Na ja, ich weiß noch nicht so recht, was ich …« Natürlich wollte sie zurückkehren. Zu Cora, ihrer Mutter und zum *Garten Kunterbunt.*

»Papperlapapp! Wenn man einen lukrativen Geschäftszweig entdeckt hat, der dir auch noch Freude bereitet – und das höre ich doch bei jedem Gespräch heraus –, dann krallt man sich doch bitte dort fest und lässt sich nicht beirren. Hat denn dieser Alex nicht ein paar Freunde und Bekannte auf umliegenden Gehöften, die Hilfe gebrauchen könnten?«

»Gehöfte ist gut.« Isabel ließ vom Foto ab und rieb sich den schmerzenden Rücken. Hatte sie nicht irgendwo eine Wärmflasche gesehen, in einem der Küchenschränke? Sie sollte sie sich für heute Nacht sichern. »Ich werde mich mal umhören, wenn du darauf bestehst.«

»Ich bitte darum. Und ruf mich erst an, wenn du etwas hast, hörst du?« Cora machte eine Pause. »Und natürlich immer, wenn dir was auf der Seele brennt. Brennt was? Etwas, was mit A anfängt?«

Isabel wurde wütend. »Hier brennt gar nichts. Seit Alex' Unfall haben wir wieder ein ganz normales, nettes Verhältnis unter Freunden.« Isabel massierte sich den Lendenwirbelbereich. Von der Nackenkraulattacke der Südstaaten schwieg sie lieber.

»Hätte ich dir das mit der Geburtstagsnacht nur nicht erzählt!«

»Untersteh dich, mir so etwas nicht zu erzählen.« Cora lachte. »Kopf hoch, meine mutige Heldin. Das wird schon wieder.«

Isabel beugte den Arm in die Seite und dehnte sich. Das brachte ein wenig Linderung. »Nichts wird da. Ich will gar nicht, dass da was wird. Der ist mir viel zu schwierig, der Herr Künstler.« Vielleicht gab es auch eine wärmende Salbe irgendwo?

»Hast du denn jetzt mal rausgefunden, warum er ausgerechnet dort in Lundwitz gelandet ist? Ich verstehe es immer noch nicht, wie einer, dem die Kunstwelt zu Füßen liegt, sich in so ein Mauseloch am Ende der Welt verkrümelt. Da stinkt doch was!«

»Hier stinkt gar nichts außer die Gülle von den Nachbarfeldern. Das war Zufall mit Lundwitz, und Alex und die anderen sind eben einfach sehr idealistisch und wollen inmitten der Natur einen Rückzugsort für Künstler und Erholungsuchende schaffen in dieser hektischen Zeit.«

»Zufall. Idealisten. Rückzugsort. Hektische Zeit. Oh mein Gott.« Man hörte ein Feuerzeug klicken.

»Weißt du was?« Cora ging ihr langsam auf die Nerven. Als sie das Foto betrachtet hatte, war ihr in dieser Sekunde plötzlich etwas klar geworden. Die Rückenschmerzen waren vergessen. »Ich muss auflegen, ich muss noch arbeiten.«

»Um diese Uhrzeit?« Cora blies hörbar den Rauch aus.

»Um diese Uhrzeit!« Isabel blickte auf die Armbanduhr. Cora hatte ja recht, es war halb zehn. Aber sie wollte es jetzt wissen. Warum war sie nicht schon früher darauf gekommen? Es war doch völlig klar: Sie musste Alex fragen, ob er etwas über diese Leute auf dem Foto wusste. Er hatte zwar gesagt, er wisse nichts Genaues, als er ihr die Unterlagen übergeben hatte. Aber vielleicht fiel ihm ja doch etwas ein? Vielleicht hatte der Makler beim Kauf irgendwas erwähnt? Wer waren die beiden auf dem Foto? Und was hatten sie mit der Anlage des Rosengartens zu tun?

Sie drückte Cora weg, nahm das Foto und stieg die Stockwerke nach unten. Aber sowohl im Salon als auch in der Küche war bereits das Licht gelöscht und keine Stimmen mehr zu hören.

Alle waren schon auf ihren Zimmern. Ausgerechnet heute! Sie stieg hinauf in den ersten Stock. Die Leuchtschrift *Fuck your diet* blinkte in ihren Neonfarben, sonst war alles dunkel und still.

Isabel zögerte. Sollte sie einfach an Alex' Zimmer klopfen? Nachts um kurz vor zehn?

Ihre Schritte wurden langsamer, als sie durch den langen Flur über den Sisalläufer schlich, bedacht darauf, dass keine Diele darunter knarrte. *Fuck your diet, fuck your diet*, blinkte die Installation. Sie hörte leise Jazzmusik aus einem der Zimmer dringen, wohl aus Ennos.

Schon stand sie vor Alex' Tür und starrte auf die Porzellanklinke mit dem Efeumuster.

Sie musste wissen, ob ihm etwas über das Paar auf dem Foto bekannt war. Da war es doch wohl gerechtfertigt, dass sie nachfragte. Auch zu dieser Tageszeit.

Sie hob eine Hand, um zu klopfen, legte die andere schon auf das kalte Porzellan des Griffes. Aber dann ließ sie die Hände sinken.

Das war keine gute Idee nach allem, was passiert war. Auch wenn sich die Lage in den letzten Tagen seit dem Unfall ein wenig entspannt hatte. Sie wich zurück und machte kehrt. Es hatte Zeit bis morgen. Bei Tageslicht würde sie ihn fragen.

Sie stieg in ihre Dachkammer hinauf, pinnte das Foto zu dem anderen an den Schornstein und ärgerte sich, als sie feststellte, dass sie nun über all der Aufregung vergessen hatte, die Wärmflasche aus der Küchenschublade mitzubringen.

42

Tschechoslowakei, Donauhügelland
Schloss Dolná Krupá am Fuße der Kleinen Karpaten
Frühjahr 1919

Das Leben nahm tatsächlich einfach seinen Lauf. Es ging weiter, als ob es den Krieg nie gegeben hätte. Außer natürlich, dass das Land jetzt anders hieß. Dass Unter-Korompa ein neues Ortsschild bekommen hatte. Und dass Lücken entstanden waren. Leerstellen, die überall zu spüren waren.

Nicht nur im Rosengarten.

Eines Morgens im Dezember war die Nachricht gekommen, vor der Gabriela Angst gehabt hatte: Konrad war an der Front gefallen. Man hatte seinen Leichnam erst jetzt identifizieren können. Nach der Beerdigung, die sie in aller Eile auf dem Zentralfriedhof in Wien organisiert hatten, war Gabriela zusammengebrochen, hatte zwei Wochen im Bett gelegen und sich von Marie pflegen lassen. Das Einzige, was sie schließlich ein wenig aufgebaut hatte, war Hennys Ankunft gewesen, die so schnell wie möglich aus der Schweiz angereist war. Mutter und Tochter hatten lange Gespräche geführt, bei denen Marie nicht dabei gewesen war. Aber sie erkannte, dass die beiden trotz der langen Trennung während des Krieges, und obwohl Gabriela das Erwachsenwerden ihrer Tochter nicht hatte begleiten können, einander Halt gaben. Zu Weihnachten war Gabriela aufgestanden, hatte sich etwas Hübsches angezogen, die blassen Wangen mit Rouge überdeckt und fortan die täglichen Aufgaben wieder aufgenommen, auch als Henny wieder abgereist war, um in der Schweiz die Ausbildung als Krankenschwester zu absolvieren.

Die Trauer begleitete den kleinen Haushalt von Dolná Krupá

jedoch weiterhin jeden Tag. Konrads Stuhl blieb leer am Frühstückstisch, er blieb leer an der Tafel beim Abendessen. Lieselotte und Marie gaben sich alle Mühe, Gabriela zu verwöhnen und ihr Aufgaben abzunehmen. Aber sie bestand darauf, ihre täglichen Pflichten zu erfüllen; es lenke sie ab, sagte sie.

Von Georg gab es weiterhin keine Meldung. Marie forschte an seinem letzten Standort nach, schrieb einen Brief an die Heeresführung in Wien. Und erhielt die Antwort, dass man zum Verbleib des Offiziers Georg von Schwanburg keine Angaben machen könne.

War er gefallen und verscharrt? War er in Kriegsgefangenschaft? War er verwundet und wartete irgendwo darauf, gefunden zu werden? Er lebte, aber er konnte sich aus irgendeinem Grund nicht melden, redete Marie sich ein. Er lebte, und er liebte sie.

Das wurde zu ihrem Mantra – und die Arbeit zu ihrem Schutzschild. Bereits Ende Januar, sobald die Erde nicht mehr bis an die Oberfläche gefroren war, hatte sie sich dick eingemummelt, einen Spaten geschnappt und begonnen, jeden Tag für ein paar Stunden den Garten Stück für Stück umzugraben. Sie riss die Beerensträucher heraus und verpflanzte sie an die Ränder der Freifläche. Sie ließ den Berg Kompost abfahren, aus dem ihr immer noch die Strünke ihrer geliebten Rosen entgegengeblickt hatten, sobald sie den Garten betreten hatte. Sie richtete das Schweizerhaus wieder her, warf Unrat hinaus, der sich in den vier Jahren angesammelt hatte, kratzte Schimmel von den Möbeln, schrubbte die Böden und heizte den Ofen ein. Sie wollte die Kälte und die Feuchtigkeit vertreiben, damit sie spätestens im März wieder einziehen konnte.

Und sie passte jeden Tag den Postboten ab, in der Hoffnung, dass es Nachricht von Georg gab.

Sie kaufte Rosen und setzte sie. Erst ein Beet, dann das nächste, dann das nächste. In diesem Jahr würde es in ihrem Garten noch nicht wieder einladend aussehen. Aber im nächsten und übernächsten konnte sie bestimmt schon einen Teil der Pracht erahnen, die er einmal besessen hatte.

Und bald würde sie wieder Rosen züchten und verkaufen, so wie sie es früher getan hatte. Das musste sie tun. Schließlich brauchten sie Geld, um das Schloss zu finanzieren, jetzt wo Gabrielas Mann als wichtige Stütze fehlte. Sie musste es in die Hand nehmen, das Familienerbe zu retten. Sie würde arbeiten und warten. Arbeiten und warten. Arbeiten und warten. Und beten.

Bis ein Zeichen von Georg käme.

Bald.

43

Gut Lundwitz, Mecklenburgische Schweiz
August 2017

Als Isabel am nächsten Morgen in die Küche zum Frühstück kam, war Alex in Eile. »Ungünstig. Ich fahre heute für eine Woche nach Berlin zu einer Ausstellung«, sagte er, als sie fragte, ob er später ein paar Minuten für sie hätte. »Der Fahrer kommt in einer halben Stunde, um mich abzuholen.«

»Ein Fahrer?« Isabel zog die Augenbraue hoch. »Wie nobel.«

»Er kommt mit einem Transporter. Wir nehmen einige große Leinwände von hier mit, die ich im Volvo nicht unterbringe.« Er schaute auf die Uhr im Smartphone und schob seinen Frühstücksteller von sich. »Ich muss leider.«

»Aber es ist wirklich dringend.«

»Hat was mit den Bestellungen nicht geklappt? Könnt ihr nicht weiterpflanzen?«

»Nein, aber …«

»Na, dann ist doch alles okay. Dann kommt ihr doch voran, während ich weg bin. Und danach reden wir. In Ruhe. Versprochen.« Er eilte schon zur Tür.

»Aber …«

»Bitte, Isabel, belass es dabei. Ich kümmere mich, wenn ich wieder da bin.« Damit war er aus der Küche.

Isabel wandte sich ihrem Ei zu und köpfte es. Die Eier von Theas Hühnern waren wirklich besonders schmackhaft. Kein Vergleich zu den Supermarkt-Bio-Eiern, die sie daheim in Wien kaufte. Thea war heute schon sehr früh aufgebrochen, um pünktlich zur Beerdigung eines Wegbegleiters in Hamburg zu sein, wo sie anschließend noch ein paar Tage bleiben wollte. Deshalb hatte Isabel selbst die Eier aus dem Stall geholt. Sie waren noch warm gewesen, als sie sie aus dem Stroh geklaubt hatte.

Aber – sie sollte sich lieber auf das Wesentliche konzentrieren und nicht über Theas Hühnereier sinnieren. Sie war hier, um das Geheimnis des Rosengartens zu lüften und ihn zu retten. Alles andere ging sie nichts an. Und um diese Arbeit zu erledigen, brauchte sie die Information zu dem alten Foto.

Sie sprang auf und rannte hinter Alex her. Im ersten Stock holte sie ihn ein, als er gerade in seinem Zimmer verschwinden wollte. »Ich brauche diese Info wirklich.«

Er seufzte. »Worum geht's?«

»Um das Foto aus den Unterlagen, die du mir gegeben hast. Das mit dem alten Paar.«

»Was ist mit ihnen?«

»Wer sind sie?«

Er schaute sie stumm an. Dann sagte er: »Das weiß ich nicht genau.« Er blickte wieder auf die Uhr im Telefon.

Stimmte das? »Nicht genau? Oder gar nicht?«

»Ich muss, Isabel. Wirklich.« Er machte Anstalten, ihr die Tür vor der Nase zu schließen. »Wie wäre es, wenn du zur Vernissage nach Berlin kommst, und dort reden wir in Ruhe über alles. Sobald die Ausstellung eröffnet ist und ich sehe, dass es läuft, habe ich wieder Muße dafür. Vorher nicht!« Er nickte ihr zu und schloss die Tür tatsächlich.

Wütend drehte Isabel sich um und ging zurück in die Küche.

Sina lächelte ihr entgegen und löffelte ihr Ei. »Wie eine Stahlwand, oder?«

»Allerdings. Ist er immer so vor Ausstellungen?«

Sie nickte und schob Isabel den Brotkorb rüber. »Nimm noch ein Brötchen mit Honig. Das beruhigt.«

Sie folgte ihrem Rat. Die Süße tröstete augenblicklich. Sollte sie vielleicht wirklich nach Berlin fahren? Immerhin konnte sie dann mehrere Dinge auf einmal erledigen: Sie würde sich seine

Werke in Ruhe anschauen und einen fundierten Eindruck bekommen von seiner Arbeit. Sie konnte mit ihm reden. Und sie lernte vielleicht endlich einmal jemanden aus seiner Familie kennen, über die er so ungern sprach. Denn die würden doch sicherlich zu so einem Event kommen.

»Werden seine Eltern bei der Ausstellungseröffnung sein?«

Sina lachte. »Eher nicht.« Sie salzte ihr Ei.

»Warum?« Isabel schaute sie erstaunt an. Was war an der Frage so lustig?

»Sie sind ein wenig schwierig«, schaltete sich Enno ein, der wie jeden Morgen ein Müsli mit Joghurt und Banane aß.

Isabel schaute ihn fragend an.

»Sie nehmen seine Arbeit nicht für voll«, sagte er.

»Selbst jetzt nicht, wo er so erfolgreich ist?« Wie konnte man ignorieren, wenn der eigene Sohn Kunstpreise erhielt und für Ausstellungen in den besten Häusern gebucht wurde?

»Sie hätten sich gewünscht, dass er Arzt wird. So wie sein Vater. Arzt ist ein richtiger Beruf, weißt du. Maler nicht.« Enno kratzte seine Müslischale aus.

»Aber sie müssen doch sehen, dass er den Durchbruch geschafft hat.«

»Das interessiert sie aber nicht. Er hätte Arzt werden sollen, dem Golfclub des Heimatortes beitreten und natürlich im Rotary Club Vorsitzender werden.« Enno rutschte von seinem Barhocker. »Ich mache mich heute an die Bäder in den letzten beiden Ferienwohnungen. Die Fliesen sind gestern gekommen.« Er stellte seine Müslischale in die Spüle und verschwand.

»Das klingt aber schlimm mit Alex' Eltern«, sagte Isabel zu Sina, die in ihrem grünen Smoothie rührte.

»Tja, manchmal sind Dinge, die erst mal als Privileg erscheinen, am Ende eine Bürde«, sagte Sina.

Isabel sah sie fragend an. Was sollte das denn bedeuten?

Aber Sina kippte den Smoothie hinunter, stellte das leere Glas in die Spüle und hüpfte hinter Enno her. »Bis zum Mittagessen, du Rosenfee!«

Stille herrschte in der Küche, nur der Wasserhahn, den sie nicht richtig zugedreht hatte, tropfte. Isabel räumte den Frühstückstisch ab und ordnete das Geschirr in die Spülmaschine. Eine Bürde? Irgendetwas schien eigenartig zu sein in Alex' Familie. Ob er sich deshalb hier ins Nirgendwo zurückzog? Nur, um nicht von Golfclubs und Rotary-Mitgliedern belästigt zu werden? Oder weil sein Vater sich offenbar wünschte, sein Sohn wäre Arzt geworden?

Künstler war kein richtiger Beruf. Für viele Leute war das wohl so. Warum konnten Eltern nicht einfach akzeptieren, dass die Kinder das taten, was sie glücklich machte? Und Alex war damit auch noch sehr erfolgreich. Seltsam.

Die Herkunft ist manchmal eine Bürde, hatte Sina gesagt.

Wie meinte sie das? Sie und Enno würden ihr wohl nicht mehr erzählen. Sie arbeiteten den ganzen Tag im Westflügel an den letzten Ferienwohnungen. Es blieb also nichts weiter übrig, als abzuwarten, zu arbeiten und in vier Tagen nach Berlin zu fahren, um alles mit Alex direkt zu klären. Und vielleicht zu erfahren, wer die beiden auf dem Foto waren. Und wer Alex selbst war. Denn irgendetwas schien er ihr bisher verheimlicht zu haben.

In vier Tagen würde sie es wissen. Bis dahin würde sie Rosen pflanzen. Oder?

Plötzlich kam Isabel eine Idee.

44

Restösterreich, Wien, 1. Bezirk
Mai 1920

Marie hielt es nicht mehr aus. Sie beschloss, selber nach Wien zu fahren, um eigene Nachforschungen anzustellen. Irgendwo musste es doch eine Spur von Georg geben! Ein Offizier des Hofes konnte sich doch nicht in Luft auflösen!

Und eine Todesmeldung hatte sie nicht erhalten. In den ganzen zwei Jahren nicht, in denen sie bangend gewartet hatte. In denen sie in beinahe manischer Besessenheit ihren Rosengarten zurückgeholt hatte. Auf Pump und für den letzten Heller hatte sie Rosen gekauft und Rosen versenkt. Einmal sogar bis zur Besinnungslosigkeit, weil sie einen Tag lang vergessen hatte zu essen. Lieselotte hatte sie am Abend gefunden und sie mit Wasser, Brot, Salz und dem scharfen Birnenobstler wieder auf die Beine gestellt.

Nun sah der Rosengarten endlich wieder so aus, wie er hieß. Und Marie widmete sich dem täglichen Geschäft der Pflege und des Verkaufs. Sie hatte angefangen, ihre Schulden zu begleichen; aber es würde dauern, bis der Berg abgearbeitet war.

Immerhin hatte sie einen Teil ihres ehemaligen Kundenstamms wieder interessieren können; sehr viele allerdings waren im Krieg gefallen oder hatten ihre Anwesen verloren. Das Interesse an Rosen hatte insgesamt stark abgenommen, musste Marie feststellen. Aber schließlich hatten die meisten Menschen erst einmal damit zu tun, wieder in ein geregeltes Leben zu finden.

In all dieser arbeitsreichen Zeit hatte sie täglich an Georg gedacht. Jeden Tag hatte sie dem Postboten enttäuscht hinterhergeschaut, wenn er mit den ganz falschen Briefen erschienen war. Georg lebte. Da war sie sich inzwischen sicher.

Warum nur meldete er sich nicht? Sie musste es herausfinden und ihn ausfindig machen.

In Wien.

An einem Dienstag Anfang Mai fuhr sie los. Die ersten Rosen hatten gerade zaghaft winzige Blüten gebildet. Es war ein versöhnliches Bild, ein Hoffnung spendendes, das sie zum Abschied in sich aufsog. Alles würde wieder so werden wie vor dem Krieg. Und Georg gehörte natürlich dazu. Er gehörte zu ihr, zu ihrer Welt, zu ihrem Leben. Sie würden bald wieder schöne Tage und Nächte zusammen verbringen, vom Morgen träumen, sich einfach nur im Arm halten, den Atem des anderen spüren, die Wärme, den Duft. Die gemeinsame Stärke.

Seine Stärke.

Es kam nicht in Frage, dass der Krieg Georg in die Knie gezwungen hatte. Georg von Schwanburg würde ihr schon bald in alter Kraft und Statur gegenübertreten. Sie würde ihn finden, davon war sie überzeugt.

Mit dem Pferdefuhrwerk ließ sie sich über die Landstraße nach Türmau fahren. Trnava hieß der Bahnhof nun, an dem sie die Eisenbahn nach Wien bestieg. Während sie gegen die Fahrtrichtung sitzend den blassblauen Himmel und die Weizenfelder betrachtete, die am Bahnfenster vorbeiglitten, und den Streifen der Kaparten am Horizont immer kleiner werden sah, überlegte sie, wo sie mit ihrer Suche anfangen sollte. Sie entschied sich für die Familienwohnung der Schwanburgs. Sie kannte die Adresse. Sie war zwar noch nie dort gewesen, aber Georg hatte ihr das Palais oft genau geschildert, wenn er von seinen Söhnen und dem Familienleben berichtete. Er liebte das Familienleben. Und er hätte es so gerne mit ihr geteilt, sagte er immer wieder. Nicht mit Elisabeth.

Sie eilte durch die engen Gassen des ersten Bezirks und roch

Abwasser, Kuchenteig, Würstchenbrät, Parfum, je nachdem, an welchem Geschäft oder an welcher Straßenecke sie entlangkam. Die Abgase der Automobile raubten ihr fast den Atem. Der Stephansdom schlug wie eh und je seine Viertelstunden. Neben den Händlern mit ihren Bauchläden, die Streichhölzer oder Kreisel für die Kinder anboten, streckten ihr Bettler die Hände entgegen. Aus den Automobilen, die viel zu eng an ihr vorbei durch die Straßen rasten, stiegen elegant gekleidete Herren ohne Zylinder, dafür mit diesen albernen neuen Panama-Hüten. Sie eilten in die Hauseingänge, als ob sie auf dem Weg zur Safari wären und nicht auf dem Weg zur Arbeit, dachte Marie und schüttelte den Kopf.

Sie überquerte eine Straße und gelangte zum Palais der Schwanburgs in der Ringstraße. Erhaben stand es dort, als ob es den Krieg nie gegeben hätte. Aber als Marie das Schild untersuchte, stellte sie fest, dass hier keine Familie Schwanburg mehr wohnte. Fremde Namen zierten die Klingelschilder der fünf Etagen.

Die Tür der Hauswartswohnung im Souterrain stand offen. Marie roch Kohl, hörte Abwaschwasser plätschern, eine Frau fluchte, eine Katze fauchte. Kurz darauf rannte ein mageres getigertes Tier mit angelegten Ohren und aufgestelltem Schwanz aus der Haustür.

Marie stieg die drei Stufen hinunter und klopfte an die offene Tür.

»Was?«, rief die Frau.

Marie hörte Schritte von Holzpantinen auf dem Steinboden, und die Frau trat an die Tür. Sie war ein wenig jünger als Marie, hatte aber eingefallene Wangen, einige Zähne fehlten. »Was?«, wiederholte sie.

»Ich bin auf der Suche nach der Familie Schwanburg«, sagte Marie.

»Wie schön für Sie. Da können Sie hier lange suchen. Die

sind weg.« Sie wischte die nassen Hände an der Schürze ab und fuhr sich mit dem Handrücken über die laufende Nase. »Letztes Jahr hat die gnädige Frau alles räumen lassen, und sie sind fort. Die Jungs waren während des Krieges sowieso nicht in der Stadt. Ausquartiert zu Verwandten. Na klar, die Adels haben ja einen Haufen Mischpoke in aller Herren Länder. Da müssen die Jungs natürlich nicht in den Schützengraben. Anders als unsereiner. Meinen Anton, kaum achtzehn war er, haben sie eingezogen und totgeschossen.« Sie spuckte auf den Boden. »War's das?«

Marie wagte noch eine Frage. »Wissen Sie, wohin die Familie Schwanburg gezogen ist?«

»Sie meinen, ob die gnädige Frau mir ihre neue Adresse hinterlassen hat?« Sie lachte. »So gut waren wir nicht befreundet.« Sie griff nach der Tür und machte Anstalten, sie zu schließen. »Muss das Katzenvieh draußen behalten. Nicht, dass die mir noch meinen Fisch auffrisst, den der Händler heute für mich zurückgehalten hat gegen die Stange Zigaretten, die dieser britische Soldat ...« Sie blickte Marie müde an. »Ach, verschwinden Sie einfach.«

Enttäuscht lief Marie die Gasse entlang und fand ein Kaffeehaus. Sie wollte nachdenken und betrat das Café. Schicklich war es sicherlich nicht, dass sie hier ganz alleine Rast machte. Aber sie brauchte jetzt eine Melange und ein Stück Apfelstrudel mit Vanillesauce. Sie nahm an einem runden Marmortisch Platz. Der Ober behandelte sie sehr zuvorkommend und ließ sich kein Missfallen darüber anmerken, dass sie allein unterwegs war. Ein paar Vorteile musste die Großstadt ja auch haben. Aber als sie sich in Ruhe im Café umsah, stellte sie fest, dass sie bei weitem nicht mehr die einzige Frau war, die alleine hier saß. Einige der Frauen lasen Zeitung, rauchten gar öffentlich und trugen das Haar nicht hochgesteckt, sondern in diesen neumodischen Bob-Frisuren, die sie bisher nur in der Zeitschrift gesehen hatte. Zudem bemerkte sie mehrere Tische, an denen Damen gemeinsam lachten und speisten und ihr in den adretten Kostümen mit den knielangen Bleistiftröcken nahezu unbekleidet erschienen.

Wo kamen nur diese modernen Zeiten her? Sie selbst hatte seit dem Kriegsende nur an ihrem Garten gearbeitet – und an Georg gedacht. Vielleicht sollte sie wieder öfter reisen, damit sie nicht völlig im Gestern steckenblieb, dachte sie.

Sie durchbrach mit dem Löffel die Schaumhaube ihrer Melange und stellte fest, dass sie mit Honig, statt mit Zucker verfeinert war. Auch der Apfelstrudel mit seinem frischen splitternden Blätterteig und dem säuerlichen Lederapfel tat sein Bestes, um Marie wieder zu Kräften kommen und die Suche fortsetzen zu lassen. Schließlich war sie nicht zum Vergnügen oder zur Erbauung hier, sondern um etwas über Georg zu erfahren.

Die Nachforschungen würden einige Tage in Anspruch nehmen, denn sie musste vorsichtig und zurückhaltend vorgehen. Denn nun – das wurde ihr klar, als sie die letzten Blätterteigkrümel vom Teller kratzte – hieß es, sämtliche Bekannte und Verwandte zu besuchen. Es mussten dort an den Kaffeetafeln die Verluste des Krieges diskutiert werden, und sie musste hoffen, dass sich eine Möglichkeit auftat, ganz nebenbei nach dem Verbleib dieses Offiziers Georg von Schwanburg zu fragen. Natürlich hatte niemand den damaligen Verlobungsskandal vergessen, das war Marie bewusst. Aber wenn sie sich nun an die Regeln der Etikette hielt, diverse Teezeremonien über sich ergehen ließ und sich nicht zu plump nach ihm erkundigte, würde man ihr hoffentlich doch Auskunft geben.

Drei Tage lang aß sich Marie durch diverse Kuchenstücke bei ihrer entfernten Verwandtschaft und bei Bekannten der Familie, für die sie Empfehlungen bekam. Man war sehr interessiert, wie das Leben auf dem Land nach dem Krieg voranging. Leider brachte keine der Verabredungen irgendein Ergebnis in Sachen Georg. Niemand hatte etwas über seinen Verbleib oder den der Familie gehört. Fest stand nur: Die Familie von Schwanburg hatte Wien vor mehr als einem Jahr verlassen. Wohin, das wusste niemand. Offenbar hatte Marie Elisabeth falsch eingeschätzt. Denn eine Gesellschaftskönigin, die soziale Kontakte oder gar Freundschaften übermäßig pflegte, schien sie nicht gewesen zu sein.

Wo war Georg nur, fragte sie sich wieder, als sie erschöpft von den Tagen in der Stadt mit der Eisenbahn durch die böhmischen Felder und Wiesen nach Hause fuhr, den Bergen entgegen.

Wo bist du nur, mein Geliebter?, dachte sie, als die Karpaten in den Blick kamen.

Noch in Restösterreich? Oder seid ihr zur Familie deiner Frau gereist? Kam sie nicht aus dem Flachland, aus Preußen? Aus Pommern? Aus dem Anhaltischen?

Sie konnte sich nicht mehr erinnern.

Sie musste zu Hause einmal im Gotha Elisabeths Familie nachschlagen.

45

Gut Lundwitz, Mecklenburgische Schweiz
August 2017

Als Isabel die Spülmaschine gestartet hatte, platzierte sie sich am großen Fenster auf der Galerie in der Eingangshalle, um den Vorplatz besser überschauen zu können. Denn für die Umsetzung ihres Plans musste sie auf den richtigen Zeitpunkt warten. Ihr war bewusst, dass es eine verwegene Idee war und nicht die beste, und sie schämte sich ein wenig dafür. Aber es war nötig geworden, wenn sie hier weiterkommen wollte. Und das wollte sie, das musste sie sogar. Ihre Karriere hing daran, ihre Zukunft, und damit auch ihr Leben, redete sie es sich schön.

Bald sah und hörte sie, wie ein großer weißer Transporter auf den Hof rollte und Alex den Fahrer begrüßte. Gemeinsam schleppten sie elf große Gemälde, eingehüllt in Plastikschutzfolie, aus dem Haus über den Hof in den Transporter.

Alex stellte zum Schluss noch eine Reisetasche dazu und kletterte neben den Fahrer auf die Vorderbank. Langsam schaukelnd verließ der Transporter den Vorplatz und verschwand zwischen den Bäumen.

Sie wartete einige Minuten. Als sie Sina und Enno mit Maurerkelle, Eimern und Farbrollen im Westflügel verschwinden sah, befand sie, dass die Luft rein war.

Ihr Herz klopfte deutlich schneller als sonst, als sie den Gang entlang schlich in Richtung Alex' Zimmer. Konnte sie wirklich vor sich rechtfertigen, was sie nun vorhatte?

Aber sie musste endlich wissen, mit wem sie es zu tun hatte, musste ihn endlich verstehen. Warum tat er sich diesen alten Kasten an? Warum die finanzielle Last? Dass er nur aus rein ideellen Motiven handelte, glaubte sie inzwischen nicht mehr. Es musste noch etwas anderes dahinterstecken, warum er sich ausgerechnet dieses Projekt vorgenommen hatte. Hatte es etwas mit seiner Familie zu tun?

Sie griff die Türklinke zu seinem Zimmer und drückte sie hinunter. Abgeschlossen! Sie versuchte es noch einmal. So ängstlich hätte sie Alex nicht eingeschätzt.

Gut, auf der anderen Seite hatte er recht. Die Haustüren des Gutshauses waren tagsüber nicht abgeschlossen. Jeder konnte ins Haus gelangen und mitnehmen, was er wollte. Sie dachte an ihre paar Wertsachen oben in der Dachkammer. Ob sie die auch lieber abschließen sollte?

Sie rüttelte noch mal an der Tür – und trat mit dem Fuß dabei auf eine Erhebung neben dem Türpfosten unter dem Sisalläufer. Sie bückte sich und hob den Läufer an. Der Türschlüssel? Sie steckte ihn ins Schloss und drehte ihn. Tatsächlich! Isabel schüttelte den Kopf. Das war ja ein sehr originelles Versteck. Fast so schlecht wie die Blumenkübel-Variante an der Hintertür, die so viele Menschen nutzten. Sie lauschte noch einmal in Richtung Eingangshallentreppe. Nichts.

Was sie tat, war verboten, schrecklich, gemein. Aber Alex wusste etwas über das Paar auf der Terrasse, da war sie sich inzwischen sicher. Und sie brauchte diese Information, um das Rätsel des Rosengartens endgültig zu lösen. Sie würde herausfinden, wer der große Verehrer von Marie Henriettes Arbeit gewesen war.

Wie hätte die Rosengräfin an ihrer Stelle gehandelt? Völlig klar, sie hätte ebenfalls jedes Hindernis überwunden, um ihre Vision vom Rosengarten zu verwirklichen.

Isabel drückte die Klinke und schlüpfte in Alex' Zimmer.

46

Tschechoslowakei, Donauhügelland
Schloss Dolná Krupá am Fuße der Kleinen Karpaten
Mai 1920

»Nichts.« Marie schüttelte auf die Frage ihrer Schwester den Kopf, die sie nach ihrer Rückkehr aus Wien an der Tür erwartet hatte und ihr den Hut und den Umhang abnahm. Lieselotte kam angelaufen und nahm Gabriela die Sachen aus der Hand. »Nichts«, wiederholte Marie.

»Und nun?« Gabriela streichelte ihren Rücken und führte sie durch den Salon in Richtung Chaiselongue. »Setz dich erst mal. Lieselotte macht dir eine heiße Schokolade. Weißt du noch? Das hat uns als Kinder immer getröstet.«

Marie wurde unwirsch. »Hier geht es aber nicht um ein aufgeschürftes Knie, das ich mir beim Spielen im Garten geholt habe. Hier geht es darum, dass die Liebe meines Lebens wie von der Erde verschluckt ist.«

Gabriela hörte auf zu streicheln und nahm die Hand weg. »Die Liebe deines Lebens!« Ihre Stimme wurde leise. »Du hättest eben besser auf sie achtgeben sollen.«

Marie fuhr herum. »Wie meinst du das?« Sie war erstaunt, als sie sah, dass aus dem sanften Gesicht ihrer Schwester alle Wärme verschwunden war.

»Du hattest die Chance, ihn zu heiraten«, sagte Gabriela. »Hättest du es getan, vielleicht wäre alles anders gekommen.«

»In den Krieg wäre er trotzdem gezogen.«

»Aber vielleicht zu dir zurückgekehrt«, sagte Gabriela ruhig. »Zu dir.« Sie drückte ihr den Zeigefinger fest auf die Brust.

Marie sah sie schweigend an. Dann flüsterte sie: »Was soll das, Gabriela?«

Ihre Schwester wurde laut. »Der Mann ist verheiratet. Bedeutet das denn nichts? Vielleicht ist er nun durch die schrecklichen Erlebnisse im Krieg endlich zur Vernunft gekommen und hat sich mit seiner Familie zurückgezogen. Mit seiner Familie! Hörst du? Da gehörst du nicht dazu. Hör endlich auf, Luftschlösser zu bauen und immer wieder Luftschlösser, die dich früher oder später ins Verderben stürzen werden.«

Marie schlug ihrer Schwester ins Gesicht. Zornerfüllt blickte Gabriela sie an, drehte sich um und lief die Treppe hinauf.

Marie zitterte. Was hatte sie getan? Woher kamen Gabrielas harte Worte? Natürlich plagte sie der Verlust von Konrad. Aber das war doch kein Grund, ihrer Schwester das Herz zu brechen.

Sie stürmte in die Bibliothek und fuhr mit der Hand das Regal ab, in dem die Nachschlagewerke standen. Wo war der vermaledeite Gothaische Genealogische Hofkalender? Der rote Ledereinband des dicken Buches leuchtete ihr entgegen. Sie spürte die Vertiefungen, als sie mit dem Finger über die eingeprägte goldene Krone fuhr.

Das Verzeichnis aller alten Familien. Sie versuchte, sich das Bild von der Heiratsanzeige vor Augen zu rufen, das sie vor mehr als dreißig Jahren in der Zeitung gesehen und sofort weitergeblättert hatte, weil es zu sehr geschmerzt hatte. Georg und sie hatten es stets vermieden, über seine Frau zu sprechen.

Plötzlich fiel ihr der Name von Elisabeths Familie wieder ein. Sie begann zu blättern.

47

Gut Lundwitz, Mecklenburgische Schweiz
August 2017

Isabel schloss leise die Zimmertür hinter sich. Auch heute glitzerten die Spiegelchen der Batik-Tagesdecke in der Morgensonne. Ein T-Shirt mit dem Konterfei von Kurt Cobain hing auf der Ecke und drohte hinunterzufallen. Auf der Jugendstil-Kommode neben dem Fenster stapelten sich Bücher, meist Krimis, aber auch Coffee Table Books und Kunstbände. Der Schreibtisch nahe der Balkontür war übersät mit geöffneten Briefumschlägen und Rechnungen. Sie steuerte darauf zu, blieb aber stehen, als ihr Blick das Gemälde auf der Staffelei streifte, die wie schon beim letzten Mal nahe dem Fenster stand.

Das Bild war nun fertig. Auf türkisfarbenem Hintergrund waren Himmel und Meer auszumachen, über die ein stürmischer Wind wehte. Gischt spritzte auf die üppige pinkfarbene changierende Rosenblüte, die eine frappierende Ähnlichkeit mit dem weiblichsten aller Körperteile hatte. Aus dieser Blüte tropfte surrealistisch das Profil des Gesichts einer Frau. Isabels Herz sprang, als sie ihr eigenes Gesicht erkannte. Mit ernster Miene schaute das Gesicht in die Ferne, in der winzig ein Haus zu erkennen war. Isabel trat näher an die Leinwand heran. Lundwitz! Und die winzige Tür des Gutshauses stand weit offen.

Insgesamt erinnerte das Bild an Gemälde, die sie von Salvador Dalí gesehen hatte. Sie konnte es sich ohne Probleme in einem großen Museum vorstellen und setzte sich auf das Bett. Alex war wirklich ein begnadeter Künstler. Und er hatte sie gemalt. A-L-E-X hatte sie in einem seiner Gemälde verewigt. Sie begann zu zittern. Sollte sie sich nicht lieber auf der Stelle zurückziehen?

Aus Lundwitz, aus seinem Leben? Zumindest auf jeden Fall aus seinem Zimmer! Sie ließ sich nach hinten auf das Bett fallen und starrte an den Leinenhimmel. Aber das Gemälde wich nicht aus ihrem Sinn, es stand ihr klar vor Augen. Besonders die drastisch dargestellte vulgäre Rose – mit ihrem Gesicht gleich daneben.

Sie sprang auf. Wie konnte er es wagen? Jetzt erst recht!

Sie ging zum Schreibtisch, ohne das Gemälde noch eines Blickes zu würdigen. Ein Ordner lag bereit, in dem Alex wohl einiges noch abheften wollte. Sie zwang sich, die Gedanken an das Bild auszublenden, und überflog die oben liegende Rechnung für den Straßenbauer, der den Vorplatz pflastern geholfen hatte.

Es war wirklich erstaunlich, dass Alex und die beiden anderen sich dem finanziellen Risiko stellten. Was war, wenn das B&B hier draußen mitten im Nichts keinen Erfolg hätte? Was, wenn keine Sponsoren für die Künstler-Stipendien zu finden waren? Wie sollten sie das alles hier über die Jahre instand halten? Kaum denkbar, dass sie sich als Hobby das Gutshaus leisten konnten. Und umso erstaunlicher, dass sie es taten.

Woher kam diese Leidenschaft für das Anwesen?

Sie sah sich die Rechnung genauer an. Gerichtet war sie an die »Lundwitz Verwaltung GbR«. Das waren Alex, Enno und Sina gemeinsam. So stand es auch auf dem Vertrag, den sie mit ihnen unterzeichnet hatte. Alle drei hatten in Sauklaue unterschrieben. Hier auf dem Rechnungsanschreiben prangte unter der GbR aber noch etwas sehr Interessantes: Dort stand »z. Hd. Herrn Alexander von Bargentin«. Alexander von Bargentin? Das war Alex' richtiger Name? Alexander von Bargentin. Hatte er deshalb so ein Interesse an einem alten Gutshaus? Gehörte er zur Generation des Etagenadels und sehnte sich nach früheren Zeiten zurück, auch wenn das bedeutete, dass man in der Provinz verschwand? So revanchistisch hätte sie ihn gar nicht eingeschätzt. Sie schmunzelte. Alexander von Bargentin.

Sie legte die Rechnung zurück, zog die Schreibtischschublade auf und fand eine Packung Zimtkaugummis und ein paar Bleistifte, einen Notizblock und einen Haufen Werbekugelschreiber von Handwerkerfirmen. Sie schob sie wieder zu und setzte sich auf das Bett. Alexander von Bargentin. Ging es ihm um das Abenteuer? Schließlich suchte doch jeder im Leben etwas, das ihn mit Sinn und Freude erfüllte. Etwas, das das Leben gelingen ließ. Für viele waren es Kinder, für einige eine ehrenamtliche Aufgabe oder eine Stiftung, die sie gründeten für eine Sache, die ihnen am Herzen lag. Verlieh die Wiederbelebung eines beinahe dreihundert Jahre alten Gutshauses seinem Leben Sinn und hinterließ ein Gefühl der Zufriedenheit und des Glücks bei ihm?

Sie ließ den Oberkörper auf das Bett zurückfallen und schaute an die Decke.

Am Ende des Lebens würde er das Gefühl haben, etwas geschaffen zu haben, das blieb.

Aber taten das Alex' Gemälde nicht auch? Sie machte die Augen zu, um nicht aus Versehen auf das Gemälde am Fenster zu schauen. Es verschwand trotzdem nicht.

Sie sprang auf und lief zu der Kommode. Vermutlich beherbergte sie seine Unterhosen, die wollte sie eigentlich nicht sehen. Aber sie zog trotzdem die oberste Schublade auf. Sie war leer bis auf ein cognacbraunes Buch, dessen Einbandleder einige Risse aufwies. Auf der Vorderseite waren Initialen eingestanzt: G. S. Vorsichtig nahm Isabel das Buch heraus und fuhr mit der Fingerspitze über die Buchstabenmulden.

G. S.

Plötzlich hörte sie Schritte auf dem Gang. Schnell ließ sie das Buch zurück in die Schublade gleiten, sprang hinter das Bett und legte sich flach auf den Flokati. Ihr Herz raste, sie hörte deutlich, wie jemand schnellen Schrittes immer näher kam. Suchten Enno oder Sina nach ihr? War Alex zurückgekommen, weil er etwas vergessen hatte?

Bitte, lieber Gott, lass mich nicht entdeckt werden. Das Gesicht in den Zotteln des Flokati, harrte Isabel aus. Die Schritte wurden noch lauter, ihr stockte der Atem – aber dann marschierten sie am Zimmer vorbei weiter den Gang hinunter.

Eine Tür quietschte, Isabel hörte nebenan Schritte auf dem Parkett, also war es Sina, deren Raum an Alex' Zimmer anschloss. Isabel blieb liegen, bis sie die Tür ins Schloss fallen hörte und die schnellen Schritte sich entfernt hatten.

Sie wartete einige Minuten, aber es blieb ruhig. Langsam kam sie vom Teppich hoch, griff wieder das ledergebundene Buch und blätterte es auf.

Die Seiten waren stockfleckig, zum Teil gewellt, als ob das Buch einmal Wasser abbekommen hätte. Aber die Schrift war gut zu lesen. Sie blätterte zum Anfang. Doch dort stand nur ein Datum, und dann begann in klarer, vermutlich männlicher Handschrift eine Art Tagebucheintrag, ein Journal. Isabels Herz klopfte. Was hatte sie hier vor sich? In wessen Privatsphäre drang sie ein? Der erste Eintrag stammte vom sechsten Mai 1919. Wer war G. S.? Und warum befand sich das Buch unter den privaten Sachen von Alex?

Sie schluckte. Wieder wurde ihr bewusst, wie verboten sie hier handelte.

Sie setzte sich mit dem Buch aufs Bett und begann zu lesen.

06. 05. 1919

Wie konnte ich nur in diese Lage geraten? Womit habe ich das verdient? Ich weiß nicht einmal genau, wo ich hier gelandet bin. Die Fahrt oder vielmehr den Transport habe ich im Halbschlaf erlebt. Sie ist einfach zu gewieft und schafft es immer wieder, mich außer Gefecht zu setzen.

Wenn ich hier aus dem Fenster schaue, sehe ich eine große Wiese und dahinter die Bäume des Parks. Sie hat mir einmal erzählt, dass ihre Vorfahren große Freunde der Gartenkunst waren und Pflanzen, speziell Bäume aus aller Welt zu sich geholt haben. Ich erkenne einen Urwaldmammutbaum, eine kanadische Lärche, einen Ginkgo, wenn ich aus dem Fenster schaue. Sie haben diese Exoten hierher verschleppt. So wie mich. Ins Nichts. Mecklenburg? Der Stammsitz der Familie? Dass ich nicht lache. Nein, ich lache nicht. Ich lache wohl nie mehr in diesem Leben.

Sie hat mich einfach fortgeschafft aus meiner Welt, die ich so vermisse. Und ich kann mich nicht wehren. Ich bin ein kaputt geschossenes Wrack.

Das Einzige, dass mich jetzt noch trösten kann, sind die Rosen. Die Erinnerung an mein Leben. Mein Leben mit ihr. An die Stunden, Tage, Minuten, in denen ich glücklich war. Es waren nicht viele Tage, die ich in diesem Leben mit ihr verbringen konnte. Aber ich habe jeden einzelnen davon genossen. Nur dann habe ich wirklich gelebt. Nur dann habe ich geliebt. Nur dann. Und deshalb werde ich hier auf diesem Grund und Boden in Mecklenburg ihren Garten ...«

Isabel hielt inne, weil sie plötzlich das Gefühl hatte, beobachtet zu werden. Sie blickte zur Tür.

Dort stand Alex.

48

Tschechoslowakei, Donauhügelland
Schloss Dolná Krupá am Fuße der Kleinen Karpaten
Mai 1920

Elisabeths Familie. Marie ließ den Finger über die Seite des Gotha wandern. B wie Bargentin! Sie blätterte um.

Stammhaus: Gutshaus Lundwitz, Provinz Mecklenburg.

Das war sehr weit entfernt. War Georg dort? Hatten sie sich dorthin zurückgezogen, um den Spuren des Kriegs so weit wie möglich zu entkommen? Um versorgt zu sein von hauseigener Bewirtschaftung, die die Stadt ihnen nicht bieten konnte. Aber warum schrieb er nicht? Warum gab er kein Lebenszeichen von sich? Er musste doch wissen, dass sie wartete. Dass sie sich verzehrte nach einer Nachricht von ihm.

Oder hatte Gabriela etwa recht? Ihr Herz zog sich zusammen. Hatte der Krieg ihn verändert, und er wollte nichts mehr mit ihr zu tun haben? Wollte er sich abkehren von seinem bisherigen Leben, und hatte sie aufgegeben?

Sie sank auf das kalte Leder des Chesterfield-Sofas.

Vielleicht hatte er sich nach den schockierenden Erlebnissen während des Krieges nun in den Schoß der Familie zurückgezogen, in die Obhut seiner ihm ergebenen Frau.

Gabriela hatte recht.

Falls er tatsächlich in diesem weit entfernten Lundwitz weilte, konnte sie sich nicht anbiedern und ihn dort aufsuchen. Auf keinen Fall!

Es war aus. Es war vorbei. Für immer.

Marie rollte sich auf dem Chesterfield zusammen und ließ ihren Tränen freien Lauf.

49

Gut Lundwitz, Mecklenburgische Schweiz
Ende August 2017

Alex stand in der Tür und schaute Isabel nur stumm an. Sein Blick fiel auf das Buch in ihrer Hand und wanderte wieder hinauf zu ihrem Gesicht. In seinen Augen lag Traurigkeit – und Zorn.

Er durchquerte das Zimmer und riss ihr das Buch aus der Hand. Er sagte nichts, sondern führte sie am Arm zur Tür und schob sie auf den Gang.

»Ich möchte, dass du Lundwitz in den nächsten zwei Stunden verlässt.« Er legte das Buch auf der Kommode ab.

»Aber ...«, setzte Isabel an.

»Das dürfte genügen, um deine Sachen zu packen und dich von Gerd und den anderen zu verabschieden«, unterbrach er sie.

»Aber was ist das für ein Buch? Es scheint mir wichtige Informationen zur Geschichte des Hauses und zum Aussehen des Gartens in dieser Zeit zu liefern. Informationen, die uns vielleicht sehr bei der Rekonstruktion helfen könnten. Warum hast du mir verheimlicht, dass du es ...«

»Ich habe dir nichts verheimlicht.«

Sie stemmte die Hände in die Hüften. »Offensichtlich schon. Sonst hättest du es ja nicht hier in deinem ...«

»Eben. In *meinem*.« Er machte eine wegwerfende Handbewegung. »Geh jetzt!«

»Aber wir stecken mitten in der Arbeit.« Sie drückte die Hand gegen die Tür, die er zuzuschieben versuchte.

»Das hättest du dir vorher überlegen sollen.«

»Alleine werdet ihr nicht rechtzeitig fertig werden.« Sie stemmte sich gegen das Holz und spürte den Gegendruck.

»Das lass mal unsere Sorge sein.«

»Aber ihr wisst doch gar nicht …« Sein Druck wurde immer stärker. Sie nahm die Hand weg.

»Dank deiner detaillierten Pläne werden wir das schon hinkriegen.« Er machte Anstalten, die Zimmertür ganz zu schließen. Sie sah in seine Augen. Kein Fünkchen Hoffnung war zu erkennen.

»Was machst du überhaupt hier?«, fragte sie leise.

Er hielt inne und öffnete die Tür ein kleines Stück. »Ich hatte schon die ganze Zeit überlegt, ob ich nicht das Bild ausstellen will.« Er zeigte auf die Staffelei. »Ich habe gezögert, weil ich meine Liebe zu dir nicht öffentlich machen wollte. Aber als wir gerade auf der Autobahn waren, hat es mich plötzlich durchzuckt: Ich will dich mitnehmen. Ich will dich zeigen. Ich will aller Welt zeigen, welch tolle Frau ich liebe.«

Ihr kamen die Tränen.

»Ich habe mich wohl sehr in dir getäuscht.« Er deutete den Gang hinunter. »Geh!«

Sie blieb stehen. »Wir haben einen Vertrag.«

Er lachte. »Den kündige ich mit sofortiger Wirkung.«

»Ich brauche aber die Referenz.«

»Du hast das Projekt aber nicht fertiggestellt.«

»Ich …«

»Du fährst am besten den Schotterweg hoch, das Schlagloch haben wir ja zugeschüttet, dann zur Dorfstraße und von dort Richtung Autobahn.« Er warf die Tür zu.

Isabel stand im ruhigen Flur. Eine Fliege surrte an ihr vorbei und brummte an einem Fenster auf der Suche nach einem Ausweg. Sie tastete nach ihrer hinteren Hosentasche. Immerhin das war ihr noch gelungen. Die eine Seite, die locker gewesen war im Journal und auf das Bett gefallen war – sie steckte sicher verwahrt in ihrer Hosentasche. Vielleicht kam sie dem Geheimnis von G. S. und dem Rosengarten doch noch auf die Spur, bevor sie wohl oder übel packen und abreisen musste. Alex hatte nicht so geklungen, als ob er sich würde umstimmen lassen. Er hatte ihr eine Liebeserklärung gemacht. Aber er warf sie raus. Und natürlich konnte sie ihn verstehen. Wer hätte in so einer Situation schon gelassen reagiert.

Sie stolperte die Stufen hinauf in ihre Dachkammer.

Warum hatte er ihr das alte Journal auch verheimlicht? Er hätte ihr die Arbeit sehr erleichtern können, wenn er es ihr gegeben hätte. Bestimmt stand viel über den Park darin. Und nun wollte er, dass sie ging. Sie merkte, wie ihr die Tränen die Wangen hinunterflossen. Wäre sie doch nie in das Zimmer eingedrungen! Hätte sie doch nie in seinen Sachen geschnüffelt.

Ihre Gedanken flogen hin und her. Alexander von Bargentin. Nun konnte sie ihn googeln. Und sie hatte schon einen starken Verdacht, was er hier wollte. Ausgerechnet hier, in Lundwitz.

Sie öffnete den Gründerzeitschrank, um mit dem Packen zu beginnen. Aber vorher wollte sie noch lesen, was G. S. auf der lockeren Seite geschrieben hatte.

Sie warf sich auf die Matratze und entzifferte die alte Handschrift.

14. 04. 1920

Nun ist es so weit. Mein Traum wird wahr. Der letzte Traum meines Lebens, der Traum meines Alters und meiner Gefangenschaft, um genau zu sein. Ich habe meinen Ehedrachen damit erpresst, dass ich ansonsten die Nahrung verweigere. Er hat schließlich nachgegeben. Auf ihre Weise liebt sie mich wohl und will, dass ich an ihrer Seite bleibe. Das muss ich einsehen. Aber sie muss einsehen, dass ich nicht leben kann ohne die Rosen. Ohne die Rosen zu sehen, die mich an sie erinnern. Die Gärtner haben bereits mit den Arbeiten begonnen, bald wird die volle Blütenpracht erstrahlen. So wie an den Sommertagen, die wir gemeinsam verbracht haben in Unter-Korompa, in ihrem kleinen Paradies. Eins zu eins habe ich die Pläne zeichnen lassen. Aus dem Gedächtnis. Ihren wunderschönen Rosengarten sehe ich so oft vor mir. Hier wird also ihr Garten wieder erblühen, ihrer und meiner. In ihm werde ich glücklich sein und ihr nahe sein können. Warum sie wohl nicht auf meinen Brief geantwortet hat? Er ist durchgekommen, anders als alle anderen. Der Ehedrachen schirmt mich ab. Ich weiß das. Ich weiß auch, dass Briefe, die ich ihr oder einem Hausangestellten anvertraue, nicht abgeschickt werden. Aber dieser eine, den Kriegskamerad Graf Eggesholm für mich hinausgeschmuggelt hat, der wird doch wohl seine Reise angetreten haben. Hat sie ihn trotzdem nicht erhalten?

Manchmal weiß ich auch nicht mehr, ob das, was ich denke, real ist. Das viele Morphium, das der Ehedrachen mir in die Venen jagen lässt, sobald ich eine Regung zeige, die ihm missfällt ... Es ist ein Dahindämmern, ein Vegetieren. Aber immerhin werde ich demnächst zusätzlich vom Duft der Rosen betäubt. Der Rosen, die mich an sie erinnern. Und an die wenigen glücklichen Momente, die wirklich zählen im Leben. Die Momente mit ihr.«

Isabel legte das Blatt zur Seite und schaute an die Deckenbalken der Dachkammer. Der Verfasser der Zeilen war also der Mann im Rollstuhl auf dem Foto. Er hatte den Rosengarten errichten lassen? Aus Liebe zu der einen Frau, die er auf dieser Welt begehrte. Und das war nicht diese Frau auf dem Foto. Die hatte ihn also unter Morphium gesetzt, um ihn an ihrer Seite zu halten und in ihrer Gewalt zu haben? Wie verzweifelt musste jemand sein, um das zu tun? Wie verzweifelt – oder wie verliebt?

Und dann errichtete er diesen Rosengarten als Symbol seiner Liebe zu der anderen, der Liebe seines Lebens. Ein Symbol sogar über die Zeiten und über die Entfernung hinweg.

Dagegen konnte auch das Morphium nichts ausrichten.

Nun wunderte sie sich nicht mehr über das Foto, über den grimmigen Ausdruck der Frau und den traurigen, passiven Blick des Mannes.

Ob Marie Henriette Chotek gewusst hatte, wo ihr Liebster war?

Das Smartphone piepte. Eine E-Mail von Katarina aus Dolná Krupá.

Betreff: Entdeckung

Liebe Isabel, ich hoffe es geht Ihnen gut, und ich würde mich sehr freuen, vom Stand der Dinge in Lundwitz zu erfahren. Wir fiebern hier alle mit Ihrem Projekt mit. Bei den Umbauarbeiten im ersten Stock des Schlosses, bei dem wir eine Wandtäfelung entfernt haben, haben wir gestern einen Fund gemacht, der für Sie von Interesse sein könnte. Es handelt sich um einen alten Brief an Marie Henriette Chotek aus dem März 1920. Absender ist ein G. S., Lundwitz. Da wir mit der deutschen Sprache nicht vertraut sind, wollten wir Sie bitten, ihn uns zu übersetzen. Wäre es Ihnen recht, wenn ich ihn nach Lundwitz schicke?
Herzliche Grüße, Katarina

Ein Brief von G. S. an Marie Henriette? War sein Brief doch durchgekommen?

Sie antwortete so schnell wie möglich. »Bitte schicken Sie mir den Brief unbedingt. Halte mich aber die nächsten Tage in Wien auf.« Sie hinterließ die Adresse ihrer Mutter.

Sie würde sich also wieder in Wien aufhalten. Vermutlich nicht nur die nächsten Tage. Erst jetzt war ihr bewusst, welches Ausmaß ihr Handeln hatte: Sie hatte es verbockt. Aber richtig!

Sie wollte gerade den zweiten Koffer schließen, als ihr der Herz-Diamantring einfiel. Sie zog ihn unter der Matratze hervor und warf ihn zu den anderen Sachen in den Koffer. Vielleicht sollte sie ihn jetzt verkaufen.

Denn nun brachen wirklich schlechte Zeiten an.

50

Drei Stunden später: Ostseestrand bei Dierhagen
Ende August 2017

Isabel legte die Hände ans Lenkrad des Range Rovers. Der Regen peitschte gegen die Windschutzscheibe. Die Hundsrosenhecke wogte im Sturm.

Sie bemerkte, wie durchgefroren sie in den nassen Klamotten war. Gänsehaut zierte ihre Unterarme, die aus der Wollstrickjacke hervorschauten.

Sie drehte den Schlüssel im Zündschloss, der Wagen sprang an. Es half nichts. Sie warf noch einen Blick hinüber zu ihrem Smartphone auf dem Beifahrersitz.

Alex würde nicht mehr anrufen. Es hatte keinen Sinn, hier zu warten und zu frieren.

Sie musste tun, was das einzig Vernünftige war. Sie musste zurückfahren nach Wien.

Und dort ein neues Leben suchen. Ihr Plan, in Lundwitz das Referenzobjekt zu schaffen für ihre eigene Firma, war gescheitert. Vielleicht würde sie also doch bald auf den Schalensitzen vom Arbeitsamt sitzen.

Aber das war bei weitem nicht das Schlimmste.

Das Schlimmste war, dass sie den Mann, mit dem sie so schöne Momente erlebt hatte, von denen bestimmt noch viele weitere gekommen wären, für immer verloren hatte.

Durch ihre eigene Dummheit.

Sie wischte sich über die Augen und lenkte den Wagen vom Parkplatz. Die Dünen und die Hundsrosen im Rückspiegel wurden kleiner und verschwanden.

51

Wien, Meidling
Ende August 2017

Mit vielen Küssen begrüßte ihre Mutter sie zehn Stunden später an der Wohnungstür. »Mein armes Kind«, sagte sie immer wieder. »Mein armes Kind.«

Was auch nicht viel half.

Isabel bat, erst einmal in Ruhe schlafen zu gehen, bevor sie erzählte. Sie verabredeten, am Nachmittag, wenn ihre Mutter von der Arbeit käme, die Lage ausführlich zu besprechen.

Isabel kippte in voller Montur auf ihr Bett und war wenig später eingeschlafen.

52

Am nächsten Morgen fehlte die Marillenmarmelade auf dem Frühstückstisch, den ihre Mutter für sie eingedeckt hatte, nicht. *Stärke Dich erst mal, und lass den Kopf nicht hängen*, stand auf einem Zettel, mit Herzchen verziert.

Isabel schmierte sich eine Semmel und schaltete ihr Smartphone an. Nichts. Aber immerhin ging nun die Internetverbindung. Isabel tippte Alex' Namen ein.

Zwei Sekunden später las sie: *Alexander Freiherr von Bargentin (*15. 6. 1972 in Hannover, Niedersachsen) ist ein studierter Kunsthistoriker, Künstler und Chef des Hauses Bargentin mit ehemaligem Stammsitz in Mecklenburg-Vorpommern. Seit dem Zweiten Weltkrieg leben Teile der Familie über Westdeutschland, Kanada und Singapur verstreut, ihre Wurzeln hatte die Familie aber u. a. in Österreich-Ungarn. Alexander von Bargentin ist geschieden und hat keine Nachkommen.*

Isabel ließ ihre Semmel auf den Teller sinken.

Freiherr von Bargentin, Stammsitz in Mecklenburg-Vorpommern, deshalb lag ihm Lundwitz so am Herzen. Deshalb hatte er es überhaupt gekauft. Für die Familie. Obwohl er ganz offensichtlich ein schlechtes Verhältnis zu seinen Eltern hatte, war er seinen Wurzeln doch verbunden.

Dann waren der G. S. und seine grimmige Frau wohl die letzten Bargentins gewesen, die Lundwitz bewohnten.

Aber wie war Alex mit diesem Mann verwandt? War er der Urenkel? Oder ein Großneffe?

Sie nahm die Semmel und aß weiter. Okay. Immerhin wusste

sie nun, was Alex an Lundwitz faszinierte. Und warum er sich die ganze Arbeit und den finanziellen Druck auflud.

Zu traurig nur, dass sie nicht mehr mithelfen durfte bei diesem Unternehmen. Sie hätte so gerne den Rosengarten fertiggestellt und ihn in voller Pracht erlebt. Sie hätte gerne gesehen, wie das B&B eröffnet wurde und wie die ersten Künstler ihren Stipendienaufenthalt antreten würden.

Sie legte die Semmel weg und stand auf. Ihr war der Appetit vergangen. Ihr war überhaupt alles vergangen. Sie spürte, wie sehr sie sich in dieses Fleckchen Erde verliebt hatte mitten im Nichts in Mecklenburg-Vorpommern.

In Lundwitz und – sie gestand es sich ein – in Alex.

Es klingelte an der Tür, sie wischte sich über die Augen und öffnete. Einen kurzen Moment hatte sie die Hoffnung, dass es Alex sein könnte. Aber es war nur der Briefträger, der ein Einschreiben aus Dolná Krupá brachte.

Der letzte Brief von G. S. an Marie Henriette!

Ehrfürchtig drehte Isabel ihn in der Hand. Es war ein gefütterter Umschlag. Hinten prangte sogar ein Wachssiegel mit einem Familienwappen, das einen Schwan zeigte.

Sie trug den Brief vorsichtig in die Küche und nahm ein Messer. Fast kam es ihr wie ein Frevel vor, den Brief, der beinahe hundert Jahre verschlossen war, zu öffnen.

Weder Marie noch sonst irgendjemand hatte ihn geöffnet. Und er war aus irgendeinem Grund hinter der Wandtäfelung versteckt worden. Es musste jemanden gegeben haben, der ihn bewusst dort hatte verschwinden lassen und ihn vor Marie verborgen hatte.

Aber wer?

53

Tschechoslowakei, Donauhügelland
Schloss Dolná Krupá am Fuße der Kleinen Karpaten
März 1920

Natürlich hatte Marie die Hoffnung auf eine Nachricht von Georg letztendlich doch nicht aufgegeben, obwohl alles dagegen sprach, dass noch ein Brief eintreffen würde. Marie wusste, dass sie sich etwas vormachte. Aber wie es nun einmal so war im Leben – die Hoffnung starb zuletzt.

»War etwas in der Post?«, rief sie deshalb wie jeden Mittag, wenn sie von der Arbeit im Garten zum Mittagstisch eilte, auf dem Lieselotte wie immer an diesen noch kühlen Frühlingstagen eine warme Kleinigkeit servierte. Heute roch sie schon die Kohlsuppe, die sie so liebte. »War etwas?«, wiederholte sie an Gabriela gewandt, die bereits am Tisch Platz genommen hatte. Die Schwestern hatten sich in den vergangenen Wochen bemüht, trotz des Vorfalls mit der Ohrfeige wieder normal miteinander umzugehen. Schließlich wohnten sie hier zusammen. Und sie gehörten nun einmal zusammen, auch wenn sie beim Thema Georg so unterschiedlicher Meinung waren. Und dass Marie immer noch jeden Tag auf Post von ihm wartete, das musste Gabriela nun einmal akzeptieren.

Gabriela schüttelte langsam den Kopf. Marie fing einen erstaunten Blick von Lieselotte auf, bevor diese ihre Gesichtszüge wieder unter Kontrolle hatte und sich zu ihnen setzte.

»Nichts?«, fragte Marie noch einmal.

Gabriela blickte in ihre Kohlsuppe. »Nichts von Bedeutung außer der Zeitung.«

Sie löffelten schweigend. Der Geruch vom Suppengrün hing in der Luft.

»Georg wird sich nicht mehr melden, oder?«, fragte Marie schließlich leise. Denn auf einmal wusste sie, dass es so war.

Lieselotte rutschte auf ihrem Stuhl herum. Gabriela griff ihren Arm und drückte ihn fest auf die Tischplatte, wohl um das Gerutsche zu beenden.

Marie schaute erstaunt von ihrer Schwester zu Lieselotte. Aber die senkte die Augen, schwieg und löffelte. Ein Kuckuck rief von der Eiche vor der geöffneten Terrassentür.

Marie legte ihren Suppenlöffel weg.

»Ist etwas?«

»Nein!« Gabrielas Stimme war barsch.

»Nein«, flüsterte Lieselotte.

Marie sank auf ihrem Stuhl gegen die Lehne und sah den beiden beim Löffeln zu. Sie beobachtete Gabrielas seit einigen Jahren schon ergrauten, mit Perlen besetzten, von Haarklammern gebändigten Schopf und Lieselottes strengen Dienstmädchen-Dutt, der inzwischen ebenfalls grau war. Sie musste an ihr Fest zum dreiundzwanzigsten Geburtstag denken und daran, wie Lieselotte als junge Frau, die gerade in den Haushalt gekommen war, sie damals ermuntert hatte durchzuhalten. Sie hatten viel erlebt, alle zusammen. Gute und schlechte Zeiten. Aber sie hatten zusammengehalten. Das würde doch nun, im Alter, nicht anders sein? Diese beiden Frauen, ihre engsten Vertrauten, würden sie nicht belügen.

»Ich habe heute die *Thronfolgergemahlin Sophie* eingesetzt, an der alten Stelle«, sagte sie, um den Gedanken zu verdrängen, und bemühte sich, ihre Stimme nicht zittern zu lassen. »Sie wird dort blühen wie damals, als Georg noch bei mir war.«

Gabriela verdrehte die Augen.

»Es ist …«, setzte Lieselotte nun doch an.

»Geh in die Küche und hol mir ein Glas Wasser, Lieselotte!«, unterbrach Gabriela sie sofort. »Oder nein, bleib gleich dort. Deine Dienste werden hier nicht mehr gebraucht.«

Marie bemerkte einen drohenden Unterton. Hatten die beiden etwa Streit gehabt?

Aber ihre Gedanken schweiften sofort wieder ab zu Georg. Die immer gleichen Fragen wirbelten durch ihren Kopf.

Was er wohl gerade tat?

Wann hatte er sich entliebt?

Wann hatte er beschlossen, sie nicht wiederzusehen?

Wann hatte er sie aus ihrem Leben gestrichen?

Sie stand wortlos vom Mittagstisch auf und lief zurück in den Garten, um sich abzulenken.

54

Wien, Meidling
Ende August 2017

Isabel faltete den Briefbogen auseinander. Er sah aus wie das Papier aus dem Journal von G. S., die gleichen Streifen, die gleiche Tinte.

LUNDWITZ, 04. 03. 1920

Meine liebe Rose,
wie sehr vermisse ich Dich, ich schreibe diesen Brief in aller Hast,
weil ich nicht weiß, ob sie mich dabei entdecken wird und obwohl
ich nicht weiß, ob er Dich jemals erreichen wird. Ich bin jeden Tag,
jede Stunde in Gedanken bei Dir. Ich erinnere mich an unsere Tage
und Nächte in Unter-Korompa, als ob ich sie erst gestern erlebt
hätte.

Ich bin gefangen in den Zwängen meiner Entscheidungen, die
lange zurückliegen. Meiner Entscheidungen – und Deiner Entschei-
dungen. Es gibt keinen Ausweg. Sie wird nicht zulassen, dass wir
uns je wiedersehen. Eher bringt sie mich um. Oder Dich.

Isabel schaute auf und sah das Foto mit dem Mann im Rollstuhl und der grimmigen Frau vor sich.

Ich würde Dir so gerne zeigen, was ich hier schaffe und jeden Tag
bewundern werde. Vom Fenster meiner Gefangenenzelle aus oder
von der Terrasse in dem Garten. Ich werde dort DICH entstehen
lassen. Ich werde DICH verewigen.

Alle Deine Lieblinge werden hier sein: die Madame Isaac Pereire, *die* Henny, *die* Thronfolgergemahlin Sophie, Geschwinds Schönste. *Meine Augen sind noch gut, deswegen werde ich ihre reichen Farben sehen können und mich an ihnen ergötzen. Und träumen, dies wäre nicht Lundwitz, sondern Dein Garten in Unter-Korompa. Und wir wären dort gemeinsam. Wir würden dort gemeinsam alt werden, alt sein und sterben.*

Ja, wir werden bald sterben. Wir alle, die wir diesen Krieg überlebt haben. Vielleicht sind wir ja schon tot? Einige von uns sind es innerlich. Tot und kraftlos. Ich auch. Nur dieser eine Wunsch nach dem wunderbaren Garten blüht noch in meiner Seele. Der Garten, den ich für Dich schaffen werde. Damit Du für immer bei mir bist.

Bis dass der Tod uns scheidet.

Ich herze Dich, ich umarme Dich, ich begehre Dich wie in den Tagen, als wir jung waren und die Welt uns offenstand. Was haben wir daraus gemacht? Was hat das Leben mit uns gemacht? Was zählt, sind die schönen Stunden. Und davon hatten wir einige, nicht wahr, mein Liebling?

Und wenn Du an Deinen Rosen arbeitest, denk an mich.

Ich schicke Dir tausend Küsse und tausend Rosen,

Dein Georg

Isabel ließ das Papier sinken. Diesen Brief hatte Marie nie erhalten? Sie hatte nicht erfahren, dass Georg sie unendlich liebte und nie vergessen würde? Sie hatte nicht erfahren, dass er jeden Tag auf die Rosen blicken und von ihr träumen wollte?

Isabel brauchte einen Moment, atmete tief durch, dann zog sie den Laptop heran und begann den Brief für Katarina ins Englische zu übersetzen. Er würde in den Akten des Museums verschwinden. Vielleicht einmal bei einem der Rosenfeste zu Ehren der Rosengräfin ausgestellt werden.

Aber seine Adressatin hatte ihn nie zu Gesicht bekommen. Sie druckte die Übersetzung aus und würde sie per Post an

Katarina zurückschicken; der alte Brief musste ja auch mit. Und – das beschloss sie in diesem Moment – sie würde Katarina einen Blumenstrauß schicken und alles per Kurier erledigen lassen. Sie buchte online den Boten, der gegen fünfzehn Uhr alles abholen und nach Dolná Krupá transportieren würde, wie man ihr versicherte. Das war zwar erheblich teurer als ein normaler Versand, aber schließlich war es ja auch eine wertvolle Fracht, die er mitnahm. Und die diesmal wirklich ihre Empfängerin erreichen sollte.

Sie nahm ihre Handtasche und machte sich auf den Weg zu Cora in den Laden, um einen Blumenstrauß für Katarina auszusuchen.

55

»Aber Hase, was ist denn da bloß schiefgelaufen?« Cora schritt mit ausgebreiteten Armen durch den Laden auf Isabel zu und drückte sie fest an sich.

»Alles«, sagte Isabel und befreite sich. Was sie jetzt nicht gebrauchen konnte, war, in Tränen auszubrechen. Sie würde ruhig und vernünftig mit der neuen Situation umgehen. Ja, sie war gefeuert worden und hatte ihren Traumjob verloren. Und noch viel schlimmer: ihren Traummann, wie sie nun befürchtete. Aber sie, Isabel Huber, würde sich davon nicht aus der Bahn ... Coras Blick war so voller Mitleid, dass die Flut der Tränen auf einmal unaufhaltsam aus Isabel herausbrach. Cora zog sie schnell hinter den Samtvorhang, der das Ladengeschäft von der kleinen Kaffeezeile und dem Klo abtrennte; eine Tür führte von hier zum Hinterhof, auf dem Cora immer rauchte.

Isabel setzte sich auf einen Schemel, und Cora hielt sie einfach nur fest.

Die Ladenglocke klingelte, eine Kundin rief nach ihr. Cora antwortete nicht. Nach ein paar Minuten ging die Glocke wieder. Isabel weinte und weinte immer noch. Cora legte ihre Jacke auf den Kachelboden und bettete Isabel darauf. Sie kochte einen Tee, während Isabel sich nicht beruhigen konnte. Es war nicht nur der Rausschmiss in Lundwitz. Es war der Rausschmiss aus ihrem Leben insgesamt. Alle hatten sie rausgeworfen: Marco, Alex, das Leben. Sie war nicht mehr auf der Überholspur, sie war auf gar keiner Spur mehr. Auf gar keiner! Was um alles in der Welt sollte sie denn jetzt bloß machen?

»Trink den Yogi-Tee, der wird dir guttun«, sagte Cora und half ihr, sich aufzusetzen. Gemeinsam hockten sie auf den Fliesen und lauschten, als die Ladenglocke wieder läutete.

»Geh nur«, flüsterte Isabel Cora zu. »Du kannst ja nicht alle deine Kunden verlieren wegen mir.« Sie trank den Tee.

»Ich kann dich doch nicht mit diesem Nervenzusammenbruch hier alleine sitzen lassen«, wisperte ihre Freundin.

»Geh endlich!« Isabel schloss die Augen. Sie spürte den Windhauch des Vorhangs und hörte kurz darauf Coras Stimme vorne im Laden. »Was kann ich für Sie tun?«

Ob Isabel jemals wieder etwas für einen Auftraggeber tun durfte? Und wenn es ein großer Garten in einem Neubau-Villengebiet irgendwo am Rande von Wien wäre. Selbst Buchsbaumkunstwerke würde sie schnitzen lassen, wenn es sein müsste. Solange sie überhaupt jemals wieder einen Auftrag bekam.

Und was war mit Alex? Würde sie ihn jemals wiedersehen? Wie sie dort saß in ihrem ganzen Elend auf den Fliesen in Coras Blumenladen, flehte sie zum lieben Gott, dass Alex irgendwann seine Meinung ändern und ihr verzeihen würde.

»Rosen, sagten Sie?«, drang Coras Stimme wieder zu ihr vor. »Langstielig? Rot?«

»Äh, nein.«

»Welche Farbe?«

»Haben Sie weiße oder welche in einem sanften Gelbton?« Der Kunde klang etwas überfordert. Und er klang wie … Isabel stellte die Teetasse auf dem Boden ab.

»Was denn nun, gelb oder weiß?«

»Ich dachte an die *Felidaé*? Haben Sie die zufällig da?«

Was?

»Also in der Regel führen wir Blumenhändler keine Strauchrosen, sondern nur speziell für die Floristik gezüchtete Sorten wie diese hier. Die sind auch hellgelb. Wie viele?«, fragte Cora. Isabel krabbelte zum Vorhang.

»Wie viele haben Sie denn?«, fragte der Kunde.

Isabel schob den untersten Zipfel des Vorhangs ein wenig auseinander und sah nur Coras Schuhe und die des Kunden. Adidas-Sneakers und darüber Jeans, aber dann versperrte Coras Blumenbindetisch die Sicht.

Cora schien zu zählen. »Fünfundvierzig«.

»Dann nehme ich alle.«

»Wird die Dame fünfundvierzig?«

»Nein, aber ich bin neulich fünfundvierzig geworden, und ich bin ein alter Esel.«

Isabel zog sich ruckartig zurück. Ihr Herz pochte. Blut flutete ihren Kopf und rauschte in ihren Ohren, die Wangen glühten, die Gedanken waren klar.

Sie sprang auf, schlich aus dem Hinterausgang in den Hof, durch die Hofausfahrt auf die Straße und rannte zur Wohnung ihrer Mutter, so schnell sie konnte.

56

Tschechoslowakei, Donauhügelland
Schloss Dolná Krupá am Fuße der Kleinen Karpaten
Juni 1929

Marie strich sich eine Locke hinter das Ohr, schloss die Augen und sog den Duft ein. Genauso hatte diese Kapuzinerrose riechen sollen, der sie den Namen *Gabriela* gegeben hatte, damals vor acht Jahren, als ihre Schwester gestorben war. Kurz darauf war auch Lieselotte von ihr gegangen. Nun bewohnte sie das große Schloss ganz alleine. Denn an ihrem fünfundsechzigsten Geburtstag vor einem Jahr hatte sie beschlossen, dass das fußkalte Schweizerhaus mit den gelegentlichen Mäusebesuchen nicht mehr das richtige Domizil für eine alte Frau sei.

Von Henny aus der Schweiz bekam sie regelmäßig Post. Sie war längst verheiratet mit einem sympathischen jungen Grafen aus dem Aargau. Zwei Kinder hatten die beiden bereits und waren deshalb nicht sehr oft auf Reisen. Sie selbst vermied das Reisen inzwischen ebenfalls. Schließlich war niemand mehr da, der sich in ihrer Abwesenheit um die Rosen kümmern konnte. Außerdem war das Klettern in Eisenbahnwaggons und das Holpern auf Pferdefuhrwerken viel zu beschwerlich. Ein Automobil besaß sie nicht.

Sie richtete sich auf und rieb den schmerzenden Rücken. Ihr Blick schweifte über das Blütenmeer um sie herum. Natürlich war es ein wenig kleiner als vor dem Krieg, aber es war längst wieder wunderschön. Hier zartrosa, dahinter blutrot, saftgelb, weiß, pinkfarben und orange, so leuchteten ihr ihre Lieblinge entgegen. Einmal mehr war sie erstaunt, was ihr doch damals für eine einzigartige Anordnung eingefallen war für das Rosarium. Sie schritt durch einen mit weißen Portlandrosen bewachsenen Bogen, umweht vom beinahe betäubenden Duft, und betrat die orangefarbene Sektion.

Zu schade, dass nun Schluss sein musste. Zumindest aus dem Geschäftsleben musste sie sich endlich zurückziehen. Sie war sechsundsechzig Jahre alt. Wie lange sollte sie noch in den Beeten knien, die schweren Gießkannen schleppen, in der Sommerhitze Unkraut jäten. Sie lächelte. Wenn sie ehrlich zu sich war, dann wusste sie, sie würde es tun, bis sie mitten im Beet starb. Doch den Betrieb, den Versand, die Zucht – das musste sie nun aufgeben. Es war Zeit, das spürte sie.

Aber sie würde noch eines tun: Sie würde ein Abschiedsfest geben. Hier im Park von Schloss Unter-Korompa. Sie würde nicht stumm, sondern in Saus und Braus gehen. Es würde ein legendäres Fest werden. Sie würde dabei ihre letzte Rose, ihre letzte Kreation präsentieren. Die Mitteilung war an alle großen Zeitungen herausgeschickt worden. Somit hatte jeder von diesem Fest erfahren.

Auch Georg? Würde er …? Sie wagte kaum, den Gedanken zu Ende zu denken. Würde er zu diesem letzten Fest kommen? So wie er zu ihrem ersten gekommen war, bei dem sie sich kennengelernt hatten?

Sie wollte heute Abend bei diesem Fest eine Rose präsentieren, die die Generationen überdauern würde. Aus einem fast verdorrten Strunk von *Geschwinds Nordlandrose*, den sie damals nach dem Krieg aus dem stinkenden Komposthaufen gezogen hatte, hatte sie diese letzte Rose geschaffen: die *Nordlandrose II*. Robust, frosthart, ein guter Kletterer, eine kühle Schönheit mit klaren rosafarbenen Blüten. Ihre beste Züchtung, wie sie befand. Eindeutig ihre beste Züchtung. Sie war es wert, ein solches Fest zu bekommen.

Das letzte Fest meines Lebens, dachte Marie.

Ob der wichtigste Gast erscheinen würde? Die Hoffnung starb schließlich zuletzt, nicht wahr?

Sie nahm ihren Weidenkorb auf, in dem sie Schnittblüten in allen Farben für die Dekoration der Stehtische gesammelt hatte, und lief vorbei an den Girlanden und Lampions, die bereits in den Bäumen und Sträuchern hingen, hinüber zum Schloss, um sich umzukleiden.

57

Wien, Meidling
Ende August 2017

Isabel hatte eine schnelle Dusche genommen und war in frische Sachen gesprungen, als es schon klingelte. Mit klopfendem Herzen öffnete sie.

Aber da stand nicht Alex. Sondern der Kurier nach Dolná Krupá.

Sie gab ihm den Brief und die Übersetzung. Die Blumen für Katarina hatte sie in der Aufregung allerdings vergessen. Im Kühlschrank fand sie noch eine geschlossene Packung edler Pralinen, die ihre Mutter wohl für eine besondere Gelegenheit hatte aufbewahren wollen. Jetzt war diese Gelegenheit, beschloss sie. Wenn schon keine Blumen fürs Auge, dann Schokolade für Katarinas Seele.

Sie verabschiedete den Kurier, und als sich eben die Türen des Fahrstuhls hinter ihm geschlossen hatten, hörte sie Schritte auf der Treppe.

Zuerst sah sie das Hellgelb der Rosen, dann Alex' Gesicht. Es war ein wenig gerötet, vielleicht vom Treppensteigen, vielleicht vor Aufregung.

Ihr Herz klopfte schnell, als sie wartete, bis er vor ihr stand. Wortlos überreichte er ihr den Strauß. Sie nahm ihn stumm entgegen und geleitete Alex in die Küche, wo er sich auf die Bauerneckbank setzte. Sie stellte die Rosen mit zitternden Händen in einen Keramikkrug und setzte sich ihm gegenüber. Immer noch schwiegen beide.

»Du bist hier«, sagte sie schließlich.

»Weil du hier bist«, sagte er.

»Weil ich hier bin?«

Er nickte. »Ich habe gemerkt, wie sehr du mir fehlst. Schon, wenn du nur ein paar Stunden fort bist. Lundwitz ist kalt und leer ohne dich. Ich will nicht, dass du weg bist. Du gehörst doch inzwischen dazu.«

Sie merkte, wie ihre Ohren warm wurden und rauschten. Er beugte sich ein Stück über den Tisch und ergriff ihre Hand. An seinem Handgelenk fehlte das Freundschaftsbändchen. »In diesen wenigen Stunden, die wir getrennt waren, ist mir klar geworden, dass ich jeden Tag auf deinen Rosengarten schauen und mich fragen würde, wo du bist, was du machst. Mit wem du dein Leben verbringst.«

Isabel schluckte. »Es tut mir leid, dass ich in dein Zimmer eingebrochen bin«, sagte sie leise.

»Sch«, machte er und legte sanft den Finger auf ihre Lippen.

Sie schob ihn weg. »Aber warum hast du mir auch verheimlicht, dass du zur alten Familie gehörst? Und dass der Mann auf dem Foto ein Vorfahre von dir ist?«

Er setzte sich gerade hin. »Das wusste ich doch nicht.«

»Dass du zur Familie gehörst, wusstest du nicht?« Sie lehnte sich zurück und verschränkte die Arme.

»Das natürlich schon, aber …«

»Und warum hast du es mir verheimlicht?«

Eine tiefe Falte erschien auf seiner Stirn. »Es hat sich nicht ergeben. Und außerdem habe ich nicht gerade ein gutes Verhältnis zu meiner Familie, wie du weißt.«

»Und deshalb wusstest du auch nicht, wer das auf dem Foto genau ist, als du es mir gegeben hast?«

»Du musst verstehen, ich habe mein Elternhaus früh verlassen und die letzten fast dreißig Jahre kaum Kontakt gehabt. Alles, was ich kannte, war der Name Lundwitz aus Erzählungen meiner Oma aus der Kindheit.«

»Und dann hast du es trotzdem mal eben so gekauft?«

Er kramte in seiner Hosentasche und förderte ein Päckchen Kaugummi zutage. »Ich hatte genug hohle Partys in den großen Städten dieser Welt hinter mir, um zu wissen, dass ich eine sinnvolle Aufgabe außerhalb der Kunstblase brauchte.« Er steckte sich einen Streifen in den Mund. »Und Sina und Enno haben mich sehr ermutigt, sie wollten tatkräftig hier mit anpacken.«

Isabel winkte mit dem Finger, dass sie auch einen Kaugummi wollte. »Aber dass der Mann auf dem Foto dieser Georg war, das wusstest du also tatsächlich nicht? Trotz des Tagebuchs?«

Er schob ihr einen Streifen über den Tisch. »Das Tagebuch kannte ich bis unmittelbar vor meiner Abreise nach Berlin noch gar nicht, bis einer der Bauarbeiter aus dem Gästeflügel es mir im Vorbeigehen in die Hand gedrückt hat. Sie hatten es gerade unter einer Diele gefunden, die sie austauschen mussten.«

Sie wickelte flugs das Silberpapier ab. Zimt. »Du hattest es also noch nicht gelesen?«

»Bis zu deiner Abfahrt aus Lundwitz nicht, nein. Jetzt natürlich schon.«

»Und?« Sie kaute schnell.

»Ich habe mich daraufhin sehr überwunden und meinen Vater angerufen.« Er kniff die Lippen zusammen. »Nach langer, langer Zeit. Er hat mir gesagt, dass Georgs voller Name Georg von Schwanburg ist. Und er ist mein Urgroßvater.«

Georg von Schwanburg. Welch schöner Name. »Seine Geschichte ist traurig.«

»Sehr traurig.« Alex kam mit seinem Gesicht näher. »So soll es uns nicht ergehen.«

Sie roch seinen Zimtkaugummi. »Uns?«

Er umarmte sie über den Tisch hinweg. »Uns. Komm bitte mit mir nach Hause.«

»Nach Lundwitz?«

»Nach Lundwitz.«

Er zog sie um den Tisch herum zu sich auf die Bauernbank.

Als die Küchenuhr sich durch Schlagen zu vier Uhr bemerkbar machte, löste Isabel sich aus seinen Armen und machte einen Kaffee. Sie erzählte, was sie nun erst durch den Brief von Georg erfahren hatte und dass dieser so wichtige Brief in der Wandtäfelung in Dolná Krupá festgesteckt hatte. Alex schüttelte am Ende ihrer Ausführungen den Kopf.

»Weißt du, jetzt verzeihe ich dir nicht nur vollständig, jetzt bin ich sogar froh, dass du so hartnäckig überall recherchiert hast, sogar in meinem Zimmer.« Er lächelte. »Dadurch lüften wir nun sogar noch ein Familiengeheimnis. Vater wird überrascht sein, wenn ich es ihm berichte.«

»Weißt du denn, wie lange Georg noch in Lundwitz gewohnt hat?«

»Mein Vater hat herausgefunden, dass er von 1862 bis 1929 lebte, die letzten Jahre in Lundwitz, wo er auch gestorben ist. Er war einer der letzten Bewohner des Gutshauses, die zu unserer Familie gehörten.«

»1929 ist er gestorben?«

Alex nickte. »Soweit ich weiß, war er seit dem Ersten Weltkrieg auf den Rollstuhl angewiesen und ist vermutlich nicht mehr oft aus Lundwitz herausgekommen.«

»Dann hat er seine Marie Henriette wohl tatsächlich nie wiedergesehen?«

Alex zuckte mit den Schultern. »Das weiß ich natürlich nicht.«

58

Tschechoslowakei, Donauhügelland
Schloss Dolná Krupá am Fuße der Kleinen Karpaten
Juni 1929

Sogar der alte Haudegen Lehmann vom allerersten Rosenkongress war gekommen; der inzwischen gebrechlich wirkende Mann hatte die beschwerliche Reise an die Karpaten angetreten, um ihr die letzte Ehre zu erweisen. Und natürlich, weil er neugierig war auf die *Nordlandrose II*, der alte Kerl. Marie lächelte, als er sogar versuchte, seinen krummen Rücken noch mehr zu beugen, um an ihr zu riechen. Wo waren nur die Jahre geblieben?

Sie richtete ihre Aufsteckfrisur und trat ans Mikrofon, das man für sie auf der Terrasse mit Blick über die Menschenmenge und den Rosengarten aufgebaut hatte. Welch neumodischer Kram. Aber man hatte ihr versichert, dass nur so alle Gäste ihre Rede würden hören können. Denn es waren viele Gäste gekommen, sehr viele. Vielleicht achthundert? Das Gemurmel wurde leiser, als sie das Mikrofon mit beiden Händen umschloss. Sie sah, wie die Nacht sich über den Park senkte, bald würden die Lampions entzündet werden. Zum Glück war es eine laue, sternenklare Sommernacht. Marie ließ den Blick schweifen.

Es waren wirklich alle gekommen, mit denen sie in ihrem Leben zu tun gehabt hatte. Mitsamt zahlreicher Kinder und Kindeskinder. Zum Teil trugen sie diese modernen Charleston-Kleider mit den Fransen und Pailletten, manche hielten Zigarettenspitzen. Sie ließ den Blick noch einmal wandern und suchte die Menge ab. Die Gäste wurden unruhig. Sie räusperte sich.

»Liebe Weggefährten, liebe Rosenfreunde, herzlichen Dank, dass Sie heute alle gekommen sind, um mit mir ein Fest der Rosen zu feiern. Ein Fest der Rosen, der Liebe und des Lebens.

Wir alle blicken auf gute Tage und schlechte Tage zurück. Diesen hier sollten wir als guten Tag begreifen. Als den Tag einer neuen Kreation, einer neuen Hoffnung.« Sie suchte noch einmal die Gesichter in der Menge ab. Nichts. »Ohne Hoffnung können wir nicht leben«, sagte sie mit möglichst fester Stimme. War das ein blonder Haarschopf? Aber Georg wäre inzwischen vermutlich nicht mehr blond. Sie hatte sich geirrt, erkannte sie, als der Mann in der Menge ihr das Gesicht zuwandte. Er war es nicht.

Er war nicht da. Was war das hier alles für eine Augenwischerei?

Sie ließ das Mikrofon los.

»Liebe Freunde, ich habe mein Leben den Rosen gewidmet. Den Rosen und nichts als den Rosen. Mit der *Nordlandrose II* sehen Sie heute das Endergebnis meiner Bemühungen. Rudolf Geschwind hat sie auf den Weg gebracht, ich habe sie vollendet und präsentiere sie Ihnen nun als robustes Geschöpf, sie wird die Zeiten überdauern. Ich danke Ihnen allen, dass Sie so zahlreich erschienen sind und wünsche Ihnen noch viel Freude bei diesem letzten Fest, das ich in Unter-Korompa geben werde.« Sie blickte in fragende Mienen und beunruhigt aussehende Gesichter.

»Was ist?«, rief sie. »Ich bin eine alte Frau mit Ecken und Kanten und einem sehr eigenen Kopf, wissen Sie das nicht? Ich brauche ab morgen früh meine Ruhe.« Die Menge lachte. »Genießen Sie deshalb diesen Abend, meine Damen und Herren, und genießen Sie Ihre restliche Lebensreise. Tun Sie bitte stets, was Ihr Herz Ihnen eingibt.« Sie stockte. »Auch wenn es hinterher schmerzen sollte.« Sie blickte ein letztes Mal über die Köpfe und bis zum Rosengarten. Nichts. »Aber am besten, Sie tun etwas mit Rosen!«

Alles lachte. Marie war zum Weinen zumute. Er war nicht gekommen. Er hatte aufgehört, sie zu lieben, wahrscheinlich schon vor langer Zeit. Nur hatte sie es nicht wahrhaben wollen, hatte sich an die Hoffnung geklammert, er habe seine Gefühle nicht verloren.

Sie signalisierte der Kapelle, die auf einer kleinen Bühne inmitten der Grünfläche bereitstand, Musik zu machen. Charleston setzte ein.

Marie bahnte sich einen Weg durch die tanzenden jungen Menschen und verließ die Terrasse. Gratulanten reihten sich vor ihr auf, sie schüttelte die ihr dargebotenen Hände und hörte Wortfetzen: »gelungen«, »einzigartig«, »wunderbar«, »in die Geschichte eingehen«. Sie ließ die Hände und die Worte hinter sich und lief in den Park. Ganz alleine im Schein der Lampions. Sie bemühte sich, Haltung zu wahren, spürte den Finger ihrer Mutter, der ihr immer auf den Kopf gepickt hatte, um sie daran zu erinnern, gerade zu stehen.

Als sie die Musik nicht mehr hörte, das Lachen und das Stimmengewirr nicht mehr, setzte sie sich auf eine der von Grünspan übersäten Parkbänke, die noch Papa hatte bauen und aufstellen lassen. In der Ferne sah sie das erleuchtete Schloss.

War es ein gutes Leben gewesen, das sie hier gehabt hatte? In ihrem eigenen kleinen Paradies? Und ob! Immerhin hatte sie ihren Traum gelebt und sich auch nicht von den Zerstörungen des Krieges entmutigen lassen.

Aber gefehlt hatte trotzdem immer etwas.

Georg.

Konnte man alles haben im Leben?

Wahrscheinlich nicht. Natürlich hätte sie auch gerne einmal ein Baby im Arm gewiegt, eine Frucht ihrer Liebe zu Georg. Aber alles konnte man eben nicht bekommen, und nun war es für sie an der Zeit, an den Abschied zu denken.

Was sie hinterließ, waren die Rosen. Ihre Geschöpfe. Die Ergebnisse ihrer Liebe. Sie würden weiterleben, die Zeiten überdauern.

Da war sie sich sicher.

Epilog

Gutshaus Lundwitz, Mecklenburgische Schweiz
Juni 2018

Die Sonne strahlte auf den Park und das Gutshaus herab. Der Rosengarten stand erstmals in Blüte. Die meisten Pflanzen waren noch klein und zart. Aber man konnte bereits erahnen, wie sie sich in mehreren Jahren und Jahrzehnten ihr Gebiet erobern würden. Sie würden wieder so leuchten und duften, wie sie es rund hundert Jahre zuvor getan hatten. Als Georg seinen Rosengarten angelegt hatte, seinen Rosengarten für Marie.

Die Kapelle spielte Gershwins Songbook, mit dabei war Enno mit seinem Saxophon. Die Gäste in Sommerkleidern und Sommeranzügen mit Panamahüten versetzten Isabel in Gedanken zurück in die zwanziger Jahre. So hatte es vielleicht damals ausgesehen, wenn Georg und seine Frau ein Fest gegeben hatten. Aber irgendwie bezweifelte sie, dass sie es jemals getan hatten. Es war schön zu sehen, wie die Gäste lachten, Sekt tranken und sich angeregt unterhielten, während Babys über den Rasen krabbelten und Kinder über die neu angelegte und schon sehr gut angewachsene Grünfläche flitzten, die sich hinter dem Rosengarten bis zu den exotischen Bäumen erstreckte.

Alle waren gekommen: ihre Mutter und Cora aus Wien, genau wie Kerstin mit fünf Kindern vom *Garten Kunterbunt*, die hier eine Woche Urlaub machen und erstmals das Meer sehen würden. Alex' Schwester war aus Barcelona angereist, und sogar seine Eltern hatten es sich nicht entgehen lassen, den Stammsitz in neuer Pracht zu erleben. Endlich hatte auch Alex' Vater einmal ein freundliches Wort zur Kunst seines Sohnes gesagt.

Sina und Thea hatten neben dem Gemüsegarten am Rande des Treibens ihre Staffeleien aufgebaut und skizzierten das denkwürdige Ereignis. Thea hatte ihre Wohnung in Kreuzberg nun für fünf Jahre untervermietet und kümmerte sich um die Hühner und die Schafe. Gerd und Hilde standen gerade an ihrem Hühnerstall und begutachteten die Eierlage, begleitet von Frau Seltmann, die sich in dem fertigen Garten sehr wohl zu fühlen schien.

Ein slowakisches Fernsehteam war dabei, den Rosengarten zu filmen; es war mit Katarina und ihrem Mann aus Dolná Krupá angereist.

Thomas Schäfer spielte mit seinen Jungs Fußball an der Tor-wand, die Alex und Enno besorgt hatten. Seine große Geschichte im Nachrichtenmagazin zur Renaissance der Mecklenburger Schlösser und Gärten war in der vergangenen Woche erschienen und hatte großes Echo gefunden. Es gab zahlreiche Leserbriefe und E-Mails zu dem Thema, und es hatten sich sofort drei Familien gemeldet, die ebenfalls das Abenteuer Schlossbelebung gestartet hatten und dringend eine Expertin für den Garten suchten. Damit würde Isabel die nächsten Jahre gut beschäftigt sein – in ihrem neugegründeten eigenen Gartenarchitekturbüro. Sie schaute dankbar zu Thomas an der Torwand hinüber und schmunzelte. Diese Torwand würde mit Sicherheit dort auf dem Rasen stehen bleiben, so ausgiebig, wie auch Alex sie im Vorfeld mit Enno zusammen genutzt hatte. Ihr Blick glitt über die Stau-denbepflanzungen und fiel auf das chinesische Teehäuschen am hinteren Ende des Rosengartens. Inzwischen war es frisch gestrichen und lud mit orientalischen Kissen zum Verweilen ein. Das Mosaik vor der Tür war freigelegt und rekonstruiert. Wie sich herausgestellt hatte, zeigte es ein chinesisches Schrift-zeichen, das Xìngfú, und somit »Glück«, bedeutete.

Als der Song zu Ende war, klopfte Alex auf der Terrasse gegen das Mikrofon und bat um Ruhe. In seinem weißen Leinenanzug,

mit braunen Slippern und dem Strohhut, fand Isabel ihn tod-
schick. Neben ihm standen die ersten fünf Stipendiaten.

»Liebe Gäste«, sagte Alex und schaute in die Runde. Alle
Gespräche verstummten, nur die Kinder hörte man noch im
Hintergrund kreischen. »Herzlichen Dank, dass Sie und ihr alle
gekommen seid zur feierlichen Eröffnung unseres Bed & Break-
fasts und zur Gründung unserer Stiftung zu Zwecken der Künst-
lerförderung. Im Gutshaus Lundwitz soll ab sofort wieder Leben
herrschen, kreative Ideen gewälzt werden, Kunstwerke entstehen, Diskussionen geführt, Bestimmungen entdeckt werden.
Wir wollen diesen Ort zu einer Insel der Kultur machen, mitten
in einer landwirtschaftlich geprägten Region. Wer Ruhe sucht,
wer Inspiration sucht, wer Gespräch sucht, ist hier herzlich
willkommen.« Er wandte sich zu den Künstlern, drei Frauen
und zwei Männer. »Wir haben hier für die nächsten Monate
Besucher aus den Bereichen Literatur, Musik, Malerei und Tanz.
Wir freuen uns sehr darüber und wünschen Ihnen allen eine
fruchtbare Zeit bei uns in Lundwitz.« Alles klatschte. Die Künstler nickten dankend. Alex sprach weiter: »Unser Team, bestehend aus der Impressionistin Sina Schwers«, er nickte ihr zu,
die von der Staffelei aus mit einem Sekt zurückprostete, »Enno
Wilkes, unserem Saxophonisten«, Enno lachte aus der Band
heraus in die Runde, »und mir, wir freuen uns sehr auf Sie und
euch.« Er zeigte auf den Rosengarten und winkte Isabel auf die
Bühne. Sie stieg die Stufen hoch zu ihm. »Und dank der wunderbaren Hilfe unserer Gartenarchitektin Isabel Huber ist es
uns in den vergangenen Monaten gelungen, das Anwesen Gut
Lundwitz und den angrenzenden Park in voller Schönheit und
vor allem originalgetreu wieder entstehen zu lassen.« Er zog
Isabel an sich, die den Blick über den üppig blühenden, in allen
Farben leuchtenden Rosengarten schweifen ließ. »Ich freue
mich also sehr«, fuhr Alex fort, »dass wir von nun an mit der
Stiftung, dem B&B und unseren Freunden und Bekannten die-

ses schöne Anwesen wiederbeleben werden. Und dass dieser Ort ein Ort der Begegnung, ein Ort der Freude, ein Ort der Kunst sein wird.«

Die Gäste klatschten.

»So wünschen wir nun allen ein wunderschönes Fest, gute Gespräche und genussvolle Stunden mit unserem regional bestückten Buffet, das ab sofort eröffnet ist.«

Unter Gemurmel und Lachen strömten die Gäste der langen Tafel zu, die im Schatten aufgebaut war. Enno und die Band stimmten »Summertime« an.

Alex nahm Isabel an der Hand und führte sie von der Terrasse hinunter in den Rosengarten. Über den mit weißem Kies bedeckten Hauptweg liefen sie Hand in Hand zwischen den Rosen und Düften hindurch. Isabel freute sich, wie schön die *Veilchenblau* blühte und die *Provins Royal*. Auf der anderen Seite betraten sie die Rasenfläche. Isabels Schritte wurden schneller, als sie auf das kleine Mädchen zulief, das in seinem Strampler schon strahlend auf sie zugekrabbelt kam. Sie nahm das Baby auf den Arm und herzte es. Die Kleine lachte glucksend.

Alex trat hinzu. »Meine zwei Lundwitzer Mädchen«, sagte er und schloss sie beide ganz fest in die Arme. »Was meint ihr? Werden wir hier noch viele Jahre die Rosen gemeinsam blühen sehen?«

»Wir beide auf jeden Fall noch einige Jahrzehnte.« Isabel lächelte und gab ihm einen Kuss. »Und Marie Henriette noch viele Jahre mehr.«

Nachwort

Liebe Leserinnen,

ich hoffe, meine Geschichte rund um die Künstler-WG im Gutshaus an der Ostsee und die Rosengräfin Marie Henriette Chotek
hat Sie berührt und Ihnen rosige Lesestunden mit großen Ge-
fühlen beschert.

Das wahre Leben der Rosengräfin (1863–1946) war allerdings
kein Roman. Einen Georg von Schwanburg hat es für sie nie
gegeben, verzeihen Sie mir, dass ich ihn erfunden habe, um über
Marie Henriette berichten zu können. Ihr Privatleben jenseits
des berühmten Rosariums ist wenig erforscht. Sie wuchs mit
drei Geschwistern auf, von denen eine Schwester als Jugendliche
starb. Marie blieb unverheiratet und lebte tatsächlich im Park
von Unter-Korompa in ihrem strohgedeckten Schweizerhaus
zwischen den Rosen. Zu der ihr im Roman an die Seite gestellten Schwester Gabriela (1868–1933, verheiratet mit Franz von
Schönborn) scheint sie ein durchweg enges Verhältnis gehabt
zu haben, anders als gegen Ende des Romans dargestellt. Denn
Marie war die Patentante einer der Töchter Gabrielas, die diese
sogar nach ihr benannte. Als Mitglied des Vereins deutscher
Rosenfreunde besuchte die Rosengräfin regelmäßig Kongresse
in Deutschland. Und ihre Abneigung gegen Großstädte war mit
Sicherheit nicht ganz so ausgeprägt, wie im Roman behauptet,
denn sie besaß eine (Winter-)Stadtwohnung in Wien und besuchte wohl auch gerne Konzerte. Zumindest war sie in der
Internationalen Musikgesellschaft engagiert, die sich zum Ziel
gesetzt hatte, der Musikwissenschaft als einem der Pole der
Kulturentwicklung zu mehr Anerkennung zu verhelfen.

Am Ende ihres Lebens verlor Marie Henriette Chotek alles: Das Rosarium und das Schweizerhaus wurden im Zweiten Weltkrieg endgültig zerstört, das Schloss geplündert. Ihre Fachbibliothek, die Rosenkataloge und ihr schriftlicher Nachlass gingen verloren. Aufgrund der Beneš-Dekrete musste sie den Familiensitz abgeben und sollte Dolná Krupá, wie ihr Heimatort seit 1918 hieß, verlassen. Dorfbewohner nahmen sie aber auf, und man bestattete sie nach ihrem Tod in der Familiengruft an der Kirche von Dolná Krupá.

An jedem ersten Wochenende im Juni findet ihr zu Ehren ein Rosenfest im Schlosspark statt. Von Rosen sieht man dabei allerdings kaum noch etwas, denn im Park sind sie nur sehr vereinzelt nachgepflanzt worden, und er hat heute einen englisch anmutenden Charakter.

Seit ich einen Essay über das Leben dieser starken Frau in einem Buch über Rosenliebhaberinnen entdeckt hatte, ließ sie mich nicht mehr los. Ich empfand ihr berühmtes Rosarium und vor allem die Entschlossenheit, mit der sie es alleine betrieben hat, als besonders eindrucksvoll. Denn sie errichtete es in einer Zeit, in der Frauen noch keine Träume und Ambitionen haben sollten. Sie ist für mich eine Mutmacherin. Aber ihr Leben zeigt in drastischer Weise eben auch, wie Kriege Wunden reißen. Und es zeigt den Umbruch von einer alten in eine neue Welt, von der Monarchie zur modernen Gesellschaft. Das ist nicht unähnlich dem, was hier heute erleben – nämlich den Übergang vom Industriezeitalter in die Digitalgesellschaft.

Gerade wir Frauen mit all unseren heutigen Möglichkeiten haben in spannungsgeladenen Umbruchzeiten wie dieser eine wichtige Aufgabe: Wir müssen wie Marie Henriette Chotek unseren ambitionierten Träumen folgen, Positionen in der Gesellschaft besetzen und auf diese Weise Liebe, Wärme, Vernunft und Freundlichkeit in diese Welt tragen.

Ich wünsche Ihnen, liebe Leserinnen, rosige Träume, Pläne,

Taten. Bitte pflanzen Sie viele Rosen in Ihren Garten und in die Herzen der Menschen in Ihrem Umfeld!

Ihre Nele Jacobsen

Rosenrezepte

Falls Sie nun auf Isabels neues Glück anstoßen oder Ihren Lieben eine Freude machen möchten, kommen hier ein paar rosige Grüße aus der Küche und von der Bar.

Rosige Happy Hour
(pro Cocktailglas)

1 cl Rosensirup
2 Spritzer frisch gepresster Zitronensaft
2 cl Gin
Crashed Eis oder Eiswürfel
Stilles Wasser zum Auffüllen
unbehandelte Zitronenscheibe

Für Gäste lässt sich dieser leichte Drink sehr schnell zubereiten: Eis ins Glas geben. Rosensirup und die Spritzer Zitronensaft hineingeben. Gin dazugeben. Mit Wasser auffüllen. Glasrand mit der Zitronenscheibe dekorieren oder Zitronenscheibe ins Glas geben und Drink mit Strohhalm servieren.

Rosige Marzipanpralinen
(ca. 12 Stück)

200 g Marzipanrohmasse
2 EL Rosenlikör
ca. 5 EL Puderzucker
12 geschälte Mandeln
200 g Schokoladenkuvertüre
getrocknete Rosenblätter

Ein schönes Mitbringsel, das man natürlich auch selbst vernaschen kann: Marzipanrohmasse in einer Schüssel nach und nach mit dem Puderzucker und dem Rosenlikör verkneten. Vermengte Masse zu Kugeln rollen, dabei in der Mitte jeweils eine Mandel einarbeiten. Schokoladenkuvertüre in Schale über Wasserbad schmelzen. Pralinenkugeln eintauchen. Noch feuchte Schokoglasur mit getrockneten Rosenblättern dekorieren. In den Kühlschrank stellen. Wenn die Glasur hart ist, in Pralinenförmchen anrichten und in einer Schachtel oder einem Klarsicht-Beutelchen hübsch verpacken.

Rosiges Sorbet
(für ein 1 Liter-Gefriergefäß)

2 cl Rosensirup
2 cl Rosenlikör
1 Flasche Rosé-Wein
Erdbeeren

Als eiskalter Zwischengang, als Dessert oder als süße Sünde zwischendurch: Rosensirup, Rosenlikör und Rosé-Wein in eine Tupperware oder ein ähnliches gefrierfähiges Gefäß geben. Vorsichtig verrühren. In den Eisschrank stellen. Nach einer Stunde umrühren. Vorgang einige Male wiederholen. Zum Servieren obere Schicht mit Löffel oder Eiskratzer abnehmen. In einem Glas anrichten und mit einer Erdbeere dekorieren.

Danksagung

Die Recherche zu diesem Buch hat mir sehr viel Spaß gemacht. Ich habe das Rosenfest zu Ehren Marie Henriette Choteks im Schlosspark in Dolná Krupá besucht und war beeindruckt von den herzlichen Menschen sowohl dort als auch in der barocken Kreisstadt Trnava, ehemals Türmau, in der die Rosengräfin einst im Lazarett arbeitete.

Mein Dank gilt den Mitarbeitern vom Rosarium Sangerhausen, in dessen Bibliothek ich zu Marie Henriette Chotek forschen durfte. Das Rosarium beherbergt heute die größte Rosensammlung der Welt und ist besonders zur Hauptblütezeit im Juni einen Besuch wert. Dank Schenkungen Marie Henriette Choteks sind dort auch noch Rosen der Sammlung des legendären Rosenzüchters Rudolf Geschwind zu finden. Wer sich in eine der insgesamt rund 80 000 Rosen auf der etwa dreizehn Hektar großen Anlage verliebt, kann für fünfunddreißig Euro pro Jahr eine Patenschaft für sie übernehmen und sichert so einen Teil der Kosten für die Pflege des Rosariums. Ich bin Patin der *Rosengräfin Marie Henriette*®.

Ebenso bedanke ich mich bei Dipl.-Ing. (FH) Hans-Peter Bender von *Bender Freiraumplanung* in Dresden für den Einblick in die Arbeit der Landschaftsarchitekten.

Über den Umgang der jungen Adelsgeneration mit den verlorenen Gütern und Schlössern und über die Bedeutung des Gotha, des Gothaischen (Genealogischen) Hofkalenders, in dem alle Adelsfamilien verzeichnet sind, lernte ich von Dr. Astrid Freifrau Loeffelholz von Colberg. Danke Dir!

Stefanie Werk vom Aufbau Verlag möchte ich herzlich für die erfolgreiche gemeinsame Arbeit an meinen Romanen danken; ebenso der rosenbewanderten Constanze Bichlmaier für das angenehme Lektorat an diesem Roman.

Für ihre intensive, stets einfühlsame und professionelle Begleitung bin ich meiner Agentin Dr. Dorothee Schmidt sehr dankbar. Es ist eine Freude, mit Dir zusammenzuarbeiten!

Meiner Mutter danke ich für intensive Schreibklausur-Wochenenden bei bester Verköstigung, am meisten aber meinem Mann und meinen Kindern für jeden Tag mit ihnen.

Nele Jacobsen
Unser Haus am Meer
Roman
320 Seiten. Broschur
ISBN 978-3-7466-3164-6
Auch als E-Book erhältlich

Wo liegt das Glück, wenn nicht am Meer?

Statt politische Skandale zu recherchieren, wird die Reporterin Josefine von ihrem Chef nach Usedom verbannt. Sie soll einen Kapitän interviewen – den Autor eines Glücksratgebers. Der erweist sich als überraschend attraktiv, allein sein Bruder raubt Josefine mit seiner nordischen Dickfelligkeit den letzten Nerv. Dennoch beginnt sie schon bald die Schönheit der Ostseeküste für sich zu entdecken und kommt dabei einem Geheimnis um das alte Kapitänshaus der Brüder auf die Spur.

Ein Roman, so aufregend und schön wie ein Tag am Meer.

»Ein Liebesroman und Glücksratgeber in einem.« LAURA

Regelmäßige Informationen erhalten Sie über unseren Newsletter. Jetzt anmelden unter: www.aufbau-verlag.de/newsletter

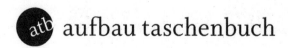

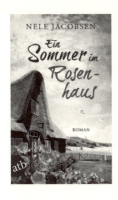

Nele Jacobsen
Ein Sommer im Rosenhaus
Roman
304 Seiten. Broschur
ISBN 978-3-7466-3262-9
Auch als E-Book erhältlich

Der Duft im Rosengarten auf Usedom

Nach dem Tod ihres Mannes und dem Auszug der Kinder sucht die Botanikerin Sandra einen Neuanfang für sich. Sie kauft ein altes Gärtnerhaus auf Usedom an der Ostsee, zu dem ein verwilderter, aber einmalig schöner Rosengarten gehört. Doch die Pflege der empfindlichen Pflanzen erweist sich als schwieriger als gedacht, so dass sie den britischen Rosenexperte Julian zu Rate ziehen muss. Der hilft ihr zwar, verhält sich sonst jedoch merkwürdig abweisend. Dann findet Sandra heraus, dass ihr Garten ein Geheimnis birgt – aber um es zu lüften, müssen sie und Julian sich zusammenraufen ...

Mit wunderbaren Rosenrezepten zum Nachkochen

»Rosenliebhaberin Nele Jacobsen versteht es, die eigene Faszination eindringlich auf den Leser zu übertragen.« SCHWERINER VOLKSZEITUNG

Regelmäßige Informationen erhalten Sie über unseren Newsletter. Jetzt anmelden unter: www.aufbau-verlag.de/newsletter

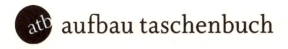